Knaur.

Knaur.

Über die Autorin:

Care Santos, 1970 in Barcelona geboren, ist Journalistin und Autorin von mehr als dreißig Büchern, von denen einige bereits in etliche Sprachen übersetzt wurden. Sie hat mehrere spanische Literaturpreise gewonnen und war zuletzt für den Premio Primavera de Novela 2007 nominiert.

Care Santos

Der Tod der Venus

Roman

Aus dem Spanischen
von Jutta Ressel

Knaur Taschenbuch Verlag

Die spanische Originalausgabe erschien 2007
unter dem Titel *La Muerte de Venus* bei Espasa Calpe, S.A., Madrid
Die Zitate aus *Das Buch der Geister* von Allen Kardec erfolgen mit
freundlicher Genehmigung des Schirner Verlags KG.

FSC
www.fsc.org
MIX
Papier aus verantwortungsvollen Quellen
FSC® C083411

Deutsche Erstausgabe November 2010
Knaur Taschenbuch. Ein Unternehmen der Droemerschen
Verlagsanstalt Th. Knaur Nachf. GmbH & Co. KG, München.

Redaktion: Stefanie Karg
Umschlaggestaltung: ZERO Werbeagentur, München
Umschlagabbildung: más!gráfica diseño y comunicación
Satz: Adobe InDesign im Verlag
Druck und Bindung: CPI – Clausen & Bosse, Leck
Printed in Germany
ISBN 978-3-426-50594-6

2 4 5 3 1

Für Francesc Miralles,
zur Erinnerung an unsere Wette bei Regen

Also: Ich möchte gar zu gerne wissen, ob du glaubst, dass es Gespenster gibt und dass sie eine eigene Gestalt und irgendeine Wirksamkeit haben oder ob sie leere, eitle Gebilde sind und nur in unserer Furcht Gestalt gewinnen.

Plinius der Jüngere, *Briefe*, VII, 27

Vor ihrem Tod hörte die Greisin die Rufe aus dem Jenseits. Es war ein Chor vertrauter Stimmen; sie flüsterten, als befürchteten sie, die alte Frau zu wecken, während sie immer näher kamen. Die Greisin konnte sie nicht sehen, sie spürte jedoch sehr wohl ihre Anwesenheit gleichsam körperlich. Sie fühlte sich getröstet und spannte ihre Gesichtsmuskeln zu einem letzten Lächeln an. Dann schien es ihr, als würde eine unsichtbare Hand die ihre berühren und ihre Finger – einen nach dem anderen – aus den warmen Händen der jungen Frau lösen, an die sie sich noch klammerten, um sie dann mit einer anderen Kraft fest zu packen.

»Komm, Lola, wir werden erwartet«, vernahm sie, als spräche die Luft mit lieblicher Stimme zu ihr.

In genau diesem Moment erkannte sie sich selbst auf ihrem Totenbett, eine blasse und dürre Gestalt, wie ein in ein Leichentuch gehülltes Skelett. Mónica, ihre Großnichte, saß bei ihr, wie so oft in den vier langen Monaten ihrer Krankheit. Mónicas Augen waren geschlossen, denn die Müdigkeit hatte sie schließlich besiegt, doch ihre Hände hielt sie noch mit denen der sterblichen Hülle verschränkt, die nun in dem Krankenbett der Klinik ruhte.

Lola begriff, dass in diesem Augenblick etwas zu Ende gegangen war. Doch zu ihrer großen Überraschung begann nun etwas anderes. Und sie ließ sich sanft zu einem Licht geleiten, das so nah und fern zugleich erschien und das mit einer übernatürlichen Intensität wunderschön leuchtete.

ERSTER TEIL

KALTE ZONEN

»Meine Güte«, sagte der schweizerische Reiseleiter auf Französisch, »also wenn du von Gespenstern redest …«
»Ich rede nicht von Gespenstern«, erwiderte der Deutsche.
»Wovon denn dann?«
»Wenn ich das wüsste, so würde das bedeuten, dass ich mehr weiß, als dies wirklich der Fall ist.«

Charles Dickens, *Bei Dämmerlicht zu lesen*

Ihr, die ihr die Existenz der Geister leugnet,
füllt doch das Nichts, das sie einnehmen:
Und ihr, die ihr über sie lacht,
wagt über die Werke Gottes zu lachen und über seine Allmacht.

Allan Kardec, *Das Buch der Geister*

1

Als sich der Schlüssel im Schloss drehte, gab er ein stechend metallisches Geräusch von sich – als wollte sich die Tür nach all den langen Jahren nicht öffnen lassen. Javier schob mit dem Fuß einen Papierhaufen mit Werbung beiseite, der den Eingang blockierte. Dann ließ er seinen beiden Begleiterinnen den Vortritt.

»Wie lange ist das Haus schon nicht mehr bewohnt?«, fragte Elvira Pagés, als sie über die Schwelle trat. Die Immobiliensachverständige sollte den Wert des Hauses schätzen.

Ihr helles Kostüm war tadellos; die Aktentasche aus Leder wirkte, als hätte man sie gerade poliert.

»An die fünfzehn Jahre«, antwortete Mónica, »seit die Tante ins Altenheim gezogen ist. Jetzt verstehe ich, warum sie das getan hat. Wer kommt schon auf die Idee, allein in einem so großen Haus zu wohnen?«

Sie befanden sich in einem herrschaftlichen Entree, das mit Mosaiken dekoriert war, deren Motive alle möglichen Früchte zeigten. Die Bodenfliesen hatten ein geometrisches Muster; die dicke Staubschicht machte es allerdings unmöglich, sie auch gebührend zu bewundern. Und prätentiöse Pflanzenornamente in der Stuckdecke komplettierten das herrschaftliche Ambiente.

»Es war alles total überstürzt … Es ist das erste Mal, dass wir hier sind. Wir hätten ja nie vermutet, dass Tante Lola Mónica als Erbin einsetzen könnte. Wir dachten, sie würde das Haus den Nonnen vermachen, die sie gepflegt haben.«

»Sonst gibt es keine Verwandten mehr?«
»Eigentlich nicht. Lola war ja nicht einmal Mónicas Tante, sondern die Tante ihres Vaters.«
Javier gelang es nach einer weiteren kurzen Kraftanstrengung, die mit einem schmiedeeisernen Gitter versehene Haustür wieder zu schließen. Durch eine Flügeltür mit Glasausschnitten war schon das geräumige Wohnzimmer zu sehen, in das vom Patio hell das Licht einfiel.
»Das Holz hat sich verzogen«, sagte Javier und drückte nun kräftig gegen die Tür zum Wohnzimmer.
Die Gutachterin der Sparkasse hatte einen Fotoapparat hervorgeholt und machte sich an die Arbeit. Verstohlen hatte sie sich nach einer Stelle umgesehen, um ihre Aktentasche absetzen zu können. Doch dann hatte sie sich dafür entschieden, sie sich wieder über die Schulter zu hängen.
Nach einem weiteren gewaltsamen Versuch gab die Tür schließlich nach. Als Erste ging Elvira Pagés hinein. Sie scherzte: »Wie mir scheint, haben Sie ein recht widerspenstiges Haus geerbt.«
Doch kaum hatte sie einen Schritt in den großzügigen Raum gesetzt, wich sie mit angeekeltem Gesichtsausdruck zurück.
»Meine Güte, da drinnen stinkt es aber!«
Und tatsächlich, auch die anderen rochen sogleich diesen durchdringend säuerlichen Gestank, der sich nicht genauer definieren ließ und von vergammeltem Müll stammen konnte oder auch von der intensiven Feuchtigkeit in dem Gebäude. Er war so stark, dass die drei ein paar Sekunden lang fassungslos waren.
Javier musste zuerst seine Übelkeit überwinden, bevor er das Wohnzimmer durchqueren konnte, um die geschlossenen Fenster aufzureißen. Er stellte sich seelisch schon auf ein weiteres heftiges Gefecht ein, doch dann bemerkte er, dass

die Fenster sich widerstandslos öffnen ließen. Das Gleiche galt für die Glastür zum Esszimmer. Javier drängte sich der Gedanke auf, dass der Garten der einzige Ort war, der für ihn etwas Einladendes hatte.

»Das Haus ist wirklich großartig«, murmelte Pagés, während sie anfing, Fotos zu machen, »aber Sie werden gewaltig investieren müssen.«

Javier und Mónica suchten einander mit den Augen.

»Genau dafür brauchen wir ja die Hypothek«, erklärte Javier. Er legte Mónica einen Arm um die Schultern und zog sie an sich. Sanft streichelte er ihren Bauch.

»Wie fühlst du dich?«

»Besser. Mir war nur ein bisschen übel.«

Das geflieste Esszimmer, über dem sich der Balkon im ersten Stock befand, war Teil von einer Art Portikus, der in den Garten führte. Mónica fiel ein, welchen Spaß es ihr als Kind bereitet hatte, dort die kleinen Fische im Wasser des Springbrunnens zu betrachten. Zwischen dem Springbrunnen und der Mauer, die das Grundstück begrenzte, wucherte Gestrüpp. Auf der einen Seite, neben der Mauer, erfreuten sich die Bäume, an die Mónica sich noch gut erinnern konnte, bester Gesundheit. Vor allem der Feigenbaum hatte sich in einen wahren Riesen verwandelt. Seine Zweige beugten sich unter dem Gewicht und hingen schwer über den Garten. Etwas weiter entfernt standen noch zwei Zitronenbäume, ein Maulbeerbaum und eine Kastanie.

Javier drehte sich um, er wollte sich vergewissern, dass die Sachverständige außer Hörweite war. Dann fragte er mit zärtlicher Stimme: »Hast du dir schon überlegt, wo unser Zwerg mal schlafen soll?«

Mónica war in der sechzehnten Woche schwanger. Vermutlich war die Gewissheit ihrer Schwangerschaft, die einer langen Zeit der Unsicherheiten ein Ende bereitete, die erste einer ganzen Reihe von Veränderungen, die eine entscheidende Wende für ihr gesamtes Leben bedeuten sollten. Dann kam der Tod von Tante Lola, gefolgt von den Zeremonien, die mit dem Ende eines Lebens immer einhergehen: Sie mussten bei der Trauerfeier der Rolle als einzige Verwandte der Verstorbenen gerecht werden, die Beileidsbezeugungen von Dutzenden von Leuten entgegennehmen, die sie gar nicht kannten, um später dann allein den Leichenwagen zum Friedhof zu begleiten – eine einsame Verrichtung, an der niemand gern teilnehmen möchte. Dort wurde der Leichnam der alten Frau unter eisigem Schweigen beigesetzt.

Formalitäten mussten sie jedoch keine erledigen. Tante Lola hatte ihre Beerdigung bis in alle Einzelheiten mit aller Sorgfalt geplant. Vom Kleid, das sie im Sarg tragen wollte, bis zu den Räumlichkeiten, wo sie für die Totenwache aufgebahrt werden sollte, hatte sie alles akribisch bestimmt. Auf diese Weise ersparte sie es Mónica und Javier, irgendwelche Entscheidungen treffen zu müssen. Und Ausgaben fielen auch keine an: Eine Sterbeversicherung, die vor über zwanzig Jahren abgeschlossen worden war, deckte alles großzügig ab. Sogar die beeindruckenden Trauerkränze waren schon im Voraus bezahlt. Den schönsten Grabschmuck schickte das Altenheim, in dem die alte Dame die letzten fünfzehn Jahre ihres Lebens in der Obhut dienstbarer Nonnen verbracht hatte. Die Leiterin wirkte im Übrigen während der Trauerfeier schier untröstlich.

Nur ein paar Tage später läutete das Telefon bei Mónica und Javier. Eine weibliche Stimme stellte sich – etwas unbeholfen, wie Mónica fand – als Schwester Asunción vor, die Leiterin des Altenheims, in dem Mónicas Tante bis zu ihrer Erkrankung gelebt hatte. »Gott hab sie selig«, fügte sie noch hinzu,

bevor sie erklärte, dass sie momentan damit beschäftigt sei, die wenigen persönlichen Dinge, die die Verblichene hinterlassen hatte, »aufzuräumen«. Unter den Habseligkeiten habe sie einen Umschlag gefunden, den sie ihr nun möglichst schnell zukommen lassen wolle.
Mónica fragte erstaunt nach, ob der Umschlag denn auch tatsächlich für sie bestimmt sei.
»Aber Sie sind doch Mónica Salvà Clau, oder nicht?«
Gleich am nächsten Tag holte Mónica den Umschlag ab und riss ihn ungeduldig noch auf der Straße auf. Er enthielt mehrere rostige Schlüssel und eine Visitenkarte:

Alfonso Rodríguez Díez

Notar

Mónica vereinbarte sofort mit dem Notar einen Termin. Und so erfuhr sie, dass die Tante kurz vor ihrem Tod ihr Testament gemacht und sie als Alleinerbin des Vermögens eingesetzt hatte, das aus dem alten Haus – dem Familiensitz – samt Inventar bestand.
Mónica und Javier mussten sehr bald entscheiden, was sie mit dem Haus anstellen wollten. Ihre beiden Gehälter reichten kaum aus, um die astronomisch hohe Miete für ihre winzige Wohnung zu bezahlen und auch noch für den Unterhalt der beiden Söhne von Javier aufzukommen; sie waren das Produkt seiner Ehe mit Eva, die er nach nur wenigen Ehejahren wegen Mónica verlassen hatte. Seit der Trennung hatte Eva beschlossen, sich ihre Verbitterung mit horrenden monatlichen Zuwendungen bezahlen zu lassen. Sie hatte wie eine

Furie gekämpft, bis sie schließlich zudem für ihren eigenen Unterhalt mehr als üppige Zahlungen erstritt, die ihrem Ex-Mann kaum mehr Luft zum Atmen ließen.
Hätte nicht ausgerechnet dieser Tage auch noch die Wohnungseigentümerin angerufen, um ihnen mitzuteilen, dass sie den Mietvertrag nicht verlängern wolle und sie drei Monate Zeit hätten, um sich eine neue Bleibe zu suchen, hätten sie noch jahrelang über die Erbschaft nachsinnen können.
Es war schon immer Mónicas Traum gewesen, in einem alten Haus zu wohnen, und so schien ihnen diese Möglichkeit nun eine gute Alternative zu bieten – trotz der vielen zusätzlichen Ausgaben und der Hypothek, die sie aufnehmen mussten, wenn auch zu niedrigen Zinsen, da Javier bei einer Sparkasse arbeitete. Zunächst wollten sie nur einen Teil des Hauses in Ordnung bringen und sich dort häuslich einrichten. Es war ihnen nicht so wichtig, wie viel Zeit verstreichen würde – irgendwann würden schon sämtliche Stockwerke renoviert sein. Sobald sie dort erst einmal eingezogen waren, bestand jedenfalls keine Eile mehr.
Javier begleitete nun die Gutachterin bis in die oberen Stockwerke hinauf. Das große Schlafzimmer, das auf den Patio hinausging, weckte eine Weile ihre Aufmerksamkeit. Im zweiten Stock lagen die ehemaligen Bedienstetenräume, der Speicher und eine kleine Terrasse, auf der sich irgendwann einmal der Hühnerstall befunden hatte, sowie eine Toilette. Allein dieser Bereich, so ging es Javier durch den Kopf, war schon viel größer als die Wohnung, in der sie jetzt lebten.
»Wem gehören all diese Sachen?«, fragte Pagés, als sie in den Speicher spähte, in dem auch alles unter einer dicken Staubschicht lag.
»Keine Ahnung«, antwortete er.
Als sie wieder im Erdgeschoss waren, setzte die Frau ihre

Arbeit fort. Wie es schien, verewigte sie jedes kleinste Detail und machte sogar noch Aufnahmen von dem Feigenbaum.

»Also, ich für meinen Teil bin jetzt so weit«, verkündete sie plötzlich, steckte ihren Fotoapparat in die Aktentasche und ließ ihren Blick ein letztes Mal über die Räumlichkeiten schweifen. »Haben Sie das auch bemerkt? Irgendwie ist es in diesen alten Häusern drinnen einfach kälter als draußen.«

Nachdem sie einander an der Haustür die Hand geschüttelt hatten, beruhigte die Sachverständige das Paar mit dem Satz: »Ich glaube nicht, dass die Hypothek Probleme bereiten wird – das klappt schon. Dieses Haus ist einfach fantastisch. Viel Glück mit allem anderen!«

Sie waren kaum in der Wohnung angekommen und hatten mit den Vorbereitungen für das Essen begonnen, da erhielt Javier auch schon einen Anruf von Pagés auf dem Handy.

»Tut mir leid, aber ich muss Sie bitten, mich noch einmal in das Haus zu lassen. Ich muss meine Arbeit wohl wiederholen.«

»Kein Problem. Was ist denn passiert?«

»Also, ehrlich gesagt, ich weiß auch nicht so recht. Die Speicherkarte hat wohl einen Fehler. Von allen Fotos, die ich gemacht habe, ist bloß eines vorhanden. Das von dem großen Baum im Garten. Das ist doch seltsam, oder?«

2

Aus unerfindlichen Gründen führte auch die zweite Fotosession zu keinerlei Ergebnissen. Doch obwohl das Gutachten, das die Sachverständige der Sparkasse präsentierte, als Illustration nur das Foto eines robusten Feigenbaums enthielt, der im Garten des Anwesens wuchs, bewilligte die Kreditabteilung einstimmig die von ihrem Mitarbeiter Javier Fanconi Marfá beantragte Hypothek.

Noch bevor das Geld sein Girokonto überflutete, waren sich Javier und Mónica im Klaren, wofür sie es ausgeben wollten. Als Erstes mussten einige dringende Reparaturen vorgenommen werden: die Modernisierung der elektrischen Installationen und der Ersatz der alten Rohrleitungen aus Blei.

Um die Arbeiten beaufsichtigen zu können, wechselte Mónica im Kosmetikstudio die Schicht. So war sie jeden Tag am Vormittag da, und Javier wollte das an seinen freien Nachmittagen ebenso halten – viele waren es allerdings leider nicht. Abends, in ihrer Mietwohnung, die sie längst nicht mehr als ihr Zuhause empfanden, diskutierten und besprachen sie alles, was es zu beschließen galt, und amüsierten sich über die am Tage gesammelten Anekdoten.

Besonders ergiebig war in dieser Hinsicht ein Klempner, der bald in Rente gehen wollte, und sein Lehrling, deren Arbeit zehn gut genutzte Tage dauerte. In diesen zwei Wochen hatte Mónica eine Menge Stoff, um für Javier jeden Abend eine interessante Chronik zu erstellen.

»Der Klempner hat eine Theorie, was das Wachstum des Feigenbaums im Garten angeht«, erklärte Mónica. »Anscheinend war es früher absolut üblich, dass so alte Häuser im Patio eine Klärgrube hatten. Wenn sie nicht mehr benutzt wurde, hat man sie einfach, so wie sie war, zugeschüttet. Es kam nämlich billiger, sie mit Erde aufzufüllen, anstatt sie zu reinigen. Der gute Mann meint, dass unsere Klärgrube in etwa an einer Stelle war, bis zu der die Wurzeln des Feigenbaums reichten. Kein Wunder also, dass unser lieber Baum so zufrieden ist.«

Weil der leutselige Klempner im Lauf der Tage unbedingt Vertrauen gewinnen und mit der Hausbesitzerin ins Gespräch kommen wollte, nannte das Paar ihn bei ihren abendlichen Gesprächen beim Vornamen.

»José glaubt, dass der Gestank am ersten Tag von den Abwasserleitungen gekommen sein könnte«, berichtete Mónica Javier. »Er meint, dass die Rohre bestimmt noch ein paar Überraschungen für uns bereithalten werden; das ist ganz normal in so alten Häusern, in denen jahrhundertelang irgendwelches Zeug in den Abfluss gefallen ist.«

Der Gestank war jedenfalls nicht noch einmal aufgetreten. José hatte natürlich auch dafür eine Theorie auf Lager: »Wenn es zum Regnen kommt, fängt alles, was unterirdisch ist, an zu stinken«, hatte er gesagt. Mónica wollte allerdings lieber glauben, dass der Gestank am ersten Tag auf einen bestimmten Umstand zurückzuführen war, dem sie früher oder später schon auf die Schliche kommen würden, sollte er aus irgendeinem Grund erneut auftreten.

Als sie sich daranmachte, den Boden aufzuwischen, entdeckte Mónica im Wohnzimmer unter der Schmutzschicht ein Mosaik in herrlichen Farben.

»Ich bin ja keine Expertin, Señora, aber ich glaube, dieses Mosaik ist ein Vermögen wert«, stellte José fest, als er innehielt, um das Ergebnis von Mónicas Arbeit zu bewundern. »Ich nehme an, Sie werden es nicht entfernen lassen wollen.«

Ganz im Gegenteil sogar: Sie hatte die Absicht, auch diesen Motiven – so wie dem ganzen Haus – wieder zu seiner alten Pracht zu verhelfen. Auch wenn sie damit vielleicht noch eine Weile warten mussten.

»Für den Fall, dass es Sie interessiert«, fügte José hinzu, »also, ich kenne da einen Restaurator, der Ihnen mit Freuden seine Einschätzung mitteilen wird. Aber er ist ein Künstler. Ein richtig toller, wirklich … ein bekannter Künstler, nicht so ein Typ mit zwei linken Händen wie ich.«

Mónica wollte weder bis zum Abend abwarten noch Javiers Meinung dazu hören: Sie nahm das Angebot an. José erklärte seinem Freund am Telefon, worum es ging, und vereinbarte, dass dieser in den nächsten Tagen sich das Kunstwerk ansehen würde.

Der Fachmann für Mosaike, der erheblich kompetenter war, als Mónica es sich je vorgestellt hätte, ließ nicht lange auf sich warten. Aber die Überraschung im Abfluss, die José angekündigt hatte, tauchte noch schneller auf.

»Es ist immer wieder das Gleiche«, sagte der Klempner, während er in den tausend Sachen herumsuchte, die er in seinem Blaumann stecken hatte. »Da ist das Ding ja.« Er legte Mónica etwas auf die Handfläche. »Vielleicht wissen Sie ja, wem das einmal gehört hat. Bestimmt hat die Besitzerin dieses Teil ihr ganzes Leben lang gesucht.«

Es war ein Ohrring, eine im isabellinischen Stil gehaltene, kunstvolle Arbeit mit einigen Dutzend kleinen Diamanten, die einen Rubin einrahmten. Er schillerte, als wäre er neu. Mónica hatte das Schmuckstück noch nie im Leben gesehen, erkannte es jedoch auf Anhieb. Es hatte ihrer Großmutter Flora gehört, der Mutter ihres Vaters und der älteren Schwester ihrer Tante Lola. Seine Geschichte gehörte mit zu den Familienanekdoten, die von einer Generation zur nächsten weitergegeben wurden.

Was sie wusste, war in etwa Folgendes: Zu ihrer bevorstehenden Hochzeit hatte Florián, ihr Urgroßvater, ein vornehmer, wohlhabender Mann, seiner Tochter Flora wertvolle Ohrringe mit Rubinen und Diamanten geschenkt, die seit langen Jahren in Familienbesitz waren. Großmutter Flora trug sie am Tag ihrer Hochzeit. Doch das Schicksal wollte es, dass ihr in jener Nacht ein Ohrring abhanden kam – und nie wiedergefunden wurde.

Leider starb Urgroßvater Florián ein paar Monate später. Manche versicherten, dies sei nur Zufall gewesen, der Mann habe das entsprechende Alter und diverse Unpässlichkeiten gehabt, doch es wurden auch Stimmen laut, die meinten, sein Tod sei durch die unschöne Erkenntnis verursacht worden, dass seine Tochter die Familientradition in Form dieses Kleinods, das einst ihrer Mutter, ihrer Großmutter und vielen anderen vor ihr gehört hatte, nicht zu schätzen gewusst habe.
Auch wenn es sich nur um ein Schmuckstück handelte, so ließ die Bedeutung, die ihr Vater dem Missgeschick beimaß, bei Flora ein schreckliches Schuldgefühl entstehen, das zu überwinden ihr nie gelang und das in ihren kurzen Jugendjahren ihr Glück trübte. Die Suche nach dem verlorenen Ohrschmuck artete in eine solche Obsession aus, dass die junge Frau schließlich den Verstand verlor. Sie gebar einen einzigen Sohn, einen Jungen von schwächlicher Gesundheit, der dann später Mónicas Vater werden sollte; doch Flora kümmerte sich nur wenig um den Jungen, so dass dieser kaum Erinnerungen an seine Mutter hatte.
Ihre letzten Lebensjahre verbrachte Flora in einem psychiatrischen Pflegeheim, wo sie kurz nach ihrem Sturz – oder vielleicht auch Sprung – vom Sims im dritten Stock verstarb. Es heißt, dass sie noch mit ihrem letzten Atemzug, während sie sich in furchtbaren Schmerzen wand, zwischen den Falten ihres Bettzeugs danach gesucht habe.
»Arme Flora«, sagte sich Mónica, als sie das Schmuckstück betrachtete. »Das ganze Leben war sie wie besessen wegen diesem Ding hier, das direkt zu ihren Füßen in den Eingeweiden ihres eigenen Hauses geschlummert hat.«

3

Der Mosaikrestaurator war ein untersetzter, kräftiger Mann mit muskulösen Armen und kurzem, dicken Hals. Er hieß Rufino. Der Experte betrat das Haus mit der Distinguiertheit eines Arztes, der einen Krankenbesuch abstattet.

Sobald er im Wohnzimmer war, umrundete er das Mosaik, ohne es zu betreten. Er hielt inne und öffnete seine überdimensionierte Ledertasche, um eine Nickelbrille herauszuholen, die er sich auf die Nasenspitze setzte. Einige Minuten lang betrachtete er sehr konzentriert den Boden, während er sich mit der Hand über den nicht existenten Bart strich. Er veränderte ein paar Mal den Blickwinkel, beugte sich hinunter, um mit dem Zeigefinger an verschiedenen Stellen über den Boden zu reiben, er trat wieder zurück, klopfte mit den Fingerknöcheln auf die Mosaikfliesen und beendete nach einer Weile seine Untersuchung mit der abschließenden Diagnose: »Kein Zweifel. Es ist echt. Ein Nolla. Und noch dazu in einem sehr gutem Zustand. Es wurde sicherlich so zwischen 1880 und 1890 verlegt. Es weist kaum Mängel auf. Nur fünfzehn Fliesen sind defekt, aber die müssten sich ersetzen lassen. Anschließend wird noch poliert, und dann ist das Mosaik wieder so schön, dass Sie für die Besichtigung Eintritt verlangen können.«

Mónica war beeindruckt.

»Was ist ein Nolla?«, fragte sie.

»Miguel Nolla. Ein Fabrikant aus Valencia im ausgehenden neunzehnten Jahrhundert, der sich auf diese Art Bodenmosaik mit geometrischen Mustern spezialisiert hat. Beim Herstellungsprozess verwendete er Ton, der bei niedriger Temperatur zu Keramik gebrannt wird. Seine Böden sind sehr hart, was es uns erleichtert, sie zu polieren. Sie werden perfekt, wie neu. Ich schätze, der von Ihnen wird wirklich strahlend schön, aber genau wissen wir das natürlich erst, wenn wir damit angefangen haben.«

»Das ist bestimmt schon damals nicht billig gewesen, oder?«, bemerkte Mónica, überrascht über die Information.

»Aber natürlich nicht! Ein Mosaik wie dieses hatte nicht jeder. Wissen Sie, wer damals hier gelebt hat?«

»Ich weiß nur, dass es Verwandte von mir waren. Vermutlich meine Urgroßeltern oder deren Eltern. Ich glaube, mein Vater hat einmal etwas von einer Textilfabrik erzählt.«

»Das würde mich nicht wundern«, pflichtete Rufino ihr bei. »Die meisten dieser Bodenmosaike haben Unternehmer in Katalonien anfertigen lassen – das Großbürgertum also. Diese Leute waren reich. Und sehr neidisch.«

Mónica war sich sicher, dass sie sich Rufinos Dienste nicht leisten konnten. Dennoch bat sie ihn um einen Kostenvoranschlag. »Damit ich die Sache heute Abend mit meinem Mann besprechen kann.«

»Kein Problem«, erwiderte der Restaurator und griff wieder in seine Tasche, um sich mit einem Block und einem Taschenrechner zu bewaffnen.

Während er sich auf seine Berechnungen und Aufzeichnungen konzentrierte, dachte Mónica an die vielen Geheimnisse, die sich oft hinter den alltäglichsten Gegenständen und Orten verbergen, an die unendlich vielen Ereignisse, die ständig ohne uns passieren.

»Hier, bitte«, sagte Rufino und reichte ihr ein Blatt Papier. Oben war zu lesen: »Baetulo Mosaike. Staatl. geprüfter Kunsthandwerksmeister Nr. 61 107. Komplettrestaurierung von Bodenmosaiken.« In der letzten Zeile stand ein exorbi-

tanter Betrag. Als Mónica ihn sah, war sie sich sicher, dass Rufino ihnen keinen zweiten Besuch abstatten würde. Der Mann – weit von solchen Gedanken entfernt – fuhr mit seinen Erläuterungen fort: »Für die defekten Fliesen haben wir Ersatzkacheln. Das sind Originale oder originalgetreue Reproduktionen, die den gleichen Anteil an Kalkstein und Feldspat enthalten, wie Nolla ihn in seinen Arbeiten verwendet hat. Das merkt man nicht einmal in fünfzig Jahren!«
Eine seltsame Traurigkeit überkam Mónica an diesem Abend. Javier bemerkte ihre Niedergeschlagenheit, als er sie anrief. Sie informierte ihn über den Besuch von Rufino und den wahnwitzig hohen Kostenvoranschlag. Javier hatte den Eindruck, als würde seine Lebensgefährtin gleich losheulen.
»Mónica, um Himmels willen, beruhige dich. Ist denn dieses Mosaik die ganze Aufregung wert?«, fragte er.
»Es tut mir wirklich sehr leid, mein Schatz, ich wollte dir keine Sorgen machen. Das sind die Hormone, meine Nerven liegen einfach blank. Und dieser üble Geruch, der macht mich völlig fertig. Er hat plötzlich wieder angefangen. Er ist wirklich unerträglich.«

4

Als der Umbau des Hauses endlich in Angriff genommen wurde, füllte sich alles mit Zementsäcken, Fliesenpaketen und Körben voller schmutziger Werkzeuge. Mónicas Leben war plötzlich einem neuen Zeitplan unterworfen – einem Stundenplan, den die Handwerker vorgaben, außerdem musste sie viele kleine und große Entscheidungen treffen. Inmitten des geschäftigen Treibens war sie besonders stolz auf eines ihrer Vorhaben: Sie hatte die Sanierung des ganzen Hauses einer Spezialfirma übertragen, die in Rekordzeit und ein für alle Mal diesem Alptraum von Schmutz ein Ende bereiten würde. Die Leute von der Sanierungsfirma brauchten einen Tag Bedenkzeit, hielten aber mit ihrer Meinung nicht hinter dem Berg.

»Die Tapete im Wohnzimmer muss mit einem Fettlösungsmittel behandelt werden. Aber das müssen Sie schriftlich in Auftrag geben. Wenn es Ihnen lieber ist, können wir sie auch abreißen.«

Mónica wollte die Tapete erst einmal so lassen, wie sie war. Sie war zwar nicht gerade ein Meisterwerk, hatte aber diesen nostalgischen Touch, den Mónica so faszinierend fand.

Fortan machte ein höllischer Lärm jeden Aufenthalt im Haus zu einer absoluten Folter. Von morgens in der Früh bis zum Mittagessen – von der Frühstückspause einmal abgesehen – ertönte aus den Räumlichkeiten, wo die Handwerker gerade zugange waren, eine wahre Orgie aus Hacken, Hämmern, dem Bersten von Keramik und sonstigen Geräuschen, die von der Katastrophe zeugten. Und dann war da noch dieser üble Geruch im Wohnzimmer, der Mónica nach nur wenigen Minuten wieder in die Flucht schlug. Doch am ärgerlichsten war, dass niemand außer ihr ihn wahrzunehmen schien.

»Das ist die Schwangerschaft«, behauptete der Klempner im Brustton der Überzeugung. »Schwangere Frauen haben einfach einen feineren Riecher.«

Bald fing Mónica an, in all dem Krimskrams im Speicher herumzustöbern. Der Speicher war eine der wenigen ruhigen Ecken im Haus – eine Art Zufluchtsort, den Lärm und Gestank kaum erreichten. Dort verbrachte sie viel Zeit damit, zu retten, was andere Epochen überdauert hatte: eine ovale

Wanduhr mit schwarzem Gehäuse, deren Zeiger auf Punkt ein Uhr stehengeblieben waren, ein komplettes Silberbesteck, einige Betttücher, ein halbes Dutzend Bücher mit edlem Einband, ein wenig Blechspielzeug sowie ein Koffer voller Briefe.

In einer Truhe, die sie mir kindlicher Rührung unter einem Stapel Gerümpel hervorzog, fand sie den schönsten Schatz: zahlreiche Damenkleider, die aus einem alten Kostümfilm zu stammen schienen. Es gab wirklich alles: Abendkleider aus feinem Samt, die mit Schmucksteinen eingefasst waren, reich bestickte Dessous, Hüte, Capes aus Atlas, Blusen, Röcke … Sie entdeckte sogar ein fadenscheiniges Brautkleid. Mónica erging sich in schönen Träumereien, zu welchen Gelegenheiten diese Prachtstücke wohl zur Schau gestellt worden waren. Sie fühlte sich versucht, das eine oder andere Kleidungsstück anzuprobieren, und wenn sie es letztendlich doch nicht tat, dann nur, weil aus dem unteren Stockwerk die Geräusche der Maurer zu ihr hochdrangen.

Das musste sie unbedingt Javier erzählen – also rief sie ihn in der Sparkasse an. Man sagte ihr, dass er gerade gegangen sei. Ein Blick auf das Display ihres Handys zeigte ihr, dass es schon nach drei war. Sie erschrak: Ihr Dienst begann um halb vier. Sie war so aufgewühlt, dass sie die Zeit vergessen hatte. Trotzdem schickte sie Javier eine SMS: »Der Speicher ist wie der Schatz von Captain Flint. Das musst du dir unbedingt anschauen!«

Es kam ihr seltsam vor, dass die Handwerker zur Essenszeit noch arbeiteten. Da fiel ihr auf, dass der Lärm gar nicht aus dem Bad kam, sondern aus dem Schlafzimmer. Auf der Stelle machte sie sich auf den Weg, entschlossen herauszufinden, was dort vor sich ging. Aber als sie die Schlafzimmertür erreichte, hörte der Lärm auf. Plötzlich war alles still. Das Zimmer war in makellosem Zustand, alles roch nach dem starken Desinfektionsmittel, das der Sanierungstrupp verwendet hatte. Mit einem Mal – als würde das alles mit zur Orchestrierung gehören – löste sich in einer Ecke die Tapete von der Wand. Die haben zu viel Desinfektionsmittel verwendet und alles ruiniert, ging es Mónica durch den Kopf, während sie beobachtete, wie sich die Tapetenbahn mit dem Blumenmuster gleichsam in Zeitlupe von der Wand rollte.

Mónica wurde von einem so starken Schwindel gepackt, dass sich ihr Blick trübte. Das Stück Tapete hatte sich nicht gänzlich abgelöst. Es hing knapp einen Meter über dem Boden. Darunter war ein Stück schmutzige Wand zum Vorschein gekommen – eigentlich nicht weiter bemerkenswert, wären da nicht diese Buchstaben gewesen, die aussahen, als hätte sie jemand mit einem spitzen Gegenstand eingeritzt. Allein schon ihr Anblick ließ Mónicas Herz schneller schlagen. Sie wirkten, als wären sie im Zorn, womöglich in Eile hingeschrieben worden. Die Worte ließen sich allerdings nicht so leicht enträtseln. Mónica las mit äußerster Konzentration:

ME IUVA[1]

Sie riss das herabhängende Stück Tapete ganz ab. Vor ihren Augen erschienen auf der nackten Wand die rätselhaften Worte in hundert verschiedenen Größen. Einige hatten kaum die Oberfläche des Putzes angekratzt. Andere waren tief eingefurcht. Doch wirklich beunruhigend war ihre Botschaft:

ME IUVA ME IUVA ME IUVA ME IUVA ME IUVA

---

1 Hilf mir.

5

Es darf doch nicht wahr sein, dass du noch immer auf dieses Mosaik fixiert bist«, sagte Javier. »Wir haben so viele andere dringende Ausgaben …«

Die Restaurierung des Mosaiks war bei Mónica zur Obsession ausgeartet. Und zwar in einem solchen Ausmaß, dass sie Javiers Widerstand als Ablehnung des einzigen spleenigen Wunsches deutete, um den sie ihn in all den Jahren ihres Zusammenseins gebeten hatte.

»Mónica, bitte, ich möchte dich deswegen doch nicht weinen sehen«, tröstete Javier sie eines Abends, als die Kluft zwischen ihnen immer tiefer zu werden drohte. »Ich möchte nicht, dass du meinst, dass ich übertreibe, mein Herz. Aber noch sind diese ganzen rechtlichen Angelegenheiten nicht beigelegt. Allein die Steuern werden uns ein Vermögen kosten. Ganz zu schweigen von den Ausgaben für den Notar, den Gebühren, dem Unterhalt … Kannst du dir vorstellen, was Eva mit mir macht, wenn ich bloß einen Monat in Verzug gerate? Du weißt doch, welches Vergnügen es ihr bereitet, wenn ich einen falschen Schritt tue, oder? Dann verbietet sie mir sofort, ohne mit der Wimper zu zucken, den Umgang mit meinen Kindern.«

Mónica weigerte sich, ihrem Partner recht zu geben; vielleicht weil sie durch diese simple Geste ihre Träume hätte aufgeben müssen. Sie hörte ihm in der Stille der Nacht zu, die nur durch ein metallisches Klirren gestört wurde, das aus der Küche kam, wo die Waschmaschine wie fast jeden Freitagabend ihren Dienst tat. Als sie dieses ständige Geräusch schließlich leid waren, beschlossen sie, die mit Wasser gefüllte Trommel zu öffnen, um darin nach der Ursache für den Radau zu suchen.

Es war ein an die vier Zentimeter langer, rostiger Schlüssel, den weder Mónica noch Javier je im Leben gesehen hatten. Der einzige logische Schluss war, dass er aus einem der Wäschestücke, die gerade gewaschen wurden, gerutscht sein musste. Von Javier waren im Übrigen nur zwei taschenlose Hemden darunter. Alles andere gehörte Mónica: die gesamte Kleidung dieser Woche, einschließlich der verschmutzten Klamotten, die sie ausgezogen hatte, nachdem sie von der Baustelle zurückgekehrt war. Ohne das Rätsel zu lösen, gingen sie schlafen – der soeben aufgetauchte Schlüssel lag auf dem Nachttisch.

Die Einweihung des Badezimmers ging mit einer Überraschung einher: Das WC verwandelte sich in einen Springbrunnen, sobald man an der Kette der Toilettenspülung zog. Die Maurer waren die personifizierte Resignation, als sie das Schwimmbecken auf dem Boden betrachteten. Zuallererst lehnten sie jegliche Verantwortung ab: Das konnte nur die Schuld von José sein, dem Klempner, der die Rohre ausgetauscht hatte. Aus irgendeinem seltsamen Grund hatte er etwas übersehen, was den WC-Abfluss verstopfte.
»Das ist ganz normal. In der Eile bleiben eben manchmal Lappen, Werkzeuge und sonst was da drinnen. Ich habe sogar einmal eine Brotzeitdose mit einer Tortilla gefunden«, bekräftigte der Gehilfe der Handwerker, ein Bursche von sechzehn Jahren, der bislang kaum den Mund aufgemacht hatte; dieser Vorfall schien seine Zunge gelöst zu haben.
Nach oberflächlicher Inspektion und einigen mehr oder weniger simplen Handgriffen sprach der Chef der Truppe dann das Urteil: »Der Boden muss aufgerissen werden.«
Während die Handwerker der Anordnung Folge leisteten, beschloss Mónica, zu Ikea zu fahren, um dort wie geplant

Module für den Schlafzimmerschrank zu kaufen. Javier tat zwar so, als wäre ihm das gar nicht so recht, doch insgeheim freute er sich, Mónica nicht in diesen Höllenschlund begleiten zu müssen, der bei seiner Frau die seltsamsten Instinkte weckte – beispielsweise Optimierung der Lagerhaltung und der Raumnutzung.

»Ich habe mir gedacht, dass ein sehr großer Schrank, der die ganze Breite der Wand einnimmt, für uns am besten wäre. Auf diese Weise sparen wir uns eine neue Tapete. Was meinst du?«

»Sehr praktisch«, erwiderte er nur.

Bevor sie auflegte, weckte Mónica Javiers Aufmerksamkeit mit noch einem letzten Detail: »Sehr wichtig, mein Schatz: Wenn du heute Abend ins Schlafzimmer gehen willst, dann nimm dir etwas Warmes zum Anziehen mit. Irgendwie wird es dort plötzlich eiskalt.«

6

Das Kosmetikstudio, in dem Mónica arbeitete, hatte eine breit gefächerte Kundschaft; zu den besten Kundinnen zählte eine Edelsteinexpertin. Mónica bat die Gemmologin, aus Gefälligkeit einen Blick auf das Schmuckstück zu werfen, das in den Rohrleitungen aufgetaucht war. Sie war neugierig, welchen Wert der Ohrring hatte.

»Es ist wirklich schade, dass Sie den zweiten nicht haben, das Stück ist nämlich wirklich außergewöhnlich. Schauen Sie mal: Der Rubin hat eine ovale Form, ist sehr groß und weist einen herrlichen Glanz auf. Diese Diamantfassungen sind recht selten. Es sind hundertacht Steine – und nicht ein einziger fehlt. Sie sind an einem Platinrahmen befestigt. Die beiden größten weisen ein Maß auf, wie es früher in Europa üblich war, und sie wiegen schätzungsweise zweihundertvierzig Zentigramm.« Sie blickte auf, sah Mónica an und wirkte plötzlich um zehn Jahre jünger, als sie mit einem Lächeln sagte: »Ich glaube, ich langweile Sie.«

Mónica schüttelte den Kopf.

»Damit wir uns recht verstehen«, fuhr die Schmuckexpertin fort, »der Ohrring ist wirklich in einem sehr guten Zustand, beinahe unglaublich, dass er im Abfluss gefunden wurde. Weiß Gott, wie er es geschafft hat, Kratzern und Rost zu entgehen. Bei einer Antiquitätenauktion würden sich für das Paar – aber nur für das Paar – an die fünftausend Euro erzielen lassen. Vielleicht sogar mehr, wenn der Interessent ein guter Sammler ist.«

Mónica gingen die Augen über.

»Im Ernst? Und wie viel würde ich nur für das Einzelstück bekommen?«

»Viel weniger, sechshundert, siebenhundert im Höchstfall, aber es wird nicht einfach, dafür einen Käufer zu finden.«

Aufgewühlt, wie Mónica war, hätte sie um ein Haar ihren Termin beim Gynäkologen vergessen. Sie traf sich mit Javier in der Arztpraxis, erpicht, ihm alles zu erzählen, was die Expertin ihr gesagt hatte.

Als die Arzthelferin feststellte, dass Mónica ein Kilo abgenommen hatte, schimpfte sie mit ihr wie mit einem kleinen Mädchen.

»Ich habe nur abgenommen, weil ich momentan nicht eine Sekunde stillsitze«, verteidigte sie sich.

»Dann müssen Sie das Leben eben ruhiger angehen, gute Frau«, beendete die Helferin den Disput autoritär.

Der Arzt erschien in seinem Sprechzimmer mit der Selbstgewissheit, mit der ein Magier die Bühne betritt. Er ließ ständig sein perfektes Gebiss sehen, das sich von seinem gebräunten Teint abhob, während er sich einen Latexhandschuh überzog, um mit der Untersuchung zu beginnen.

Die Arzthelferin strich reichlich Gel auf den Unterleib von Mónica, die dabei leicht erschauderte, während der Arzt den Ultraschall vorbereitete. Sowohl Mónica als auch Javier hatten nur noch Augen für den Monitor, wenngleich noch gar nichts zu sehen war. Sobald die ersten Bilder erschienen, fing der Gynäkologe mit seinen Erklärungen an.

»Das hier ist der Oberschenkelknochen, sehen Sie? Diese weiße, durchscheinende Linie. Der Kopf ... ein Arm ... der andere Arm ... Sehen Sie, jetzt hat es sich umgedreht. Das Runde hier ist der Bauch. Und das da ...« Er wandte sich um, um das Paar anzusehen, »möchten Sie wissen, welches Geschlecht Ihr Kind hat?«

Beide nickten gleichzeitig. Auf dem Monitor erschien etwas, das sie nicht zu enträtseln vermochten.

»Das da« – der Arzt deutete auf einen winzigen schwarzen Kreis – »ist die Blase von Ihrem Baby. Und wenn ich mich nicht arg täusche, dann würde ich schwören, dass es ein Mädchen ist.«

Die beiden verließen den Arzt wie betäubt vor Glück. Sie beschlossen, die Nachricht bei einem Japaner gebührend zu feiern.

Über der Stadt ragte ein Gebirge aus riesigen düsteren Wolken auf.

»Da wird ganz schön was runterkommen«, meinte Javier, die Augen auf die dicken schwarzen Wolken geheftet.

Als sie aus dem Restaurant kamen, regnete es bereits. Auf dem Heimweg wurde der Regen noch schlimmer. Doch das eigentliche Unwetter fing nach Mitternacht an. Mónica konnte sich kaum entspannen, solche Angst hatte sie vor dem wilden Donner und den grell zuckenden Blitzen. Sie musste ständig an das Haus denken, daran, ob die Handwerker auch die Fenster und die Tür zum Garten geschlossen hatten, bevor sie gegangen waren, ob diese Sintflut die Bauarbeiten beeinträchtigen würde. Und ihre Pläne.

Mónicas Ängste, die ihr die Nachtruhe geraubt hatten, waren durchaus begründet: Am Vortag hatten die Maurer die Tür zum Garten offen gelassen. Am frühen Morgen hatte der Wolkenbruch auch das geometrische Mosaik im Wohnzimmer in Mitleidenschaft gezogen und es mit allen möglichen Resten von Grünzeug bedeckt. Doch nichts, was sich mit Besen und Mopp nicht hätte beheben lassen.

Auch die Bäume hatten das Unwetter nicht unbeschadet überstanden. Vor allem der Feigenbaum hatte gelitten: Viele Zweige waren abgebrochen, und zwei Meter des Stammes hingen abgeknickt über der Erde.

»Der muss wohl abgesägt werden«, lautete das Urteil des Maurers, der in Richtung Feigenbaum schaute, ohne durch die Glastür hinauszutreten.

Es war ein weiterer hektischer Tag. Am Vormittag kamen die Monteure mit den Teilen für den neuen Schlafzimmerschrank. Kurz vor der Frühstückspause schickte der Chef den Lehrling mit einer Säge zur Hausherrin, um ihr seine Hilfe bei dem abgeknickten Baum anzubieten. Der Bursche konnte seinen Mangel an Erfahrung bei der Handhabung der Säge nicht verbergen. Dennoch fügte sich der Stamm dem Wunsch der beiden.

Im großen Schlafzimmer war eine Sinfonie aus Hammerschlägen zu hören, die sich hin und wieder dem Takt der Geräusche im Badezimmer anpasste. Mónicas Stimmung war gedämpft, sie fühlte sich nicht sonderlich danach, sich in Aktivitäten zu stürzen. So strich sie eine gute Weile im Haus herum und stieg dann in den Speicher hinauf, um sich die Nachmittagsstunden zu vertreiben, die so zäh schienen wie das Wachs, mit dem sie ihre Kundinnen epilierte. Sie betrachtete zum zweiten Mal innerhalb von wenigen Tagen den Koffer voller Briefe, doch diesmal weckte er ihr Interesse. Es mussten mindestens hundert sein. Die Namen ihrer Urgroßeltern waren mit fast schon künstlerischer Schrift auf die Vorderseite geschrieben – mit dicker schwarzer Tinte, alle von der gleichen Hand: María Gomis war die Empfängerin von mindestens einem halben Dutzend der Briefe. Die übrigen waren an Florián Imbert gerichtet. Die Adresse, an die sie geschickt worden waren, war die des Hauses – Calle de la Paz 26. Als Absender war bei allen nur eine rätselhafte Initiale angegeben: »M«.

Mónica wollte gerade die Geheimnisse dieser Episteln ergründen, als ihr etwas Seltsames auffiel. Jemand hatte die Briefe zwar sorgfältig dem Datum des Poststempels nach geordnet und mit einem Band zusammengebunden, doch sie hatten noch nie einem Menschen ihren Inhalt verraten. Mónica nahm jeden einzelnen noch einmal in Augenschein: Sämtliche Briefumschläge waren ungeöffnet – ausnahmslos.

Mónica konnte der Versuchung nicht widerstehen, einen Brief zur Hand zu nehmen, den Umschlag vorsichtig aufzureißen und den Bogen herauszuziehen. Das Papier war durch die Jahrzehnte der Vergessenheit vergilbt. Die Handschrift war gerundet, druckvoll und stilsicher. Mónica las mit vor Rührung pochendem Herzen:

18. Januar 1934

Liebe Mutter,
dies ist mein letzter Versuch, Euch zu erreichen.
Ich hatte schon befürchtet, dass sich Vater von den vielen Briefen, die ich Ihnen beiden geschickt habe, nicht würde erweichen lassen. Es sind inzwischen ein paar Dutzend, und es fanden sich darin zärtliche, verzweifelte und auch reuevolle Worte.
Wie ich ihn kenne, würde es mich dennoch nicht verwundern, wenn er sie überhaupt nicht hat lesen wollen.
Sie hingegen hat er immer als seine Verbündete betrachtet, die ich in diesen schweren Zeiten gern gehabt hätte. Jemand, der in der Lage ist, Akzeptanz aufzubringen, wenn schon nicht Verständnis. Und wenn ich von Akzeptanz spreche, dann meine ich damit eigentlich Liebe. Ich dachte in aller Bescheidenheit immer, dass die Liebe zur eigenen Tochter über kleinen oder auch großen Differenzen stehen würde, sogar über Peinlichkeit und Skandal.
Ich möchte damit nicht sagen, dass Sie ein Verhalten billigen sollen, das – wie Sie mir unmissverständlich zu verstehen gegeben haben – bei Ihnen eine Krankheit ausgelöst hat, die Sie dem Tode näher gebracht hat. Doch hatte ich durchaus gehofft, dass Ihre Liebe zu mir diese Prüfung überstehen würde.
Doch wie ich sehe, ist dies nicht der Fall.
Sie können sich nicht vorstellen, wie sich mir seine letzten Worte ins Herz eingegraben haben, während seine eiskalten Augen auf meine geheftet waren, als ich für immer von zu Hause verstoßen wurde. Erinnern Sie sich noch? »Ich reiße dich aus wie Unkraut!« Es

vergeht kein Tag, an dem ich nicht hundertmal daran denke.
Im Laufe dieser einseitigen Korrespondenz, die aufrechtzuerhalten ich mich verpflichtet gefühlt habe, glaube ich, mit ausreichender Klarheit vermittelt zu haben, dass dieses Gefühl nicht auf Gegenseitigkeit beruht. Ich werde von meiner Seite Ihnen beiden gegenüber nie etwas anderes als Respekt und vor allem Liebe empfinden.
Dennoch bin ich zu dem Schluss gekommen, dass ich mit meinen Versuchen nicht fortfahren möchte, Ihnen wie auch meinem Vater ein einziges Wort, eine einzige Geste zu entlocken.
Ich für meinen Teil – selbst wenn Sie an dieser Mitteilung kein Interesse zeigen werden – habe zu einer Sicherheit zurückgefunden, die mich über diesen anderen Verlust und über die Art und Weise, wie es dazu gekommen ist, hinwegtröstet. Und das Einzige, was ich von diesem Augenblick an erstrebe, ist, die Meinen glücklich zu machen und weiterhin, trotz aller traurigen Erinnerungen, ein ruhiges Dasein neben meiner Tochter und deren Vater zu pflegen.
Dies ist nun also mein Abschiedsbrief. Falls Sie einmal etwas von mir benötigen, wird Ihnen niemand bei mir zu Hause je etwas abschlagen. Wobei ich allerdings annehme, dass Sie fähig wären, lieber unter einer Brücke zu sterben als bei jemandem an die Tür zu klopfen, den Sie für den Schandfleck der Familie halten. Glauben Sie mir, Mutter, wenn ich Ihnen sage, wie sehr ich dies bedauere.
Ihre Tochter, die Sie beide liebt,
M.

Mónica war über den Inhalt des Briefes so verblüfft, dass sie nicht auf die Rufe des Maurers geachtet hatte, der im Treppenhaus ihre Aufmerksamkeit forderte.
»Señooora! Señooora!«
Sie stand schleunigst auf, um sich um ihn zu kümmern. Auf dem Schädel des Mannes schillerte hartnäckig der Schweiß zwischen den spärlichen Haaren, die ihm verblieben waren. Er wirkte zufrieden.
»Wir haben die Verstopfung der Rohre behoben«, berichtete er. »Sie werden erstaunt sein, was wir da drin gefunden haben!«

7

Eine Silberschatulle hatte den Abfluss blockiert; sie war rechteckig, mit Basreliefs versehen, ein bisschen verbogen und hatte an allen vier Ecken winzige, spitze Fußchen. Sie wirkte wie ein Miniatur-Sarkophag. Und sie war verschlossen.
»Wenn Sie wollen, verpasse ich ihr einen Schlag mit der Hacke, dann kriegen wir sie im Handumdrehen auf«, bot der Gehilfe des Maurers freundlich an – eine Vorgehensweise, die ihm in seinem Beruf ansonsten bestimmt überaus nützlich war. Mónica lehnte das Angebot ab und fragte den Meister, ob er dafür eine plausible Erklärung wisse.
»Das liegt doch auf der Hand: Der Klempner hat das Ding dort vergessen. Eine andere Erklärung gibt es nicht.«
»José? Und aus welchem Grund?«
Der Handwerker zuckte mit den Schultern.

»Die Leute sind seltsam, Señora. Um Sie anzuschmieren, vermutlich. Oder damit Sie ihn noch einmal rufen müssen.«
»Nein, nein. José ist ein anständiger Mensch.«
Der Mann machte eine zweideutige Geste, mit der er kundtat, dass er zu der Spezies Mensch an sich wenig Vertrauen hatte, dann fuhr er mit seinen empirischen Darlegungen fort: »Versuchen Sie einmal, dieses Ding dort hineinzuschieben«, sagte er und griff sich ein Stück Rohr, das mit dem soeben überprüften identisch war.
Mónica stellte fest, dass die Schatulle etwa die gleiche Breite hatte wie das Rohr. Die Vorstellung, dass jemand die Schatulle dort absichtlich hineingeschoben haben sollte, erschien ihr völlig absurd. Ihr erster Impuls war, José anzurufen, doch als sie in den Taschen ihres Trenchcoats nach dem Zettel mit seiner Telefonnummer wühlte, stieß sie auf den Schlüssel, der vor ein paar Tagen in der Waschmaschine aufgetaucht war. Mit einem Mal bekam alles einen ganz anderen Sinn.
Mónica überfiel plötzlich das starke Bedürfnis, die Schatulle zu öffnen. Sie stieg mit dem soeben aufgetauchten Schatz, dem Schlüssel und ihrem Handy zum Speicher hinauf. Dort wollte sie sich ein paar Minuten Zeit nehmen, um in aller Ruhe vorzugehen. Sie wog die Schatulle in der Hand, schüttelte sie ein wenig. Darin befand sich etwas Schweres, Kompaktes – aber nichts, das einen eindeutigen Hinweis gegeben hätte. Während sie den Schlüssel ins Schloss steckte, wunderte sie sich noch über ihre absurde Annahme, dass dies so leicht gehen könnte.
Doch der Schlüssel passte perfekt, und Mónica drehte ihn mühelos um, wobei ein metallisches Klacken zu hören war. Bevor sie den Deckel anhob, seufzte sie ergeben: »Um Himmels willen, da kann sonst etwas drinstecken.«
Als sie den Deckel schließlich anhob, ganz langsam und zu-

nächst ohne einen Blick zu wagen, entdeckte sie in der Schatulle ein Stofftaschentuch, das über einen Schatz gebreitet war. Sie sah es ein paar Sekunden lang an, bevor sie den notwendigen Mut aufbrachte, es wegzuziehen. Ihr Puls war wie ein Trommelfeuer, dessen Rhythmus mit dem Ausmaß ihrer Angst, ihrer Unruhe und Neugier immer schneller wurde.

Sie legte das Taschentuch beiseite und warf einen Blick ins Innere der Schatulle. Sie war wie versteinert. Tausende Gedanken flogen ihr wie Gespenster durch den Kopf, ausgelöst durch die jüngste Vergangenheit, aber auch durch die nahe Zukunft. Sie griff zum Telefon, um Javier anzurufen, doch als sie anfing, seine Nummer zu wählen, hatte sie plötzlich das Gefühl, doch lieber noch ein bisschen abwarten zu wollen. Sie brauchte einen Moment für sich, um sich zu sammeln, um sich abzureagieren oder vielleicht auch, um ihre Gedanken zu sortieren.

Sie legte das Telefon beiseite und brach wie ein kleines Mädchen in Tränen aus.

8

Die Expertin für Edelsteine und antiken Schmuck empfing Mónica und Javier zur Mittagszeit in dem Juweliergeschäft, dessen Miteigentümerin sie war. Die Jalousien waren heruntergelassen, und innen herrschte eine Stille und Dunkelheit, die dem Treffen – einschließlich der Präsentation – einen gewissen Anflug von Heimlichtuerei verlieh.

Sie nahmen an der Tischvitrine Platz, während ihnen gegen-

über die Eigentümerin einen Punktstrahler einschaltete, der ein schwarzes Samttuch darauf erhellte.
Mit der Bedachtsamkeit einer Seiltänzerin legte Mónica den Inhalt der Schatulle auf den dunklen Untergrund: drei Halsketten, sechs Paar Ohrringe, acht Anhänger, zwei Broschen und elf Armbänder, die einander an Pracht und Schönheit zu übertreffen versuchten. Für den Schluss hatte sie das Stück aufgehoben, das mit absoluter Sicherheit am beeindruckendsten war: den Ohrschmuck mit Diamanten und Rubinen im isabellinischen Stil – das Stück also, das den Fund komplettierte, den die Expertin bereits geschätzt hatte.
Die Juwelierin stieß einen Seufzer aus, so überwältigt war auch sie. Ihre Finger glitten von einem Schmuckstück zum nächsten mit der Anmut einer Biene, die von Blume zu Blume fliegt, ohne so recht zu wissen, auf welcher sie sich niederlassen soll.
»Die Sachen sind wunderschön, da gibt es keinen Zweifel. Einige sind ein bisschen angeschmutzt, aber sie sind ebenso gut erhalten wie das Ohrgehänge, das Sie mir bereits gezeigt haben.«
»Wir würden gern wissen, welchen Wert das alles hat«, sagte Mónica.
Die Frau blickte von dem Schatz auf, mit abwesender Miene. »Der Preis für Schmuckstücke wie diese hier hängt nicht nur von ihrem Zustand ab, sondern auch vom Interesse des potenziellen Käufers. Wie wäre es, wenn ich mich ein bisschen umhöre und Sie bis zum Wochenende anrufe? Wenn ich Ihnen jetzt einfach so eine bestimmte Summe nenne, wäre das bestimmt nicht sinnvoll. Aber ich kann Ihnen mit absoluter Sicherheit sagen, dass der Schmuck sehr wertvoll ist, das sieht man auf den ersten Blick. Wenn Sie vorhaben, ihn zu verkaufen, dann empfehle ich Ihnen, ihn nicht dem Nächstbesten zu überlassen.«

Sie seufzten beide, als hätten die Worte der Expertin sie gebremst.
Diese sprach weiter, während sie die Schmuckstücke wieder an ihren Platz legte: »Es ist gut möglich, dass ich Ihren idealen Käufer kenne. Einen alten Juwelier aus dem Baskenland, mit dem ich seit Jahren auch befreundet bin. Wenn er diese Kollektion sähe, würde ihm das Wasser im Mund zusammenlaufen. Er hatte schon immer eine Schwäche für Exquisites.«
Sie war schon fast fertig, als sie innehielt, um die Schatulle zu betrachten.
»Sie ist zwar ein bisschen ramponiert«, sagte sie, wobei sie auf einige Dellen und dunkle Flecken deutete, »aber sie ist großartig. Ganz im Stil des beginnenden zwanzigsten Jahrhunderts. Haben Sie sich schon mal die mythologischen Szenen genauer angesehen? Hier haben Sie die Geburt der Venus, die römische Göttin der Liebe und der Schönheit. Die Darstellung folgt ganz Botticelli: Sie wird von den Göttern des Windes begleitet, hier« – ihre knochigen Finger lenkten den Blick auf die Stellen, die sie gerade erläuterte –, »sie sind eng umschlungen. Diese Figur hier, die wartet, um sie mit einem Cape zu umhüllen, ist der Frühling. Man erkennt sie an ihrer geblümten Tunika und dem Rosengürtel.«
Javier und Mónica waren überrascht, mit welcher Selbstverständlichkeit diese Frau ihnen eine Kostprobe ihres Wissens gab.
»Und auf der anderen Seite« – sie drehte die Schatulle um – »haben wir die Liebschaft von Königin Dido mit Aeneas, dem bedeutendsten römischen Helden, der aber auch der Sohn des Kriegers Anchises und der Göttin Venus war. Es bleibt sozusagen alles in der Familie.«

9

Am Samstagmorgen warteten Mónica und Javier immer noch auf den Anruf der Schmuckexpertin; ihre Nerven lagen schon blank, als endlich das Telefon läutete.

»Sie haben vielleicht ein Glück! Señor Uralde-Alloa ist mit seiner Tochter gerade in Barcelona; doch nur am Wochenende, während sie an einer Regatta teilnimmt. Er verlässt Bilbao sehr selten, und überdies führt er nicht gern mit potenziellen Geschäftspartnern Privatgespräche, aber ich habe ihm von Ihrem Schatz erzählt, und er ist sehr daran interessiert, Sie kennenzulernen. Er lädt Sie heute Mittag zum Essen ein, um halb drei. Ich würde Ihnen empfehlen, die Einladung anzunehmen und den Schmuck mitzubringen. Ich werde auch mit dabei sein.«

Javier war an der Reihe, den Tag mit seinen Kindern zu verbringen, aber Mónica folgte der Einladung mit Vergnügen. Das Treffen fand im Restaurant Arola statt, im obersten Stockwerk des Luxushotels Arts; von hier bot sich ein umwerfender Blick über den Port Olímpic von Barcelona.

Mónica kam ein paar Minuten vor dem vereinbarten Termin. Kaum hatte sie den Namen von Don Mikel Uralde-Alloa ausgesprochen, begleitete sie auch schon ein emsiger Ober zum reservierten Tisch, bat sie um Erlaubnis, ihr die Jacke abnehmen zu dürfen, und wartete ab, bis das Vorstellungsritual und die Begrüßung vorüber waren, um ihr den Stuhl zurechtzurücken. Die Schmuckexpertin – sie hatte sich aufwendiger zurechtgemacht als sonst – lächelte zufrieden, als sie die Szenerie beobachtete.

Don Mikel Uralde-Alloa war ein eleganter Mann über achtzig. Er trug einen grauen Maßanzug, der etwas aus der Mode war, dazu ein schwarzes Hemd mit glänzenden Manschettenknöpfen, die mit Einlegearbeiten aus Edelsteinen versehen waren. Er hatte schlohweißes Haar, selbst sein Spitzbart und sein schmaler Schnauzer waren weiß, seine extrem knochigen Hände wiesen Altersflecken auf, waren aber perfekt manikürt, und seine Augen waren von einem so hellen Blau, dass sie wie Wasser wirkten. Wenn er lächelte, was nicht so häufig vorkam, traten seine Wangenknochen hervor wie zwei kleine Hügel, und um seine Augen herum zeichneten sich unendlich viele kleine Fältchen ab. Er sprach mit Bedacht und in einem melodischen Tonfall, der seine Umgebung zu bezaubern pflegte. Mónica machte in dieser Hinsicht keine Ausnahme – von dem Augenblick an, als Uralde-Alloa sich verbeugte, um sie mit einem Handkuss zu begrüßen.

»Mein Mann lässt sich entschuldigen, er konnte nicht kommen. Er hätte Sie sehr gern kennengelernt«, sagte Mónica, um das Eis zu brechen. Der Juwelier nahm Javiers Abwesenheit mit einer gleichgültigen Geste hin.

»Möchten Sie den Schmuck sehen?«, fragte Mónica entschlossen, seine Erwartung nicht zu enttäuschen.

»Noch nicht, junge Frau … Ich würde diese Sache momentan gern vergessen und diese Gesellschaft genießen, um die mich viele beneiden werden. Was möchten Sie trinken?«

Der emsige Ober nahm die Bestellung der Getränke auf.

»Sie erwarten also ein Baby. Welch gute Nachricht«, bemerkte der Juwelier und deutete in Richtung Mónicas Bauch. »Kinder sind das schönste Geschenk, das uns das Leben geben kann.«

»Daraus schließe ich, dass Sie selbst Kinder haben, Señor Uralde-Alloa.«

»Aber bitte! Sprechen Sie mich nicht so hochtrabend an. Ich bin Mikel, das reicht. Und warum duzen wir uns nicht, was meinst du? Ein Vertrauensverhältnis mit schönen Frauen ist gut fürs Ego. Vor allem, wenn diese Frauen die eigenen Töchter sein könnten, wie meine liebe Freundin Ava.«

Die Schmuckexpertin nickte.

»Doch zurück zu deiner Frage, Mónica. Ja, ich habe eine Tochter. Sie ist etwas älter als ihr beide. Und ich bin eigentlich auch nur ihretwegen hier. Sie segelt mit Begeisterung, und es bereitet ihr Freude, wenn ihr Vater nervös wird, während er mit festem Boden unter den Füßen auf sie wartet.«

Sobald die Getränke kamen, brachte Uralde-Alloa einen Trinkspruch aus. »Auf die ewige Schönheit!«, sagte er.

Das Mittagessen in dem luxuriösen Ambiente verlief in entspannter Geselligkeit. Uralde-Alloa bestellte für seine Gäste eine Auswahl der Tapas-Spezialitäten des Hauses, die er selbst aber nicht probierte, denn er meinte, in der Kochkunst sei »zu viel Fantasie wie Essig, der schließlich alles ruiniert«.

Für die Wahl des Hauptgerichts wurde der Küchenchef höchstpersönlich am Tisch vorstellig – mit makellos weißer Schürze und Kochmütze. Uralde-Alloa erhob sich, um ihn mit einer Umarmung zu begrüßen.

»Aitor, du alter Schlawiner, wie schön, dich zu sehen!«

»Ja, ja«, scherzte der Koch, nachdem er die beiden Frauen begrüßt hatte, »du freust dich doch bloß, weil ich dir immer deine Launen durchgehen lasse. Was darf es denn heute sein?«

Sie lachten. Die Frauen ließen sich bei der Auswahl der Gerichte beraten, und ihr Treffen gestaltete sich so ungezwungen, wie die Zeit vergeht. Die Empfehlungen des Küchenchefs erwiesen sich als köstlich. Ebenso der Wein, ein 1978er Tokajer Oremus, den Uralde-Alloa in Gedenken an Mónicas Geburtsjahr eigens aus einer Bodega im Paseo del Borne kommen ließ und der wie ein Staatschef willkommen geheißen wurde. Der Wein hatte die Farbe von dunklem Gold, er war schwer und extrem süß.

»Meine Lieben«, begann der alte Herr, »lasst uns auf diese glücklichen Umstände anstoßen, die uns zusammengeführt haben. Mónica, ich weiß, dass du keinen Alkohol trinken sollst, aber in diesem Fall bitte ich dich, eine kleine Ausnahme zu machen. Trink einen Schluck von dieser Köstlichkeit. So etwas hast du noch nie probiert, das schwöre ich dir.«

Viel später erfuhr Mónica, dass dieser ursprünglich ungarische Wein, der in einer bergigen Region von Tokaj gekeltert wurde, eine Rarität war, die nur auf den Tischen von Königen, Regierungschefs und den bedeutendsten Geschäftsleuten der Welt zu finden ist. Eine einzige Flasche kostete mehr als die übrigen Speisen zusammen.

Während ihrer angeregten Unterhaltung bei dem vorzüglichen Essen wurden die Schmuckstücke kein einziges Mal erwähnt. Doch sobald der Ober die leeren Dessertteller abgetragen hatte – nur die Frauen hatten eine Nachspeise bestellt –, sprach der Gastgeber das Thema mit absoluter Professionalität direkt und unumwunden an.

»Also, wenn ich recht verstanden habe, meine Liebe, dann möchtest du meine Meinung über gewisse Preziosen wissen.«

»So ist es. Möchtest du sie sehen?«

Uralde-Alloa lehnte das Angebot erneut mit einer abweisenden Handbewegung ab.

»Hier nicht. Außerdem sind meine Augen keine solchen Präzisionswaffen mehr wie früher. Ich verlasse mich dabei lieber auf den Sachverstand meiner Freundin Ava; sie hat ihn bereits bei unzähligen Gelegenheiten unter Beweis gestellt.«

Er machte eine Pause, die er nutzte, um den letzten Schluck Wein zu trinken, ehe er weitersprach: »Die Sammlung interessiert mich, allerdings mit Ausnahme der Ohrgehänge mit Diamanten und Rubinen. Wenn du willens bist, mir alles andere zu verkaufen, werde ich dir dafür ein gutes Angebot unterbreiten.«

Mónica antwortete mit einem Schweigen, das der Juwelier als Zustimmung deutete: »Für alles andere kann ich dir – selbstverständlich – einen Freundschaftspreis bezahlen. Aber vergiss nicht, dass ich dabei im Hinblick auf meinen Lebensunterhalt und vor allem den meiner Tochter als Geschäftsmann agieren muss. Das heißt, ich muss dir ein Angebot machen, das mir bei einer Auktion einen gewissen Gewinn beschert. Ich sage: fünfzigtausend Euro. Feilschen ist mir verhasst, und somit ist dies mein einziges Angebot. Alles, mit Ausnahme der Ohrgehänge, wie gesagt. Besprich dich mit deinem Mann und gib mir innerhalb von vierundzwanzig Stunden Bescheid.«

Mónicas Herz machte einen Satz. Sie musste sich mit niemandem absprechen. Doch sie ließ sich nichts anmerken.

»Würde es dir etwas ausmachen, wenn ich die Schatulle behielte?«, fiel ihr gerade noch ein.

Als Antwort fing Uralde-Alloa an zu lachen, zum ersten Mal während der ganzen Einladung.

10

Igitt, was stinkt denn hier so?«, war das Erste, was Rufino fragte, als er die Tasche voller Werkzeug von der Schulter hievte.

Er war in Begleitung von zwei Handwerkern, die wie Packesel beladen waren. Bei einem wiederholte sich der angeekelte Gesichtsausdruck, den schon sein Chef hatte sehen lassen. Der andere merkte erstaunt an: »Also, ich rieche nichts.«

Rufino meisterte geistesgegenwärtig die Situation: »Jungs, ihr habt wohl eine verstopfte Nase. Macht schon, bringt das restliche Material herein! Wir müssen jetzt sofort loslegen!«

Doch bevor es losging, erklärte der Meister Mónica, worin ihre »Verrichtung« – so seine Worte – hinsichtlich des Mosaiks bestehen würde. Er entfaltete vor ihr ein Blatt Papier, das schon in die Jahre gekommen schien; darauf waren die geometrischen Muster ihres Bodens samt einigen technischen Hinweisen zu sehen.

»Das ist die Originalzeichnung des Herstellers«, erklärte der Restaurator, bevor er sich vorsichtig ans Werk machte.

Mónica brachte inzwischen den Speicher weiter in Ordnung, bis zum ersten Mal nach ihr gerufen wurde. Es war Rufino, der ihr einen dunklen Fleck zeigen wollte; er war aufgetaucht, als sie die erste Reihe der defekten Fliesen entfernen wollten. Der Fleck hatte eine braungraue Farbe und erstreckte sich unter den Bereich des Mosaiks, der nicht restauriert werden musste.

»Was sollen wir jetzt tun?«, wollte er wissen.

Mónica sah ihn mit einem fragenden Blick an – sie suchte Rat.

»Wir können versuchen, den Fleck zu entfernen. Es gibt verschiedene Möglichkeiten: von der Chemiekeule bis hin zu einer Komplettsanierung. Das würde allerdings bedeuten, dass wir das gesamte Mosaik abtragen und die schadhaften Schichten entfernen müssten. Die zweite Alternative bedeutet natürlich erheblich mehr Arbeitsaufwand und würde den gesamten Ablauf verzögern.«

Sie entschieden sich für den Einsatz von Chemikalien, doch am nächsten Tag waren die Flecken wieder da: noch größer, dunkler und zudem anders geformt als am Morgen zuvor.

»So etwas habe ich noch nie erlebt«, jammerte Rufino. »Ich verstehe das nicht. Sie haben doch mit eigenen Augen gesehen, wie wir gestern die Flecken entfernt haben.«

Die ganze Prozedur wurde wiederholt, und diesmal, wie es schien, mit Erfolg. Die Arbeiten wurden von der ständigen Kritik des Meisters an seinen Leuten begleitet.

»Was habt ihr heute eigentlich gefrühstückt? Seht ihr denn nicht, dass das schief ist?«, sagte er zu den Burschen, wobei er auf die Fugen der bereits verlegten Fliesen deutete. Die Handwerker nahmen Korrekturen vor, aber nichts vermochte ihren Meister zufriedenzustellen.

»Weiter nach oben. Ein Stück nach links. Ja, aber merkst du das denn nicht? Jetzt ist sie verdreht. Ein bisschen nach rechts. Weiter hoch, Mann! Nein, nein, so nun wirklich nicht! Was zum Teufel ist denn los mit dir? Hast du zwei linke Hände? Mach Platz, Mann, jetzt mach ich das selbst!«

Als er beiseite trat, murmelte der Mosaikrestaurator einen Kommentar, den Mónica hören konnte: »Keine Chance, dass diese Dinger in der Linie bleiben, das muss am Untergrund liegen.«

Er hatte recht. Auch Rufino selbst sah sich mit dieser seltsamen Schwierigkeit konfrontiert. Es war, als ob eine unsichtbare Hand anfangen würde, die soeben verlegten Fliesen wieder aus dem Lot zu bringen. Eine subtile, aber starke Kraft wie ein Magnet war am Werk, um ihre Arbeit zu vereiteln.

»Also was ist denn hier los, verdammt noch mal?« Der Meister war wütend. »Das werden wir doch sehen! Du, hilf mir!«

Sie hatten schon eine weitere Fliese vorbereitet, um sie einzupassen. Die drei Männer hielten sie gepackt, als würde ein Titan sich ihnen widersetzen. Rufino erteilte klare Anweisungen: »Ein bisschen nach rechts! … Einen halben Zentimeter in meine Richtung! … Nein, nicht so viel. Jetzt. Dahin. Keinen Millimeter weiter. So. Los, runter mit ihr, vorsichtig, lasst sie nicht los. Ja, so, ein Stückchen noch …«

Die Einzige, die die ganze Szenerie überblickte, war Mónica. In den folgenden Monaten sollte sie sich immer an diesen Moment erinnern – als den Beginn des schlimmsten Alptraums ihres Lebens, der ihre Wahrnehmung des Ortes in ein Vorher und ein Nachher teilte.

Den Männern war es gelungen, die Bodenfliese an genau die richtige Stelle und in der adäquaten Neigung zu platzieren. Mónica hätte geschworen, dass just in dem Moment, als sie den Boden berührte, ein Knirschen zu hören war. Das erste Knirschen. Gefolgt von einem weiteren und noch einem – und noch vielen mehr. Eine Abfolge von kurzen Knirschgeräuschen. Es dauerte eine Weile, bis sie alle begriffen, dass dieses Geräusch von den Kacheln kam, die wie Blätterteig auseinanderfielen.

Die drei Männer drehten sich um, um zu sehen, was los war, und starrten auf das Gesicht der Hausherrin, die mit einem Mal bleich geworden war. Ihre Augen wanderten in blankem Entsetzen von einer Seite des Mosaiks zur anderen. Mit einer Hand unterdrückte sie einen Schrei, mit der anderen hielt sie sich den Bauch.

Die einzelnen Teile des Bodenmosaiks zerbrachen. Eins nach dem anderen, in einem sich steigernden Rhythmus, als würden sie einem bizarren Befehl Folge leisten.

»Was zum Teufel …?«, rief der Meister.

Plötzlich hatte Mónica eine Eingebung. »Nehmt die neue Fliese wieder heraus, bevor sie zerbricht! Hebt sie hoch! Sofort!«

»Aber warum?«

»Jetzt macht endlich!«

Mónicas unbeherrschter Schrei bewirkte, dass die Männer sich umgehend ans Werk machten. Das Geräusch der zerbrechenden Fliesen hatte an Tempo gewonnen. In nur ein paar Minuten wäre das Mosaik ruiniert. Die drei Männer wandten gegen den rasch aushärtenden Zement alle Kraft auf. Sobald sie die Fliese herausgerissen hatten, hörten die Knirschgeräusche auf.

Das Mosaik ging nicht weiter zu Bruch, es herrschte Totenstille.

Vor ihren perplexen Augen tauchten wieder die Flecken auf – größer, dunkler und stinkender als je zuvor.

11

Februar 1932

Lieber Vater,

noch habe ich die Hoffnung nicht verloren, von Ihnen eine Antwort zu erhalten, obwohl bereits ein Jahr verstrichen ist, seitdem ich Ihnen zuletzt in die Augen gesehen habe und in dem ich Ihnen über zwanzig Briefe geschickt habe.

Ich habe erfahren, dass meine Schwester Flora sich mit jenem jungen Mann verlobt hat, der Ihnen so gut gefällt – Mutter wie auch Ihnen –, und ich freue mich darüber. Durch sie wie auch mit der kleinen Lola werden Sie bestimmt die Befriedigung finden, die ich als Erstgeborene Ihnen nicht zuteil werden lassen konnte.

Für den Fall, dass mein Gesundheitszustand für Sie noch von Interesse ist, so kann ich Ihnen mitteilen, dass es mir erheblich besser geht. Ich habe mich von all den Komplikationen erholt, die nach der Geburt meiner Kleinen aufgetreten waren und die den Ärzten Anlass waren, um mein Leben zu fürchten. Ich hatte in den langen Stunden meiner Rekonvaleszenz viel Zeit zum Nachdenken. Es ist eine schreckliche Strafe, bei Verstand zu sein, während der Körper geschwächt ist.
Meine wichtigste Beschäftigung zu dieser Zeit wie auch heute bestand vor allem im Nachdenken; ohne Unterlass zu grübeln und Fragen zu formulieren, auf die ich keine Antwort weiß und die mir im Lauf meiner Genesung viele Male eine Traurigkeit beschert haben, die an Verzweiflung grenzte.
Jetzt, da ich die Dinge aus der Distanz sehe, fühle ich mich in der Lage zu behaupten, dass ich das Motiv für Ihre Verstimmung zu kennen glaube. Ich will mich mit dem, was ich Ihnen nun sagen werde, nicht ein Quentchen von meiner Schuld befreien. Ich weiß, dass mein Verhalten frivol und unangemessen war, aber ich wurde von dem Einzigen getrieben, das mir auf dieser Welt rein erscheint: der Liebe. Ein Grund, Vater, von dem ich hoffte, Sie würden ihn zu gegebener Zeit verstehen, denn auch meine Briefe beruhen schließlich darauf.
Ihr hartnäckiges Schweigen, dem Mutter sich angeschlossen hat, bewirkt nur eines: mich daran zu erinnern, dass ein steter Tropfen den Stein höhlt. Ich weiß von der leidenschaftlichen Liebe, die Sie zweifelsohne immer für ihre Töchter empfanden, mich eingeschlossen. Man könnte durchaus sagen, dass auch der Schmerz proportional zur Wertschätzung des Auslösenden steht,

aber ich denke weiterhin, dass für ein derart undurchdringliches Vergessen, wie ich es erleide, ein anderer Grund vorliegen muss als nur mein Verhalten.
Somit kann ich, die ich keine Antwort erhalte, wohl nur vermuten, dass ein Großteil Ihrer Stimmung durch dieses Haus verschuldet ist. Bitte zerreißen Sie dieses Papier nicht, nachdem Sie es gelesen haben, und glauben Sie auch nicht, dass Dreistigkeit meine Worte nährt. Denken Sie darüber nach, nur darum bitte ich Sie.
Erinnern Sie sich an die alten Familiengeschichten, deretwegen meine Schwestern vor Angst in Tränen ausbrachen – sie hatten immer mit seltsamen Ereignissen zu tun, denen andere Mitglieder unserer Familie an diesem Ort zu Zeiten ausgesetzt waren, die unserer Erinnerung verloren sind, die sich jedoch in der Fantasie fortsetzten.
Es waren schreckliche Geschichten von Erscheinungen, von Stimmen und Seufzern, die aus dem Nichts zu kommen schienen, von Gegenständen, die ohne Zutun den Platz wechselten, und von Pflanzen, die grundlos eingingen. Aber sie erschreckten uns umso mehr, weil früher oder später auch wir das eine oder andere dieser unerklärlichen Phänomene erlebten. Auch Ihnen ist es so ergangen, wenngleich Sie sich jetzt weigern, dies zuzugeben, wenngleich Ihr Denken als aufgeklärter Mann immer eine logische Erklärung finden wollte – eine auf Naturwissenschaft und Rationalität basierende Erklärung.
Ich bin fest davon überzeugt, dass in dem Haus, das bis vor einem Jahr auch mein Zuhause war, unerklärliche Ereignisse geschehen. Und dass eben diese Ereignisse Ihre Nerven reizen, um Sie gleichsam vergessen zu

lassen, was in Ihrem Leben von großer Bedeutung war. Ich spreche von der Liebe, Vater, von unserem einzigen wirklichen Erbe.

Nun wünsche ich mir mit aller Kraft, dass nichts von alledem uns noch weiter voneinander entfernen möge (ist eine größere Trennung möglich als die absolute Trennung?) oder eine Versöhnung zwischen uns vereitle. Das Einzige, was ich versuche, ist, eine überzeugende Erklärung für etwas zu finden, mit dem ich mich so nicht abfinden kann und will; und ich hoffe, dass Sie dies auch so begreifen.

Zuvor hatte ich meine Tochter erwähnt. Ich glaube nicht, Ihnen gesagt zu haben, dass sie auf den Namen ihrer Großmutter mütterlicherseits getauft wurde. Flora ist ein gesundes Mädchen und voller Lebensfreude; ihre Eigenschaften rufen in mir manche Erinnerungen an Sie wach. Unter anderen Umständen hätte Sie diese Ähnlichkeit sicherlich mit Stolz erfüllt.

Ich bin erschöpft. Meine Genesung ist noch nicht vollendet. Ich werde bei anderer Gelegenheit fortfahren.

Ihre Sie innig liebende Tochter,
Margarita

Mónica hörte auf, den Brief laut vorzulesen, und sah zu Javier.

»Hast du gewusst, dass Lola noch eine Schwester hatte, von der unglücklichen Flora einmal abgesehen?«, fragte er.

»Ich hatte keine Ahnung«, erwiderte Mónica, »aber ich habe diesen Brief nicht aus diesem Grund ausgesucht, sondern wegen der Dinge, die über das Haus gesagt werden.«

»Soso. Also dass deine Großmutter ihre kleinen Töchter mit

Familiengeschichten über Gespenster erschreckt hat – das ist doch nichts Ungewöhnliches, finde ich.«
Sie wurden später als sonst mit dem Abendessen fertig. Javier brannten die Augen vor Müdigkeit, aber Mónica war hellwach und hatte noch große Lust, sich zu unterhalten. Sie berichtete die Vorfälle, die sich am Morgen mit dem Mosaik ereignet hatten, als würde es sich um etwas Übernatürliches handeln.
»Da ist nicht die Rede von irgendwelchen Geschichten«, sagte Mónica und kam somit wieder auf den Brief zurück, »sondern von unerklärlichen Phänomenen. Phänomenen, wie ich heute selbst eines erlebt habe – nicht mehr und nicht weniger.«
Javier seufzte. Er suchte die Hände seiner Frau und bedeckte sie mit den seinen.
»Was heute passiert ist, ist kein seltsames Phänomen, mein Schatz«, sagte er mit einem herablassenden Lächeln. »Wir müssen nur die Ursache finden, die es ja mit Sicherheit gibt. Ich möchte wetten, dass es eine kleine Erschütterung im Boden war, irgendeine Verschiebung der unterirdischen Schichten oder im Wasser der Klärgrube oder was weiß ich. Wir werden es herausfinden, dann bist du bestimmt erheblich beruhigter.«
»Ach ja?« Mónica befreite ihre Hände aus der Umklammerung. »Und alles andere, was in den letzten Tagen passiert ist? Die eisige Kälte? Der fürchterliche Gestank? Diese Buchstaben an der Wand?«
»Wir haben uns doch schon über das alles unterhalten. Ein Haus, das so lange zugesperrt war, ist eben schwierig zu heizen. Der üble Geruch kann von irgendwoher kommen, aus den Abwasserrohren oder eben aus dieser Klärgrube. Die Sache mit der Wand ist das Werk von einem der Untermieter,

die deine Großtante hatte, ist doch klar: Das war irgendein komplett durchgeknallter Typ. Aber egal: Berichte über solche unerklärlichen Phänomene haben bloß den Zweck, mehr Bücher zu verkaufen oder die Leute ins Kino zu locken. Dummköpfe natürlich. Du bist doch eine intelligente Frau, Mónica. Du willst mir jetzt doch nicht sagen, dass du an Gespenster glaubst?«

Mónica fühlte sich unbehaglich, als Javier ihr zärtlich die Wangen streichelte und sie fast väterlich tröstete: »Du bist einfach sensibler als sonst, mein Herz. Deshalb nimmt dich das alles so mit. Das ist bei schwangeren Frauen ganz normal, weißt du. Aber du musst lernen, das in den Griff zu kriegen, sonst schnappen wir letztendlich noch beide total über.«

Er trank einen Schluck Wasser und schob sich einen Brotkrumen in den Mund, der auf seinem Gedeckset lag. Dann schien ihm plötzlich eine Idee zu kommen: »Also, ich hätte da einen Vorschlag. Du beklagst dich doch immer, dass du über deine Familie so wenig weißt. Wie wäre es, wenn du, anstatt in deinem Traumhaus nach Erscheinungen zu fahnden, diese Flora suchen würdest, von der in den Briefen die Rede ist? Sie muss ja noch am Leben sein, und sie verfügt bestimmt über jede Menge interessante Informationen – dann machst du dir weniger Kopfzerbrechen. Und, bitte, reden wir im Bett weiter. Ich falle vor Müdigkeit fast um.«

Mónica willigte ein, obwohl sie wusste, was das bedeutete. Nicht einmal fünf Minuten nachdem sie sich neben ihn gelegt hatte, hörte sie Javiers Schnarchen.

12

Weder Rufino noch seine Mitarbeiter ließen je wieder ein Wort darüber verlauten, was mit dem Mosaik passiert war, nachdem sie den Auftrag angenommen hatten, die gesamten Bodenfliesen im Wohnzimmer herauszureißen, um der Ursache für die Flecken auf den Grund zu gehen. Zwei Tage verstrichen, ehe sie anfangen konnten, den komprimierten Boden darunter zu entfernen. Keiner der Arbeiter wusste so recht, wonach er eigentlich suchen sollte. Was nach einem schnellen, simplen Auftrag ausgesehen hatte, hatte sich in ein kompliziertes Unterfangen verwandelt, das die Firma mit ihren Terminen mindestens eine Woche in Verzug brachte. Doch manchmal wird sogar jemand fündig, der eigentlich gar nicht weiß, was er sucht. Als das Wohnzimmer immer mehr einer Baustelle glich, stieß der jüngste der Handwerker auf Unebenheiten in der Nähe der Tür. Nachdem sie den ganzen Bereich freigelegt hatten, versetzte der Fund alle in Erstaunen: Es waren Wurzeln, dicke, schmutzig weißliche Wurzeln, die durch den harten Grund, wo sie gewachsen waren, abgeschnürt wurden. Ein Geflecht von fast erstickten Wurzeln erstreckte sich unter dem Mosaik.

»Da haben Sie aber Glück, dass wir die gefunden haben«, sagte Rufino zu Mónica. »Wenn sie hier verblieben wären, dann hätten sie irgendwann den ganzen Boden angehoben.«

Die Erklärung war komplex, hatte aber nichts Übernatürliches: Irgendwann einmal war es einem Bewohner des Hauses in den Sinn gekommen, unter dem Wohnzimmer einen Lagerraum einzurichten. Der Grundwasserspiegel ließ ein derartiges Vorhaben allerdings nicht zu. Man hätte die Arbeiten rechtzeitig abbrechen sollen, doch da waren die Entlüftungsschächte für den Keller bereits angelegt, die dann mit Erde aus dem Garten aufgefüllt wurden. Auf diese Weise waren die Wurzeln des Feigenbaums hereingekommen, als sie mehr Platz zum Wachsen brauchten, und befanden sich nun unter den Bodenfliesen des Wohnzimmers.

»Obwohl der Durchgang zu eng ist und das Pflanzenwerk dann schließlich hier drunter erstickt ist«, sagte Rufino und deutete auf ein Areal, wo die Wurzeln ein Geflecht aus verwesten Knäueln und Fasern bildeten, zwischen denen sich eine Kolonie Ringelwürmer bewegte.

Mónica betrachtete die Szenerie aus der Ferne, ohne das Taschentuch wegzulegen; sie hatte das Gefühl, als braue sich in ihrem Magen eine Übelkeit zusammen, die sie womöglich nicht würde zurückhalten können.

»Hier haben Sie also den Grund für den widerlichen Geruch. Wirklich ekelhaft«, fügte der Meister noch hinzu.

Unter Protesten und mit finsteren Mienen säuberten die Handwerker den Unterboden von Wurzeln und Würmern. Bevor sie ihn erneut mit Erde und Kies auffüllten, informierten sie Mónica, dass es am besten wäre, die alten Entlüftungsschächte ganz zuzuschütten. Diese Arbeit nahm einen weiteren Tag in Anspruch, aber schließlich war dann alles in Ordnung. Der Gestank war verschwunden – und somit ein Großteil der Sorgen der Hausherrin. Sobald sie angefangen hatten, die verbliebenen Fliesen wieder zu verlegen und die kaputten zu ersetzen, erwies sich die Arbeit als Kinderspiel.

»Verstehen Sie das alles einfach als Warnung«, meinte Rufino. »Entweder reißen Sie diesen verdammten Baum raus, oder es passiert früher oder später das Gleiche noch einmal.«

Von dem Tag an, als der Restauratorentrupp mit dem Polieren des mittlerweile fertigen Bodens begann, machte es sich Mónica zur Gewohnheit, im Vilarrupla's zu frühstücken, einer kleinen Kneipe an der Plaça Xica; sie schaute die Lokalpresse durch, während sie in Ruhe etwas trank. Dort fiel ihr zum ersten Mal die *Tribuna Maresme* in die Hände. Sie blätterte neugierig darin herum, ohne etwas Bestimmtes zu suchen, als plötzlich ihre Augen am Foto einer älteren Frau hängenblieben, die trotz der Jeans, die sie trug, wie eine elegante Amerikanerin wirkte. Ihr distinguiertes Äußeres war auffällig, auch ihr jugendlicher Stil. Mónica ließ ihren Blick bis zur Bildunterschrift schweifen: »Flora Cots Imbert, verwitwete Casas, die neue Eigentümerin der Labore Casas-Coll S.L.«

Mónica fuhr zusammen. Sie sah sich das Bild noch einmal bewusst an, bis ihr klar war, dass sie gefunden hatte, wonach zu suchen sie noch nicht einmal begonnen hatte.

13

Sie hatten nun endlich den Termin für den Umzug festgelegt – den 21. November, zehn Tage vor dem Datum, auf das sie sich geeinigt hatten, um aus ihrer Mietwohnung auszuziehen.

Mónica beschloss, der Redaktion der *Tribuna Maresme* einen Besuch abzustatten. Die Räumlichkeiten im Cami Ral hatten Dimensionen wie ein Hangar und wirkten so steril wie ein Krankenhaus.

»Guten Tag, ich bin Albert Calls«, begrüßte sie der Chefredakteur.

Mónica zeigte ihm den Zeitungsausschnitt und fragte ihn, wie sie mit seiner Hilfe die Frau auf dem Foto ausfindig machen könne. Während sie darauf wartete, dass Calls ihr die gewünschte Information holte, betrachtete Mónica dieses unbehagliche Ambiente aus Tischen und Regalen genauer. Da entdeckte sie eine Gedichtsammlung mit dem Titel *Nigromàntic*, von Calls höchstpersönlich als Autor.
Als der Dichter-Journalist wiederkam, um ihr auf einem Post-it die Telefonnummer zu bringen, konnte sie ihre Neugier nicht zähmen.
»Wie lassen sich diese beiden Berufungen vereinbaren?«, fragte sie und deutete mit dem Blick auf das Buch.
Calls stieß ein kurzes Lachen aus, das für Mónica etwas Nervöses hatte, bevor er hastig antwortete: »Das ist eigentlich nicht so schwierig. Alle Bäche strömen ins Meer.«

Mónica kam gerade rechtzeitig nach Hause, um die Mosaikrestauratoren zu verabschieden. Sie beschloss, sich eine Weile auf die Stufe am Ausgang zum Garten zu setzen, um die ungewohnte Stille zu genießen und das glückliche Wissen, dass dies in einer Woche etwas ganz Alltägliches sein würde.
In genau diesem Augenblick, als sie völlig entspannt war, hörte sie an ihrem rechten Ohr einen so klaren und deutlichen Seufzer, dass es ihr kalt den Rücken hinunterlief. Er klang in die Länge gezogen und irgendwie melancholisch, als ob es jemand zutiefst leid sei, immer wieder dasselbe heraufzubeschwören. Nicht jemand: eine Frau. Mónica hatte die Stimmlage perfekt erkennen können.
Sie fuhr zusammen, ohne zu wissen, warum. Der Laut war so real gewesen, so nah, dass der eigentliche Schreck darin bestand, niemanden neben sich zu sehen. Sie hatte den Eindruck, als würde es eisig kalt, wollte jedoch nicht bleiben, um diesem

Gefühl nachzugehen. Sie drehte sich um, dann folgte sie einem seltsamen Instinkt und ging festen Schritts wieder hinein, packte in aller Eile Tasche, Schlüssel und ihren Mantel zusammen und trat auf die Straße hinaus. Erst als sie die Haustür hinter sich abgesperrt hatte, fühlte sie sich etwas wohler.

»Ich bin in dem Restaurant an der Ecke«, sagte Mónica, als sie Javier in der Arbeit anrief. Sie meinte eines der Lokale, die für ein paar Euro ein Tagesmenü anbieten; hin und wieder trafen sie sich dort zum Mittagessen.
An der Stimme seiner Liebsten erkannte Javier, dass etwas passiert war. Er verließ sein Büro vier Minuten vor Beginn der Mittagspause und hetzte in Richtung Restaurant, wo er Mónica an einem Tisch vorfand, eine ungeöffnete Flasche Wasser vor sich. Sie rang die Hände und war so blass, dass sogar ihre Lippen die Farbe verloren zu haben schienen. Ihre Augen glänzten stark.
»Ich habe ein Seufzen gehört«, sagte sie; ihre Worte überschlugen sich schier, als hätte sie es eilig, sich dieser Information zu entledigen. »Ich wollte nicht allein in dem Haus bleiben.«
»Ein Seufzen?«
»Direkt an meinem Ohr, als ich im Garten war.«
»Das wird einer von den Handwerkern gewesen sein.«
»Es war eine Frauenstimme. Außerdem waren die Maurer schon zum Essen gegangen. Ich war allein – wenigstens theoretisch.«
»Das muss etwas anderes gewesen sein. Der Wind, irgendeine seltsame Geräuschübertragung. Solche Sachen passieren, weißt du? Du stößt hier einen Seufzer aus, und jemand kann ihn am anderen Ende des Raumes ganz genau hören.«
»Ich habe dir doch gesagt, dass ich im Garten war. Im Freien!

Das sind keine Hirngespinste von mir. Ich habe das genau gehört.«

Javier strich sich mit der Hand über die Stirn, wie um sich den nicht vorhandenen Schweiß abzuwischen.

»Aber Mónica, mein Schatz, ist dir eigentlich klar, was du da sagst? Dass du Stimmen hörst, die es nicht gibt.«

»Du glaubst mir einfach nicht. Du hörst mir mit der gleichen Nachsicht zu, die du deinen Kindern gegenüber an den Tag legst. Ich sage dir aber, in dem Haus ist etwas.«

»Ja, aber was denn? Ein Gespenst?«

In dem Moment kam der Kellner, um ihre Bestellung entgegenzunehmen. Sie entschieden sich schnell, um ihr Gespräch fortsetzen zu können. Javier versuchte, seiner Stimme einen milderen Klang zu verleihen.

»Mónica, Hypersensibilität ist während einer Schwangerschaft ein Phänomen, das keineswegs selten ist. Das haben wir in allen Ratgebern gelesen, die wir gekauft haben.«

Mónica wirkte enttäuscht.

»Ich weiß nicht, warum ich dir überhaupt noch etwas erzähle. Du hast doch bloß immer die gleiche Lösung auf Lager: Entweder ist es die Schwangerschaft, die mich für Dinge sensibilisiert, die der Rest der Menschheit nicht sehen, hören oder spüren kann, oder ich habe eine blühende, wenn nicht gar krankhafte Fantasie. Kannst du mir nicht einfach einmal so glauben?«

Sie kamen zu keiner Übereinkunft. Mónica ging mürrisch zum Kosmetikstudio, nachdem sie schlecht gelaunt nur einen der Gänge ihres Menüs gegessen hatte. Javier begab sich zum Haus, um die Sanierungsarbeiten zu beaufsichtigen. Er nutzte die Zeit, um den Garten und auch die oberen Stockwerke in Augenschein zu nehmen – vielleicht bemerkte er ja auch etwas Seltsames.

Wie angenommen, hörte er weder seufzende Stimmen, noch erlebte er sonst irgendwelche paranormalen Phänomene. Punkt halb sieben am Abend sammelten die Bauarbeiter ihre Sachen zusammen, um sich bis zum nächsten Tag zu verabschieden. Nachdem Javier die Lichter gelöscht hatte, blieb er ein paar Minuten im Dunklen stehen. Irgendwie hätte es ihm durchaus gefallen, etwas Seltsames zu vernehmen – ein Atmen, einen Schritt, ein Klopfen, egal was. Doch das Einzige, was er wahrnehmen konnte, bis er das Gefühl hatte, sich lächerlich zu machen, und auf die Straße hinaustrat, um frische Luft zu schöpfen, war eine zähe, fast undurchdringliche Stille.

14

Nach mehreren Tagen ergebnisloser Suche fand Javier dank einer Anzeige einen Gärtner: »Erfahrener Gärtner bietet seine Dienste an. Festanstellung oder Gelegenheitsarbeiten. Marsilio. Nur vormittags.«

Marsilio war ein stämmiger Mann von etwa fünfzig Jahren, der aus der Extremadura stammte. Er hatte etwas primitiv Brutales an sich, was er aber durch seine Gutmütigkeit kompensierte. Er arbeitete schnell und effizient wie eine Dampfwalze, wobei er eine seltsame Angewohnheit an den Tag legte: Er beschimpfte und bedrohte den Gegenstand seiner Arbeit.

»Na komm schon, du verdammtes Miststück! … Du wirst schon noch kapieren, wer hier das Sagen hat!« – So redete er auf den Feigenbaum ein, als er mit einer riesigen Bäumsäge bewaffnet auf ihn losging. Anscheinend war es typisch für ihn, sich mit Pflanzen in angespannte Zweikämpfe zu verwickeln; aber dabei kamen ihm derart derbe Flüche über die Lippen, dass Mónica sich langsam verletzt fühlte.

Allen anfänglichen Befürchtungen zum Trotz waren unter den alten Fliesen keine weiteren Wurzeln mehr aufgetaucht, so dass der letzte Arbeitsabschnitt schnell vonstatten gegangen war. Mónica fühlte sich jetzt oft müde; sie wollte sich deshalb ein paar ruhige Tage gönnen und sich der Lektüre der Briefe vom Speicher und der Suche nach Flora Cots widmen. Letzteres sollte sich allerdings recht unproduktiv gestalten. Die Managerin reagierte überhaupt nicht auf ihre Nachrichten, selbst wenn sie ihr Anliegen ein ums andere Mal einer Sekretärin mitteilte, die offensichtlich Expertin in Sachen Ausflüchte war.

Unterdessen stapelten sich die gestutzten Äste des Feigenbaums im Garten. Zwischen dem Gestrüpp war die Gestalt von Marsilio zu erkennen, der in diesen ungleichen Zweikampf verwickelt mit lauter Stimme deftige Drohungen ausstieß: »Dir versohle ich noch den Arsch, du Luder!«

Trotz allem kam Mónica zu dem Schluss, dass es richtig gewesen war, den Gärtner anzuheuern. In nur einem Arbeitstag hatte dieser Mann es geschafft, dem Großteil der Pflanze den Garaus zu machen, dann verabschiedete er sich bis zum nächsten Morgen mit dem Versprechen, den Boden innerhalb der nächsten Tage von jeglichen Wurzeln zu befreien.

Die für den Umzug bereitstehenden Kartons bewirkten, dass ihr altes Heim eher einem Lager glich. Am letzten Abend gingen sie in das Hamburgerlokal an der nächsten Ecke. Noch beim Essen begannen sie mit einer Liste mit Vornamen für Mädchen.

Javier machte sich für klassische Namen stark, auch von Heldinnen aus romantischen Romanen: Violeta, Rosalía, Sara.
Mónica bevorzugte Traditionelles ohne viel Drumherum: María, Ana, Laura …
Es gab Argumente für und gegen beide Positionen, doch zu einem Konsens zu gelangen schien unmöglich. Mónica sagte, ein Name sei kein Patent. Für Javier war eher die Exklusivität des Namens von Bedeutung. Sie zogen verschiedene Möglichkeiten in Betracht, über die sie sich dann aber nicht einigen konnten. Schließlich beschlossen sie vor einer Kugel Erdbeereis mit zwei Löffeln, es erst einmal aufzugeben. Langsam spazierten sie wieder nach Hause zurück.
Seit einiger Zeit schlief Mónica nicht gut. In jener Nacht, der letzten in dem beschaulichen Leben, das sie in dieser Wohnung miteinander geführt hatten, konzentrierte sie sich auf die Wellenbewegungen, die die Lichter der Nacht auf die Zimmerdecke malten.
»Darf ich dich was fragen?«, sagte sie plötzlich, und ohne eine Antwort abzuwarten, fügte sie hinzu: »Warum sprichst du nie über das, was passiert? Über den Seufzer, den ich gehört habe, oder über die Worte an der Wand in unserem Schlafzimmer zum Beispiel.«
Javier wirkte entnervt.
»Meinst du, dass ich sie hingeschrieben habe?«
»Nein, natürlich nicht. Red doch keinen Unsinn«, antwortete er.
»Aber warum fragst du mich dann nichts? Das im Garten ist jetzt schon fünf Tage her, und du schweigst dich weiterhin aus.«
»Ich will dir etwas über mich und meine Familie erzählen, das niemand weiß«, erwiderte Javier, wobei er sich im Bett

ein wenig aufsetzte, damit ihm die Worte besser über die Lippen kamen. »Es hat mit meinem Vater zu tun und mit etwas, das kurz nach seinem Tod passiert ist.«

Mónica hörte ihm mit skeptischem Interesse zu.

»Mein Vater hatte die seltsame Angewohnheit, um Mitternacht aufzustehen, um einen Joghurt zu essen. Nie einen ganzen, bloß immer die Hälfte; manchmal nicht einmal so viel. Er aß drei oder vier Löffel und bewahrte den Rest im Kühlschrank auf; den Löffel ließ er einfach stecken und deckte alles mit einer Alufolie ab, die er am Rand festmachte. Also, in der zweiten Nacht nach seiner Beerdigung konnte meine Mutter nicht schlafen. Sie stand um drei in der Früh auf, um einen Schluck Milch zu trinken, und fand im Kühlschrank einen halb aufgegessenen Joghurt, in dem ein Löffel steckte und der so zugedeckt war, wie mein Vater das eben immer gemacht hatte. Wie sie sagte, war er noch nicht da gewesen, als sie sich hingelegt hatte. Sie hat immer behauptet, dass sich die Seele meines Vaters in dem Moment, als sie ihr Zuhause, ihr Ehebett und sie selbst verlassen musste, vielleicht geweigert habe und in jener Nacht noch ein wenig herumgestrichen sei.«

Mónica hörte ganz aufmerksam zu; sie war überrascht.

»Das ist ja eine Geschichte! Warum erzählst du mir das erst heute?«, fragte sie.

»Aus dem gleichen Grund, aus dem ich dich nicht nach diesem Seufzer im Garten frage«, antwortete Javier. »Weil ich wohl im Grunde nicht glauben will, dass so etwas passieren kann. Meine Mutter hat mir nie verziehen, wie wenig Aufmerksamkeit ich dem Geist meines Vaters geschenkt habe. Und es kostet mich, ehrlich gesagt, viel Mühe, mir vorzustellen, dass er aus dem Jenseits zurückgekommen ist, bloß um einen Joghurt zu essen. Das geht mir bei alledem so. Wer hat da, wie du sagst, geseufzt? Wer hat etwas an die Wand geschrieben? Ein Geist? Entschuldige meinen Zynismus, aber ich glaube, dass die Toten sich mit solchen Kindereien nicht beschäftigen. Sie beschäftigen sich tatsächlich mit gar nichts, weil sie nämlich tot sind.«

»Also …?«

»Also muss es eine logische Erklärung geben. Der Wunsch meiner Mutter, meinen Vater wiederzusehen, ließ sie selbst in der Nacht den Joghurt essen. Ich glaube nicht, dass sie gelogen hat, es kann nur sein, dass sie sich an nichts erinnern kann, dass ihr Verstand das Offensichtliche als Erklärung nicht zuließ: dass sie es war, die diese vier oder fünf Löffel Joghurt gegessen hat, die gefehlt haben, und dass sie den Joghurt dann stehen gelassen hat – damit ihn ihr Unbewusstes, das diese Wahrheit brauchte, fand.«

»Und worin besteht dann bitte – deiner Meinung nach – mein Unbewusstes?«

»Du hast immer gesagt, dass du gern mehr über deine Familie wüsstest. Ich höre immer, dass du dich beklagst, wie früh du deine Eltern verloren hast und zur Waise wurdest, was für ein Schlag der Verlust deiner Mutter für dich war, die mangelnde Information über deine Großeltern … Vielleicht gibt es in deinem Gehirn einen unbewussten Bereich, der diese Lücke füllen möchte. Die Umstände sind sehr günstig. Denk nur: die Ankunft im Haus deiner Familie, die Schwangerschaft, sogar die Briefe, die du gefunden hast … Das wäre nicht so verwunderlich. Wir haben die Neigung zu glauben, was wir uns ersehnen, denk dran.«

»Glaubst du auch, dass ich das an die Wand geschrieben habe und dass ich die Fliesen zerbrochen habe?

»Das mit den Fliesen war eine Erderschütterung. Ich habe am nächsten Tag bei der Arbeit im Internet nachgeschaut. Es gab mehr seismische Aktivität als sonst an der Maresme-Küste. Sie war auch in Barcelona und im Vallés zu spüren. Man muss sich nicht wegen etwas den Kopf zerbrechen, das sich ganz einfach erklären lässt.«

15

Obwohl sie für den Umzug einen Samstag gewählt hatten, war Mónica nicht sonderlich überrascht, als Marsilio sie an der Haustür erwartete. Er war Mónica behilflich, aus der Kabine des Umzugswagens auszusteigen, und er befreite sie von der Lampe, die sie wie ein altmodischer Galan auf eine Weise in den Armen hielt, die in Gegensatz zu ihrem Aussehen stand. Dann erklärte ihr der Gärtner seine Pläne hinsichtlich des Feigenbaums.

»Ich werde diesen Wust an verwesten Wurzeln ausreißen. Wenn Sie nichts dagegen haben, natürlich …«

Mónica war einverstanden.

Die drei Männer vom Umzugsunternehmen stapelten mit gelegentlicher Hilfe von Javier die Kartons mit einer solchen Geschwindigkeit, dass Mónica kaum Zeit blieb, die Arbeiten zu dirigieren. Unterdessen hatte sich Marsilio schon im Garten in Position gebracht, um mit Spitzhacke und Schaufel bewaffnet den Boden aufzureißen.

An die zwei Stunden später läutete – zufällig zum gleichen Zeitpunkt, als gerade die ersten Haushaltsgeräte eintrafen – Mónicas Handy. Sie warf nur einen Blick auf das Display, da wusste sie schon, dass Probleme im Anmarsch waren: Es war die Nummer von Eva.

Javier war in dem Moment gerade damit beschäftigt, beim Ausladen der schweren Waschmaschine zu helfen, so dass Mónica dranging, ohne ihm etwas zu sagen. Vom ersten Wort an, das sie nach der Begrüßung hörte, ahnte sie Übles.

»Dein lieber Javier hat sein Handy ausgeschaltet«, sagte Eva vorwurfsvoll, als wäre das Mónicas Schuld.

»Kann gut sein, wir sind mitten im Umzug.«

»Sag ihm, dass er drangehen soll«, befahl Eva barsch.

»Er kann gerade nicht. Er ruft dich in fünf Minuten zurück.«

Mit dem folgenden Satz überschritt Eva eindeutig die Grenze des Freundschaftlichen: »Wenn du ihm nicht auf der Stelle sagst, dass er drangehen soll, sobald ich hier jetzt aufgelegt habe, dann gehe ich zur Polizei.«

Derartige Drohungen gehörten durchaus zu Evas Repertoire. Wenn sie diese Töne anschlug, war die einzige Lösung, ihr ihren Willen zu lassen. Mónica bat den Gärtner um Hilfe, der das Telefon dann an den verschwitzten Javier weiterreichte; sie selbst blieb in Hab-Acht-Stellung. Wenn Eva mit dieser Stimme telefonierte, dann stand eine Änderung der Pläne an, das wusste sie aus Erfahrung.

»Was willst du? Ich bin mitten in …«, begann Javier. »Wie bitte? Ich habe mich nicht geirrt, ich bin in einer Woche dran. … Du weißt nur zu gut, dass ich mich nicht drücke – ich habe mich nie gedrückt! … Nein, meinen Kalender habe ich nicht zur Hand. Du weißt doch, was ein Umzug ist, Eva, oder? Ich weiß gar nicht, wo mir der Kopf steht. … Ich bedaure sehr, dass du geblieben bist, wirklich, aber ich war an diesem Wochenende nicht dran. Andernfalls hätte ich den Umzug nicht gerade auf den heutigen Tag gelegt. … Wirklich, Eva, fang nicht wieder mit deinen Drohungen an. Meinst du nicht, dass es besser wäre, wenn wir uns einigen könnten, und sei es bloß der Kinder wegen? ... Ich sage dir doch, dass es heute unmöglich ist. Ich kann Mónica nicht mit diesem ganzen Heckmeck allein lassen. Wenn du willst, komme ich morgen in aller Frühe vorbei und hole sie ab; sie können dann bei uns übernachten.«

Javiers erster Fehler war, ihren Namen zu erwähnen, dachte Mónica. Und sie irrte sich nicht. Von dem Augenblick an nahm die Lautstärke des Gesprächs um einige Dezibel zu.

»Wirklich, Eva, bleibt dir denn kein anderes Argument, als mir zu drohen? Wird es dir nicht langsam zu dumm, mich ständig zu verleumden? Hast du dabei schon einmal an deine Kinder gedacht? Jetzt hör bitte mit diesem Geschrei auf, sonst verlierst du noch deine Stimme.«

Zweiter Fehler: Bei Eva brachte Ironie nie etwas.

»Schau, wenn du mich unbedingt anzeigen willst, dann nur zu. Sag Ismael, dass er ans Telefon kommen soll, ich will ihm erklären, was los ist.«

Der dritte (und letzte) Fehler war, seinen Feind um etwas zu bitten, das er einem abschlagen konnte, dachte Mónica.

»Willst du mir jetzt etwa sagen, dass ich nicht mit meinem Sohn sprechen darf?« Die letzten Auswüchse des Gesprächs erfolgten auf Evas Seite mit einer solchen Lautstärke, dass Mónica perfekt hörte, wie ihre hysterische Stimme noch einige Drohungen ausstieß, bevor sie schließlich auflegte. Javier versuchte mit geröteten Wangen, in dem jähzornigen Gerede seiner Ex-Frau ein Wort aufzugreifen, als er sich plötzlich ohne seine Gegenspielerin wiederfand – wie jemand, der im Traum gegen ein Ungeheuer kämpft und dann plötzlich aufwacht.

»Ich fahre da nicht hin«, sagte er heftig, nachdem er aufgelegt hatte. »Das tut sie bloß, um Stunk zu machen. Ich bin mit den Kindern am kommenden Wochenende dran, du weißt

das doch auch. Sobald sie sich beruhigt hat, rufe ich noch einmal an, vielleicht ist sie dann ja vernünftiger.«
Er versuchte eine Gelassenheit vorzutäuschen, die er wahrlich nicht empfand.
Inzwischen war die Waschmaschine bereits an Ort und Stelle, und Marsilio hatte sie sogar schon angeschlossen. In dem Moment läutete das Telefon erneut. Diesmal las Mónica auf dem Display: »Unterdrückte Rufnummer«. Sie hatte keinen Zweifel, dass es wieder Eva war. Auch das gehörte zu ihrer üblichen Vorgehensweise. Mónica meldete sich barsch.
Am anderen Ende entstand eine verblüffte Stille. Eine schwache Stimme mit leicht ausländischem Akzent sagte: »Ich würde gern Señorita Mónica Salvà Clau sprechen, bitte.«
Mónica stammelte einen Gruß.
»Hier ist Flora Cots. Ich wollte Sie nicht vom Büro aus anrufen, da es sich um eine Privatangelegenheit handelt.«
Dieser Anruf erwischte Mónica kalt. Sie dachte, es wäre wohl am besten, sich zuerst einmal bekannt zu machen.
»Also vielleicht wissen Sie ja nicht, wer ich bin, Flora. Meine Großmutter hieß auch Flora; sie war die Schwester Ihrer Mutter, meiner Großtante Margarita, die ich allerdings nie kennengelernt habe.«
»Ich weiß ganz genau, wer du bist«, antwortete Flora resolut.
Mónica störte es nicht, dass Flora offensichtlich plötzlich beschlossen hatte, sie zu duzen; andererseits hatte sie ihr das Du nicht angeboten. Vielleicht war das ja ihre Art anzudeuten, dass eine unüberwindliche Distanz zwischen ihnen bestand. Sie fuhr fort: »Sie können sich ja gar nicht vorstellen, wie sehr es mich freut, dass ich Sie gefunden habe. Ich weiß schon, es klingt sentimental, aber ich bin gerade ins Haus unserer Familie umgezogen, und ich würde Sie gern zum Essen einladen. Auch wenn wir uns noch nie gesehen haben, so

sind wir doch eng verwandt. Ich denke, ein Gespräch über unsere Verwandten würde uns beiden Spaß machen. Es ist wirklich schade, dass wir nichts voneinander gewusst haben und dass so enge Bande verloren gehen. Meinen Sie nicht, dass wir als Nachkommen eine gewisse Verantwortung dafür tragen? Sie möchten doch bestimmt gern das Haus sehen, in dem Ihre Mutter gelebt hat.«

Erneut entstand am anderen Ende eine Leere, die nur durch das langsame Atmen von Flora Cots unterbrochen wurde, die dann schließlich mit bedächtiger Stimme und ohne jeden Hauch einer Gefühlsregung sagte: »Schau, Mädchen, du bist ja nun zweifelsohne jünger als ich und hast so deine Ideale. Also, danke für deinen Anruf und jetzt auch noch die freundliche Einladung, aber ich bin der Meinung, dass es Dinge gibt, die man besser bleiben lässt.«

Mónica überlegte gerade, was sie darauf erwidern sollte, als ihre Gesprächspartnerin sagte: »Ich würde dich gern bei einer anderen Gelegenheit kennenlernen. Aber was das Haus angeht … Ich habe verschiedene Geschichten darüber gehört, so dass ich mit Sicherheit eines weiß: dass ich zu meinen Lebzeiten nie den Fuß über die Schwelle setzen werde.«

»Gefällt dir Julia?«, fragte Mónica, kaum dass sie am nächsten Tag die Augen aufgeschlagen hatte.

Es war kurz nach neun, Licht strömte ins Zimmer. Javier hatte ein dümmliches Lächeln auf den Lippen, als er von seinem Sessel neben dem Bett seine Partnerin unverwandten Blicks ansah – die Füße auf der Matratze abgelegt, die Zeitung in den Händen.

»Warst du schon draußen?«, fragte sie, als sie plötzlich bemerkte, dass Javier schon in seiner Jeans und in seinem roten Pulli steckte.

»Marsilio ist Punkt acht gekommen. Da ich schon auf den Beinen war, habe ich die Zeit genutzt, um der Señora ein ordentliches Frühstück zu machen.«
Erst jetzt bemerkte Mónica, dass auf einem Tablett ein köstliches Frühstück auf sie wartete. Während sie sich darüber hermachte, wollte Javier wissen, wie sie denn auf diesen Namen gekommen sei.
»Ich weiß nicht. Er war plötzlich da, als ob ihn mir jemand im Traum eingeflüstert hätte. Jetzt lach nicht, aber mit einem Mal war alles ganz klar: Julia. Klingt doch genial, oder?«
»Dann hast du jetzt also hellseherische Träume?« Javier lachte.
»Das müssen die Hormone sein«, pflichtete sie bei.
Nach dem Frühstück, während Mónica sich in das Abenteuer stürzte, den Karton mit ihren Toilettensachen aufzuspüren, beschloss Javier, seine Ex-Frau noch einmal anzurufen. Er stellte fest, dass ihr Telefon abgeschaltet war (»Der Teilnehmer ist zurzeit nicht erreichbar«, verkündete die künstliche Stimme der automatischen Mailbox der Telefongesellschaft). Obwohl es offensichtlich war, dass Eva ihn meiden wollte, beschloss Javier, zu ihr nach Hause zu fahren, um mit ihr unter vier Augen zu sprechen und vielleicht seine Söhne ins Vilarrupla's zum Essen einzuladen.

Marsilio war im Garten auf Komplikationen gestoßen. Fünfzehn Minuten nachdem Javier losgezogen war, zeigte er sich vor dem Fenster, verschwitzt und mit dem Gesichtsausdruck eines Menschen, der gerade eine Schlacht verloren hat; er bat Mónica, die Chemiekeule einsetzen zu dürfen.
»Da ist ein Wurzelpaket – das ist dicker als ich«, erklärte er, während er mit der Plastikflasche in der Hand wieder davonging.

Kurz darauf kam Javier zurück, allein und verzagt: Eva hatte ihm nicht einmal erlaubt, seine Kinder zu sehen.
»Sie hat gesagt, dass sie mich angezeigt hat und dass es von nun an viel schwieriger für mich werden würde, die Kinder zu treffen«, meinte er abschließend.
Mónica versuchte, ihn zu beruhigen. Sie erinnerte ihn an die vielen Male, die Eva ihm schon damit gedroht hatte – doch dann war gar nichts passiert. Sie riet ihm, etwas Zeit verstreichen zu lassen, denn mit etwas Abstand sieht bekanntlich immer alles sehr viel besser aus.
»Entschuldigen Sie«, unterbrach Marsilio die beiden am Fenster. Er sah nun aus wie ein Boxer, der gerade mit dem letzten Treffer einen ihm überlegenen Gegner geschlagen hatte. »Wollen Sie mal sehen, was ich da aus Ihrem Garten herausgezogen habe?«
Der Fund war am Fuß der Stufe aufgetaucht, die zum Wohnzimmer hinaufführte, und zwar in einer Tiefe von mehr als achtzig Zentimetern. Auf den ersten Blick machte er den Eindruck, als würde es sich um einen gigantischen weißen Wurzelballen handeln – ähnlich dem Wurzelgeflecht, das sie unter dem Mosaik entdeckt hatten, allerdings durch die Chemikalien geschädigt, die Marsilio darübergekippt hatte. Der Ballen war riesig und rundlich, wie ein überdimensionierter Medizinball.
»Aber das Schlimmste ist dieser Gestank, ich weiß nicht, wo er herkommt«, bemerkte Marsilio.
Diesmal nahm ihn sogar Javier wahr. Mónica musste sich Nase und Mund mit einem Taschentuch zuhalten, dennoch war es ihr unerträglich, sich in der Nähe von diesem Unding aufzuhalten.
»Ich habe ihn nicht entsorgt, da ist nämlich etwas drinnen, sehen Sie nur.« Marsilio schlug mit seiner Schaufel an die eine

Seite, wo das Wurzelwerk weniger dicht war, und beide konnten feststellen, dass es sich nach etwas Hartem anhörte. »Außerdem ist das Ding so schwer wie ein Toter.«
Mit Marsilios Hilfe löste Javier – von Neugier getrieben – die halb kompostierten Wurzeln von etwas ab, das wie ein steinernes Herz aussah. Sobald sie anfingen, die Pflanzenreste zu entfernen, wehte ein derart übler Gestank bis zu Mónica, dass sich ihr sofort der Magen umdrehte und sie ins Haus rennen musste, um sich zu übergeben. Kurz danach sah sie den beiden Männern von der Küche aus bei ihrer Arbeit zu. Sie wirkten sehr überrascht über das, was sie da unter dem Wurzelwerk gefunden hatten, denn sie stießen begeisterte Schreie aus.
Mónica hatte keine Ahnung, worum es ging, bis Javier siegessicher ins Haus kam, um ihr das Ergebnis von so viel häuslicher Archäologie zu zeigen.
»Marsilio sagt, es ist normal, dass die Wurzeln um das Ding herumgewachsen sind. Wir wissen nicht, ob sie es zerstört oder vielmehr gerettet haben. Eines steht jedenfalls fest: Er ist toll – findest du nicht?«
Er war in der Tat großartig. Und zwar dermaßen, dass Mónica kaum glauben konnte, dass der Fund, den Javier ihr da präsentierte, wirklich unter all den Wurzeln verborgen gewesen sein sollte. Es handelte sich um den Kopf einer Statue. Es war das Gesicht einer Frau mit feinen Zügen, vielleicht einer sehr jungen Frau, aber von nobler Erscheinung. Die leicht geöffneten Lippen ließen den Ansatz eines perfekten Gebisses sehen, sie hatte eine griechische Nase und Augen, die jeglichen Ausdrucks entbehrten. Das gewellte Haar war wunderschön skulptiert und auf Höhe des Nackens mit einem anmutigen Haarschmuck vollendet zusammengefasst. Unter der Schmutzschicht, die den Kopf bedeckte – sie hatte sich,

als Marsilio ihn mit dem Wasserschlauch abgespritzt hatte, nicht völlig entfernen lassen –, konnte man den cremefarbenen Marmor ahnen, aus dem er gefertigt war.

»Mein Schatz, hiermit stelle ich dir unsere neue Mitbewohnerin vor«, sagte Javier, als er den Marmorkopf auf den Wohnzimmertisch stellte.

ZWISCHENSPIEL

AUSZÜGE AUS DER FAMILIENKORRESPONDENZ

Ich möchte nicht den Eindruck erwecken, verblendet zu sein, wenn ich auf dem schädlichen Einfluss bestehe, den das Haus auf die Stimmung von Vater hat. So ungewöhnlich ist das nicht; in einigen Kulturen wird der Beziehung große Bedeutung beigemessen, die zwischen dem jeweiligen Ort und seinen Bewohnern besteht. Glauben Sie nicht, dass ich Aufruhr stiften will, aber ich denke oft, dass nicht viel Zeit verstreichen wird, bis etwas so Gravierendes passiert, das Sie dann schließlich überzeugt – Sie wie auch meinen Vater. Sie befürchten es bereits, ist es nicht so? […]
Und wenn ich von seltsamen Phänomenen spreche, dann spiele ich nicht auf die Ergebnisse jener ruchlosen spiritistischen Sitzungen an, die meine Schwester in Abwesenheit von Papa organisiert, sondern auf subtilere Ereignisse wie diese unmenschliche Kälte, die sich gelegentlich ohne ersichtlichen Grund in einigen Zimmern ausbreitet – eine Erfahrung, die wir schließlich alle einmal gemacht haben.

Brief Nr. 17[2], adressiert an María Gomis.
Undatiert.

---

2 Die Numerierung der Briefe wurde von Mónica vorgenommen und ist jeweils in der oberen rechten Ecke auf jedem der Briefumschläge zu sehen.

Ich habe von meinen Schwestern erfahren, dass es in letzter Zeit Neuigkeiten im Haus gab. Sie berichteten – sehr erschreckt – über lautes Klopfen an den Wänden sowie über Stimmen, die plötzlich im menschenleeren Garten oder im Wohnzimmer zu hören sind. Die Mädchen glauben, dass sich dieses Etwas genau in diesem Bereich aufhält: zwischen dem Esszimmer und dem Patio.
Worauf warten Sie noch, bis Sie diesen Ort verlassen, Mutter? Was muss geschehen, damit Sie endlich eine Entscheidung treffen?

Brief Nr. 19, adressiert an María Gomis.
Datiert im Mai 1932.

[…] und selbst wenn Sie meinen, alles unter Kontrolle zu haben, so gibt es doch bestimmte Dinge in Ihrem Umfeld, die sich stets Ihrem Zugriff entziehen werden, weil sie nämlich einer anderen Dimension angehören.

Brief Nr. 26, adressiert an Florián Imbert Mas.
Undatiert.

Als ich klein war, haben Sie mir häufig vom Wahnsinn des Großvaters Marcel erzählt. Haben Sie sich denn nie Gedanken darüber gemacht, was die Ursache für die Geisteskrankheit Ihres Schwiegervaters gewesen sein könnte? Ist es Ihnen möglich, sich vorzustellen, welche Auswirkungen neunundvierzig Lebensjahre in diesem Haus auf jedweden menschlichen Verstand haben? […]
Ich wage zudem anzuführen, dass dieses Haus der Grund für die zahlreichen Fälle von Irrsinn war, die, wie man mir immer erzählt hat, in unserer Familie

aufgetreten sind. Es handelt sich dabei nicht um eine Erbkrankheit, sondern um eine andere Ursache, die weitaus spürbarer und zudem schrecklicher ist, weil es nämlich eine Erklärung gibt. Alles, was einigen unserer so geliebten Angehörigen zugestoßen ist, Mutter, hätte sich vermeiden lassen. Ich empfinde eine unsägliche Traurigkeit, wenn ich nur daran denke.

Brief Nr. 24, adressiert an María Gomis.
Undatiert.

[…] auch wenn ich nicht auf einer gewissen Bemerkung beharren will, die meine kleine Schwester Ihnen zuschreibt – derzufolge Sie behauptet haben, ich sei »besessen von Gespenstergeschichten und von der krankhaften Sucht, in bestimmten zweitklassigen Romanen Zuflucht zu suchen.«
[…]
Ob es wohl auch »zweitklassige Romane« waren, die Großvater Marcel drängten zu tun, was er getan hat? Aus dem zu schließen, was Sie mir von diesem überaus kultivierten und reservierten Mann erzählt haben, schien er kein Mensch zu sein, der fähig wäre, absurden Theorien anzuhängen. Außerdem habe ich besagten Zeitungsausschnitt mit eigenen Augen gesehen; erinnern Sie sich? Damals hatten Sie sich noch nicht von ihm losgesagt. Ich glaube mich zu entsinnen, dass noch andere Zeitungsausschnitte vorhanden waren – eine ganze Sammlung. Aus welchem Grund verbergen Sie sie? Ich fürchte, dass Sie mir nie gestatten werden, dies zu erfahren.

Brief Nr. 31, adressiert an Florián Imbert Mas.
Undatiert.

Manchmal scheint es mir, als würde eine gewisse Parallele bestehen zwischen Ihrer Verblendung mir gegenüber und Ihrem stets an den Tag gelegten Verhalten gegenüber den Phänomenen, die sich in dem Haus ereignen und die, soweit es mir zu Ohren gekommen ist, neuerdings auf meine Schwester einstürmen.

Obwohl ich vor einiger Zeit den festen Vorsatz gefasst habe, Ihnen gegenüber nicht mehr davon zu sprechen, weil Sie und Vater wegen dieser Anspielungen meine Briefe nicht beantworten, sehe ich mich nun verpflichtet, es erneut zu tun, nachdem ich von den Mädchen erfahren habe, was in diesen geliebten Wänden vor sich geht.

Flora versichert, Gegenstände fliegen gesehen zu haben. Sie versichert auch, dass »das da« – wie sie es bezeichnet – sie nachts nicht schlafen lässt. Und wenn sie versucht, Schlaf zu finden, hört sie ganz nah am Ohr so etwas wie erschöpfte Seufzer, und wegen dieses Phänomens lebt sie nun in einem Zustand der permanenten Bedrohung, wenngleich sie weder angegriffen noch je in Kontakt mit dem Objekt ihrer Ängste gekommen ist.

Ich bin auch darüber im Bilde, was unser Vater von den Ängsten meiner Schwester hält – was bei ihr nur ein verstärktes Gefühl von Schutzlosigkeit bewirkt. Sie eine Weile außer Hauses zu schicken wäre wohl keine Lösung, wie Sie vermutlich sehr wohl wissen, denn bei ihrer Rückkehr würde dieses Etwas, das ihr so zusetzt, sie mit neuen Kräften erwarten und alles einfordern, was es in der Zeit ihrer Abwesenheit nicht bekommen konnte. Etwas Ähnliches ist auch schon einem unserer Vorfahren geschehen, erinnern Sie sich? Oder ist diese

Geschichte nicht mit jener identisch, die Sie einmal aus dem Munde Ihres Schwiegervaters hörten und die sich auf meinen Urgroßvater bezog?
Was auch immer in diesem Haus ist, es quält unsere Familie bereits seit Generationen, und vielleicht ist es ja nun an der Zeit, alldem einen Riegel vorzuschieben. Hoffentlich tragen diese Briefe zumindest ein wenig zu einer Entscheidung bei, die, wie ich wohl weiß, sehr schwierig ist. Sie sollen jedoch wissen, Mutter, dass Sie auf mich zählen können, in dieser Sache wie auch bei jedweder anderen Frage.

Brief Nr. 61, adressiert an María Gomis.
Undatiert.

Geschätzte Schwiegereltern,
meine Gattin, Ihre Enkelin Flora und ich selbst möchten hiermit unsere tiefste Anteilnahme hinsichtlich des tragischen Ablebens Ihrer Tochter Flora zum Ausdruck bringen. Die uns auferlegte Entfernung verringert nicht unseren großen Schmerz wie auch den Wunsch, unsere Anteilnahme persönlich zu bekunden, falls diese Möglichkeit noch besteht. Nichts wäre uns eine größere Freude.
Ihr Schwiegersohn und ergebener Diener,
Josep Cots

Brief Nr. 102, adressiert an Eheleute Imbert-Gomis.
Datiert im November 1933.

Liebe Mutter,
mir ist durchaus bewusst, dass ich versprochen habe, nicht wieder zu schreiben, doch dann müsste ich äußerst herzlos sein – vielleicht so herzlos, wie ich es in Ihrer

Vorstellung auch bin –, um nicht zuzulassen, dass die jüngsten Ereignisse meinen Willen beugen.
Es fehlen mir die Worte, um meiner Trauer Ausdruck zu verleihen, die Vaters Tod in meiner Seele hinterlassen hat. Seit über einer Woche kann ich nun schon kaum mehr einen Bissen hinunterbringen, und die Nächte sind mir zu einer nie endenden Hölle geworden. Ich versuche nicht, meinen Schmerz mit dem Ihren zu vergleichen, der ohne Zweifel unermesslich sein wird, dennoch will ich ihn in einem Punkt differenzieren: Der Kummer eines Menschen, der keine Gelegenheit hatte, sich zu verabschieden, ist sehr groß.
Möglicherweise halten Sie ja an Ihrer Überzeugung fest, dass bloßer Eigennutz mich so sprechen lässt. Ich weiß, dass es jemanden gibt, der glaubt, dies allein sei der Grund für meinen Schmerz. Doch nichts könnte von der Realität weiter entfernt sein. Ich strebe nach nichts und wünsche auch nichts zu erreichen. Ich weiß, dass Vater mich aus seinem Testament ausgeschlossen hat und dass er dafür seine Gründe hatte. Das Einzige, was mich schmerzt und bekümmert – bis zum Ende meiner Tage –, ist die traurige Tatsache, nicht mit der übrigen Familie an sein Totenbett gerufen worden zu sein, der Kummer zu wissen, dass er nicht einmal am Ende fähig war, mir zu verzeihen.
Ich habe mir dann selbst zugestanden, Abschied zu nehmen, indem ich an seiner Beisetzung teilgenommen habe – vielleicht auch, weil ich es mir noch nicht verziehen hatte, an der meiner so sehr geliebten Flora nicht dabei gewesen zu sein. Ich weiß, dass Sie meine Anwesenheit sofort gespürt haben, denn Ihr Blick und der meine haben sich einen Moment vor dem Eingang

zur Kirche gekreuzt, als Sie vorbeigingen, von Lola schützend umarmt, und ich habe Sie in der Menge der Trauergäste betrachtet, in mein Schicksal als aus der Familie Verstoßene ergeben.
Ich hoffe, Sie schenken mir Glauben, wenn ich Ihnen sage, dass meine Teilnahme am Begräbnis meines Vaters und die Entfernung, die ich bewahren wollte, indem ich der Messe auf der hintersten Kirchenbank beiwohnte, eine der bittersten Erfahrungen meines Lebens war. Dennoch gibt es etwas Stärkeres als den Schmerz, der diese Zeilen rechtfertigt. Etwas, woran ich Sie erneut erinnern muss. Es hat jetzt keinen Sinn mehr, weiterhin in diesen verfluchten Wänden wohnen zu bleiben. Verkaufen Sie das Haus, befreien Sie unsere Familie von diesem schrecklichen Fluch. Mir ist Ihre Meinung diesbezüglich bereits bekannt – durch meine Schwestern (unsere geliebte und beweinte Flora sprach viel davon): dass dieses Haus seit undenklichen Zeiten im Besitz unserer Familie ist und dass Vater in keiner Weise mit dem Verkauf einverstanden gewesen wäre.
Gestatten Sie mir, Ihnen eine Frage zu stellen: Besteht eine Beziehung zwischen den uns lieben Menschen und den Gegenständen, die wir uns von ihnen bewahren? Selbstverständlich nicht. Die Erinnerung an Vater würde keineswegs durch Ihren Entschluss beeinträchtigt, ein Gut zu veräußern, das nichts als Kummer bringt. Meiner Meinung nach sind die Verblichenen so sehr über irdische Fragen erhaben, dass sie zweifellos in der Lage sind, selbst unsere intimsten Beweggründe zu begreifen.
Andererseits würde Vater seine Meinung hinsichtlich des Hauses mit Sicherheit ändern, wenn er von den

seltsamen Phänomenen wüsste, die zu seinem Tod geführt haben, und auch, was sich alles aufgrund seiner Hartnäckigkeit ereignet hat, nur weil er unbedingt dort wohnen bleiben wollte. Ja, ich kenne die Version, die Sie allen erzählt haben – die zunehmende Melancholie, unter der mein Vater in letzter Zeit gelitten haben soll. Meinen Sie, mir wäre nicht aufgefallen, dass mich die Bediensteten bei der Beerdigung angesehen haben, als trüge ich die Schuld an seinem Ende?
Und dann bliebe da noch diese Angelegenheit mit dem Ohrring meiner Schwester Flora, die mir, ehrlich gesagt, von schon absurder Komik erschiene, bestände da nicht diese Verbindung mit dem Tod unseres lieben Mädchens. Gibt es jemanden, der allen Ernstes glauben würde, ein verlorenes Schmuckstück könnte den Tod eines gesunden, unternehmungslustigen und reichen Mannes wie Vater bedingen? Zweifelsohne gibt es Menschen, die überaus dumm sind.
Die Wahrheit ist das jedenfalls nicht, und Sie und ich wissen dies auch. Und das Gleiche gilt für Lola, obwohl sie nichts über die Sache sagen will – zumindest nicht zu mir; offensichtlich hat sie deswegen solche Angst, weil sie auch in dieser Hinsicht zu Floras Ersatz geworden ist.
Vater war geschwächt und abgemagert, das ist wohl wahr. Die Fieberanfälle, unter denen er im letzten Frühjahr litt und von denen er sich langsam erholte, waren schuld an seiner Gebrechlichkeit. Dennoch wissen Sie wie ich, dass dies nicht ausreicht. Vaters Bewegungsfreude war nahezu sprichwörtlich, und er kannte schließlich jede Ecke des Hauses, in dem er aufgewachsen war. Es ist somit undenkbar, dass er einen Unfall hatte wie den, der ihn dann ums Leben brachte.

Leugnen Sie nicht das Offensichtliche, Mutter: »Das da« – was auch immer es sei, das Gleiche, was an Floras Ohr seufzte oder Gegenstände durch die Luft fliegen ließ – hat Vater gestoßen, als er ganz oben auf der Treppe stand. Das war kein Zufall. Die Wahl fiel auf den zweiten Stock, damit er steiler nach unten stürzte. Ebenso wenig wie der gespenstische Blick, den Sie in Vaters Gesicht entdeckten, bevor er für immer seine Augen schloss, und noch weniger das letzte Wort, das er von sich gab.
Ich werde nie Ihr zaghaftes Wesen verstehen, Mutter, selbst wenn ich von Ihrem Fleisch und Blut bin. Warum stellen Sie sich diese Fragen nicht? Womöglich aus Angst vor den Antworten, die Ihnen ebenfalls bereits bekannt sind?
Warum fragen Sie sich nicht, wer Julia ist oder war? Und warum wollen Sie nicht den Grund wissen, weshalb mein Vater mit diesem unbekannten Namen auf den Lippen verstarb?

Brief Nr. 103, adressiert an María Gomis.
Datiert im September 1934.

ZWEITER TEIL

MORITURI[3]

Paragraph 22 – Zufällige Funde

22.1. Personen, die zufällig archäologische oder paläontologische Relikte entdecken, müssen den Fund innerhalb einer Frist von achtundvierzig Stunden dem Kultusministerium oder der entsprechenden Abteilung der Kommunalverwaltung anzeigen. Keinesfalls ist es gestattet, vor Inkenntnissetzen der erwähnten amtlichen Stellen den Fund publik zu machen. Die Relikte müssen am ursprünglichen Ort verbleiben, es sei denn, es handelt sich um Gegenstände, die sich oberhalb der Erdoberfläche befinden und die sich von der Person, die sie aufgefunden hat, ohne Aufwand transportieren lassen können. In keinem Fall dürfen Gegenstände entfernt werden, selbst wenn dazu nur geringfügige Erdumschichtungen erforderlich sind, ebenso wenig, wenn es notwendig ist, diese Gegenstände von anderen Objekten oder Relikten zu lösen.

Erlass 78/5. März 2002,
Verordnung zum Schutz des archäologischen
und paläontologischen Kulturerbes in Katalonien

---

3 Die Todgeweihten.

»Pass auf, dass du nicht zurückblickst. Flieh! Verhülle dein Haupt.«
»Und weshalb fliehst du nicht?«
»Ich habe Frieden mit den Toten.«

Plautus, *Die Gespensterkomödie*

1

Genau am Tag des Umzugs spürte Mónica Stiche im Unterleib. Sie dachte, sie kämen von der Anstrengung, die sie den ganzen Tag über vollbracht hatte, und sagte Javier nichts davon, um seine Sorgen nicht noch zu verschlimmern. Der Sonntag verging mit umzugsbedingten häuslichen Erledigungen, einem langen Tischgespräch im Vilarrupla's, bei dem sie versuchten, eine Erklärung für Evas neue Reaktion zu finden, und einem angenehm faulen Nachmittag, an dem sie beschlossen, sich einfach eine kleine Pause zu gönnen.

Marsilio war gerade gegangen, nachdem er den Garten wie neu hinterlassen hatte. Javier machte Kaffee und räumte das Sofa frei. Während sie die ersten ruhigen Minuten in ihrem neuen Zuhause genossen, nutzte Mónica die Gelegenheit, um Javier einige Auszüge aus den Briefen ihrer Großtante Margarita vorzulesen, die ihre Aufmerksamkeit erregt hatten.

»Was wurde eigentlich aus deiner Urgroßmutter María nach dem Tod deines Urgroßvaters? Ist sie in dem Haus geblieben?«, fragte Javier.

»Ja, sie hat es weiter mit Lola bewohnt, der einzigen Tochter, die noch bei ihr lebte. Alles Übrige kann ich nur vermuten: Als María starb, erbte Lola das Haus. Sie verbrachte ihr ganzes Leben dort, obwohl sie sich auch mit ausgedehnten Aufenthalten in Kurorten vergnügte und regelmäßig irgendwo eine Freundin besuchte. Ich glaube, sie war nicht besonders häuslich. Als sie sich nicht mehr imstande sah, dieses Leben mitsamt diesem großen Haus hier weiter zu führen, zog sie kurzerhand ins Altenheim. Viel mehr weiß ich nicht ... Wie oft ich sie im Lauf meines Lebens gesehen habe? Man könnte sagen, dass wir wie Fremde waren. Komisch, nicht wahr? Ich bin überzeugt, dass im Speicher noch irgendetwas schlummert, das mich auf eine Spur bringt. Ich würde gern herausfinden, was damals passiert ist.«

Doch vorerst musste Mónica ihr Vorhaben, noch einmal in den Speicher zu gehen, wegen der vielen Arbeit, die es in den unteren Geschossen zu erledigen galt, verschieben. Sie verbrachte den Nachmittag damit, so gut es ging, in dem Chaos Ordnung zu schaffen. Am Abend präsentierte ihr Körper ihr die Rechnung: Ihr Höschen war mit rötlichen Flecken beschmutzt. Javier rief sofort den Notdienst ihres Gynäkologen an. Die Anweisung war klar und kategorisch – und überaus angemessen: absolute Ruhe.

* * *

Hippolyte Léon Denizard Rivail wurde 1804 in der französischen Stadt Lyon geboren; er war ein Schüler von Johann Heinrich Pestalozzi, einem Schweizer, der gemeinhin als der Vater der modernen Pädagogik gilt. Es ist sehr wahrscheinlich, dass Denizard durch den Einfluss dieser pädagogischen Ausrichtung schon in jungen Jahren ein Liberaler mit für seine Epoche fortschrittlichen Ideen war; er setzte sich für die Abschaffung der Sklaverei und der Todesstrafe ein, ebenso für die Gleichheit von Mann und Frau. Lange Jahre seines Lebens machte er als herausragender Linguist von sich reden – er sprach fließend Spanisch, Deutsch, Englisch und Niederländisch, außerdem natürlich seine Mutter-

sprache Französisch –, und er widmete sich in dem von ihm gegründeten Zentrum in Paris der Lehre.
Mit nicht einmal zwanzig Jahren begann Denizard mit der Niederschrift seines populärwissenschaftlichen Werkes. Noch vor seinem fünfundvierzigsten Geburtstag hatte er zahlreiche Bücher veröffentlicht, mit so wenig anregenden Titeln wie *Praktischer Kurs und Theorie der Arithmetik*, *Plan zur Verbesserung des öffentlichen Unterrichts* oder *Grammatikalischer Katechismus der französischen Sprache*. Im Jahr 1854, kurz nach Vollendung seines fünfzigsten Lebensjahres, hörte er zum ersten Mal von dem Phänomen sich drehender Tische – paranormalen Möbeln in Privatwohnungen, die sich im Zimmer von allein von einer Stelle zur anderen bewegten. Dabei ist zu berücksichtigen, dass zu jener Zeit kaum sechs Jahre verstrichen waren, seit die Brüder Fox bei sich zu Hause in Hydesville, nicht weit von New York, ihre ersten spiritistischen Sitzungen abgehalten hatten.
Der Franzose Denizard zeigte sich von diesen Vorkommnissen so beeindruckt, dass er beschloss, ihnen auf die Spur zu kommen. Aufgrund seiner Begeisterung für diese Fragestellung gab er sehr bald sein ehrbares Leben als Pädagoge auf, um sich in den ersten Propheten der weltweiten Spiritismus-Bewegung zu verwandeln. Seine Theorien begründeten sich auf einer ausgewogenen Mischung von Religion, Philosophie und naturwissenschaftlichen Erkenntnissen und gingen von der Prämisse aus, dass sich die Seelen der Toten bis zu ihrer nächsten Inkarnation in Geister verwandelten; in diesem Zeitraum waren sie dann in der Lage, mit den Lebenden zu kommunizieren, Einfluss auf ihre Entscheidungen zu

nehmen und sich sogar über sie lustig zu machen. Denizard fasste seine Kenntnisse zu diesem Thema in verschiedenen Handbüchern zusammen, die bis heute von Spiritisten in aller Welt als Standardwerke genutzt werden.

Um seinen künftigen Lesern die Sache zu vereinfachen – oder vielleicht auch, um sie nicht mit seinem so bombastischen Namen zu überfordern –, nahm er das Pseudonym Allan Kardec an. Er behauptete, dies sei in einem früheren Leben sein Name gewesen, an den er sich dank eines Geistes erinnert habe. Auf dem Cover seines ersten großen Verkaufserfolgs, *Das Buch der Geister*, das 1857 in Frankreich publiziert wurde und bis heute als sein bekanntestes Werk gilt, stand unter dem Titel Folgendes zu lesen:

> Die Grundsätze der spiritistischen Lehre von der Unsterblichkeit der Seele, der Natur der Geister, ihren Beziehungen zu den Menschen; die Sittengesetze, das irdische und das künftige Leben und die Zukunft der Menschheit. Nach Kundgebung höherer Geister durch verschiedene Medien.

In Spanien wurde *Das Buch der Geister* 1860 veröffentlicht. Es sind kaum noch Exemplare dieser ersten Ausgabe vorhanden: Sie wurden 1861 zum Gegenstand der letzten Autodafés der spanischen Inquisition, als der Bischof von Barcelona anordnete, über dreihundert dieser Bücher zu verbrennen.

* * *

Das Exemplar von *Das Buch der Geister*, das im Speicher verblieben war und in dem Mónica jetzt ungläubig las und blätterte, musste weltweit eines der wenigen sein, das der Vernichtung entgangen war. Sie klappte den dicken Band zu, um noch einmal die Goldbuchstaben des Titels zu betrachten. Das Buch war in Leder gebunden, und im unteren Teil des Buchrückens standen – etwas verblichen – die Initialen des Besitzers: »M. I.« Auf dem Vorsatzpapier wirkte die Unterschrift ihres Ururgroßvaters in dicker schwarzer Tinte wie ein großes Insekt, das seine Beine auseinanderreckt. Daneben stand gut sichtbar ein Eintrag: »Oktober 1860.« Ihr Ururgroßvater hatte es also überaus eilig gehabt, sich mit einem Exemplar auszustatten, denn zu dem Zeitpunkt war das Buch soeben erst erschienen. Er war offensichtlich sehr interessiert an dem Thema oder auch an dem Autor. Doch dieses Buch steckte voller Überraschungen. Die erste war eine gewisse biographische Ähnlichkeit, die sie aus einem Zeitungsausschnitt schloss, den sie gerade zwischen den ersten Seiten gefunden hatte. Dieser war durch die lange Zeit vergilbt und fiel fast schon auseinander, aber in der oberen rechten Ecke konnte sie den Namen der Publikation lesen, aus der er herausgerissen worden war: *El criterio espiritista* – Spiritismus als Kriterium. Datiert war er nicht.

Etwas später wurde ihr klar, dass ein Großteil dieses Buches wie ein gewaltiges Interview strukturiert war, in dem der Autor sich bemühte, nicht nur grundlegende Begriffe aus der Welt der Geister zu klären, sondern auch aus der Welt der Lebendigen. Jemand hatte mit schwarzer Tinte Anmerkungen an den Rand geschrieben, und es gab auch Absätze, die komplett unterstrichen waren. Sie hielt bei einem inne und las:

»Verzichten die Geister, deren Einfluss unser Wille zurückschlug, auf weitere Versuche?«
»Was sollen sie sonst tun? Sind keine Aussichten mehr, so geben sie die Versuche auf. Jedoch warten sie auf einen neuen geeigneten Zeitpunkt.«

Mónica fragte sich, aus welchem Grund ihr Großvater Marcel – falls er es denn gewesen war – diese Worte unterstrichen hatte. Weshalb hatte er sie hervorgehoben? Sie blätterte einige Seiten zurück und stieß auf eine andere markierte Passage:

»Erinnert sich der Geist im Einzelnen an alle seine Erlebnisse?«
»Er erinnert sich der Dinge nach Maßgabe der Folgen, die sie nun für seinen Zustand haben. [...] Wenn er will, kann er sich auch der geringfügigsten Einzelheiten erinnern.«
»Wie stellt sich dem Geist sein vergangenes Leben in der Erinnerung dar?«
»Alle Geschehnisse, für die er sich interessiert, sind ihm Gegenwart.«

Mónica klappte den Band zu und legte ihn wieder in die Kiste. Auf ihre Bitte hin hatte Javier sie an jenem Morgen vom Speicher geholt und aufs Bett gestellt, bevor er zur Arbeit ging.
»Dann hast du wenigstens etwas zu lesen, wenn wir schon unsere eigenen Bücher noch nicht auspacken können«, hatte er gesagt, bevor er sich mit einem Kuss verabschiedet und versprochen hatte, bei seiner Rückkehr Essen vom Chinesen mitzubringen. Nun weckte der Titel von einem anderen dicken Buch Mónicas Aufmerksamkeit: *Das vierte Reich* von

Francesc Miralles. Sie las den Anfang, und das Buch kam ihr interessant vor: Es ging um einen Mönch, der einem Wehrmacht-Offizier hilft, etwas sehr Wertvolles in einem Zauberberg zu vergraben. Sie hielt einen Moment inne, um auf dem Einband die Hakenkreuze neben dem Titel zu betrachten, dann wandte sie sich einem Blatt Papier zu, das über die letzten Seiten des Bandes hinausragte. Es war ein vergilbter Zettel, beschrieben mit einer altmodischen Handschrift, die sie nur mit großer Mühe entziffern konnte:

Terrassa, im Dezember 1887

Mein guter Freund Marcel,
hiermit schicke ich Ihnen unsere Vorschläge für den Ersten Internationalen Spiritismus-Kongress, dessen Datum mittlerweile feststeht (vom 8. bis 13. September im kommenden Jahr). Ich hege die Hoffnung, dass Sie uns allen Ihre jüngsten Entdeckungen mitteilen werden.
Don Manuel Sanz Benito bittet Sie inständig um Ihre Teilnahme. Auch ich finde, dass Sie nicht fehlen dürfen. Unsere Gesellschaft wäre ohne Ihre Anwesenheit nicht vollständig repräsentiert.
Überlegen Sie es sich.
In Erwartung Ihrer Antwort,
Miguel Vives y Vives

Weiter oben stand in goldenen Lettern der Briefkopf: »Spiritistische Gesellschaft des Vallés«.
Verblüfft drehte Mónica den Zettel um. Auf den ersten Blick fiel ihr nichts auf. Doch dann, als sie genauer hinsah, bemerkte sie auf dem Papier einige nur schemenhafte Buchstaben. Sie mussten mit einem Bleistift geschrieben sein, der kaum

die Oberfläche des Papiers berührt hatte. Sie waren unregelmäßig und zittrig wie von einem Kind. Und sie enthielten eine rätselhafte Botschaft:

CORPORA NON IBUNT[4]

2

Als Javier um Punkt drei Uhr die Sparkasse verließ, ging er auf dem Heimweg zu dem chinesischen Restaurant, wo er zwei Portionen Pekingente und eine asiatische Nudelpfanne bestellte. Nachdem das junge Mädchen ihn bedient und ihm das Wechselgeld gegeben hatte, rannte sie an Javier vorbei zur Eingangstür und öffnete sie ehrerbietig für ihn. Beim Hinausgehen hörte er ihren rätselhaften Abschiedsgruß, der sowohl ein Fluch als auch ein Segen sein konnte: »Möge dich die Sättigung von Versuchungen fernhalten.«
In Gedanken über diesen Spruch beschleunigte Javier seinen Schritt und schaffte es, nur fünf Minuten später in der Calle de la Paz 26 anzukommen. Mónica reagierte nicht auf seinen Gruß, was ihn anfangs nicht sonderlich verwunderte, da das Schlafzimmer weit vom Eingang entfernt lag. Er ging schnurstracks in die Küche, wo er die Schachteln mit dem Essen aus der Tüte zog und auf ein Tablett stellte. Er legte die Stäbchen dazu und platzierte dazwischen Teller und Gläser. Dann stieg er besorgt die Treppe hinauf zum Schlafzimmer, wobei er

4 Die Toten werden nicht kommen.

mühsam das Tablett balancierte, während er immer unruhiger wurde.

Das Bett war leer, aber mit Büchern und alten Zeitungsausschnitten übersät. Schleunigst hastete er nach unten und suchte seine Frau an dem Ort, der ihm dann am naheliegendsten erschien: im Wohnzimmer. Er hatte richtig getippt. Zu seiner Erleichterung lag Mónica auf dem großen Sofa; sie war mit zig Decken zugedeckt und schlief tief und fest. Doch dann bewegte sie sich, als würde sie gleich aufwachen, und stöhnte leise. Die Stirn hatte sie gekraust, sie schwitzte leicht, und ihre Lippen zitterten. Während Javier sich noch fragte, ob er sie wecken solle, stieß sie ein stärkeres und längeres Wehklagen aus und krümmte sich. Javier streichelte ihr über die Wange und gab ihr einen Kuss auf die auffallend trockenen Lippen.

»Ist es denn schon drei?«, fragte sie, sobald sie die Augen geöffnet hatte.

»Halb vier«, antwortete Javier. »Ich habe Essen vom Chinesen mitgebracht. Warum liegst du hier auf dem Sofa?«

»Ich habe es keine Minute länger im Schlafzimmer ausgehalten«, antwortete sie. »Es ist einfach unerträglich.«

Javier bedachte sie mit einem herablassenden Lächeln wie ein Vater, der sich die Erklärungen seiner vierjährigen Tochter anhört.

»Dort ist etwas, das mich stört. Aber ich kann dir nicht sagen, was. Es macht mich unruhig, manchmal rast mein Herz, und mir stehen die Haare zu Berge. Außerdem schlägt dieses Etwas die Bücher zu, die ich gerade lese. Es gefällt ihm nicht, wenn ich mich ablenke. Ich habe ständig den Eindruck, dass mir etwas passieren wird. Es ist furchtbar.«

Javier lächelte erneut und strich Mónica übers Haar. Sie merkte sofort, dass er sie nicht ernst nahm.

»Das kannst du nun glauben oder nicht, jedenfalls ist in dem Zimmer etwas, dem meine Anwesenheit nicht passt. Wenn du da bist, beruhigt es sich ein bisschen, verschwindet oder lässt sich nichts anmerken. Ich weiß nicht … Aber wenn ich allein bin, dann ist es die Hölle.«

Javier konnte nicht anders, er brach in Gelächter aus.

»Aber, mein Schatz, wovon redest du denn? Ist es vielleicht eine Maus, die dich still und leise im Verborgenen hasst? Oder die Spinne in einer Ecke, die wir bislang übersehen haben? Was sollte denn sonst noch dort sein?«

Mónica entzog Javier ihre Hand und antwortete so schneidend, wie sie nur konnte: »Ich weiß ja, dass du an nichts glaubst. Und wie ich jetzt sehe, nicht einmal mehr an mich.«

Es entstand ein unangenehmes Schweigen. Mónica bemerkte, dass aus Javiers Augen unzählige Fragen sprachen. Zum ersten Mal legte sich zwischen seinen und Mónicas Blick ein Schleier des Zweifels, der Angst. Vielleicht fragte ihr Lebensgefährte sich ja in diesem Moment, ob seine Entscheidung, mit ihr zusammenzuleben, richtig gewesen war. Vielleicht befürchtete er, dass Mónica in Wirklichkeit gar nicht die Person war, für die er sie gehalten hatte: War sie noch bei Verstand? Oder war sie etwa eine von diesen Irren, die jeden Unsinn glauben, den man ihnen aufschwatzt? Musste er vor etwas zittern, das in ihr schlummerte, das ihm bis jetzt aber entgangen war?

»Ich möchte dich um etwas bitten«, sagte Mónica, »und ich flehe dich an, dich nicht darüber lustigzumachen.«

Javier nickte und forderte sie auf weiterzusprechen.

»Ich fände es gut, wenn ein Fachmann käme, um sich das Haus anzusehen.«

»Ein Fachmann?«

»Ein Parapsychologe oder so. Ein Spezialist für kranke Häuser.«

»Kranke Häuser ...!« Javier riss die Augen auf und schüttelte den Kopf, als er verblüfft Mónicas Worte wiederholte. »Meine Güte, Mónica, was sagst du denn da? Wir haben doch sonst über solche Sachen immer nur gelacht.«

»Weil wir noch nie davon betroffen waren«, erwiderte sie eisig. »Ich glaube, wir müssen akzeptieren, dass etwas existiert, das wir nicht kennen und woran wir möglicherweise nicht einmal zu denken wagen. Ich will doch nur wissen, was es ist.«

Mónica näherte ihr Gesicht ein wenig dem von Javier.

»Schau, ich erwarte ja gar nicht, dass du mich verstehst. Ich bitte dich in diesem Punkt nur um deine Unterstützung. Ich will, dass ein Fachmann unser Haus begutachtet und eine Diagnose stellt. Auch wenn es dir unglaublich erscheint, es gibt ganz seriöse Firmen, die sich mit diesen Sachen beschäftigen. Das sind Profis, die in der Lage sind, allen möglichen Dingen auf die Spur zu kommen. Sie können sogar spektrale Präsenzen feststellen, und sie wissen, wie man sie wieder loswerden kann.«

»Profis wofür? Für Betrug?«

»Javier, ich erwarte ja gar nicht, dass du dich von mir überzeugen lässt, das ist mir inzwischen egal. Aber bis nicht einer von diesen Fachleuten unser Haus untersucht hat, gedenke ich nicht, da oben allein zu bleiben.«

Die Gespenster von Javier hingegen waren erheblich realer als die, die Mónica plagten, oder zumindest glaubte er das.
Am Mittwochabend wurde er bei seiner Ex-Frau vorstellig.
Er sah Licht in den Fenstern, und ihr Auto war am Gehsteig gegenüber geparkt: Eva und die Kinder waren also zu Hause.

Er rief über die Gegensprechanlage an, und Ismael antwortete. Javier freute sich, seinen Sohn zu hören, und bat ihn, die Tür aufzumachen. Der Junge drückte auf den Türöffner, als wäre alles ganz normal. Auch er schien über den Besuch seines Vaters sehr erfreut. Als Javier aus dem Aufzug stieg, sah er Eva in der Wohnungstür stehen.

»Darf man wissen, was du da machst?«, sagte Javier zur Begrüßung.

Eva antwortete nicht. Sie blieb stehen, hielt die Arme verschränkt und provozierte ihn mit ihrem Schweigen.

»Lass mich durch«, befahl er, als er sah, dass sie ihm den Zugang zu der Wohnung versperrte, für die er schließlich noch die Hälfte der Hypothek bezahlte. »Ich will meine Kinder sehen.«

»Das musst du nicht mir erzählen, sondern dem Richter. Bis zur Verhandlung wirst du sie nicht sehen.«

Es hatte keinen Sinn zu versuchen, vernünftig mit ihr zu reden. Eva blieb so unerschütterlich wie eine Ritterrüstung.

»Es ist ja wohl klar, dass die Kinder jetzt, da ihr ein Baby bekommt, nur noch an zweiter Stelle stehen. Sie stören dich nur.«

Bei diesem dummen Streit wurde Javier der eigentliche Grund für Evas Verhalten bewusst: Die Eifersucht raubte ihr die Luft zum Atmen. Vielleicht hatte sie ja bis zu diesem Zeitpunkt die Hoffnung gehegt, dass Javier wieder zu ihr zurückkommen könnte, doch Mónicas Schwangerschaft hatte alle etwaigen Spekulationen zunichte gemacht. Nun war Eva entschlossen, ihn dafür büßen zu lassen.

»Eva, bitte, tu mir das nicht an! Nicht nur mir, sondern auch den Kindern nicht. Tu nichts, wofür sie dich in Zukunft einmal hassen könnten, bitte.«

Der letzte Satz war sein größter Fehler.

»Ich sage dir, wofür sie sich in Zukunft schämen werden: Das Glück von deinem Schwanz ist dir wichtiger als das Wohl unserer Kinder«, antwortete Eva in einem Tonfall, als würde sie die Worte ausspeien.

Javier reagierte ganz aus dem Bauch heraus. Ohne sich darüber im Klaren zu sein, was er überhaupt tat, packte er sie am Arm. Seine Bewegung war nur ein Reflex seiner Ohnmacht und seiner Wut. Ihm schien die einzige Möglichkeit, seine Ex-Frau zur Raison zu bringen, sie zu rütteln.

»Schluss jetzt, Eva. Du hast keinen Grund, so mit mir zu reden!«

In dem Moment fiel ihm auf, dass er sich wie ein Dummkopf benahm. Eva hatte ihm eine Falle gestellt, und er war wie ein unschuldiges Lamm hineingetappt. Das Erste, was er dann wahrnahm, war die unverhältnismäßige Reaktion seiner Ex-Frau: Sie fing plötzlich an, um Hilfe zu schreien, als würde er sie vergewaltigen. Sobald er in der Diele dann auch noch seine Schwiegermutter mit ihrem verhassten, unnatürlich gefärbten Haarschopf auftauchen sah, wusste er, dass er das Opfer eines gewitzten Hinterhalts geworden war.

Die beiden Frauen hatten zudem das Glück, dass einer der Nachbarn wegen des Gezeters zum Treppenabsatz gelaufen kam. Nun hatte Eva ihr Publikum und begann sich aufzuführen, als stünde sie auf einer Bühne. Die Augen verweint, die Arme verschränkt, ein vorgebliches Zittern – die Haltung einer gebrochenen Frau, die den Eindruck von Stärke vermitteln will –, und noch dazu ein kaum zu vernehmendes Stimmchen, mit dem sie wisperte: »Keine Sorge. Wirklich. Er ist der Vater meiner Kinder.«

Der Nachbar blickte drein, als hätte er Jack the Ripper persönlich vor sich, und bat Javier zu verschwinden und die Nachbarschaft in Ruhe zu lassen.

Eva hörte das Gespräch mit dem Ausdruck einer entehrten Prinzessin an, die ein herbeigezauberter Traumprinz aus großer Gefahr zu erretten versucht. Ihre Mutter hielt unterdessen das Telefon in der Hand und drohte, die Polizei zu rufen.

Javier gab sich schließlich geschlagen. Er sagte zu Eva nur, dass er am Samstag wiederkäme, um seine Kinder abzuholen, doch ihre Erwiderung brachte sein Blut endgültig zum Wallen: »Komm, wann du willst, aber mitnehmen wirst du sie nicht.«

Javier lief eine Weile ziellos durch die Straßen. Vor einem gut sortierten Käsegeschäft machte er Halt und betrachtete die Auslage mit abwesendem Interesse. Er wurde sich erst seines Tuns bewusst, als die Eigentümerin ihm hinter der Scheibe einen fragenden Blick zuwarf und mit den Schultern zuckte. Er kam sich so dämlich vor, dass er beschloss, in ein Café zu gehen. Dort verbrachte er über eine Stunde, den verlorenen Blick auf die Seite einer Zeitung geheftet, die zu lesen er nicht imstande war.

Als er nach Hause kam, fand er Mónica weinend auf dem Sofa vor. Seine Mutter war an ihrer Seite und reichte ihr ein Papiertaschentuch nach dem anderen. Er musste nicht lang bitten, bis sie ihm erklärte, was passiert war.

»Sie hat Kummer, die Ärmste«, sagte Matilde. »Zwei Polizisten waren hier und haben nach dir gefragt, mein Junge. Sie haben das hier dagelassen.« Sie deutete auf ein Dokument. »Sie sagen, dass du aufs Revier musst, um eine Aussage zu machen. Eva hat dich angezeigt. Wegen Körperverletzung.«

3

In den drei Tagen, die Mónica ihre langweilige Bettruhe strengstens einhielt, kam es zu keinem weiteren Alarm, was ihre Schwangerschaft anging. Die rötlichen Flecken traten nicht wieder auf, auch keine Schmerzen oder sonstige Beeinträchtigungen.

Am Donnerstagmorgen bestätigte der Gynäkologe, alles sei nur ein Warnschuss gewesen, den es durchaus zu beachten galt, ohne sich jedoch deswegen allzu viele Sorgen zu machen. Er untersagte Mónica jegliche körperliche Anstrengung und unterstrich, wie wichtig es sei, ein ruhiges Leben zu führen – und zwar »physisch wie auch psychisch«, wie er betonte. Dann schrieb er ihre Krankmeldung. Er bestellte Mónica für eine Woche später wieder in seine Praxis und verabschiedete sich mit seinem schönsten Lächeln von ihr.

Einige Tage zuvor hatte Mónica den Entschluss gefasst, Doris, eine siebenunddreißigjährige Kolumbianerin, zu engagieren, die ihre Schwiegermutter ihr empfohlen hatte; sie sollte ihr bei der Hausarbeit helfen. Doris fing sofort an. Mit ungewöhnlicher Sorgfalt machte sie sich unter Mónicas Aufsicht daran, einen Umzugskarton nach dem anderen zu öffnen und seinen Inhalt auf die verschiedenen Zimmer zu verteilen. Mónica beschränkte sich auf die weniger anstrengenden Arbeiten: ein paar staubige Krüge abspülen, die gerahmten Fotografien im Wohnzimmer aufhängen oder einen Platz für Javiers Froschsammlung finden.

Doris erwies sich als Glücksgriff: Sie konnte zimmern, klempnern und malern und gleichzeitig auch noch etwas zum Essen vorbereiten oder den Saum eines Vorhangs nähen. Seit sie bestimmte Aufgaben übernommen hatte, war im Haus eine positive Veränderung zu bemerken, die in der Anzahl an Kartons zum Ausdruck kam, die sich jeden Tag neben der Papiertonne stapelten. Größtenteils aus diesem Grund fühlte sich Mónica langsam entlastet. Die Stapel mit den Kartons wurden immer weniger, und ihre Laune wurde immer besser.

Javier erging es anders. Seit der Anzeige von Eva, die ihn gezwungen hatte, zum Kommissariat zu gehen und dort einigen Beamten, die ihn ansahen, als würden sie ihm nicht ein einziges Wort glauben, Unmengen Erklärungen abzugeben, lebte er in ständiger Sorge. Er hatte tausend Dinge mit den Anwälten zu besprechen und war wegen seiner Kinder verbittert, denn er vermisste sie schrecklich. Er hatte beschlossen, sich an einen ehemaligen Kommilitonen zu wenden, dem der Ruf eines guten Strategen und Redners vorauseilte – die perfekte Kombination für einen Familienrechtler. Der Anwalt nahm seinen Fall von Anfang an sehr ernst, gab ihm jedoch keinen Grund zu besonderem Optimismus.

»Du musst dich seelisch darauf einstellen«, sagte er, »dass deine Ex dich jetzt so richtig am Wickel hat. Das Einzige, was du tun kannst, ist, dich mit Geduld zu wappnen und mich machen zu lassen. Und versprich mir, dass du deinen Fuß um nichts in der Welt wieder auf die Schwelle der Wohnung setzt, dass du sie nicht anrufst und in kein anderes Fettnäpfchen trittst. Deine beste Waffe ist Gleichmut. Wenn du dich ihrem Territorium näherst, machst du ihren Sieg erst möglich.«

Zähneknirschend gab Javier das schmerzliche Versprechen. In dieser Wohnung – Evas Wohnung, die er noch Monat für Monat mit abbezahlte – hatte er zwei der Menschen zurückgelassen, die er auf dieser Welt am meisten liebte und von denen er seit Tagen nichts gehört hatte. Der Anwalt empfahl

ihm des Weiteren, auch auf keines der Angebote einzugehen, die seine Ex-Frau ihm machte – selbst dann nicht, wenn er vor Sehnsucht nach seinen Kindern fast stürbe.
»Geduld«, wiederholte der Anwalt. »Das ist der Schlüssel zum Sieg. Diese Frau ist hysterisch, und du warst immer ein guter Vater. Das wird jeder Richter anerkennen.«

Mónica prüfte die Ziffer, die sie sich auf einem Zettel notiert hatte: »17«. Sie stimmte mit der Hausnummer überein, vor der sie sich nun befand. Rechts von einer schmalen vergitterten Glastür war der heruntergelassene Rollladen eines Geschäfts zu sehen. Darüber stand in großen Goldbuchstaben: »Uhrengeschäft Costa«. Mónica läutete, und drei Sekunden später tauchte jemand auf dem Balkon im ersten Stock auf und fragte: »Wen suchen Sie?«
»Francesc Costa«, antwortete sie. »Ich bin Mónica Salvà. Ich habe heute Morgen angerufen. Wir haben für drei Uhr einen Termin vereinbart.«
Noch bevor sie ihren letzten Satz beendet hatte, entdeckte sie die Silhouette des Uhrenhändlers hinter der Ladentür; er machte sich am Schloss zu schaffen. Sie grüßten sich kurz auf dem engen Treppenabsatz, dann bat der Mann sie einzutreten. Durch einen seitlichen Durchgang, der ebenso schmal war, gelangte man ins halbdunkle Uhrengeschäft. Sie durchquerten den Raum mit prächtigen Exemplaren, deren Uhrzeiger sich bewegten oder die mit angehaltenem Laufwerk hinter den Glasscheiben der Vitrinen hingen. Dann trat sie in die hintere Ladenstube, eine umfunktionierte Garage. Mónica war überrascht, sich in einer Art Geheimzimmer wiederzufinden: Ein ausladender Schreibtisch aus Kirschholz, ein Ledersessel mit Rollen sowie einige Fauteuils bildeten ein komplexes Stillleben in dem ansonsten recht nüchternen

Raum, in dem alle vier Wände mit Büchern vollgestellt waren.

Der Gastgeber bedeutete Mónica, auf dem Ledersessel Platz zu nehmen, der hinter dem Tisch stand, »für den Fall, dass Sie sich etwas notieren wollen«. Er selbst setzte sich ihr gegenüber auf einen niedrigeren Sessel, wo er eine schulmeisterliche Geschäftigkeit an den Tag legte. Der Mann wirkte jünger als sein tatsächliches Alter, ging es Mónica durch den Kopf. Er war schlank, hatte einen leicht gebräunten Teint und ein gesundes Aussehen; seine vollendeten Umgangsformen unterstrichen die lässig-elegante Kleidung. Nun bat Costa sie, ihm die Frage zu stellen, die sie am Telefon nur angedeutet hatte.

»Sie haben das Wort«, sagte er einladend.

Mónica räusperte sich. Sie bemerkte, dass in einem bevorzugten Teil des Regals die Buchrücken der Titel herausragten, die ihr Gastgeber vor einigen Jahren selbst geschrieben hatte; diese behandelten im Wesentlichen zwei Themen: die lokale Presse sowie den wirtschaftlichen und industriellen Aufschwung dieser Stadt im 19. Jahrhundert. Mónica kannte keines davon, weswegen sie sich etwas unbehaglich fühlte, doch eines spürte sie intuitiv: Wenn es jemanden gab, der ihr bei der Recherche über ihre Vorfahren helfen konnte, dann war es dieser Francesc Costa.

»Ich bin gekommen, um Sie um Hilfe bei einer Angelegenheit zu bitten, der ich gerade nachgehe.«

»Sind Sie Historikerin?«, fragte der Uhrenhändler.

Mónica fühlte sich wieder etwas unbehaglich, als wäre sie ein ungebetener Gast. Sie räusperte sich, wie immer, wenn sie nervös wurde.

»Also, eigentlich nicht«, antwortete sie dann rasch. »Was mich hergeführt hat, steht im Zusammenhang mit meiner Fa-

milie. Ich bin gerade in das alte Haus meiner Familie gezogen und habe dort einen Speicher vorgefunden, der vor alten Sachen nur so überquillt.«
Costas Augen glänzten wie zwei Rohdiamanten.
»Was für Sachen?«
»Kleider. Möbel. Eine Uhr. Doch was mich wirklich neugierig macht, sind die Briefe und eine Sammlung von Zeitungsausschnitten, die sich auf meine Verwandten beziehen.«
»Früher einmal«, sagte Costa mit einem Lächeln, »hätte ich Sie gebeten, mir Zutritt zu diesem Speicher zu gewähren und mich in diesen Dokumenten stöbern zu lassen. Aber ich beschäftige mich nicht mehr mit diesen Dingen. Meine Interessen haben sich verändert. Jetzt unternehme ich Spaziergänge, gehe in die Berge, rede mit den Leuten und höre mir ihre Geschichten an. Es ist eigentlich nur ein anderer Ansatz, um sich doch wieder mit dem Gleichen zu beschäftigen.«
Mónica holte aus ihrer Tasche eine ausgebeulte Schreibmappe.
»Ich habe Ihnen einige Artikel mitgebracht«, sagte sie und legte auf dem Kirschholztisch ein leicht chaotisches Mosaik aus Zeitungsausschnitten aus. »Sie sind sehr alt.«
Das erste Stück Papier enthielt kaum mehr als einen Absatz. Auf der Rückseite hatte jemand den Rand genutzt und den Namen der Publikation sowie das Datum vermerkt: »*Revista mataronesa*, April 1856«.
Die Nachricht, die jemand, vielleicht ja sogar ihr Ururgroßvater Marcel, hatte aufbewahren wollen, trug den Titel: »Spiritistische Gesellschaft der Maresme in unserer Stadt gegründet.«
Der Text informierte – ohne den Verfasser zu nennen – kurz darüber, dass

die ehrenwerten Herrschaften Marcelo Imbert Picornell, Francisco Junyent Albert, Ricardo Maria Vila Dot und Rosa Vaireda, die Gattin von Dot, gemeinsam in wissenschaftlicher und liberaler Gesinnung vor einigen Tagen in unserer Stadt die Gründung der Spiritistischen Gesellschaft der Maresme beschlossen, die unseren Bürgern nun ein bedeutendes Programm an Vorträgen und verschiedenen kulturellen Aktivitäten anbieten wird.

»Marcel Imbert war mein Ururgroßvater«, erklärte Mónica.
»Imbert?«, überlegte der Uhrenhändler. »Einer der Imberts von ›Imbert und Sohn‹?«
»Der Sohn war mein Urgroßvater – Florián.«
Costa fuhr in seinem Sessel hoch.
»Zu seiner Zeit war Ihr Urgroßvater ein sehr wichtiger Mann. Eine interessante Persönlichkeit, zweifelsohne.«
»Ich habe eigentlich nur wenige Informationen über ihn. Auch wenn es kaum zu glauben ist, aber in der Familie hat sich nicht viel erhalten. Genau deshalb bin ich ja hier. Alles, was ich über sein Leben in der Öffentlichkeit habe, ist das hier«, sagte Mónica und deutete auf den zweiten Stapel Zeitungsausschnitte. »Und die Briefe natürlich.«
Der Mann strich sich übers Kinn.
»Wenn wir wüssten, wie rasch die Kinder unserer Kinder uns vergessen, würden wir alles nicht so ernst nehmen.«
Der Hobby-Historiker warf einen Blick auf Mónicas Zeitungsausschnitte, die seinen ganzen Schreibtisch bedeckten. Die Texte, die sich auf Florián Imbert bezogen, interessierten ihn weniger: Es ging um die Ankunft einer bestimmten Maschine, die eigentlich aus England stammte, um die Einführung neuer Industrieprozesse, um die Textilkrise, die auf die Katastrophe von 1898 folgte.

Nichts Neues, mit dem zu beschäftigen der Mühe wert gewesen wäre.
Unter den alten Zeitungsausschnitten erweckte allerdings einer seine Aufmerksamkeit: Es war eine ganzseitige Nachricht, die in der Tageszeitung der Stadt, *El Mataronès*, erschienen war. Sie behandelte den Besuch des

> renommierten Spiritisten und Madrider Professors Don Manuel Sanz Benito, der in unserer Stadt einen informativen Vortrag über die verblüffenden Grundsätze der spiritistischen Wissenschaft gehalten hat, in der besagter Professor als Autorität gilt. Zudem ging Don Manuel Sanz Benito in allen Einzelheiten und mit viel Scharfsinn auf alle Zweifel ein, mit denen das ehrenwerte Publikum ihn konfrontierte; sie drehten sich um die Religion und die wissenschaftlichen Entdeckungen, die – zum Guten oder Schlechten – in großem Maße das Leben des modernen Menschen beeinflussen. Die Veranstaltung wurde von der Spiritistischen Gesellschaft der Maresme organisiert, wobei ihr derzeitiger Präsident, Don Marcel Imbert Picornell, Universitätsprofessor und Wissenschaftler, als Schirmherr fungierte. Zum Abschluss der Abendveranstaltung öffnete das Ateneo der Stadt seine Salons, um die Familien der Teilnehmer zu einer prächtigen Tanzveranstaltung zu empfangen. Sie erschienen allesamt in Abendkleidung, wobei die Damen ihre edelsten Schmuckstücke und bemerkenswertesten Frisuren zur Schau stellten. Um Mitternacht wurde in dem weitläufigen, überaus geschmackvoll dekorierten Saal ein opulentes Essen gereicht.

Die Nachricht war im Dezember 1879 veröffentlicht worden.

»Ich habe keine Ahnung, worum es sich bei dieser Spiritistischen Gesellschaft der Maresme handelt«, bemerkte Mónica.

Costa ging wieder zu seinem Sessel und nahm erneut das Gehabe eines liebenswürdigen Professors an.

»Diese Gruppierungen waren ein Produkt ihrer Zeit. Man hatte in den Wissenschaften wichtige Entdeckungen gemacht, und ein Teil des Bürgertums glaubte wie nie zuvor an die Vernunft. Deshalb wagte man zum ersten Mal, bestimmte grundlegende Überzeugungen neu zu formulieren – von der Religion bis hin zur Vorstellung vom Jenseits. Man ging so weit, den Toten die Stirn zu bieten, indem man sich hinter der Wissenschaft verschanzte. Es gab einige sehr aktive Zentren auf der Iberischen Halbinsel. Vor allem in Madrid, Barcelona sowie in einigen Städten Andalusiens.«

Mónica nutzte diese großspurige Wissensdemonstration, um mutig einige konkrete Fragen zu stellen.

»Verfügen Sie über Informationen über meinen Ururgroßvater? Wissen Sie, was für ein Professor er war?«

Der Uhrenhändler und Historiker schloss einen Moment seine Augen, als würde ihm das Denken Mühe bereiten.

»Auswendig kann ich das nicht zitieren, aber ich kann mich dunkel daran erinnern. Ich habe vor einiger Zeit diverse Journale eines Mannes transkribiert, der als Archivar bei der Stadt tätig war. Darin wurde auch Ihre Familie genannt, wenn ich mich recht entsinne. Ich weiß nicht, ob es um Marcel Imbert ging oder … Wie hieß noch sein Sohn, ich meine der Mann, der in der Textilindustrie sein Vermögen gemacht hat?«

»Florián.«

»Genau. Vielleicht war es Florián. Von einem der beiden war häufig die Rede.« Costa strich sich übers Kinn und schien bemüht, eine Erinnerung zutage zu fördern, die sich aber nicht einstellen wollte. »Wissen Sie, wie die beiden gestorben sind?«

»Nein. Von Florián weiß ich nur das Todesjahr: 1934. Von seinem Vater nicht einmal das.«

Mónica hatte den Eindruck, als würde Costa ihr etwas vorenthalten. In der Tat war er durchaus unterrichtet. Der Mann glaubte, dass der Archivar in seinen Journalen auf einen Vorfall anspielte, der in der Stadt Aufsehen erregt hatte und der mit dieser Familie in Zusammenhang stehen musste, doch er zog es vor, die Angelegenheit lieber nicht zu erwähnen, bis er sich völlig sicher war.

»Ich habe diese Transkription vor vielen Jahren beendet. Die Originaljournale habe ich dem Stadtarchiv geschenkt, aber ich habe noch eine Kopie im Computer. Das Material ist fantastisch, es sollte veröffentlicht werden, aber ...« Costa zuckte resigniert mit den Schultern. »Mittlerweile ist es mir nicht mehr so wichtig. Ich werde mir das ansehen und Ihnen dann eine Mail schicken. Schreiben Sie mir doch hier Ihre E-Mail-Adresse auf.«

Er deutete auf einen Notizblock, der auf dem Tisch lag. Mónica tat, wie ihr geheißen, dann legte sie die Zeitungsausschnitte zusammen und steckte sie wieder in die Schreibmappe.

Sie waren schon an der Tür, als der Uhrenhändler eine Frage in Worte fasste, über die er eine gute Weile nachgedacht hatte: »Was genau suchen Sie eigentlich?«

Mónica wusste nicht, weshalb sie zu einem Menschen, der so nett zu ihr war, nicht ehrlich sein sollte. Ohne zu zögern antwortete sie also: »Ein Gespenst.«

4

Mónica erwachte mitten in der Nacht starr vor Kälte. Es schien ihr, als würde sich neben ihr im Bett Javier bewegen – nervös, die Bettdecke an sich reißend. Doch als sie auch nur ein Minimum an Bewusstsein gewann, um die Augen zu öffnen, stellte sie fest, dass ihr Mann gar nicht neben ihr lag. Sie war einige Sekunden verwirrt, denn sie hatte mit absoluter Klarheit seine Anwesenheit gespürt, ja sogar, dass sein Körper sie berührt hatte. Auf der Stelle beschloss sie aufzustehen und nach ihm zu suchen. Sobald sie das Bett verlassen hatte, hörte sie seltsamerweise auf zu zittern, als wäre es unter der Daunendecke kälter als draußen.

Sie fand Javier im Wohnzimmer; er saß im Dunkeln auf dem Sofa. Es schien ihr, als habe er geweint. Sie brauchten kein Wort miteinander zu wechseln, damit sie seine Angst und seine Ohnmacht verstand. Seit ein paar Nächten schon konnten sie beide nicht gut schlafen. Die Schuld daran trug Eva – darin waren sie sich einig, wenngleich keiner von beiden die Sache erwähnte. Es lag an Eva und ihrer eigentümlichen Art, sich wegen der bevorstehenden Geburt der kleinen Julia zu rächen. Mónica umarmte Javier, er ließ es zu und brach im Schutz der Dunkelheit in ihren Armen in Tränen aus. Es war ein Augenblick der Schwäche, der ihm unendlich wohl tat.

Der Marmorkopf schimmerte inmitten der Finsternis und schien sie anzusehen, als würde er ein Gespräch mit ihnen beginnen wollen.

»Empfindest du nicht jedes Mal eine Art Unruhe, wenn du diesen Kopf da so richtig anschaust?«, fragte Mónica. »Mir kommt es vor, als wäre der Stein mit einer seltsamen Energie aufgeladen.«

Javier wusste nicht, ob er Mónicas Empfindungen nachvollziehen konnte.
»Heute Nachmittag habe ich versucht, den Kopf woandershin zu stellen, aber ich hatte vergessen, wie schwer er ist. Es ist unglaublich!«
Mónica schwieg einige Sekunden, ehe sie weitersprach: »Meinst du, es ist richtig, wenn wir ihn hier bei uns lassen? So etwas gehört eigentlich ins Museum. Wir wissen nicht mal, aus welcher Epoche er stammt.«
Da erinnerte sich Javier an einen alten Freund, der als Archäologe im Stadtmuseum arbeitete, und bot an, ihn zu fragen.
»Wir haben uns schon ewig nicht mehr gesehen«, sagte er, »aber wenn du dich beruhigter fühlst, mache ich ihn ausfindig, und dann fragen wir ihn um Rat.«
Der Freund, den Javier so lange nicht gesehen hatte, war allerdings nicht der Einzige, den sie ausfindig machen wollten. Mónica hatte bereits begonnen, nach jemandem zu suchen, der feststellen konnte, was in ihrem Haus passierte. Sie versuchte es an dem einzigen Ort, wo jeder recherchiert, selbst wenn er nicht einmal genau weiß, ob es das Gesuchte überhaupt gibt: im Internet.
Nach erheblichen Schwierigkeiten stieß sie auf »parapsychologische Kabinette«, die sich in der Stunde der Wahrheit jedoch als das Geschäft von Leuten erwiesen, die ihren Lebensunterhalt mit Kartenlegen bestritten. Sie durchkämmte Websites, die gleich darauf schon nicht mehr existierten, sie fand Portale, die sich nur öffnen ließen, wenn man seine Kreditkartennummer eingab, und sie landete sogar bei der Biografie von jemandem, der sich als »der einzige Geisterjäger Spaniens« anpries: ein Elektriker, der sich »Professor Tristanbraker« nannte und behauptete, den »Boby« erfunden zu

haben – auf den er auch ein Patent hatte, wie der Artikel betonte –, eine Art Gewehr, mit dem sich »teuflischen Kräften und ihrer Positronenladung« die Stirn bieten ließe.
Mónica gelangte langsam zu der Überzeugung, dass die Person, nach der sie suchte, gar nicht existierte, als sie plötzlich auf die Website der Spanischen Gesellschaft für Parapsychologische Forschungen stieß. Dieser virtuelle Ort bot eine solche Fülle von Informationen, dass die Recherche sich aufwendig gestaltete. Dort entdeckte sie, zwischen Mitteilungen über die geheimnisvollen Gesichter von Bélmez und Theorien hinsichtlich der Beziehung der ägyptischen Pyramiden zu Wesen von anderen Sternen, den realen Fall einer Frau, die behauptete, im Gang ihres Hauses ein Gespenst zu haben. Der Vorfall wurde mit pseudowissenschaftlichem Ernst behandelt, aber ohne jegliche Effekthascherei. Der Präsident dieser Gesellschaft, ein gewisser Leónidas Xart, versicherte, das Problem mit ein paar Hausbesuchen gelöst zu haben.
Die nächste Schwierigkeit war, diesen Mann ausfindig zu machen. Die Website bot keine Möglichkeit zur Kontaktaufnahme – weder mit ihm noch mit der Spanischen Gesellschaft für Parapsychologische Forschungen. Mónica dachte schon, dass dieser Xart womöglich keine reale Person war, als ihr in den Sinn kam, einfach seinen kompletten Namen in die Suchmaschine einzugeben und die Ergebnisse dieser letzten, verzweifelten Recherche abzuwarten.
Die Idee war gut.

Leónidas Xart war ein Madrilene von gut fünfzig Jahren, der seine Mitmenschen mit der Distanziertheit eines Mannes behandelte, der sich bewusst war, dass er über ein Wissen verfügte, von dem die meisten keine Ahnung hatten. Er redete ohne Unterlass, selbst wenn niemand ihm zuhörte.

Kaum hatte Xart von dem Fall erfahren, da wollte er auch schon das Haus kennenlernen. Mónica war total überrascht, dass ihr ein Mann, von dem sie angenommen hatte, dass er mit tausend Dingen beschäftigt war, sich ihr so spontan zur Verfügung stellte. Argwöhnisch merkte sie an: »Ich hoffe doch, dass Sie ein seriöser Mensch sind.«

»Wenn Sie Zweifel hegen, meine Liebe, wird es wohl am besten sein, wenn Sie meine Dienste nicht in Anspruch nehmen«, erwiderte er.

Dieses Argument vermochte sie ein wenig zu überzeugen, wenngleich der Umgangston des Parapsychologen sie einschüchterte. Xart ließ sie wissen, dass er drauf und dran sei, eine Reise nach Barcelona zu unternehmen, »um Verwandte zu besuchen«. Es sei deshalb erforderlich, dass er gleich am nächsten Tag in aller Frühe bei ihr zu Hause erschiene, nachdem er sich der familiären Verpflichtungen entledigt habe.

Mónica erklärte ihm die Adresse, während sie sich selbst zu überzeugen versuchte, dass sie vom Eifer dieses Mannes nur profitieren könne. Dennoch erschien ihr seine Verfügbarkeit irgendwie verdächtig, und dieser Eindruck verstärkte sich noch, als ihr klarwurde, dass der nächste Tag ein Samstag war.

»Die Gespenster müssen ihm aber gut gefallen, dass es ihm nichts ausmacht, sogar am Wochenende nach ihnen zu fahnden«, meinte Javier scherzhaft, als er davon erfuhr.

Etwas genervt, weil er die Sache nicht ernst nahm, berichtete Mónica ihrem Lebensgefährten die Fragen, die ihr Gesprächspartner ihr kurz vor Ende des ersten Telefonats gestellt hatte.

»Sie haben doch Mataró gesagt, oder?«, sagte sie mit verstellter Stimme. »Wissen Sie, ob einer meiner Kollegen diesen Ort bereits einmal in Augenschein genommen hat?«

»Nein. Aber ich glaube nicht«, gab sie ihre eigene Antwort wieder.
»Verstehe …« Dem Tonfall der Worte von Xart hatte sie entnommen, dass er sich nicht einen der Punkte, die er zu hören bekam, entgehen ließ. »Nur eines noch, meine Liebe: Sind Sie auf Hunde allergisch?«

5

Seit Eva ihren privaten, absurden Kreuzzug begonnen hatte, waren die Wochenenden für Javier die traurigsten Tage. Das Fehlen der Kinder trübte beiden jegliche Freude darüber, dass sie sich nun endlich in ihrem neuen Haus befanden und sich ihre wirtschaftliche Lage etwas entspannt hatte, oder auch über die wenigen Monate zu zweit, die noch bis zur Geburt ihrer Tochter blieben.
Mónica hatte den Entschluss gefasst, mit Hilfe der unermüdlichen Doris allmählich auch das Kinderzimmer herzurichten. Sie verbrachte die Tage jetzt in dem Raum, der neben ihrem Schlafzimmer lag, und ließ sich durch den Kopf gehen, in welcher Farbe die Wände gestrichen werden sollten und welches Motiv für den Dekostreifen besonders passend wäre. Wenn Javier zu Hause war, bemühte sie sich, ihn zu verhätscheln und abzulenken, damit er nicht zu viel grübeln konnte.
Am Samstag, als sie den Besuch von Leónidas Xart erwartete, stand Mónica früher auf als sonst. Javier hatte eine unruhige Nacht verbracht, war dann aber doch wieder eingeschlafen. Mónica zog einfach die Tür zum Schlafzimmer zu und dach-

te, dass es wohl am besten wäre, ihn noch ruhen zu lassen. Sie machte sich einen Tee und schaltete den Computer ein, um die ersten Stunden des freien Tages zu genießen.
Der Standort des Rechners war einer der strittigsten Punkte gewesen, seitdem der Umzug über die Bühne gegangen war. Mónica gefiel die Angewohnheit, die sie aus amerikanischen Filmen und TV-Serien kannte, den PC in die Küche zu stellen. Sie hatte immer die Leute beneidet, die ihre E-Mails checken können, während das Wasser für den Tee heiß wird. Während sie nun wartete, dass der Computer hochfuhr, ging ihr durch den Kopf, dass einen manchmal die kleinsten Kleinigkeiten am glücklichsten machen können. Sie hatte nicht nur den Teekessel im Blick, sondern auch einen Teil des Wohnzimmers, ein großes Stück vom Garten und natürlich ihre neue Küche. Dieses Panorama und auch die Stille, die alles umgab, schienen ihr die perfekte Szenerie für ein Glück, das gerade erst begonnen hatte. Im Posteingang fand sich neben einem Dutzend Werbungen in diversen Fremdsprachen eine E-Mail von Francesc Costa:

> Ich habe in den erwähnten Journalen Hinweise auf den Tod Ihres Ururgroßvaters gefunden. Es war ein recht blutiger Vorfall, über den damals viel geredet wurde. Ich könnte mir vorstellen, dass Sie unter diesen Umständen die Einzelheiten lieber nicht erfahren möchten. Wenn ich mich nicht täusche, dann denke ich, Ihnen den Zeitungsausschnitt zeigen zu können, der Ihnen in Ihrer Sammlung noch fehlt. Viele Grüße.

Diese Worte des Uhrenhändlers ließen Mónicas Wunsch nach mehr Informationen über ihre Familie nur noch größer werden. Sie machte sich eine Tasse Kräutertee und beantwor-

tete die E-Mail. Darin teilte sie ihm mit, dass sie unbedingt wissen wolle, was ihrem Vorfahren zugestoßen sei – egal was passiert sei. Sie fragte, wann sie noch einmal bei ihm vorbeikommen könnte, und erinnerte ihn, dass sie jederzeit zur Verfügung stehen könne, vorausgesetzt natürlich, dass ihre Krankschreibung fortbestehe.
Als sie keine Lust mehr hatte, im Internet von einer Website zur nächsten zu springen, beschloss sie, ein üppiges Frühstück für zwei vorzubereiten. Es war fast elf, und Leónidas Xart hatte sich für »nach elf und vor ein Uhr« angekündigt. Mit choreografischer Langsamkeit legte Mónica alles auf das Tablett, was für ein gutes Frühstück erforderlich ist. Dann nahm sie aus einem Plastikbeutel acht kleine Blätterteigröllchen, die sie am Nachmittag zuvor in Gedanken an diesen Augenblick gekauft hatte. Vorsichtig ging sie die Treppe hinauf. Oben angekommen, stellte sie das Tablett auf einem Stuhl ab und zog die Schlafzimmerjalousien hoch; Javier wurde langsam munter.
»Aufwachen, du Schlafmütze. Es ist schon nach …« Mónicas melodische Stimme versagte, als ihr etwas auffiel.
Durch die plötzliche Stille alarmiert, sprang Javier aus dem Bett. Mónica starrte mit aufgerissenen Augen auf das Tablett mit dem Frühstück. Alles war noch an Ort und Stelle: die Servietten, die Gläser, der Saft, die Kaffeelöffel … Auch die acht Blätterteigröllchen lagen noch liebevoll angeordnet im Brotkörbchen. Aber sie waren nicht wie zuvor. An jedem fehlte ein Bissen. Jetzt lagen da acht Blätterteigröllchen mit perfekt sichtbaren Abdrücken eines kleinen Gebisses.

6

Zehn Minuten vor ein Uhr klingelte Leónidas Xart dreimal an der Tür. Wie er später erklärte, war diese Art zu läuten – zweimal kurz und einmal lang – sein persönliches Erkennungszeichen für die spektralen Präsenzen überall auf diesem Planeten.

Irgendwie hatte der Parapsychologe selbst etwas Gespenstisches an sich: eine lange, wirre Mähne, die an den Schläfen schon angegraut war, eine pergamentartige Haut, sehr ausgeprägte Wangenknochen in Verbindung mit tief liegenden Augen, dazu knochige Hände wie eine Leiche – zudem war er so außergewöhnlich groß, dass er einem wie eine seltene Spezies vorkam. Javier hatte vom ersten Augenblick an den Eindruck, dass dieser Leónidas ein frecher Schwindler war. Der Mann benahm sich so theatralisch, von seiner Art, sich zu kleiden, bis hin zu seinem affektierten Gehabe – noch dazu diese ständigen Modulationen seiner Stimme. Er hatte einen großen, massiven Aktenkoffer dabei, von dem er sich nicht eine Sekunde trennte, und bei seinem Rundgang durch das Haus betrachtete er jeden Gegenstand ernsthaft mit zusammengezogenen Augenbrauen. Von allem, was mit dem vorgeblichen Parapsychologen zu tun hatte, gefiel Javier von Anfang an nur eines: der Hund, ein deutscher Schäferhund mit langem, relativ dunklem Fell. Er trug ein Silberhalsband, an dem eine Hundemarke mit seinem Namen hing, und das Tier schien keineswegs bereit, das Leben so ernst zu nehmen wie sein Besitzer. Sobald er Javier sah, wedelte er mit dem Schwanz und bellte vor Freude.

»Hallo, Hunter«, sagte Javier mit einem Blick auf die Marke und streichelte ihm den Kopf.

»Sein Name bedeutet ›Jäger‹«, erklärte Xart unaufgefordert. »Auch wenn er Ihnen so freundlich vorkommt, so ist er doch ein ganz hervorragender Geisterjäger.«
Auf der Rückseite der Hundemarke stand ein lateinischer Satz eingraviert, den Javier las, jedoch nicht verstand:

UNA EST APTA VIA

Zum Glück bewirkten der stets aufmerksame Blick von Xart und seine Freude an umfassenden Erklärungen, dass Javiers Unwissen auf der Stelle beseitigt wurde.
»Das heißt: ›Es gibt nur einen richtigen Weg‹«, erläuterte der Parapsychologe, während er den Hund von der Leine ließ, um sie in die Manteltasche zu stecken. Den Mantel hängte er an einen Garderobehaken am Eingang. Dann krempelte er sich mit langsamen, gewissenhaften Bewegungen die Hemdsärmel hoch.
»Javier, ist Ihnen unwohl? Hatten Sie heute Nacht ein unangenehmes Erlebnis?«, fragte er. Der Parapsychologe spürte genau, was passiert war.
»Es war heute Morgen«, musste Javier etwas zähneknirschend einräumen.
»Keine Sorge, mein Herr. Wir werden Ihr Problem, das Sie da bedrückt, sofort lösen. Sie haben sich an den Richtigen gewandt. Los, Hunter«, sagte der gerade Angekommene so bestimmt, als wäre er bei sich zu Hause. Vor Freude herumtollend, folgte der Hund seinem Herrn.
Im Wohnzimmer wartete Mónica; sie saß auf dem Sofa und wirkte irgendwie abwesend. Sie begrüßte Xart förmlich und bot ihm etwas zu trinken an.
»Vielleicht später. Während meiner Untersuchungen trinke ich lieber nichts«, lautete seine Antwort.

Hunter beschnüffelte das Mosaik – genau die Stelle, wo die ersten Flecken aufgetreten waren.

»Sie sind schwanger, was für eine schöne Nachricht«, stellte der Parapsychologe fest und faltete die Hände mit einer Manieriertheit, die sein typischstes Merkmal zu sein schien. »Wann ist mit dem freudigen Ereignis zu rechnen?«

Außer dem Geburtsdatum wollte Leónidas Xart auch wissen, wie lange sie schon in dem Haus wohnten, welche Beziehung sie dazu hatten und wann sie erstmals ein Anzeichen von »ektoplasmischer Aktivität« wahrgenommen hätten.

Weil Mónica nicht wusste, was sie darauf antworten sollte, und ihn verwirrt ansah, setzte Xart schleunigst zu einer Erklärung an: »Entschuldigen Sie. Ich meine, wann wurde Ihnen erstmals klar, dass etwas Seltsames passiert?«

An diesem Punkt setzte Javier einen genervten Gesichtsausdruck auf, und Mónica beeilte sich, mit Feuereifer zu erklären, was sie für die ersten Manifestationen dieses Phänomens hielt.

»Also, meine Liebe, halten Sie sich nur nicht mit unnötigen Einzelheiten auf. Diese Entitäten charakterisieren sich nicht durch ihre Originalität.«

Mónica bemühte sich um Knappheit, was den Parapsychologen zu befriedigen schien; er nickte bloß, während er immer wieder »verstehe« sagte.

»Gestatten Sie mir, Ihnen noch einige Fragen zu stellen, auch wenn eigentlich bereits klar ist, dass die Antworten positiv ausfallen werden. Haben Sie einen plötzlichen Temperaturabfall wahrgenommen? Üble Gerüche? Stimmen, Klopfen, sich bewegende Objekte, Schreie, Flüstern …?«

»Also, ich schon«, erwiderte Mónica, die sich unbehaglich fühlte, denn Javier sah sie tadelnd an, weil sie alles so ernst nahm. Deshalb fügte sie noch hinzu: »Wenngleich Javier dies anscheinend nicht auf die gleiche Weise wahrnimmt.«

Xart fuhr verächtlich mit der Hand durch die Luft.

»Ja, natürlich. Es ist offensichtlich, dass er nicht über diese starke Medialität wie Sie verfügt, meine Liebe. Es kann sich dabei um eine natürliche Gabe handeln, sie kann aber auch durch Ihre Schwangerschaft bedingt sein, das lässt sich momentan nicht sagen. Hatten Sie je Kontakt mit irgendeinem übernatürlichen Wesen, bevor Sie hier eingezogen sind?«

»Nein, nie«, antwortete Mónica, von der Frage sichtlich beeindruckt.

Javier musste sich sehr zurückhalten, um den Parapsychologen nicht zu fragen, was zum Teufel er damit meine; am liebsten hätte er ihm hingerieben, dass es einfachere Methoden gäbe, wenn es seine Absicht sei, sich bei seiner Partnerin einzuschmeicheln oder mit ihr anzubandeln. Aber Javier schwieg, um nicht ausfallend zu werden. Er fixierte Mónicas flehenden Blick, die dem seltsamen Besucher weitere Informationen preisgab.

»Ich habe auch Stimmen gehört, manchmal, und ich habe das Gefühl ... dass jemand anwesend ist.«

Der Parapsychologe zog die Augenbrauen hoch.

»Das ist wirklich interessant. Und was sagen diese Stimmen?«

»Es sind nur Seufzer.«

»Sie versuchen, Ihre Aufmerksamkeit zu erregen. Wie ein Patient, der schon lange im Wartezimmer eines Arztes sitzt und endlich an die Reihe kommen will.«

»Und heute Morgen ist etwas passiert ...«

Sie wollte ihm gerade den Vorfall mit den Blätterteigröllchen erklären.

»Nein!« Xart ließ sie verstummen, indem er ihr brüsk mit seiner rechten Hand Einhalt gebot. »Erinnern Sie sich jetzt nicht an das, was Sie so erschreckt hat, meine Liebe. Jetzt ist nicht der richtige Augenblick, und schon gar nicht in Ihrem Zustand. Das hat Zeit, darüber können wir immer noch reden, nur keine Eile. Gestatten Sie mir, meinen Aktenkoffer auf Ihrem neuen Sofa abzustellen?«

Mónica erteilte ihm die Erlaubnis und fragte ihn, ob er noch etwas brauche. Xart bat um einen Eimer Wasser und um ein Feuerzeug.

»Für die Kerzen. Die Gespenster fühlen sich wohl mit ihnen. Man könnte sagen, dass sie ihnen helfen, sich zu entspannen. Ihr Leben – um es irgendwie zu bezeichnen – ist schrecklich stressreich.«

Xart ließ ein schrilles Gelächter hören, das weder zu seiner Größe noch zu seiner betonten Ernsthaftigkeit passte. Dann stellte er den Aktenkoffer auf das Sofa und wühlte in einer der Taschen seiner Weste, bis er auf einen winzigen Schlüssel stieß. Mit dem Schlüssel in der Hand betrachtete er die beiden mit ungemütlichem Schweigen.

»Ich muss Sie bitten, Hunter und mich mit dem, was sich womöglich hier befindet, allein zu lassen«, bat er.

Mónica war über diese Bitte etwas erstaunt, vielleicht weil sie so unerwartet kam, willigte jedoch sofort ein. Javier hingegen sprang auf, als hätte er gerade eine Unverfrorenheit vernommen.

»Keinesfalls! Ich bleibe da, denn ich will sehen, was Sie so Wichtiges in meinem Haus zu tun haben.«

Mónica warf ihm einen empörten Blick zu und murmelte: »Javier, bitte ...«

Javier setzte zu einem zweiten Angriff unter dem penetranten Blick von Xart an, der in der gleichen Position verharrte:

aufrecht, die imposante Statur mit dem winzigen Schlüssel in der Hand, und mit einem herablassenden Blick.
»Hören Sie, wir kennen Sie doch überhaupt nicht«, fuhr der Hausherr fort, um ein vernünftiges Argument vorzubringen. »Würden Sie denn jemandem, den Sie gerade erst kennengelernt haben, mit seinem Hund, mit einem Feuerzeug und einem rätselhaften Aktenkoffer allein in Ihrem Haus lassen?«
Xart antwortete, ohne mit der Wimper zu zucken, mit einer plötzlich sehr ernsten Stimme: »Das hinge völlig davon ab, was dieser Unbekannte für mich tun kann.«
»So. Und Sie können also viel für uns tun?«
»Das glaube ich fürwahr.«
Mónica packte Javier mit Gewalt am Arm und bat ihn inständig, einfach zu gehen.
»Bitte, mein Schatz, lassen wir Herrn Xart doch seine Arbeit tun. Können wir uns in den oberen Stockwerken aufhalten?«, flehte sie den Parapsychologen verzweifelt an.
Doch Xart ließ nicht mit sich reden.
»Ich fürchte nicht, meine Liebe.«
Die Situation war so unerträglich, dass Javier schließlich einlenkte.
»Ich habe nicht vor, mich weiter zu entfernen als bis zum Café gegenüber, damit das klar ist. Wenn dieser Typ versucht, uns auszurauben, dann nur über meine Leiche«, sagte er zu Mónica, während er sich entnervt den Mantel anzog.
Bevor sie das Haus verließen, ging Mónica noch einmal ins Wohnzimmer, um Xart zu sagen, dass sie nun gingen und dass er sie übers Handy erreichen könne, falls er etwas brauche. Sie stellte erstaunt fest, dass der Parapsychologe den Boden mit Mehl bestäubte. Ein halbes Dutzend Kerzen brannten; sie bildeten ein Rechteck direkt neben der Tür zum Garten. Im Aktenkoffer glaubte sie etwas zu sehen, das Ähn-

lichkeit mit einem Tonbandgerät hatte, Gummistiefel und eine Rolle Klebeband. Hunter – er saß in einer Ecke – beobachtete alles, als würde er auf seinen Einsatz warten.
Mit der größten Selbstverständlichkeit, ohne auch nur einen Augenblick seine Arbeit zu unterbrechen, sagte Xart zu ihr: »Streiten Sie nicht mit Ihrem Mann, meine Liebe. Er wird sich irgendwann schon den Beweisen beugen, wenn ihm kein Ausweg mehr bleibt.«

7

Wie Mónica nicht anders vermutet hatte, verbrachten sie die Zeit in dem Café gegenüber in heftigem Streit. Javier warf ihr vor, zu leichtgläubig zu sein, sich von dem erstbesten Scharlatan mit irgendwelchem Humbug blenden zu lassen, den dieser ihr auf die Schnelle auftischte. Mónica wiederum versuchte, ihm zu erklären, weshalb sie Xart nicht für einen Scharlatan hielt, aber Javier schien nicht willens, ihre Meinung in Betracht zu ziehen. Er war zu verärgert, um vernünftig zu reagieren, und tat nichts anderes, als sie daran zu erinnern, dass »dieser Hexenmeister da« sie ständig mit »meine Liebe« ansprach und dass es ihn ganz offensichtlich störe, dass er, Javier, ebenfalls anwesend sei. Mónica hörte ihm zu, wollte jedoch einfach nicht glauben, dass der Ärger ihres Mannes womöglich auf Eifersucht beruhen könnte. Oder auf der Verteidigung seines Territoriums gegen einen seltsamen Menschen, der sich seiner Handlungsweise erstaunlich sicher war. Wobei »das Territorium« im Übrigen mehr als nur ein physischer Raum war, wie Mónica durch den Kopf ging.

Sie hätten sicher noch länger herumgestritten, bis ihre Zeit oder Geduld erschöpft gewesen wäre, wenn nicht ein Anruf auf Javiers Handy sie unterbrochen hätte. »Unterdrückte Rufnummer«, stand auf dem Display. Javier ging schlecht gelaunt dran, doch sein mürrischer Ausdruck veränderte sich sofort in freudige Überraschung.
Anfangs verstand Mónica seine Ausrufe nicht. Anscheinend sprach er mit jemandem, den er schon lange nicht mehr gesehen hatte. Derbe Scherze gingen hin und her, wie sie zwischen Männern üblich sind, und sie spielten auf Dinge an, die sie anscheinend vor vielen Jahren einmal gemeinsam unternommen hatten. Javier fragte seinen Gesprächspartner, ob er geheiratet habe, und schien sich zu freuen, weil der Kumpel Single war.
»Du weißt ja gar nicht, was du dir damit erspart hast, Alter«, sagte er.
Als Javier damit an der Reihe war, Bestandsaufnahme von seinem Leben zu machen, verkündete er: »Ich habe zwei, und eines ist unterwegs, aber von zwei verschiedenen Müttern.« Er lachte schallend, und mit erhobenem Zeigefinger stellte er dann klar: »Na, mach mal halblang, Junge, bloß zwei Mütter. Meine zweite Frau sitzt sogar gerade vor mir und schaut mich mit einem Gesicht an, als würde sie mich am liebsten umbringen.«
Diese Einschätzung war zutreffend. Mónica fand das alles absolut nicht witzig und hätte es vorgezogen, wenn Javier nicht so über sie hergezogen wäre. Doch dann kamen die Männer endlich zum Thema, und Javier begann, alle möglichen Details über den Kopf zu erzählen, den sie im Garten gefunden hatten. Der Feigenbaum, die Wurzeln, Marsilio, die Dusche mit dem Wasserschlauch … Javier bekam plötzlich einen Lachanfall und stieß ein »Verarsch mich bloß nicht, Mann!« aus. Dann wurde er sehr ernst und fragte nach:

»Achtundvierzig Stunden, sagst du? Aber wir haben ihn schon mindestens zwei Wochen.«

»Nein, noch länger«, korrigierte Mónica, der langsam deuchte, wer Javiers Gesprächspartner war.

Mit der Wende zur Ernsthaftigkeit kamen die beiden Männer endlich auf ihr Wiedersehen zu sprechen. Allem Anschein nach waren Javier und sein Kumpel aus Studienzeiten früher dicke Freunde gewesen, denn beide freuten sich sehr auf das Treffen, und keiner wollte lange abwarten. »Einen Augenblick«, sagte Javier plötzlich und hielt das Handy vom Mund weg, um Mónica mit leiser Stimme zu fragen: »Hättest du Lust, heute mit ihm zu Abend zu essen? Es ist der Kumpel, von dem ich dir erzählt hatte. Ich habe gestern seine Telefonnummer bekommen und ihm eine Nachricht auf Band hinterlassen. Ist doch nett von ihm, dass er so schnell zurückgerufen hat.«

»Ist mir schon recht«, antwortete Mónica.

Keine fünfzehn Sekunden später hatten sie sich für den Abend im Can Lluís verabredet, einer der beliebtesten Pizzerien der Stadt. Dann riss Javier die Augen auf, fuhr sich mit der Hand über die Stirn und rief begeistert: »Du bist noch ganz der Alte, Mann!«

Langsam wurde es Zeit für ein Mittagessen, doch Xart hatte noch kein Lebenszeichen von sich gegeben – das Haus aber auch nicht verlassen, wie Javier mit wachsamem Blick sondiert hatte. Sie beschlossen, ein paar belegte Brötchen zu bestellen. Auch wenn der Anruf seines alten Unifreundes Javier ein bisschen aufgemuntert hatte, so machte sich in dem Exil mit der Zeit doch wieder seine schlechte Laune breit. Mónica musste sich sehr bemühen, ihn zurückzuhalten, denn Javier wollte mehrmals ohne Vorwarnung ins Haus zurückkehren.

Schließlich läutete um halb vier Mónicas Handy, und Leónidas Xart ließ sie wissen, dass er fertig sei, »für heute«, wie er sagte. Er forderte sie auf, ins Haus zu kommen, wann es ihnen beliebte. Fünf Minuten später standen sie schon im Wohnzimmer. Mónica brannte darauf zu erfahren, ob die »Untersuchungen« des Spezialisten von Erfolg gekrönt waren, und Javier war begierig, irgendeinen Hinweis zu finden, der es ihm erlauben würde, auf seinen Gegner loszugehen.

Es roch nach Wachs, doch die Kerzen waren gelöscht. Xart hatte das Mehl auf dem Boden zusammengefegt; es häufte sich nun auf einem Kehrblech in einer Zimmerecke. Der Aktenkoffer war wieder geschlossen, er stand an der gleichen Stelle auf dem Sofa wie vor ihrem Weggang. Alles andere schien in Ordnung zu sein, bis auf den Marmorkopf, der nun auf dem Tisch lag.

»Ach, Verzeihung«, sagte Xart, als er bemerkte, dass Javier die Skulptur ansah. »Ich hatte bislang noch nicht Zeit, alles wieder in Ordnung zu bringen. Vor allem den da.« Er stellte den Marmorkopf gerade hin, während er seine Erklärungen fortsetzte: »Er ist mir aus Versehen auf den Boden gefallen.«

Als Javier das hörte, nahm er sofort das Mosaik in Augenschein. Wenn die Skulptur wirklich vom Tisch auf den Boden gefallen war, dann bestand schließlich die Möglichkeit, dass ein paar Fliesen Schaden genommen hatten.

»Und haben Sie etwas entdeckt?«

Allein schon der Ton, in dem Mónica ihre Frage formulierte, brachte Javier in Rage. Er lauerte nun mit der gleichen Aufmerksamkeit auf die Antwort wie ein Raubvogel auf die Bewegungen seines Beutetiers.

Xart fing an, bedächtig die Ärmel seines makellosen Hemdes wieder hinunterzustreifen und die Maschettenknöpfe zu schließen. Wie in Zeitlupe holte er tief Luft. Alles ging ganz langsam vonstatten.

»Wie es scheint, handelt es sich um einen sehr alten Spuk. Ich lasse die mentale Projektion und das induzierte Bild jetzt einmal beiseite. Wir haben es mit absoluter Sicherheit mit einem Poltergeist zu tun, das heißt, mit dem Geist eines Toten. Noch weiß ich nicht viel über ihn, außer dass er nicht sehr gesellig ist; aber er wirkt auch nicht gefährlich. Zumindest nicht in diesem Moment. Diese Wesen sind sehr unstet, vor allem wenn sie die Geduld verlieren.«

»Was ist eine Projektion oder ein …? Wie hatten Sie doch gleich gesagt?«, fragte Mónica.

»Mit dem induzierten Bild ist gemeint, dass es unserem eigenen Denken entspringt. Es ist also möglich, dass wir, wenn wir ganz fest glauben, mit einem Gespenst zusammenzuleben, es schließlich auch sehen. Das Gleiche passiert, wenn verschiedene Leute an seine Existenz glauben. Es wurden in den USA sehr berühmte Experimente durchgeführt – einer Gruppe von Spiritisten ist es gelungen, einen Tisch nur mit Hilfe mentaler Kraft hochzuheben. Wobei das auf Ihren Fall« – der Parapsychologe vollführte mit der Hand einen Schnörkel – »absolut nicht passt. Hier ist etwas, und zwar schon seit langem.«

Mónica hörte ihm mit einem Gesichtsausdruck zu, der etwas von einer Schülerin hatte, die gebannt einem sie in jeder Hinsicht überragenden Gelehrten lauscht.

»Halten Sie es für möglich, dass dieses Etwas, von dem Sie reden, schon zur Zeit meines Ururgroßvaters hier gelebt hat?«, fragte sie.

»Aber mit absoluter Sicherheit«, erwiderte Xart und brachte seine Weste in Ordnung. »Der Spuk in diesem Haus besteht seit Jahrhunderten.«

Er machte eine Pause, um über seine Antwort nachzusinnen. Er schien seine Worte gut abzuwägen, und Mónica war sich sicher, dass Javiers skeptische Haltung der Grund dafür war. Schließlich war es niemandem angenehm, nicht ernst genommen zu werden. Dennoch setzte der Parapsychologe seine Erklärung fort: »Diese Dinge sind nicht einfach, aber ich werde in diversen Sitzungen herausfinden, wie lange genau der Poltergeist bereits anwesend ist. Im Optimalfall können wir einen direkten Kontakt zu ihm herstellen, dann würden wir es mit absoluter Sicherheit wissen. Aber vielleicht ist er dazu ja nicht bereit. Es gibt Poltergeister, die wenig kommunikativ sind.«

»Was können wir tun?«, wollte Mónica wissen. Sie wirkte geknickt.

»Ich fürchte, dass ich Ihnen keine großartigen Ratschläge erteilen kann. Versuchen Sie, ein normales Leben zu führen. Der Ort, wo es am schlimmsten spukt, ist das Wohnzimmer, dieser Bereich hier.« Er deutete mit seiner schimmernden Schuhspitze auf den Teil des Mosaiks, wo die Flecken aufgetreten waren. »Und das Schlafzimmer. Ich sage nicht, dass Sie diese Räume meiden müssen, sie sollten nur gewarnt sein. Außerdem gibt es ein Objekt, zu dem er eine besondere Beziehung zu haben scheint.« Xart deutete auf die Skulptur und fuhr fort: »Poltergeister gehen nicht auf Lebende los, da brauchen Sie keine Sorge zu haben. Doch dieser hier ist verärgert, und es wäre wünschenswert zu wissen, weshalb. Ich verspreche Ihnen, alles zu tun, um dies möglichst schnell in Erfahrung zu bringen. Aber derzeit sollten Sie versuchen, ihn nicht zu verstimmen.«

Nach diesen Worten ließ er einen Pfiff ertönen, der Hunter in der Tür zum Garten auftauchen ließ, munter wie eh und je. Herr und Hund schritten gemächlich zum Entree.

»Wann können Sie wiederkommen, Señor Xart?«, fragte Mónica bereits etwas erleichtert.

Während der Parapsychologe seinen Mantel vom Haken nahm und Hunter an die Leine legte, schien er über seinen nächsten Besuch nachzusinnen. Sobald sein Mantel zugeknöpft war und der Hund schon ungeduldig auf seinen Spaziergang wartete, gab er eine Antwort, die wie ein Urteil klang: »Es liegt in meinem ureigensten Interesse, in meinen Archiven einer gewissen Fragestellung nachzugehen, die mit Ihrem Fall zu tun hat. Ich werde mich mit Ihnen wieder in Verbindung setzen, sobald ich das getan habe, meine Liebe. Dennoch sollten Sie berücksichtigen, dass ein Spuk wie dieser drei oder vier Tage kontinuierlicher Arbeit erforderlich machen wird. Oder, anders ausgedrückt: Ohne Ihren Glauben und ohne Ihre Mitarbeit werde ich nichts bewirken können.« Bei diesen Worten sah er Javier tief in die Augen. »Ich schicke Ihnen einen Vorschlag mit der Vorgehensweise, die mir am vielversprechendsten erscheint, dazu auch meine Honorarvorstellungen. Ich muss Sie vorwarnen, ich arbeite zu einem etwas höheren Honorar als meine Kollegen. Und ich sage Ihnen auch geradeheraus, dass ich ungern für Leute tätig werde, die mich für einen Scharlatan halten.«

Als Javier das hörte, wandte er seinen Blick von Xarts durchdringenden Augen ab.

»Ach, noch etwas.« Der Parapsychologe deutete nach oben. »Ich fürchte, Hunter ist der Appetit durchgegangen und er hat im Obergeschoss ein paar Blätterteigröllchen verschlungen.«

Mónica wollte gerade sagen, dass das nicht so wichtig sei, aber Leónidas Xart sprach schnell noch eine letzte Warnung aus: »Passen Sie in den nächsten Stunden auf. Die Poltergeister mögen mich nicht sonderlich. Vielleicht schikaniert Sie

der Ihre ja ein paar Tage lang heftiger als sonst. Nehmen Sie sich das nicht zu Herzen, das legt sich wieder.«
Mit diesen Worten gingen Xart und Hunter über die Calle de la Paz davon. Sie verschwanden mit einer Selbstverständlichkeit und mit einer Eleganz, die gewöhnlich nur Geistern zu eigen sind.

8

Mónica, ob der erschreckenden Intensität ihres Alptraums noch fassungslos, erwachte zitternd im Morgengrauen. Das Erste, was ihr einfiel, war, Javier zu umarmen und den Schutz seines Körpers zu suchen. Kaum dass er sie spürte, drehte er sich zur Seite und winkelte die Beine an, damit ihr Körper sich an den seinen schmiegen konnte. Mónica umarmte ihn von hinten, wobei sie einen gewissen Abstand einhalten musste, den ihr gewölbter Bauch ihr auferlegte.
Die Bilder, die ihr so lebhaft im Gedächtnis haften geblieben waren, machten ihr weiterhin Angst. Im Traum hatte sie sich an einem unbekannten Ort aufgehalten, in einem weitläufigen Raum mit viel Licht, der sie an einen Saal in einem Museum erinnerte. Überall hatte sie Sockel, Gesimse, Büsten und Steinquader gesehen, die allerdings nicht vollständig bearbeitet waren.
Das Kuriose an der Sache war – so ging es ihr jetzt durch den Kopf –, wie vertraut ihr dieser Ort und diese Objekte im Traum erschienen waren. Und zwar vor allem eine Statue, eine weibliche Gestalt, deren Kopf mit dem identisch war,

den sie im Garten gefunden hatten. Den Kopf in seiner ursprünglichen Position zu sehen, neu und ohne eine Spur von Schmutz und ohne die Patina, die die Zeit bei all diesen Objekten hinterlässt, weckte in ihr ein seltsames Gefühl. Sie betrachtete ihn mit einer Faszination, als würde sie gerade eine angenehme Zeitreise unternehmen.

Die Statue war von natürlicher Größe gewesen. Sie stellte eine nackte Frau dar, die offensichtlich dem Bade entsteigen wollte. Sie versuchte, sich mit den Händen zu bedecken, was ihr allerdings kaum gelang. Auf der einen Seite der Figur war ein Delphin, auf der anderen ein Krug gemeißelt, der mit einem Tuch bedeckt war. Die Frisur und der Ausdruck der Frau entsprachen in allen Einzelheiten dem Kopf, der in ihrem Wohnzimmer stand: das gewellte Haar, die halb geöffneten Lippen, die perfekte Nase, die jugendlichen Gesichtszüge. Mónica stellte fest, dass das Bild dieser Statue bei ihr eine seltsame Freude auslöste, als würde zwischen ihnen beiden eine starke Verbindung bestehen.

Im Halbschlaf sann Mónica darüber nach, wie merkwürdig es doch war, dass sie sich an all diese Einzelheiten erinnerte, einschließlich der Gefühle, die sie in diesem Traum so intensiv erlebt hatte. Und es gab noch etwas, das mit der Statue zu tun hatte. Im Traum wusste Mónica, dass die Figur noch nicht vollendet war: Sie musste noch poliert werden. Mónica erinnerte sich an die rauhe Oberfläche des Steins, als sie die Statue gestreichelt hatte; dass sie im Traum gedacht hatte: Da ist noch einige Arbeit zu tun. Der Gedanke war seltsam, er war irgendwo aus ihrem Unterbewussten aufgestiegen – und dieses Unterbewusste wusste mehr als sie. Hätte sie jetzt jemand gefragt, was beispielsweise dieser Satz zu bedeuten habe, wer denn da viel Arbeit habe oder warum sie wisse, dass die Statue noch poliert werden müsse – sie wäre nicht in

der Lage gewesen, darauf eine Antwort zu geben. Und dennoch schienen all diese Dinge im Schlaf ganz offensichtlich zu sein.
Der erste Teil des Traums wurde durch die Ankunft des Mannes mit der gebrochenen Stimme gestört. Sie hörte, wie er beim Eintreten grüßte, und mit der gleichen unerklärlichen Logik wusste sie sofort, um wen es sich handelte. Deshalb fand sie es nicht erstaunlich, einen Mann zu sehen, den sie schlichtweg abstoßend fand. Er hinkte beim Gehen. Er war so hager, dass er krank wirkte. Und er war seltsam gekleidet.
Sie erinnerte sich, dass er sie in eine Ecke drängte. Sie stieß dabei einen mit Wasser gefüllten Krug um. Sie wollte fliehen, doch ihr Angreifer hielt sie zurück und riss sie nieder. Ihr nächstes Gefühl war ein starker, unerträglicher Schmerz, der mit den unverständlichen Worten des Mannes einherging, der aus irgendeinem Grund, den sie nur vage ahnen konnte, völlig außer sich zu sein schien. Als sie sich diesen Teil des Traumes noch einmal in Erinnerung rief, ging ihr Atem wieder schneller, und die Angst kehrte zurück. Um sich nicht im Bett herumzuwälzen und von den gleichen Alpträumen gequält zu werden, die sie überwinden wollte, beschloss Mónica, lieber aufzustehen und einen Schluck warme Milch zu trinken.
Während sich die Tasse in der Mikrowelle drehte, dachte sie, dass das Abendessen im Can Lluís ihr noch schwer im Magen lag. Sie dachte nicht nur an die köstliche Pizza Quattro Stagioni, die sie heißhungrig verschlungen hatte, sondern auch an das anstrengende Tischgespräch.
Man hatte ihnen einen Tisch in der oberen Gaststube zugewiesen, die zu dieser Stunde gut besucht und dementsprechend laut war. Javiers Freund war einer von diesen unermüdlichen Schwätzern, denen nie die Anekdoten und die

gute Laune auszugehen schienen. Er stellte sich mit zwei Küsschen auf die Wange vor, wobei er ihr ins Ohr flüsterte: »Hi, ich bin Román, und wenn du nicht gerade von ihm ein Kind erwarten würdest, dann würde ich es mit dir krachen lassen.«

In den folgenden dreieinhalb Stunden hielt er kaum einmal den Mund. Er redete unablässig, noch dazu in einem schwindelerregenden Tempo, und dabei drehte sich alles ausschließlich um zwei Themen: sein Job als neuer Kurator am Museum von Mataró – nachdem er mit einer Arbeit über die Bildhauerei zur Zeit von Augustus promoviert hatte – und sein unwiderruflicher Familienstand als begehrter Single.

Románs erster Kommentar, als sie endlich auf den aufgefundenen Kopf kamen, war so kategorisch wie alles an ihm: »Ist euch eigentlich klar, dass ihr Verbrecher seid?«

Angesichts des entsetzten Paares erklärte er: »Der Erlass zum Schutz des archäologischen Kulturerbes schreibt vor, dass jedweder Wertgegenstand, der in einem Privathaus gefunden wird, den Behörden angezeigt werden muss, und zwar innerhalb von maximal achtundvierzig Stunden.«

»Das weiß doch kein Mensch!«, meinte Javier. Er maß der Frage keine große Bedeutung bei und kaute mit vollen Backen sein Pizzastück.

»Das ist hier doch gar nicht die Frage. Ihr wisst doch: ›Unwissenheit schützt nicht vor Strafe.‹ Sonst hätten wir wirklich Probleme.«

Mónica hingegen nahm Románs Worte sehr ernst. »Wir wollen uns doch gar nicht etwas aneignen, das uns nicht gehört!«

Javier nickte, ohne mit dem Kauen aufzuhören.

»Was können wir tun, damit das in Ordnung kommt?«, fügte sie hinzu.

»Also, jetzt erzählt mir zuerst einmal, was das für ein Mädel ist, die bei euch im Haus ihren Kopf verloren hat. Wenn sie mich interessiert, möchte ich, dass ihr für mich eine Verabredung mit ihr arrangiert«, schlug Román mit einem Augenzwinkern vor.

Als sie das Restaurant verließen, hatte Mónica Kopfschmerzen. Für sie hatte dieses anstrengende Abendessen einfach zu lange gedauert, das für sie eine einzige Tortur gewesen war: die Hitze, die Unruhe, das geschäftige Geschwätz von Román, die Kameraderie der beiden Männer, die ihnen ein unerschöpfliches Repertoire an Anekdoten aus der Studienzeit bescherte, eingeschlossen der Storys über ihre Kommilitonen, Professoren sowie die Mädchen, die sie erobert hatten. Bei alldem war sie in einem solchen Ausmaß außen vor geblieben, dass sie sich irgendwann fragte, was sie dort überhaupt zu suchen hatte.

Zum Glück konnte Mónica sich etwas entspannen, als sie nach Hause kamen. Dort servierte sie Drinks – die beiden Männer wollten angemessen »der alten Zeiten gedenken«. Und sie hörte Románs Ausführungen zu, die der Archäologe ihnen nach seiner ersten Begegnung mit dem abgetrennten Kopf in ihrem Wohnzimmer dann unterbreitete. Nach nicht einmal einer Minute gelangte er zu der Schlussfolgerung: »Das Girl ist Römerin. Genial, das ist genau mein Spezialgebiet.«

»Römerin?« Javier wusste nicht, ob Román sie verulkte oder im Ernst sprach.

»Klar doch«, fuhr sein Freund fort. »Da kannst du schon einen Schreck kriegen, du Ignorant: Ihr habt einem antiken Kunstwerk einfach eine Dusche mit dem Wasserschlauch verpasst. Und dieser Marmor ... Ich wage nicht zu behaupten, dass er aus Luni ist, aber es sieht stark danach aus.«

»Luni?«

»Das heutige Carrara. Der gute Geschmack kommt aus der Antike.«

Román bat die beiden um eine detaillierte chronologische Beschreibung, wie sie zu dem Fund gekommen waren. Javier legte ihm daraufhin das Problem mit dem Feigenbaum dar, die Arbeiten des Gärtners Marsilio und das Gefängnis aus Wurzeln, in das eingeschlossen das Stück aufgetaucht war, sowie Marsilios Aktion mit dem Gartenschlauch – in dem Augenblick schloss Román die Augen und schüttelte nur noch den Kopf, als würde er bedauern, einen Freund mit solch primitiven Sitten zu haben.

Das Einzige, was sie mit Sicherheit wussten, als Román mit dem Versprechen davonging, in ein paar Tagen wiederzukommen, um den Kopf abzuholen und ihnen eine halbwegs plausible Ausrede zu liefern, um etwaige Probleme zu vermeiden, war, dass die Stunden von diesem Marmorkopf in ihrem Haus gezählt waren. Beide, vor allem aber Mónica, waren überaus erleichtert, weil sie wussten, dass sie dieses antike Stück nun bald los waren.

Danach blieb das Paar noch eine Weile im Wohnzimmer, um den Kopf zu betrachten, der plötzlich einen so außerordentlichen Wert bekommen hatte wie eine Reliquie. Zudem stellten sie diverse Theorien über Románs Singledasein auf. Javier wunderte sich, dass so ein toller Mann weder Frau noch Kinder hatte.

»Wenn er sich nicht beeilt, dann wird das nichts mehr«, sinnierte er. »Außer natürlich, er spannt einem anderen die Frau aus.«

»Ich habe eine Hypothese«, erwiderte Mónica. »Er hat keine Partnerin, weil er niemanden zu Wort kommen lässt. Wenn du deinem Gegenüber nie Gelegenheit gibst, es dir zu sagen, dann weißt du nicht, ob du einer Frau gefällst.«

Als sie schließlich nach zwei Uhr zu Bett gegangen war, hatte Mónica bereits das Gefühl, dass ihr Magen rebellierte. Sie ahnte schon, dass eine lange Nacht auf sie zukommen würde.

Jetzt, als sie sich wieder an all die Geschehnisse erinnerte, dachte sie, dass sie recht gehabt hatte. Es war fast vier Uhr am Morgen, sie saß am Küchentisch und wärmte sich die Hände an einer Tasse mit dampfender Milch. Ihr Magen fühlte sich an, als ob darin die Pizza Quattro Stagioni ihre Kräfte mit einem übermächtigeren Feind messen würde. Ihr Gynäkologe hatte sie ja durchaus gewarnt und ihr gesagt, dass es ab dem vierten Monat sinnvoller sei, mehrmals am Tag eine Kleinigkeit zu essen. Nach dieser bösen Erfahrung war sie bereit, seine Anweisungen zu befolgen.

Zumindest hatte sie sich jetzt etwas beruhigt, wenngleich es sie Mühe kostete, all diese schrecklichen Bilder ziehen zu lassen, die ihr dieser Alptraum beschert hatte. Jener widerliche Mann, der sie angegriffen und der nach einem Metallwerkzeug gegriffen hatte, wobei er so seltsame Wörter ausgestoßen hatte: »Nemisini«, »Menisini« … Sie konnte sich nicht genau erinnern. Nur an die Angst, mit der sie aufgewacht war, die sie erstickt und weinend in der Einsamkeit der Nacht um Hilfe hatte bitten lassen.

Sie konnte sich kaum an diese bedeutungslose Buchstabenfolge erinnern, versuchte es aber immer wieder – »Nesinimi … Mesnimi?« –, bis es ihr sinnlos erschien, weiter darüber nachzudenken. Das Wort, sollte es denn eines sein, blieb ihr unverständlich. Vielleicht hatte sie ihn ja auch nicht richtig wahrgenommen. Oder es gab gar nichts zu verstehen. Es war ein Traum, nichts weiter, und sie war nur eine Frau mit Obsessionen, die sich wegen allem und jedem Sorgen machte. Nicht so leicht zu vergessen war allerdings diese rauhe, ge-

brochene Stimme des Mannes, der das rätselhafte Wort ausgesprochen hatte.
Sie war hellwach, doch der gesunde Menschenverstand sagte ihr, dass es nicht vernünftig war, frühmorgens um zehn nach vier in der Küche zu sitzen. Sie ging mit dem Vorsatz, ein wenig zu ruhen, wieder ins Schlafzimmer.
Javier schnarchte. Das Resultat dieser aufregenden Nacht, nahm sie an, in Kombination mit den Schlaftabletten, die der Arzt ihm vor nur ein paar Tagen verschrieben hatte. Dennoch war sein Schlaf nicht wirklich ruhig: Sein Atem ging unregelmäßig, und er zuckte ununterbrochen. Sie umarmte ihn nicht, denn sie befürchtete, ihn womöglich noch mehr zu stören.
Mónica legte sich zu ihm ins Bett und wachte über Javiers Schlaf, während das Wort jenes Mannes aus ihrem Alptraum ihr nicht aus dem Kopf gehen wollte. »Neminisini …« – das Wort musste doch einen Sinn haben!
In diesem Moment stieß Javier einen ungewöhnlich lauten Schnarcher aus und drehte sich zu ihr um. Sie dachte, er sei aufgewacht, weil er zu flüstern begann. Doch offensichtlich schlief er weiter, und seine Worte entsprangen nicht seinem Bewusstsein.
Als sie ganz aufmerksam hinhörte, wurde ihr klar, dass Javier ganz langsam genau die Wörter aussprach, nach denen sie gesucht hatte. Nicht eines, sondern drei. Sie erkannte sie auf der Stelle wieder.
»Nemini nisi mihi.«[5]

5 Keiner außer mir.

9

Der Archivar vom Stadtarchiv war immer sehr knapp, wenn er sich in seinen Journalen auf lokale Ereignisse bezog. Dennoch wurde er im Fall Ihres Ururgroßvaters – vielleicht ja, weil er ihn persönlich kannte oder weil er mit ihm befreundet war – etwas deutlicher. Sehen Sie mal.«
Francesc Costa stellte die Kaffeetasse zur Seite, die er gerade ausgetrunken hatte, und öffnete das Journal, das er mitgebracht hatte.

Nach einigen Wochen, in denen wir bei einigen Zusammenkünften mit Verwunderung seine Abwesenheit zur Kenntnis nehmen mussten, erreichten uns die schrecklichen, traurigen Nachrichten über Don Marcel Imbert Picornell, der nicht nur der bemerkenswerte Gründer der Spiritistischen Gesellschaft der Maresme war, sondern auch dem Senat der Universität von Barcelona angehörte. Sein Ableben hat uns erschüttert, noch mehr jedoch, wie wir gestehen müssen, die mysteriösen Umstände. Denn wie aus zuverlässigen Quellen zu erfahren war, wurde unser geschätztes Mitglied Imbert einige Tage nach seinem Tod im Salon seines eigenen Hauses aufgefunden, bekleidet mit einem Seidenmorgenmantel und einem eleganten Schlafanzug, als hätte ihn der Tod morgens beim Aufstehen oder abends kurz vor dem Zubettgehen überrascht. Was uns wahrhaftig entsetzt, ist die Tatsache, dass – den gleichen Quellen zufolge – sein Kopf fehlte. Es wurde selbstverständlich eine polizeiliche Ermittlung eingeleitet, die bislang allerdings noch kein Licht in den makabren Vorfall zu bringen vermochte. Die erste von der Polizei in Betracht gezogene Hypothese war wohl, dass diese perverse Tat das

Werk eines gedungenen Mörders war, der im Auftrag eines Sammlers von berühmten Schädeln gehandelt hat. Noch nie ist mir etwas derart Degeneriertes zu Ohren gekommen. Anscheinend gibt es auf dieser Welt Menschen, die stolz darauf sind, bei sich zu Hause den Schädel eines Francisco de Goya oder eines Johann Sebastian Bach aufzubewahren, oder eines Wolfgang Amadeus Mozart, um nur einige der Beispiele zu nennen, die der Kommissar gestern erwähnt hat. Das Haupt unseres verehrten Imbert wurde jedoch am selben Tag im Garten seines eigenen Hauses gefunden und konnte seinen sterblichen Überresten beigefügt werden, und zwar noch vor den Trauerfeierlichkeiten und der Beerdigung, die heute mit einem wahren Menschenauflauf vonstattengingen. Zweifelsohne wird unser Mitbürger sehr beweint werden, und nicht nur in intellektuellen Kreisen, denn er war ein gütiger Mensch, den alle sehr liebten.

»Wie Sie sehen«, scherzte Costa und nahm sich die Brille ab, »war der Stil des Archivars recht schwerfällig.«
Während Mónica noch überlegte, welche Beziehung zwischen dem rätselhaften Tod ihres Ururgroßvaters und dem Kopf der Statue bestehen könnte, zog Costa einen anderen vergilbten Zeitungsausschnitt aus seiner Schreibmappe heraus.
»Das ist der Bericht über die Beerdigung, unterzeichnet mit dem Pseudonym eines bekannten hiesigen Schriftstellers seiner Zeit, Salvador Llanas. Er wurde in *La Voz del Litoral* veröffentlicht, übrigens eine republikanische Zeitung.«
Mónica las:

Unsere Stadt hat einen ihrer großen Männer verloren. Wer würde nicht, ohne zu zögern, bestätigen, dass er durch die unsichtbaren Kräfte starb, die er im Lauf seines Lebens so oft verfolgt hatte. Obschon wir alle wissen, dass Neid unter den Lebenden ein verbreitetes Übel ist, das gelegentlich skrupellose Menschen zu so barbarischen Taten verleitet wie dieser, die unseren geschätzten Kollegen ums Leben gebracht hat. Vor nur zwei Tagen bot die Trauergemeinde in unserer Basilika Santa María ein Bild der Verzweiflung wegen des traurigen Endes, mit dem einer unserer illustren Bürger das Zeitliche segnete. Sollte jemand mit unvermeidlicher Neugier dem Klatsch in dieser Stadt Aufmerksamkeit geschenkt haben, so konnte er, vom Pöbel tausendfach verleumderisch wiederholt, die Geschichte vom rachsüchtigen Geist vernehmen, der mit dem Professor eine Rechnung beglichen hat; darüber hinaus war jedoch der außerordentliche allgemeine Kummer wegen des Dahinscheidens spürbar, der die Spiritistische Gesellschaft, der er höchstpersönlich den Lebensodem eingehaucht hatte, wie auch alle intellektuellen Zirkel unserer stets aktiven Hauptstadt als Waisen zurückgelassen hat.

Mónica warf einen Blick auf den Namen unter dem Text: Aurelio de Rivemar. Ein arg hochgestochenes Pseudonym, wie sie fand.

»Es ist möglich, dass Llanas einen derart exaltierten Text nicht mit seinem eigenen Namen unterzeichnen wollte. Obschon es sich nicht leugnen lässt, dass er den Verstorbenen schätzte.«

Mónica trank ihr Glas Orangensaft gerade aus, als die junge Kellnerin kam, um zu fragen, ob sie noch etwas zu trinken wünschten.

»Ich möchte bitte zahlen«, bat Mónica, drehte sich zu dem Uhrenhändler um und sagte: »Sie sind natürlich eingeladen.«

Costa nickte mit einem zufriedenen Lächeln. Mónica sortierte gedanklich das neue Material nach den gleichen Kriterien wie die bisherigen Informationen.

»Wie ist Ihre Meinung zu alldem?«, fragte sie ihren Gast.

»Der Fall ist schon sehr speziell …«, sagte der Uhrenhändler, »der Information zufolge, über die ich verfüge, wage ich sogar zu behaupten, einzigartig.«

Mónica war klar, dass kaum jemand die Information von Costa überbieten konnte, und mochte er noch so gut im Bilde sein.

»Also, meines Erachtens wird sich der Mord an Ihrem Vorfahren, ungeachtet der Grausamkeit, mit der er begangen wurde, nie klären lassen. Das war so eine Art perfektes Verbrechen.«

»Dachte ich mir schon«, murmelte Mónica.

Als sie das Café Arcadia verließen, sah sich Mónica durch die Kälte gezwungen, ihren Mantel zuzuknöpfen. Die Straßen waren zu dieser Zeit am Montagmorgen schon recht belebt. Monteure brachten die erste Weihnachtsbeleuchtung an. Das Weihnachtsfest stand vor der Tür, und der Konflikt, den Javier mit seiner Ex-Frau wegen Nichtigkeiten ausfocht, hatte gerade erst begonnen. Sein Anwalt hatte ihm zu verstehen gegeben, dass sich voraussichtlich alles hinziehen würde. Zumindest der Gerichtstermin war festgelegt: der 28. Dezember. Ein wenig günstiger Tag allerdings, der Javier zudem zwang, den ersten Teil der Weihnachtsferien ohne seine Kinder zu verbringen. Er war in letzter Zeit entsprechend verzagt.

Auf dem Anrufbeantworter warteten verschiedene Nachrichten. Román Fernández kündigte seinen Besuch für den frühen Nachmittag an: »Ich werde mit dem Archäologen der

Stadt kommen, für den Fall, dass das Mädel Widerstand leistet und wir sie zwischen uns aufteilen müssen«, sagte er, bevor er in Gelächter ausbrach und die konkrete Uhrzeit bestimmte. »Übrigens, denkt dran: Die offizielle Version lautet: Die Skulptur ist gestern Nachmittag aufgetaucht. Lasst mich bloß nicht im Regen stehen.«

Außerdem hatte die gynäkologische Praxis angerufen, um Mónica an ihren Routinetermin zu erinnern – am nächsten Tag um elf Uhr vormittags.

Die dritte Nachricht war eher eine Überraschung: »Hallo, das ist eine Nachricht für Mónica Salvà. Hier spricht Albert Calls, der Chefredakteur vom *Avui*. Das Museum von Mataró hat uns berichtet, dass in Ihrem Haus Relikte aus der Römerzeit aufgetaucht sind. Ich würde darüber gern eine Reportage schreiben. Wenn Sie mit einem Interview einverstanden sind, dann rufen Sie mich doch bitte an unter der Nummer …«

Die letzte Nachricht war von Leónidas Xart: »Ich gehe davon aus, dass Sie meinen Kostenvoranschlag erhalten haben, Mónica. Wenn Sie zu dem Entschluss gekommen sind, den Spuk in Ihrem Haus zu eliminieren, dann bitte ich Sie, mich möglichst schnell in Kenntnis zu setzen. Ich habe noch diverse andere Anfragen, doch Ihr Fall ist für mich von besonderem Interesse; die Gründe möchte ich Ihnen lieber persönlich darlegen. Ich bin übrigens bereit, meine Honorarvorstellungen zu modifizieren. Aber vergessen Sie nicht, dass ich Ihrerseits auf absolutes Vertrauen angewiesen bin. Und auch auf etwas Zeit.«

Während die blecherne Stimme an ihrem Ohr verkündete, dass keine weiteren Nachrichten mehr vorhanden seien, suchte Mónica nach dem Kostenvoranschlag des Parapsychologen. Javier musste ihn mit den Kontoauszügen und den

Werbesendungen zusammen auf dem Möbel im Eingang liegen gelassen haben.
Es war ein gerippter Papierumschlag; im unteren Teil stand eine Postfachadresse in Madrid, darüber der Name des Absenders in Schönschrift: *»Leónidas Xart. Parapsychologische Untersuchungen«*.
Obschon ihr der Kostenvoranschlag recht hoch erschien, wählte Mónica die Nummer, die im Briefkopf stand.
»Guten Tag, Señor Xart, hier ist Mónica Salvà.«
»Ach, auch ich wünsche Ihnen ich einen guten Tag, meine Liebe. Ich nehme an, Sie haben meine Nachricht gehört.«
»Ja, und ich habe auch Ihren Kostenvoranschlag erhalten.«
»Nun, wie ich ja bereits diesem abscheulichen Maschinchen mitgeteilt habe, das menschliche Stimmen einfängt, als würde es sich um Seelen handeln, bin ich in Ihrem Fall bereit, eine Ausnahme zu machen.«
Mónica stellte sich schon die Antwort vor, die Javier auf diesen Kommentar geben würde: Das sei doch typisch für Betrüger! Zuerst nannten sie einen überhöhten Preis, um dann einen Nachlass zu gewähren, als würde es sich um einen Gefallen handeln.
Xart sprach weiter: »Ich habe Ihnen bereits erklärt, dass ich meine Gründe habe, weshalb Ihr Fall mich interessiert – Gründe, die ich für schwerwiegend erachte. Wissen Sie, wer Harry Price war?«
Mónica hatte keine Ahnung. Xart wartete ihre Antwort gar nicht erst ab und setzte sie sogleich ins Bild: »Harry Price war der beste Geisterjäger, den es je gegeben hat. Eine Autorität, ein wahrer Meister, ein Mann von wirklich außergewöhnlichen Fähigkeiten. Er hat ein Buch mit dem Titel *The Most Haunted Houses in Europe* geschrieben. Sagt Ihnen das etwas? Wissen Sie, was der Titel bedeutet?«

»Die schlimmsten Spukhäuser Europas«?
»Genau! Ich stelle mit Freuden fest, dass Sie eine gebildete Frau sind; das macht die Sache einfacher. Nun, dieser unerreichte Price war in Ihrem Haus, meine Liebe! Finden Sie das nicht aufregend?« Xart sprach mit einem fast jugendlichen Überschwang. »Kaum ein Jahr vor seinem Tod – 1949. Und er hat darüber einen sehr ausführlichen Artikel geschrieben, der mir zugänglich war. Er bietet darin Unmengen Daten hinsichtlich des Wesens dieses Spuks, mit dem Sie jetzt zusammenleben. Wie es scheint, fand er diesen Fall so interessant, dass er erst aufgab, als seine Gesundheit ihm keine weiteren Nachforschungen mehr erlaubte. Er schrieb sogar in seinem Buch über Ihr Haus. Er teilte es der höchsten Kategorie zu: Für ihn war es eines der schlimmsten Spukhäuser, die ihm je untergekommen waren. Ich bringe Ihnen mein Exemplar dieses Buches mit, damit Sie die Fotografien ansehen können, die er gemacht hat, und seine Eindrücke lesen können. Sie werden bestimmt begeistert sein. Verstehen Sie jetzt, weshalb ich so an der Untersuchung dieses Falls interessiert bin? Ich würde das sogar tun, ohne einen Cent zu nehmen.«
Mónica und er kamen überein, dass sie ihn anrufen würde, sobald sie mit Javier gesprochen hatte. Diesmal war sie sich sicher, dass ihr Mann die einleuchtenden Argumente, mit denen sie ihn zu überzeugen gedachte, nicht entkräften konnte.

10

Joaquim García, der Archäologe der Stadt, besaß die bewundernswerte Fähigkeit, den schier endlosen Redeschwall von Román Fernández unerschütterlich hinzunehmen. Zudem schien er kein großer Freund davon zu sein, seine Zeit mit Vorreden und Erklärungen zu vergeuden; er schätzte es, zur Sache zu kommen, allerdings ohne etwas zu überstürzen. Seine Stimme war tief, er sprach gemessen und mit einem Ernst, der eine gewisse Unnahbarkeit ausstrahlte. Nachdem er Mónica überaus höflich begrüßt hatte, bat er um Erlaubnis, den Schatz, den sein Kollege ihm beschrieben hatte, mit eigenen Augen betrachten zu dürfen.

Im Wohnzimmer zeigte Román seinem Chef die Marmorplastik mit naivem Stolz. García hob sie hoch, streichelte fast zärtlich die leicht rauhe Oberfläche ihrer Wangen und betrachtete eingehend jede Pore, jede Ader, jeden Schatten. Schließlich nickte er mehrmals und zog voller Anerkennung die Lippen kraus.

»Was hältst du von ihr?« Fernández war neugierig auf Garcías Urteil.

»Sie ist herrlich«, stellte García fest und drehte sich zu Mónica um. »Könnten Sie mir bitte zeigen, wo genau Sie sie gefunden haben?«

Mónica rang sich ein paar Details zur Chronologie des Funds ab, die sie sich mit Román zurechtgelegt hatten. Sie nannte den vermeintlichen Tag des Fundes, doch die wenig sensible Säuberungsaktion, der Marsilio das Objekt unterzogen hatte, verschwieg sie lieber.

Im Garten schüttelte García nur noch den Kopf, als er das Ergebnis von Marsilios Kraftakt betrachtete. Falls ihm ansonsten etwas unstimmig vorkam, ließ er sich jedenfalls nichts anmerken. Vielleicht hatten die beiden Archäologen ja auch bereits über die Angelegenheit gesprochen, bevor sie sich für die Besichtigung der Skulptur verabredet hatten; oder womöglich war es Mónica tatsächlich gelungen, ganz natürlich zu wirken.

»Wenn es keine Unannehmlichkeiten bereitet, würde ich gern diesen Bereich im Garten mit einer Sonde untersuchen«, sagte García.

»Eine Sonde?«

»Die Skulptur ist wirklich großartig. Aber um sie in ihrem Kontext sehen zu können, wäre es interessant, Proben der verschiedenen Bodenschichten zu nehmen«, erklärte er und stieß mit dem Schuh an einigen Stellen gegen das Erdreich.

»Wie viel Zeit wird das in Anspruch nehmen?«, wollte Mónica wissen.

Román bedeutete ihr mit einer Geste, auf den Vorschlag einzugehen. Er schien ihr mit dem Blick sagen zu wollen: Nach allem, was passiert ist, solltest du dich mit diesem Mann gutstellen.

»Alles hängt davon ab, ob wir noch etwas entdecken«, stellte García fest. »Normalerweise findet sich in den Patios in diesem Viertel so gut wie nichts. Hier ist schon alles umgegraben. Solch ein Fund taucht wirklich nicht jeden Tag auf. Es handelt sich um ein wertvolles Kunstwerk, das sicherlich ein wohlhabender Mann von auswärts hergeschafft hat. Zudem ist es für uns wichtig herauszufinden, wohin es einmal gehört hat. Darstellungen von Göttern werden nicht an jedem x-beliebigen Ort aufgestellt. Sie gehörten üblicherweise zur Dekoration von öffentlichen Räumen – zum Beispiel der Thermen einer Stadt oder auch des Forums. Bisweilen waren sie auch in einigen prunkvollen Villen zu finden, im Allgemeinen aber eher nicht. Somit könnte man sagen, dass das Vorhandensein dieser Plastik einen Widerspruch zu dem darstellt, was wir bislang über die alte Römerstätte Iluro hier in Mataró wissen.«

Mónica hörte den Erklärungen des Archäologen verwundert zu.

»Woher wissen Sie denn, dass die Skulptur eine Göttin darstellt?«, fragte sie.

»Es könnte sich auch um ein Sterbebildnis handeln, aber das wäre in diesem Fall nicht logisch. Die Römer beerdigten ihre Toten neben den Wegen am Ausgang der Stadt. Später, mit dem Christentum, begann man innerhalb der Stadtmauern zu bestatten, in der Regel um die Kirchen herum. Wir kennen eine alte Nekropole unter der Calle de la Riera und auch eine frühere nicht weit von der Basilika Santa María. Ich glaube, es wäre ein Fehler, von einer Beerdigung in dieser Gegend hier auszugehen, die einst eine Parallelstraße zu einer der Hauptverkehrsadern der Stadt bildete. Außerdem muss man nur diese Gesichtszüge sehen« – erneut deutete der Archäologe auf das Objekt seiner ausführlichen Erklärungen –, »um festzustellen, dass es sich um ein idealisiertes Bildnis handelt, wie es für Darstellungen von Gottheiten üblich ist.«

Román nickte, als wäre er mit allem Gesagten einverstanden, und bedachte Mónica hin und wieder mit einem komplizenhaften Augenzwinkern.

»Zuallererst müssen wir die Skulptur datieren und ihre Herkunft mit Sicherheit bestimmen«, stellte García fest. »Die Steine sprechen. Wollen wir mal sehen, was für faszinierende Dinge dieser hier uns zu sagen hat.« Hiermit schien das Treffen für den Archäologen beendet, er sagte nur noch: »Noch vor heute Abend kommen die Mitarbeiter des Museums vorbei und kümmern sich darum.«

Und so war es auch: Nur wenige Stunden später wurden ein junger sowie ein etwas älterer Mann im Haus bei Mónica vorstellig, um die Skulptur abzuholen.
Da geschah eine Kleinigkeit, die wohl fast jedem entgangen wäre, nur nicht der Hausbesitzerin: Just in dem Augenblick, als die beiden Männer mit dem Frauenkopf aus dem Wohnzimmer kamen, ließ ein Luftzug die Wohnzimmertür zuschlagen. Als sie den Türknauf betätigten, um hinauszugehen, wurden sie mit einem seltsamen Widerstand an der Holztür konfrontiert – genau wie bei Mónicas erstem Besuch in dem Haus. Zum Glück war es aber nur ein vorübergehendes Ärgernis, das sich mit simplem Kraftaufwand lösen ließ. Mónica kam es so vor, als weigerte sich der Kopf, das Haus zu verlassen, und aus unerfindlichen Gründen beschlich sie die Ahnung, dass die Sache wohl doch noch nicht so einfach ausgestanden war.

Mónicas Gynäkologe hielt nur noch an dem Tag vor dem Verfassungstag Sprechstunde ab, ehe die Woche mit Brückentagen und dem nächsten Feiertag – Mariä Empfängnis – weiterging. Er zeigte sich mit Mónicas Befinden zufrieden und erklärte sie für arbeitsfähig. Es hätte keinen besseren Tag dafür geben können, denn die bevorstehenden Feiertage, die sich mit Werktagen abwechselten, an denen das Kosmetikstudio geschlossen blieb, gaben Mónica die Möglichkeit, sich ein paar Tage lang seelisch auf die Rückkehr zur Routine einzustellen, bevor es wieder richtig losging.
Es war nicht gelogen, als Mónica dem Arzt sagte, sie fühle sich wohl, die Schmerzen seien verschwunden und sie habe seit dem Warnschuss damals nicht mehr geblutet. Allerdings verschwieg sie ihm jeglichen Hinweis auf ihr beeinträchtigtes Nervenkostüm oder die Ursachen dafür, und zwar sowohl

die vermeintlich überirdischen wie auch die, die mit Eva zu tun hatten. Das Ultraschallbild veranlasste den Arzt dann zu der Feststellung: »Es ist alles bestens. Ich schreibe Sie wieder gesund. Ein bisschen Normalität wird Ihnen gut bekommen. Außerdem ist diese Phase einer Schwangerschaft meistens unproblematisch.«

Um zu feiern, dass sie nicht über Gebühr an Gewicht zugelegt hatte, beschloss Mónica, im Vilarrupla's zu frühstücken. Von dort rief sie Javier an, um ihm in allen Einzelheiten von dem Arztbesuch zu erzählen. Irgendwie wirkte ihr Lebensgefährte ein bisschen mutlos, doch sie wollte ihm lieber keine Fragen stellen.

»Was willst du den restlichen Vormittag unternehmen?«, fragte er noch.

»Ich warte gerade auf den Reporter, von dem ich dir erzählt hatte. Wenn ich fertig bin, gehe ich noch zum Weihnachtsmarkt in der Rambla und sehe mich nach Weihnachtsdekoration um.«

Javier erteilte ihr ohne jegliche Begeisterung sein Plazet für ihre Pläne, bevor er auflegte. Die Gründe, weshalb Weihnachten in diesem Jahr für ihn nicht die gleiche Bedeutung hatte wie sonst, lagen auf der Hand. Selbst wenn es ganz danach aussah, konnte sich Mónica nur schwer vorstellen, dass Eva ihren Kurs bis zum Ende durchziehen würde, und jedes Mal, wenn sie über das Thema sprachen, klammerte Javier sich an dieses Argument und an den nahen Gerichtstermin, der ihm jedoch Lichtjahre weit weg zu sein schien.

Das Interview mit Calls gestaltete sich als ein entspanntes Gespräch von etwa zwanzig Minuten, in dem der Journalist Mónica nach dem Fundort der »römischen Göttin« unter den Pflanzen in ihrem Garten fragte. Mónica schilderte ihm alle möglichen Einzelheiten; sie sprach langsam, etwas eingeschüchtert durch die Schnelligkeit, mit der er sich in seinem Karoheft Notizen machte. Calls zeigte ihr eine Pressemitteilung der Städtischen Kulturstiftung. Darin war die Rede von einem »archäologischen Objekt unschätzbaren Werts, nämlich einem Marmorkopf von etwa fünfundzwanzig Zentimetern Höhe, der möglicherweise der Aphrodisischen Schule entstammte, einer der renommiertesten in der Welt der Antike in der Zeit vom ersten Jahrhundert vor Christus bis zum ersten Jahrhundert nach Christus.«

Als Calls seine Notizen beendet hatte, bat er Mónica, vom Fundort Fotos machen zu dürfen. Sie ließ sich von ihm nach Hause begleiten und zeigte ihm die Stelle, wo der Feigenbaum gestanden hatte, und auch den Klumpen Erde, der beim Freilegen der Wurzeln entfernt worden war. Während der Fotosession fiel Mónica auf, dass in einer der Gesäßtaschen von Calls' Hose ein kleines, aber dickes Büchlein steckte: die katalanische Ausgabe von einem Roman des chinesischen Nobelpreisträgers Gao Xingjian. *Der Berg der Seele*, las Mónica, als Calls das Buch aus der Tasche zog, es auf den Tisch legte und sich bückte, um mit seinem Fotoapparat ein Detail auf dem Boden festzuhalten.

Vielleicht sind die Medien doch nicht so übel, wenn es Journalisten gibt, die so etwas lesen, ging es Mónica durch den Kopf.

Nachdem Mónica zwischen den Ständen mit Weihnachtsschmuck herumgebummelt war, beschloss sie, für Javier eines seiner Lieblingsessen zu kochen: Hähnchenfilet in Fetasoße. Sie schaute in einem Laden in der Calle de Santa María vorbei, um ein paar Zutaten zu kaufen, und stellte sich darauf ein, eine gute Weile in der Küche zu verbringen – zwischen den Herdplatten und irgendwelchem Gedudel aus dem Radio. Sie war frühzeitig fertig, ließ den Topf mit dem Hähnchen in der Mikrowelle und machte es sich mit einem Plaid zugedeckt auf dem Sofa gemütlich, nachdem sie zuvor noch die Küchenutensilien abgespült hatte. Javier müsste bald nach Hause kommen, und auf irgendeinem TV-Sender hatten schon die Mittagsnachrichten angefangen, die – weit entfernt, ihr Interesse zu wecken – auf sie eine einschläfernde Wirkung ausübten. Fünf Minuten nachdem sie es sich gemütlich gemacht hatte, war sie auch schon am Dösen.

Es war ein kurzer Traum, aus dem sie verstört, verschwitzt und verheult wie ein kleines Mädchen erwachte. So fand Javier seine Partnerin vor, als er nach Hause kam. Mónica saß auf dem Sofa, hatte die Decke um sich gewickelt und hielt sich mit den Händen fest den Bauch, während sie immer wieder unter Schluchzen etwas sagte.

»Aber was ist denn passiert?«, fragte er.

Aus Mónicas Erzählungen schloss Javier, dass sie einen fürchterlichen Alptraum gehabt haben musste. Sie hatte geträumt, dass sie die Augen öffnete und ihren selbst für das Ende einer Schwangerschaft ungewöhnlich aufgeblähten Bauch sah. Die Haut war darüber gespannt wie das Fell einer Trommel, und der Nabel hatte sich nach außen gewölbt, als würde ihn etwas von innen hinausdrücken. Außerdem wuchs und wuchs der Bauch immer weiter. Immer mehr, »wie ein Luftballon, den jemand zum Platzen bringen will, indem er ihn mit Wasser füllt«, waren Mónicas Worte.

Javiers Versuche, sie zu beruhigen, erwiesen sich als nutzlos. Sie schluchzte weiterhin wie ein kleines Mädchen, wobei sie auf einer Einzelheit beharrte: »Ich habe das nicht geträumt, Javier. Das war real. Glaub mir, das war kein Alptraum! Mein Bauch wurde wirklich riesig. Ich dachte, er würde platzen!«

In genau diesem Moment legte sie ihre Hand in den Schritt und verzog angewidert das Gesicht. Als sie ihre Handfläche ansah, verwandelte sich ihr Ekel in Panik: Sie war voller Blut.

11

Nach beendeter Untersuchung verkündete der Gynäkologe kategorisch: »Ab sofort halten Sie absolute Ruhe. Ich will Sie auf jeden Fall sehen, wenn ich nach den Feiertagen wieder in der Praxis bin, aber zögern Sie nicht, im Notfall anzurufen.« Er reichte Mónica seine Visitenkarte mit den Daten des gynäkologischen Notdienstes. Dieses Mal besaß Mónica den Mut, von »bestimmten Umständen« zu sprechen, die sie »sehr nervös« machten, wenn sie allein zu Haus war.
Der Arzt ließ sie nicht einmal ausreden: »Dann müssen Sie das eben vermeiden. Können Sie nicht ein paar Tage zu Ihrer Mutter ziehen oder in ein Hotel? Jeder Ort taugt, solange Sie dort nichts beunruhigt. Warum nutzen Sie beide nicht die Feiertage, um ein bisschen abzuschalten?«
Sie konnten nicht. Javier musste ständig an den Gerichtstermin denken und an die Absurdität dieser unnötigen Situation, die Eva wohl bis auf die Spitze zu treiben gedachte. Andererseits wollten Leónidas Xart und sein vierbeiniger Freund am nächsten Tag in aller Frühe zur Stelle sein, um nach allen Regeln der Kunst mit den Untersuchungen zu beginnen.
Das Einzige, was ihnen einfiel, war, Javiers Mutter anzurufen und sie zu bitten, ihre Schwiegertochter ein paar Tage lang zu pflegen.

»Muss ich dann auch ihre Eintöpfe aufessen?«, fragte Mónica mit seinem Seufzer.
»Das handeln wir vorher aus, keine Sorge.«
Matilde akzeptierte mit Freuden die bevorstehende Verantwortung, und zwar mit dieser Mischung aus Jovialität und Selbstverständlichkeit, die für sie so typisch war. Sie gehörte zu diesen Frauen, die schon mit der Berufung das Licht der Welt erblicken, der Familie zu Diensten zu sein. Mónica lehnte häufig alle ihre Angebote ab – vom Bügeln der Kleidung bis zum Wachsen des Parkettbodens. In den letzten Monaten war Matilde schon glücklich, wenn sie nur an die vielen Gelegenheiten dachte, in denen ihre Hilfe oder ihre Ratschläge nach der Geburt ihres Enkelkindes vonnöten sein würden. Also zögerte sie keinen Augenblick, als ihr Sohn ihr berichtete, dass Mónica absolute Ruhe brauche und dass sie gedacht hätten, niemand sonst könne Mónica so gut umsorgen und pflegen wie sie.
»Aber selbstverständlich!«, war Matildes prompte Reaktion. »Ich koche ihr gleich eine Kircherbsensuppe.«
»Lieber nicht, Mama. Der Arzt hat ihr verboten, Hülsenfrüchte zu essen. Von diesem Schwangerschaftsmonat an sind sie absolut schädlich.«
»Da siehst du schon, mein Junge, wie sie immer alles übertreiben«, stellte Matilde überheblich fest, »zu meiner Zeit haben wir noch eine halbe Stunde vor der Entbindung Eintöpfe gegessen.«
Sie bezog Javiers ehemaliges Bett, an dessen Kopfteil noch Sticker von Formel-1-Teams und fast prähistorische Abziehbilder von Fußballspielern vom Barça klebten. Dann schaffte sie einen Teewagen mit einem kleinen Fernseher in der Größe einer Schuhschachtel ins Zimmer.
Auf Kissen gebettet und damit beschäftigt, die Poster von

Sito Pons oder die verstaubten Medaillen längst vergessener Schulwettkämpfe zu betrachten, verbrachte Mónica die nächsten sechs Tage, die trotz der obligaten Ruhe voller Vorkommnisse steckten.

Das erste Ereignis war die Rückkehr von Leónidas Xart, der am vereinbarten Tag pünktlich auf seine feierliche und etwas impertinente Art an der Tür läutete. Es war einer dieser düsteren Tage, die mit Kälte und Regen den Winter ankündigten. Dennoch ließ sich der Parapsychologe durch nichts entmutigen; er hatte sich wieder einmal in seinen schwarzen Trenchcoat mit Kapuze gehüllt, der ihm bis zu den Knöcheln reichte und ihn aussehen ließ, als würde er an einem Masken- oder Kostümball einer anderen Epoche teilnehmen. Er mühte sich mit einer Art Schrankkoffer ab, der vor Gerätschaften schier überquoll, die an die Arbeitsgeräte eines Chirurgen oder eines Klempners erinnerten. Xart selbst bezeichnete das Stück hochtrabend als seinen »Instrumentenkoffer«.

Als Erstes bat er Javier um eine Schüssel oder etwas Ähnliches, damit er Hunter Wasser geben konnte. Der Hausherr suchte in einem der Küchenschränke, bis er eine alte Plastikschale fand, die Xart für später reservierte.

»Paranormale Aktivität ist für Hunde sehr anstrengend. Sie sind viel bessere Medien als wir, wussten Sie das? Der arme Hunter ist immer total geschafft nach einer intensiven Sitzung, wie wir sie heute vor uns haben«, erklärte Xart einem Javier, der nicht ein einziges Wort von dem glaubte, was er zu hören bekam.

Plötzlich betrachtete Xart aufmerksam die Leere, die inzwischen auf dem Tisch herrschte.

»Wo ist der Kopf?«, fragte er.

»Den haben sie ins Museum gebracht. Es hat sich nämlich

herausgestellt, dass er ein wertvoller archäologischer Fund ist.«

Xart wirkte wegen dieser Nachricht sehr verstimmt. Er schüttelte den Kopf.

»Das hätten sie nicht tun sollen«, murmelte er. »Ich habe Ihnen doch gesagt, dass dieses Objekt in irgendeiner Verbindung zu all den Geschehnissen hier steht. Ich weiß nur noch nicht, in welcher.«

Überaus ernst, als würde ihn die Nachricht vom Verschwinden des Marmorkopfes sehr beunruhigen, begann Xart mit seinem Ritual. Er verstreute Mehl auf dem Fußboden und stellte auch diesmal im Wohnzimmer verschiedene Apparate auf, die wie Aufnahmegeräte aussahen – Javier zählte vier Stück davon –, sowie verschiedene Thermometer. Zuletzt zog er sich die Weste aus und fing an, sich mit der gleichen Bedachtsamkeit die Hemdsärmel hochzukrempeln wie bei seinem ersten Besuch. Hunter saß neben dem Fenster und sah seinem Herrn mit einer Gleichgültigkeit zu, die wohl auf Gewohnheit beruhte, doch er wirkte bereit, sich bei Bedarf ins Geschehen zu stürzen.

»Ich möchte Sie bitten«, sagte Xart, als er damit fertig war und eine Mappe aus seinem Koffer geholt hatte, »dies Ihrer Gattin zu geben. Es ist der Artikel von Harry Price, von dem ich ihr am Telefon erzählt hatte. Außerdem ist ein Exemplar des Buches dabei, das ich Ihnen allerdings leider nicht schenken kann, da ich nur dieses eine besitze. Ich möchte es Ihrer Frau leihen, damit sie die Fotos von ihrem Haus betrachten kann, die der Maestro persönlich aufgenommen hat.«

Die Rhetorik dieses Mannes irritierte Javier am meisten; er wollte sich so schnell wie möglich davonmachen – noch bevor er überhaupt darum gebeten wurde –, um nicht an diesem idiotischen Theater teilnehmen zu müssen.

Xart kam ihm jedoch zuvor: »Ich sehe mich erneut verpflichtet, Sie um ein gewisses Maß an Intimsphäre zu bitten, damit ich meine Arbeit durchführen kann.«

Javier nickte, ohne ein Wort zu sagen, und war schon am Gehen, als er sich mit einer neuerlichen Erklärung von diesem Störenfried auseinandersetzen musste.

»In dieser ersten Sitzung, in die ich große Hoffnungen setze, werde ich die Arbeiten von Price fortführen und versuchen, irgendeine Art Kommunikation mit der Präsenz zu etablieren. Wie Sie sehen, habe ich Aufnahmegeräte und Kältesensoren installiert.« Der Terminus, den Xart für die Quecksilberthermometer verwendete, erschien Javier genauso übertrieben wie alles Übrige auch. »Außerdem habe ich ein Gerät, das die ektoplasmische Aktivität misst. Wenn ich mit dem Wohnzimmer fertig bin, werde ich die Versuche in Ihrem Schlafzimmer wiederholen. Falls ich ein Ergebnis erhalte, würde ich Sie bitten, mir zu gestatten, hier zu nächtigen, wie ich es ja mit Ihrer Gattin bereits vereinbart hatte.«

Javier war von Mónica instruiert worden, einfach nur den Mund zu halten und ja nicht verlauten zu lassen, dass er das alles für Mumpitz hielt; aber sie hatte ihn nicht über die Möglichkeit informiert, wegen der spiritistischen Sitzung dieses Irren Tag und Nacht außer Haus verbringen zu müssen.

Während er ein paar Bücher aus der Kiste im Speicher, um die Mónica ihn gebeten hatte, in Plastikbeutel wickelte, und auch noch die Mappe dazulegte, die Xart ihm gerade gegeben hatte, konnte Javier nicht mehr an sich halten: Er spionierte die seltsamen Maßnahmen minuziös aus, die dieser Mann in seinem kompletten Wohnzimmer vornahm. Das Vertrauen, das Javier in Xarts Arbeit setzte, war so gering, dass er es für eine absolut reale Möglichkeit hielt, nach dieser sogenannten Sitzung zurück nach Hause zu kommen und festzustellen, dass Xart die paar teuren Elektrogeräte, die sie besaßen, hatte mitgehen lassen sowie die beiden Platinohrringe, die Mónica nach dem Verkauf der Pretiosen noch besaß.

»Eines noch, wenn's gestattet ist«, sagte der Parapsychologe, der nicht willens schien, den Hausherrn einfach so ziehen zu lassen. »Ich möchte Sie bitten, den Schlüssel umzudrehen, wenn Sie gehen.«

»Den Schlüssel umdrehen?«, fragte Javier verwundert. »Wenn ich das tue, dann sperre ich Sie ja ein!«

»Wunderbar!«, erwiderte Xart und lächelte zufrieden. »Wenn ich nicht herauskomme, muss mich das, was auch immer sich hier befindet, als Gast akzeptieren. Allerdings fürchte ich, dass es keinen besonders guten Gastgeber abgeben wird.«

12

Mónica war es inzwischen so leid, ständig vor der Glotze zu hängen, dass sie die Mappe von Xart mit kindlicher Freude in Empfang nahm. Sie holte den Inhalt aus dem abgegriffenen blauen Karton und fing unter Stirnrunzeln an zu lesen. Sie unterhielt sich eine Weile damit, in dem geliehenen Buch die alten Fotos von ihrem Haus zu betrachten. Sie stellte mit Erstaunen fest, wie wenig der Zahn der Zeit dem Wohnzimmer oder auch dem Schlafzimmer im Obergeschoss hatte anhaben können. Abgesehen von der altmodischen Patina hätten die Fotos auch am heutigen Tag aufgenommen sein können. Auf keinem war jedoch auch nur die geringste Spur von einem übernatürlichen Phänomen welcher Art auch immer zu entdecken. Als Mónica den Artikel zur Hand nahm, stellte sie fest, dass sie auf einige Verständnisprobleme stieß.

»Da werde ich wohl mein Englisch ausgraben müssen«, sagte sie, sobald sie einen Blick auf die fast zwanzig eng bedruckten Seiten geworfen hatte, aus denen der Artikel mit folgender Überschrift bestand: *»The Most Haunted House in Catalonia (Spain): A Scientific Examination of its Phenomena, by Harry Price, professor and ghost hunter.«*

Anfangs mit Javiers Hilfe und später allein gelang es ihr, das Ergebnis der von dem Engländer vor über fünfzig Jahren durchgeführten Untersuchungen zu verstehen. Zunächst fiel ihr auf, dass Price die ersten Zeilen seines Artikels nutzte, um sich bei Tante Lola – »Doña Dolores Imbert« – für »die selbstlose Zusammenarbeit« zu bedanken, die sie ihm mit ihrer Erlaubnis, im Haus der Familie Untersuchungen vorzunehmen, hatte zuteil werden lassen. In der Einleitung erklärte der Forscher auch, wie er mit Hilfe von Artikeln aus der Zeitschrift *Barcelona misteriosa* – einige katalanische Kollegen hatten sie ihm freundlicherweise zur Verfügung gestellt – von der Existenz eines Spukhauses in der Calle de la Paz Hausnummer 26 in Mataró, der Hauptstadt des katalanischen Landkreises Maresme in der Provinz Barcelona, erfahren hatte. Darin wurde angedeutet, dass einige der letzten Eigentümer des besagten Hauses unter seltsamen Umständen verstorben waren, eine Tatsache, die ihn schließlich veranlasst hatte, bei der neuen Besitzerin, Dolores Imbert, die Erlaubnis für eine parapsychologische Untersuchung einzuholen.

Die Beschreibung des Hauses im zweiten Teil des Artikels erfolgte in allen Einzelheiten, sogar der wuchernde Feigenbaum und die defekten Bodenfliesen im Salon wurden erwähnt; sie waren »ohne Zweifel jedoch erheblich weniger beschädigt, als man es nach all den Jahren der Vernachlässigung erwartet hätte«. Im Folgenden sprach Price von der Art der wissenschaftlichen Experimente, die er im Haus durchgeführt hatte: Temperaturmessungen, die zu der Feststellung führten, dass an einigen Punkten die Temperatur auf zwölf Grad fiel; das Eruieren von Kraftfeldern mit Hilfe von elektromagnetischen Detektoren – das größte befand sich just über der Stelle, von der aus man in den Garten gelangte – sowie von Fotografien, die – leider – keinerlei Anomalien enthüllten.

Der Hauptteil des Artikels war dem am wenigsten produktiven Teil der Untersuchung vorbehalten: Price zählte all die Male auf, die er das Gespenst – »mit Energie und Überzeugung, ohne es jedoch an Respekt mangeln zu lassen« – gebeten hatte, sich auf irgendeine Weise zu manifestieren. Er verwendete darauf, laut Text, zwanzig Stunden und siebzehn Minuten, in denen er keinen Bissen anrührte und nichts anderes tat, als der spektralen Präsenz zu befehlen, sich zu zeigen. Als er schließlich langsam ermattete, hörte er drei sehr feste Schläge an der Wand des Wohnzimmers – so ähnlich wie von einem Rammbock.

Dann spürte der Forscher – wie er berichtete – eine starke Emotion und reagierte sogleich mit neuerlichen Befehlen. Er begriff zum ersten Mal, seit er in das Haus gekommen war, dass er auf dem richtigen Weg war. Er bat nun die spektrale Präsenz wiederholt, sich zu zeigen. Bis zu zwanzig Mal und aus vollem Halse, wie er versicherte. Und schließlich schaffte er es: Der Poltergeist manifestierte sich vor seinen Augen mit einer Klarheit, wie sie ihm in seiner Berufslaufbahn nur bei anderen bemerkenswerten Fällen sehr starken Spuks untergekommen waren. Leider war es ihm nicht möglich, auch nur ein einziges Foto zu machen, da in just jenem Moment seine Kamera auf unerklärliche Weise durch die Luft flog, gegen eine Wand knallte und zerschellte.

Während Mónica mit gesträubtem Haar die Beschreibung des renommierten englischen Geisterjägers las, machte sich Javier über den Artikel wie auch allgemein über die Untersuchungen von Price lustig.

Der Autor sprach von einer »ätherischen, gasförmigen Gestalt mit undeutlichen Gesichtszügen, die einen halben Meter über dem Boden schwebte«. Sie materialisierte sich knapp vierzig Zentimeter von der Schwelle der Tür zum Garten entfernt und verblieb dort exakt sechs Minuten und dreiunddreißig Sekunden, ohne ein Wort verlauten zu lassen (obwohl Price sie immer wieder aufforderte, sich zu äußern). Sie hatte ein menschliches Aussehen – in diesem Punkt bestand keinerlei Zweifel –, auch wenn es diffus war und es Price somit unmöglich machte, ihr Geschlecht, ihr Alter oder sonstige äußere Merkmale zu erkennen. Sie schien mit einer Art Tunika in einer schwer bestimmbaren Farbe bekleidet zu sein, wobei er eher zu hellen Farbtönen neigte, und sie war offensichtlich weder übermäßig groß noch sehr füllig. Price nannte einige seltsame Details: Die Erscheinung war »leicht transparent« [...] »Sie schien nicht sonderlich geneigt, ein Gespräch anzufangen«, schrieb er, obwohl er sie »mindestens ein halbes Dutzend Mal nach ihrem Namen, ihrem Alter, ihrer Herkunft und nach den Gründen für ihren Besuch« fragte. Die besagte Erscheinung war für derartige Galanterien allerdings nicht empfänglich und reagierte auch nicht auf die Komplimente, denn die einzige Reaktion, die Price erntete, bestand in »einem Ausdruck von Wut, als würden meine Fragen einen schrecklichen Zorn auslösen«.

Den Notizen zufolge, die sich der Fachmann vor Ort gemacht hatte, »teilte sich die Erscheinung nicht mit, bewegte sich nicht und durchquerte auch keine Wand«. Der Forscher hielt an seiner relativ konservativen Haltung fest: »Ich folgte der Doktrin, die ich anderen so oft eingetrichtert hatte: Ich verhielt mich völlig reglos, denn ich war überzeugt, dass das Gespenst, wenn ich nur einen Schritt täte, mir in höchster Wut den Garaus machen würde.« Schließlich beschloss er aus Verzweiflung, weil er keinen direkteren Kontakt herzustellen vermochte, den Poltergeist zu fragen, wann er wiederzukommen gedenke.

Die Antwort ließ nicht auf sich warten: In dem Staub des Mosaiks sah er mit dem kräftigen Duktus einer unsichtbaren Hand ganz deutlich einige Buchstaben auftauchen:

SEMPER[6]

Die letzten Zeilen des Artikels verwandte Price darauf, künftigen Forschern und Bewohnern des Hauses Ratschläge zu erteilen: »Es ist unbedingt erforderlich, die Motive zu eruieren, die den Zorn dieses unglücklichen Geistes schüren, und ihnen ein Ende zu bereiten. Solange das nicht passiert, wird es in diesem Haus weiterhin spuken.«

»Welch ein Horror«, murmelte Mónica, als sie schließlich begriff, welche Bedeutung diese letzten Worte hatten, die sie gerade laut vorgelesen hatte.

Javier folgte währenddessen mit großem Interesse einem dieser kuriosen Fernsehberichte, mit denen die TV-Sender am Wochenende ihre Nachrichtensendungen füllen: Eine nicht identifizierte Frau war aus dem neununddreißigsten Stock des Wolkenkratzers Umeda Sky in der japanischen Stadt Osaka gestürzt worden. Zehn Stunden später suchte die Po-

---

6 Immer

lizei weiterhin nach dem Hauptverdächtigen des Mordes: einem nichtasiatischen Mann, in dessen Begleitung das Opfer am Vortag gesehen worden war. Javier wandte nicht einmal den Blick vom Bildschirm, als er Mónica seine Meinung zu dem soeben gehörten Vorfall mitteilte: »Dieser Mann aus dem Westen, von dem da die Rede ist, der ist bestimmt schon Lichtjahre weit weg. Es ist einfach unfassbar, mit welcher Naivität die Leute alles glauben.«
Das gilt auch für mich, ging es Mónica durch den Kopf.

Am Dienstagabend lud Javier seinen Kumpel Román Fernández zum Essen ein. Er hatte sich mit Mónica abgesprochen: Dieser Männerabend war ihr Dank dafür, dass der Archäologe sie mit ihrer Version der Geschichte von dem gefundenen Kopf deckte. Obwohl schon einige Stunden vergangen waren, hatte Mónica Javiers Verachtung über die Unruhe, die der Artikel von Price bei ihr ausgelöst hatte, nicht vergessen. Sie dachte, etwas Freiraum würde ihnen beiden guttun. Außerdem blieb ihr somit erspart, sich erneut den derben Männerwitzen auszusetzen, die zudem mit Abenteuern aus der Studienzeit gewürzt waren.
Kaum zehn Minuten bevor Leónidas Xart angerufen hatte, um mit recht dumpfer Stimme – wegen der Ernüchterung, wie Mónica annahm – zu verkünden, dass er sich in sein Hotel zurückziehen wolle, um eine Weile auszuruhen, obwohl »die Untersuchung einen guten Weg nehme«, schien nichts darauf hinzuweisen, dass jene Nacht ein Ergebnis bringen würde. Javier bot sich an, Xart die Tür aufzusperren, damit er das Haus verlassen konnte, und erklärte Mónica en passant, dass er nach dem Abendessen in ihrem Haus übernachten wolle und dann am nächsten Tag wieder zu ihr und Matilde käme.

Genau in dem Moment, als Javier sich von Mónica verabschiedete, brachte Matilde ein Tablett ins Zimmer, auf dem eine Reissuppe und ein Rührei dampften.
»Viel Spaß, mein Junge«, wünschte sie Javier.
Mónica sagte nichts.

Die beiden Männer hatten sich diesmal für ein anderes italienisches Restaurant entschieden, das Caminetto am Anfang der Rambla. Sie bekamen einen ruhigen Tisch etwas abseits vom Hauptgeschehen zugewiesen. In der beschaulichen Intimität setzte Román seinen Freund über die Neuigkeiten ins Bild, die mit dem Fund zu tun hatten.
»Wie es scheint, hat der Chef beschlossen, in der Dauerausstellung des Museums von Mataró einige Veränderungen vorzunehmen, damit er euren Kopf dort zeigen kann. Somit weißt du jetzt, welche Bedeutung ihm zukommt. Das Museum ist sehr klein, es ist nur möglich, ein Prozent der Objekte auszustellen. Schon das Fragment einer solchen Skulptur, die mit ziemlicher Sicherheit aus dem ersten Jahrhundert vor Christus stammt, hat eine Umstrukturierung der Präsentation sehr wohl verdient. Das hat es seit Jahren nicht mehr gegeben.«
Javier nickte schweigend, während er ein Palmherz probierte, das er gerade aus dem Salat stibitzt hatte.
»Aber wirklich amüsant ist, wie sich meine Kollegen jetzt den Kopf darüber zerbrechen, um wen genau es sich handelt. Die Mehrheit hält das Ding für eine Darstellung der Venus. Diese Theorie scheint auch mir am plausibelsten zu sein. Aber es gibt auch Stimmen, die von Kybele, Diana oder sogar einer der Musen sprechen. Wenn nicht ein weiteres Fragment auftaucht, wird es schwierig, das Mädel zu identifizieren. Fest steht nur: Es handelt sich weder um eine Figur von hier noch um ein Grabmonument.«

Javier zuckte mit den Schultern, ohne mit dem Kauen aufzuhören – eine Aufforderung an seinen Freund, eine nähere Erklärung abzugeben.

»Für hiesige Plastiken wurde Material aus einem nahe gelegenen Steinbruch benutzt. Doch dieser Marmor stammt von weither. Diese Stücke hat man bereits vorbearbeitet übers Meer transportiert. Es kann sein, dass dieses Stück aus der Gegend um Aphrodisia kommt, in der heutigen Türkei.«

»Und der Urheber?«

Román schüttelte so kategorisch den Kopf wie jemand, der etwas absolut Offensichtliches erklärt, und führte weiter aus: »In der römischen Bildhauerei war das Konzept des Urhebers nicht relevant. Es waren Kunsthandwerker, Kopisten; ihre Referenzobjekte waren griechische Kunstwerke, denen sie enorme Bewunderung entgegenbrachten. Sie arbeiteten in Werkstätten für einen Meister, der den Stil festlegte und die Entscheidungen traf. Uns sind nur einige Schulen bekannt, die wir zu datieren vermögen, aber eigentlich wissen wir nichts über diese Werkstätten, die ebenfalls Sarkophage, Zierrat, Grabmale oder auch Statuen fertigten, um öffentliche Räume damit auszugestalten. Uns ist nicht ein Name überliefert.«

»Scheint doch ganz gerecht«, sagte Javier zwischen den einzelnen Bissen, »wenn sie einfach nur Kopien gemacht haben.«

»So einfach ist das auch nicht.« Román wischte sich mit der Serviette sorgsam den Mund ab und trank einen Schluck Wasser, als würde er sich darauf vorbereiten, über das Thema gleich weiter zu extemporieren. »Wer würde beispielsweise den künstlerischen Wert der Trajansäule im Rom leugnen? Du kennst sie doch, oder? Sie ist fantastisch! Sie wurde auf Geheiß des Senats errichtet, um des Sieges von Kaiser Trajan gegen die Daker zu gedenken. Anders ausgedrückt: Es handelt sich um ein Werk, das die Macht verherrlichen soll. Weißt

du, wie oft Trajan in den Reliefs, aus denen die Säule besteht, präsentiert ist? Sechzigmal! Diese Reliefs sind übrigens spiralförmig angebracht. So etwas hatte man bis dahin in der Kunst noch nie gesehen, eine absolut originelle Idee von einem Künstler mit einzigartigem Talent ... der sein Werk aber nicht signiert hat! Der Urheber von solch einem Meilenstein in der Kunst, den manche mit den Werken von Leonardo da Vinci vergleichen, bleibt anonym. Wir wissen nichts – rein gar nichts – von dem Mann, der dieses Wunder geschaffen hat. Und das Gleiche gilt für die übrigen Werke. Zugegeben, sie sind oft weniger bedeutend, aber was sagst du beispielsweise zum Augustus von Primaporta? Er ist nicht nur ein Paradebeispiel für das, was die Kunst für die Macht zu tun vermag, sondern auch eine Übung in Subtilität, die Suche nach einer rein künstlerischen Sprache. Oder die Aphrodite Kallipygos – das Original wurde im zweiten Jahrhundert vor Christus geschaffen. Es gibt davon eine sehr gut restaurierte Kopie im Archäologischen Museum von Neapel. Ich versichere dir, wenn du sie siehst, dann wünschst du dir, sie wäre leibhaftig.« Román senkte die Stimme und flüsterte verschwörerisch: »Und sie hat vielleicht einen Hintern ...!«
Javier lächelte etwas herablassend, als würde er seinem Freund das Sakrileg verzeihen, von einem Meisterwerk der Antike ausgerechnet den Allerwertesten zu preisen.
»Hör mal, ich bin nicht der Einzige, der das sagt«, verteidigte sich Román. »Die Griechen selbst haben das auch so gesehen. Oder was meinst du, bedeutet dieser Zusatz ›Kallipygos‹, der sich so kultiviert anhört?« Der Archäologe legte zur Spannung eine Schweigepause ein, bis er das Geheimnis lüftete: »Das heißt ›mit schönem Hintern‹ – nicht mehr und nicht weniger. Es ist eines von diesen Kunstwerken, bei denen einem schier die Luft wegbleibt, wenn man es zum ersten

Mal sieht. Wo würdest du sagen, dass man es gefunden hat? In der Domus Aurea, dem prächtigsten Palast Neros. Klar, der Bursche hatte einen sehr guten Geschmack.«

Es war offensichtlich, dass Román seine Arbeit Spaß machte. Er sprach mit einer Leidenschaft, die bei Javier das neidische Gefühl eines Menschen aufkommen ließ, der weiß, dass er im eigenen Beruf so etwas nie erleben wird.

»Man muss mit den Römern Nachsicht haben«, fuhr Román fort und griff nach der Gabel. »Sicher, sie haben die ganze griechische Kunst, die ihnen so untergekommen ist, geplündert – in dieser Hinsicht haben sie sich wahrhaftig wie Eroberer aufgeführt. Aber diese enorme Bewunderung, die sie der griechischen Kultur entgegenbrachten – und die sie dann veranlasste, diese Werke zu sammeln und sie fast schon obsessiv zu kopieren –, bewirkte auch, dass sie künftigen Generationen erhalten ist. Wenn die Römer nicht gewesen wären, und damit ihre Fähigkeit, die Sammelleidenschaft der reichen Patrizier zu bewundern, dann wäre uns von den Werken der großartigen Bildhauer der Antike wie Praxiteles, Polyklet oder Myron nichts geblieben.«

Auf einmal reagierte Román, als würde er aus einem tiefen Schlaf erwachen – oder aus einem Zustand, in dem ihm das Bewusstsein verloren gegangen war.

»Entschuldige. Jetzt habe ich dir aber jede Menge Blödsinn erzählt. Wir Archäologen sind wirklich die schlimmste Spezies auf der Welt. Verstehst du jetzt, warum mich niemand erträgt? Ich lerne eine tolle Frau kennen, und schon fange ich an, ihr vom Hintern einer anderen zu erzählen. So klappt das eben nie … Und was dich angeht« – Román hantierte noch immer im Rhythmus seiner Ausführungen mit der Gabel –, »du musst bloß die Sauerei befürchten, die es bedeutet, wenn ein Archäologenteam bei dir zu Hause arbeitet. García wird

dich dieser Tage anrufen und dir das mitteilen. Sag ihm nur nicht, dass ich dich schon vorab informiert habe. Die Fachleute haben sich schließlich zumindest in diesem Punkt einigen können: Sie möchten versuchen, noch ein Fragment dieses rätselhaften Mädchens zu finden. Willst du jetzt noch wissen, was die gute Nachricht bei alledem ist?«
Javier konnte nur nicken, sein Mund war voll mit Hähnchen, Salat und rosafarbenem Dressing.
»Dass ich die Arbeiten des besagten Teams beaufsichtige.« Román senkte wieder die Stimme und flüsterte schelmisch: »Das heißt, ich werde viele Stunden mit deiner Frau verbringen, während du in der Arbeit bist.«

13

Javier kam nach zwei Uhr nachts nach Hause – mit schlimmen Kopfschmerzen und dem neuen, unangenehmen Gefühl, dass sein Freund Román nicht vertrauenswürdig war. Seit sie zum ersten Mal alle zusammen essen gegangen waren, überraschte ihn die übertriebene Aufmerksamkeit, mit der Román Mónica bedachte, als würde er Ziele verfolgen, über die er sich natürlich nicht äußerte. Damals hatte er zwar diesen Gedanken verworfen, aber jetzt war er davon überzeugt, dass dieser eingefleischte Junggeselle seine Lebensgefährtin faszinierend fand; und er war so geschmacklos, dies nicht einmal zu verbergen. Selbst Románs Singledasein, das ihm anfangs so beneidenswert vorgekommen war, hatte sich nun in einen neuen Beweis verwandelt, der seinen Argwohn nur noch schürte.

Javier ging durch den Kopf, dass es in ihrem Haus alsbald nicht nur ein, sondern zwei Gespenster geben würde, während er eine Schmerztablette in drei Fingerbreit Wasser auflöste und alles in einem Zug austrank. Er schaltete nicht einmal das Licht in der Küche ein und hielt sich auch nicht damit auf, die Fußspuren von Leónidas Xart im Wohnzimmer zu betrachten. Er ging schnurstracks ins Schlafzimmer, zog sich aus und schlüpfte mit dem Wunsch zwischen die Laken, alles zu vergessen, selbst wenn es nur für ein paar Stunden war.

Wie er befürchtet hatte, schlief er nicht ruhig. Das passierte ihm oft, wenn er sich mit zu vielen Sorgen ins Bett legte. Er träumte von dem Archäologenteam, das sie unausweichlich bald überfallen würde, und von der Leidenszeit wegen all des Schmutzes und des Lärms, vor denen es kein Entrinnen gab. All das hatte mit Románs Anwesenheit in ihrem Leben zu tun und vor allem mit dem Augenblick, als er Kontakt zu ihm aufgenommen hatte, um ihm von dem Fund im Garten zu berichten.

In diesem Traum leitete Román ein Team von lästigen Spurensuchern, alle die reinsten Nervensägen, die im Garten mit vereinten Kräften und peinlichster Sorgfalt die Erde umpflügten, als wäre es ein Chaos-Orchester mit dem einzigen Ziel, die Nerven der Zuhörer zu strapazieren. So ging es die ganze Nacht: Im Traum hörte er dieses unerträgliche Getöse, das aber so real war, dass er davon immer wieder aufschreckte.

So verbrachte er die Zeit bis zum Morgengrauen in einer Art schläfrigem Wachzustand, und dieses bestürzende Gefühl hinderte ihn daran, in tiefen Schlaf zu fallen. Plötzlich öffnete er die Augen und fühlte sich auf eine seltsame Weise in der Realität, nachdem er aus einer fiktiven Welt gerissen worden war, die für ihn nur aus Ungewissheiten bestand. In diesem seltsamen Zustand, der immer mit dem abrupten Ende eines

Traumes einhergeht, spürte er durchaus Mónicas Körper an seiner Seite. Zuerst war es nur eine kurze Berührung, aber dann löste – wie immer – allein der Kontakt mit ihrer Haut automatisch den Reflex aus, sie zu umarmen, und die Sehnsucht, ihre Körper zu vereinen. Doch irgendetwas wollte einfach nicht passen, denn im Traum – oder in dem kuriosen Gefühl, das er gerade verspürt hatte – hinderte ihn kein gewölbter Bauch, wie früher in einer zärtlichen Umarmung zu verschmelzen. Der Körper neben ihm war so warm und weich wie immer, fühlte sich aber irgendwie auch kantig und wohlgeformt an – fast schon perfekt. Javier meinte sich zu erinnern, dass er in seinem vorbewussten, glücklichen Halbschlaf die Umarmung mit ihr eine gute Weile beibehalten hatte, und er spürte, wie viel er ihrer Nähe doch zu verdanken hatte und wie sehr er sie brauchte, ohne dies zu wissen. Verwundert musste er zugeben, dass Mónica ihn mittlerweile sehr gut kannte und dass sie seine Bedürfnisse genau erriet, ohne dass er sie ihr gestehen musste. Erst als er schließlich hellwach war, stellte er fest, dass Mónica nicht bei ihm war. Es war nicht ihr warmer Körper gewesen, den er im Bett umarmt hatte.

Er schaltete das Licht ein. Es war halb sieben. Da entdeckte er an den Wänden des Schlafzimmers einzelne Buchstaben von zwei Worten, die sich immer wiederholten – sie schlitzten gleichsam die Tapete auf. Es überraschte ihn weniger, was er dort las, sondern eher die Tatsache, dass diese Buchstaben dort so plötzlich aufgetaucht waren. Er verharrte eine gute Weile schweigend und sprach leise für sich die Worte. Er war sich absolut sicher, dass nichts auf der Tapete geschrieben stand, als er zu Bett gegangen war.

ME IUVA ME IUVA ME IUVA ME IUVA ME IUVA

Als er zu seiner Mutter kam, fand er Mónica putzmunter vor; sie telefonierte gerade.
Matilde machte ihm in der Küche einen Kaffee und witzelte über Mónica: »Sie ist wie ein Minister. Sie hängt jetzt schon den ganzen Vormittag am Telefon. Sie wird dir gleich alles erzählen.«
Und tatsächlich: Mónica hatte wichtige Neuigkeiten, deren Kurzfassung sie ihm in nicht einmal fünf Minuten berichtete. Joaquim García hatte sie angerufen und ihr angekündigt, dass die Erdarbeiten in ihrem Garten am kommenden Montag beginnen würden. Dann war Albert Calls an der Strippe gewesen, der ihr mitteilte, dass seine Reportage über die Venus von Iluro im *Avui* veröffentlicht worden sei. Die Informationen kamen Schlag auf Schlag, denn vor nur ein paar Minuten hatte sie zudem einen Anruf von Flora Cots erhalten. Mónica wirkte aufgewühlt, als sie Javier von dem Gespräch erzählte: »Sie sagt, dass sie den Artikel über die Venus gelesen hat. Sie will mich treffen, um mir etwas zu erklären, wovon sie noch nie jemandem erzählt hat. Diese Frau könnte wirklich Autorin von Mystery-Romanen sein«, meinte sie lachend. »Ich habe ihr gesagt, dass ich mich bei ihr melde, sobald mich der Arzt wieder unter die Leute lässt.«
Aber das war noch nicht alles: »Dann hat auch noch Román angerufen. Sie haben ihm die Leitung für die Ausgrabung in unserem Haus übertragen. Das ist doch eine gute Nachricht, oder?«
»Findest du?«, fragte Javier, der damit sämtliche Vorahnungen hinsichtlich seines Freundes bestätigt sah. Er wollte ihr in dem Moment nicht erklären, aus welchem Grund Román sein Vertrauen verloren hatte und zu einer Person geworden war, die man besser keine Sekunde aus den Augen ließ – zumindest solange er sich in Mónicas Nähe aufhielt.

»Dein Freund gefällt mir jedes Mal besser«, sagte Mónica, was Javiers Eifersucht nur vervielfachte, bevor sie das Thema wechselte. »Der Einzige, der bislang noch kein Lebenszeichen von sich gegeben hat, ist Xart.«

Javier konnte sie korrigieren.

»Doch, er hat sich gemeldet. Er ist sogar gerade im Haus. Er ist um Viertel nach sieben gekommen. Er sagt, dass er heute mehr Zeit braucht, weil er versuchen will, mit dem Geist Kontakt aufzunehmen. Er hat mich wieder um Wasser und um Kerzen gebeten. Vielleicht bleibt er auch über Nacht im Haus. Das bedeutet, dass du mir heute Platz im Bett machen und mein Geschnarche ertragen musst.«

Mónica ließ ein zauberhaftes Lächeln sehen, das jeden auf dieser Welt versöhnt hätte.

»Nun gut, ich will mich bemühen«, antwortete sie kokett, während sie über ein Detail nachsann, das ihr nicht entgangen war: Mit einem Mal schien Javier die Arbeit von Xart nicht nur zu respektieren, sondern sogar zu unterstützen.

14

Am Montag nach der Woche mit den Feiertagen suchte Mónica die Praxis ihres Gynäkologen auf, um ihn um etwas mehr Bewegungsfreiheit zu bitten. Sie hatte das ewige Ruhen satt, das sie vom Alltag ausschloss. Außerdem wurde sie langsam ihrer Schwiegermutter überdrüssig, mit der sie tagtäglich die gleiche Diskussion über die Vor- und Nachteile eines Kirchererbseneintopfs führte.

Der Arzt lachte. »Vielleicht ist in Ihrem Fall ja das Heilmittel schlechter als die eigentliche Krankheit«, sagte er, bevor er mit der Untersuchung begann. Der Ultraschall zeigte, dass alles in Ordnung war und es keinen Grund gab, Mónica zu verbieten, ein mehr oder weniger normales Leben zu führen.

»Sofern Sie Spannungen und Aufregungen meiden, natürlich«, erklärte er ihr. »Nur an arbeiten ist derzeit nicht zu denken.«

Gleich am selben Nachmittag rief Mónica Flora Cots an und verabredete sich mit ihr im Caralt, ihrem Lieblingscafé. Das Lokal schien ihr verschwiegen und ruhig genug, um ohne plötzliche Unterbrechungen reden zu können. Allerdings war Flora wohl eher die Art Frau, die man sich besser mit einem Glas Gin als mit einer Tasse heißer Trinkschokolade in der Hand vorstellen konnte.

Zu ihrer Überraschung bestellte Flora gleich zwei Gebäckstücke. Mónica wunderte sich über ein derartiges Gelage bei einer so schlanken Frau. Um ihr beim Essen Gesellschaft zu leisten, orderte Mónica eine Trinkschokolade und ein paar Kekse, an denen sie allerdings im Verlauf des Gesprächs ohne großen Appetit knabberte.

Flora Cots war eine verblüffende Frau. Sie hatte die Ausstrahlung einer gekränkten Aristokratin, wodurch sie zwischen sich und der Welt eine unüberbrückbare Distanz schuf, die einem Festungsgraben glich. Ihre schmalen Lippen verzogen sich häufig zu einem abschätzigen Lächeln. Ihr Haar trug sie perfekt gelegt, und sie ließ – keineswegs diskret – eine beachtliche Menge Goldschmuck mit Edelsteinen sehen. Dabei wollte sie wohl gar nicht damit prahlen, sondern hatte einfach ihren eigenen Spaß daran. In ihrem Gesicht fehlte jegliche Schminke, und das Netz von Falten erinnerte an die Pergamenthaut von Mumien. Ihre Umgangsformen waren freundlich, wenngleich etwas aufgesetzt – als würde sie nicht umhinkönnen, von ihrer hervorragenden Erziehung Gebrauch zu machen, was sie allerdings gleichzeitig auch wieder zu stören schien.

»Entschuldige, dass ich neulich so kurz angebunden war«, waren ihre ersten Worte nach der Begrüßung. »Alles, was mit meinen Großeltern zu tun hat, ist einfach unerträglich für mich. Ich nehme an, das sind Ressentiments, weil ich meine Mutter ihretwegen so sehr habe leiden sehen.«

Mónica machte eine unbestimmte Geste, die wohl bedeuten sollte, dass sie ihrer Verwandten längst verziehen hatte.

Flora setzte zu einer Erklärung an: »Als ich deine Nachricht erhielt, da konnte ich nicht anders, ich musste dich einfach anrufen. Schau, ich habe dir etwas mitgebracht, das dich sicherlich ebenso überraschen wird, wie es mich überrascht hat.«

Sie öffnete ihre sündhaft teure Handtasche, die neben ihr auf dem Stuhl stand, und holte einen Umschlag heraus. Darin steckten zwei Blatt Papier unterschiedlicher Größe mit Bleistiftzeichnungen vom Kopf einer Statue. Es gab keinen Zweifel: Es war der gleiche Kopf, der nun im Museum war.

»Ich habe sie gemacht, als ich klein war«, erklärte Flora. »Ich glaube, damals war ich noch keine zehn.«

Mónica studierte die Zeichnungen aufmerksam. Auf der ersten war das Profil des Venuskopfes kaum zu erkennen. Die Skizze bestand aus nur einigen wenigen Linien. Die andere Zeichnung dagegen war ein detailliertes Porträt, das die Gesichtszüge, die Haartracht und die genauen Proportionen zeigte. Zudem war da ein Schatten, der sich als ein von der Feuchtigkeit herrührender Fleck interpretieren ließ, den die Jahre dem Marmor beschert hatten.

»Sie konnten aber sehr gut zeichnen«, sagte Mónica.

»Red keinen Unsinn daher«, erwiderte Flora. »Ich hatte keinerlei Talent und habe auch nie so getan. Ich will dir hier gar nicht meine Fähigkeiten als Zeichnerin demonstrieren, sondern es geht um den Gegenstand dieser Skizzen. Ich habe sie nach einem Wiederholungstraum angefertigt, also einem dieser Träume, die sich auf die immer gleiche Weise abspulen. Eine Zeitlang habe ich von diesem Statuenkopf geträumt. Ich wusste nie, dass dieser Traum einen Sinn hatte, obwohl er sich bei mir schon zu einer Zwangsvorstellung ausgewachsen hatte. Ich habe dir diese Skizzen mitgebracht, weil sie dir ja vielleicht von Nutzen sein könnten.«

»Er ähnelt sehr dem römischen Kopf, der im Garten aufgetaucht ist, selbstverständlich ...«

»Er ähnelt ihm nicht«, warf die Frau ein, »es ist der gleiche Kopf! Schau mal hier«, sagte sie und deutete auf einige Flecken und auf die beschädigte Nase. »Es besteht kein Zweifel: Es ist wirklich der gleiche Kopf.«

»Aber Sie haben mir doch selbst gesagt, dass Sie nie Kontakt zu dem Haus hatten«, wandte Mónica ein.

»Sicher nicht. Das ist ja gerade das Außergewöhnliche. Ich habe nie an einem Ort außerhalb meines Unbewussten etwas gesehen, das mit diesem Kopf Ähnlichkeit hatte. Das habe ich dir doch bereits gesagt, als wir neulich miteinander geredet haben. Aufgrund der Umstände, die dir ja bekannt sind und an die ich mich äußert ungern erinnere, war ich nie in diesem Haus.«

So überraschend sich das Gespräch mit Flora Cots auch entwickelt haben mochte, Mónica geriet keineswegs über das gerade Gehörte in Aufregung. Allmählich gewöhnte sie sich an diese unerklärlichen Ereignisse wie auch an die Mutmaßungen über die Vorgänge im Haus ihrer Familie. Mónica gehörte zu dem kleinen Prozentsatz von Menschen, die fähig sind, auch in den schwierigsten Situationen beherrscht zu reagieren. Und in dem Fall kam noch etwas hinzu: Aus irgendeinem seltsamen Grund fühlte sie sich auch nicht bedroht. Sie bemerkte zwar, welch sonderbare Dinge sich abspielten, doch irgendwie spürte sie, dass sie nichts zu befürchten hatte – nichts, wovor sie hätte fliehen müssen. Das letzte Treffen mit Leónidas Xart war für sie in dieser Hinsicht enorm erhellend gewesen.

Es war der zweite Feiertag – Mariä Empfängnis – inmitten der Woche mit den Brückentagen gewesen. Xart hatte die Nacht im Haus eingeschlossen verbracht, mit seinen geheimen Ritualen beschäftigt. Am nächsten Morgen rief er Mónica auf ihrem Handy an und bat sie um ein dringendes Gespräch. Er nahm sogar den Umstand auf sich, selbst zu Matildes Wohnung zu kommen, um mit ihr und Javier zu sprechen.

»Den Hund müssen Sie allerdings draußen lassen. Meine Schwiegermutter hasst Tiere«, bat ihn Mónica.

Xart versagte fast die Stimme, als er erwiderte: »Das wird nicht nötig sein, meine Liebe. Hunter ist nämlich abgehauen.«

»Ach, und wie ist das passiert?«

»Wir haben große Fortschritte gemacht, aber das arme Tier konnte das alles schließlich nicht mehr aushalten. Sie wissen ja, Hunde reagieren sehr sensibel auf Geister. Jedenfalls ist er völlig verschreckt durch ein Loch im Gartenzaun entwischt.«

»Und Sie sind ihm nicht hinterhergelaufen?«

»Das wäre nicht angebracht gewesen. Wenn er verschwindet, dann nur, weil er sich bei mir nicht wohlfühlt oder vielleicht weil eine wichtigere Aufgabe auf ihn wartet. Er ist wirklich ein Prachtexemplar, er hat eine außergewöhnliche Begabung. Ich bin überzeugt, dass er Großes leisten wird, wohin auch

immer er entschwunden ist. Und wenn er zurückkehren muss, dann wird er das auch tun.«
Dem detaillierten Bericht des Parapsychologen zufolge würden sich die »verblüffenden Ereignisse« entfesseln, sobald er mit seiner Invokation anfinge, wobei das »Hauptereignis« allerdings erst eine Stunde nach zwölf Uhr mittags käme.
»Im Gegensatz zur landläufigen Meinung ist ein Uhr mittags die bevorzugte Geisterstunde. Dies ist der beste Moment, um sie zu bitten, etwas zu tun – egal was. Sie sind sehr empfänglich. Ich habe die Präsenz, die in Ihrem Haus wohnt, gebeten, mir zu erklären, was da vor sich geht, und mir die Schlüssel zur Lösung des Problems zu geben.«
»Und haben Sie eine Antwort erhalten?«, fragte Mónica.
Xart zeigte sich verdrießlich.
»Ich könnte es Ihnen nicht sagen. Ich habe zwar ganz intensiv die Emotionen wahrgenommen, die sie mir ständig überträgt. Sie verspürt eine tiefe Frustration und eine enorme Ermüdung. Sie setzt nur wenig Hoffnung in die Personen, die ihr helfen könnten, als hätte sie es schon mehrfach erfolglos versucht. Deshalb verliert sie häufig die Geduld und wird dann so zornig. So erscheint es mir zumindest, denn diese Kreatur und ich haben, trotz allem, was ich sage, ein schwerwiegendes Kommunikationsproblem. Offensichtlich spricht sie nicht unsere Sprache. Das ist wirklich schockierend, denn schließlich hatte sie einige Jahrhunderte Zeit, um sie zu erlernen.«
Javier schenkte dem, was er da zu hören bekam, keinen Glauben. Er machte sich nur nicht über das Gehabe lustig, mit dem Xart diesen Unsinn verkündete, weil Mónica – wie immer – alles sehr ernst nahm.
»Über zweitausend Jahre?«, fragte seine Frau.
»Ich habe die Präsenz gefragt, in welchem Jahr sie zur Welt gekommen ist. Anfangs wollte sie nichts verlauten lassen.

Dann habe ich versucht, sie zu fragen, in welchem Jahr sie gestorben ist. Ich dachte, sie hätte vielleicht eher Lust, darüber zu reden. Aber auch da hatte ich kein Glück. Schließlich habe ich sie gebeten, mir zu sagen, wie viele Jahre seit ihrem Tod verstrichen seien, mit anderen Worten, ich habe sie nach ihren Erfahrungen als Poltergeist gefragt. Ich stand in dem Moment gerade neben den Fenstern. Das habe ich bereits vor langer Zeit gelernt: Es ist kaum möglich, eine Erscheinung von Angesicht zu Angesicht zu betrachten. Es ist üblicher – falls man in diesem Zusammenhang überhaupt von Gewohnheiten sprechen kann –, etwas Nicht-Körperliches im Fenster gespiegelt zu sehen. Fensterscheiben sind immer besser als Spiegel, wenngleich die Spiegel berühmt dafür sind. Die Gespenster ziehen es vor, sich – sagen wir einmal – indirekt zu zeigen, wenngleich ich nie erfahren habe, weshalb. Der Poltergeist bei Ihnen zu Hause stellt da keine Ausnahme dar. Während dieser Befragung hatte ich schon eine gute Weile einen anormal schillernden Schatten im Fensterglas beobachtet. Draußen war es sehr kalt, und die Fensterscheiben waren beschlagen. Mir schien, als würde sich etwas hinter meinem Rücken bewegen, nachdem ich meine Frage nach dem Tod und dem Todesjahr formuliert hatte. Einige Sekunden später hat ein für mich nicht sichtbarer Finger die Antwort auf die beschlagene Scheibe geschrieben. Schauen Sie, ich habe von diesem Phänomen ein Foto gemacht.«
Xart zog aus einer seiner großen Westentaschen eine Digitalkamera und zeigte ihnen auf dem Display das Bild, das er ihnen soeben beschrieben hatte. Auf der beschlagenen Scheibe eines der Wohnzimmerfenster waren ganz klar einige Buchstaben zu erkennen:

MMXX

»Das sind römische Ziffern«, erklärte Xart unnötigerweise. »Zweitausendzwanzig. Wenn Sie darüber nachdenken, werden Sie feststellen, dass diese Zahl sich nur auf meine letzte Frage beziehen kann. Es sind die Jahre, die der Geist schon tot ist. Wenn ich nicht irre, ist er im Jahr vierzehn vor Christus gestorben.«

Javier schüttelte nur noch den Kopf. Er fühlte sich miserabel, für ihn war die Grenze dessen erreicht, was er an einem Tag verkraften konnte.

»Nach alldem, was ich Ihnen soeben erzählt habe, schien es mir angebracht, mit der Befragung fortzufahren. Ich habe den Geist also gefragt, wie er heißt, was er von uns will und ob wir etwas getan haben, das ihn verärgert hat. Ich habe versucht, höflich und formvollendet zu bleiben und ihm zu verstehen zu geben, dass wir ihm nur helfen möchten. Aber er hat den ganzen Tag nicht mehr mit mir kommuniziert. Ich habe dennoch nicht aufgegeben und weitere Fragen gestellt. Außerdem habe ich Fotos gemacht, die allerdings nichts Außergewöhnliches offenbart haben. Ich habe weitere Kerzen entzündet, ich habe sogar den Raum gewechselt, da ich dachte, er sei es vielleicht leid, immer am gleichen Ort zu bleiben. Doch alle diese Versuche, ihn aus der Reserve zu locken, haben zu keinem Ergebnis geführt. Nut etwas hat funktioniert: Als ich zu müde war, um mir noch weitere Fragen einfallen zu lassen, habe ich ihm einen scharfen, ja fast schon impertinenten Befehl erteilt. Ich gebe ja zu, dass ich die Beherrschung verloren habe und ihn angeschrieben habe – was ich sonst nie tue. Ich habe ihm befohlen, sich mir zu offenbaren. Vielleicht habe ich diese Worte ja wie eine Beschwörung gesprochen, ich habe keine Ahnung. Ich weiß nur eines: Er ist tatsächlich in Erscheinung getreten! Die Temperatur ist im Wohnzimmer plötzlich um zehn Grad gefallen. Eine der

Fensterscheiben – die, auf der die Schrift zu lesen war – ging zu Bruch, und eine Art Luftzug wehte durchs Wohnzimmer. Ich hatte das Gefühl, ein plötzliches Aufleuchten wahrzunehmen, eine Art Phosphoreszieren. Doch mit meinen menschlichen Augen konnte ich nichts erkennen. Alles ging so schnell, dass ich das Phänomen nicht einmal fotografieren konnte. Hunter muss diese Erscheinung jedoch in ihrem ganzen Schrecken wahrgenommen haben, zumindest hat sich bei ihm das Fell am Rücken aufgestellt, und er hat auch ganz jämmerlich und schrecklich gejault. Dann ist er sofort weggelaufen.«

Xarts Bericht ließ Mónica vor Schreck erst einmal verstummen.

»Was hat das arme Tier nur gesehen?«, konnte sie bloß noch stammeln.

»Ehrlich gesagt, meine Liebe, so wie ich meinen Hund kenne, will ich das lieber gar nicht wissen.«

Plötzlich nahm Xart eine entschlossenere Haltung ein. »Aber wir wollen jetzt nicht an traurige Dinge denken«, sagte er und richtete sich auf. »Wir müssen jetzt eines tun. Wir müssen unbedingt ein Medium finden. Ich denke, das ist das Einzige, was wir noch probieren können. Es ist offensichtlich: Der Geist, der in Ihrem Haus spukt, sehnt sich nach Kommunikation. Aber da er sich dies schon so lange wünscht, verliert er womöglich allmählich die Hoffnung. Oder vielleicht hat er sie ja schon vor Jahrhunderten verloren und nährt jetzt nur noch seinen fürchterlichen Hass. Wir müssen vorsichtig vorgehen: Nichts auf der Welt ist gefährlicher als ein verärgertes Gespenst. Wenn es ihm schlechtgeht, kann es sehr großen Schaden anrichten und dann sogar die Grenze überschreiten, die es von unserer Dimension trennt – falls es tatsächlich einen Sterblichen angreifen will. So etwas wird als

Poltergeist bezeichnet. Sie haben den Begriff sicher schon einmal gehört.«
Javier nickte.
»Poltergeist bezeichnet ja einen ›polternden Geist‹. Aber eigentlich ist ›polternd‹ wenig exakt. Ein Poltergeist führt Krieg, er provoziert, er ist jähzornig, und er ist vor allem sehr gefährlich. Einige meiner Kollegen vertreten die Auffassung, dass sie anders sind als die übrigen Gespenster. Meiner Theorie nach handelt es sich aber nur um eine weitere Entwicklungsphase. Wie ein Sterblicher sich aus Ärger in einen Besessenen verwandeln kann, so kann sich ein Gespenst, das außer sich ist, in einen Poltergeist verwandeln. Meine Erfahrung mit dieser Art Geist hat mich gelehrt, dass es am besten ist, sich ihm zu widmen, freundlich zu ihm sein und ihm zu geben, was er haben will. Wenn Poltergeister ihren Willen durchsetzen, werden sie wieder vernünftig.«
»Sie machen mir Angst«, murmelte Mónica.
»Es ist ganz gut, wenn man gewisse Dinge fürchtet. Nur Einfaltspinsel haben vor nichts Angst, meine Liebe.«
Xart konnte nicht umhin, bei diesem letzten Satz Javier anzusehen. Dieser wandte sich missmutig dem Parapsychologen zu. Vielleicht nur, um sich dieses gewissen Unbehagens zu entledigen, sah er sich zu der Frage genötigt: »Und was sollen wir nun Ihrer Meinung nach machen?«
»Meiner Meinung nach und der Meinung eines jeden ernstzunehmenden Fachmanns nach, den Sie fragen«, erwiderte Xart äußerst nachdrücklich, »müssen wir schnellstens ein Medium finden. Man muss diesem Wesen die Aufmerksamkeit zuteil werden lassen, die es fordert. Genau darauf ist es aus. Es hat uns etwas zu sagen.«
»Perfekt. Und wissen Sie, wo sich solche Medien anbieten? Gibt es sie im Internet? Gibt es eine anerkannte Schule, an

die wir uns wenden könnten?«, fragte Javier in einem reichlich ironischen Tonfall.
»Es gibt diverse Medien, die sich überall anbieten, aber die kann ich nicht empfehlen«, antwortete Xart mit Bedacht. »In meinem Beruf ist es wichtig, ein anerkanntes Medium von einem Scharlatan unterscheiden zu können. Es gibt Personen, die starke mediale Kräfte haben und es nicht einmal ahnen. Sie werden als natürliche Medien bezeichnet. Außerdem gibt es gewisse Umstände, die für die Kommunikation mit den Toten von Vorteil sind. Das bekannteste Beispiel ist, wenn jemand kurz vor dem Tode steht. Aber auch eine Schwangerschaft fördert diese Fähigkeit, insofern sie jemand besitzt. Und zuletzt gilt es noch ein wichtiges Detail in Betracht zu ziehen, nämlich die Vorlieben des Gespensts – also mit wem es gern in Verbindung treten möchte. Es gibt keine effizientere Methode, wenn man ein Gespenst zum Schweigen bringen will, als ihm eine Kommunikation mit jemandem anzubieten, der ihm nicht genehm ist. Es ist wichtig zu wissen, wer seine Lieblingspersonen sind, und auf seine Vorlieben zu achten.«
Mónica seufzte.
»Und wie sollen wir das herausfinden?«, fragte sie mit einem Anflug von Verzweiflung im Blick.
»Ich möchte ja nicht dreist erscheinen, aber ich glaube, eine vage Vorstellung von seinen Vorlieben zu haben«, erwiderte Xart mit dieser Selbstsicherheit, die stets in seinen Sätzen mitschwang. »Mónica, Sie sind sein Liebling.«

15

Anfangs verweigerte sich Mónica der Bitte Xarts aus Angst, sein Vorhaben könnte dem Baby schaden. Sie hatte keine Lust mehr auf weitere Schrecken, und um sie völlig zu vermeiden, beschloss sie, noch einige Tage im Haus ihrer Schwiegermutter zu verbringen. Javier war darüber sehr erfreut.

Am folgenden Montag begannen die Arbeiten der Archäologen. Doris öffnete den Männern die Tür, die morgens um halb neun eintrafen. Und sie berichtete Mónica später haarklein, was sie an dem ersten Arbeitstag gemacht hatten.

»Sie entfernen nur die Erde – ganz langsam, als würden sie Schätze suchen und hätten große Angst, etwas kaputt zu machen«, erklärte sie.

Mónica schien diese Beschreibung der Tätigkeit von den Museumsleuten recht angemessen zu sein. Wie nicht anders zu erwarten, war Román mit der Abwesenheit der Hausherrin keineswegs einverstanden. Deshalb rief er sie noch am Vormittag an.

»Ich buddle hier in deinem Garten herum. Hast du nicht vor, dir selbst anzusehen, was wir finden?«

»Ich lasse euch lieber in aller Ruhe arbeiten. Vielleicht kommt Javier später vorbei, um mir etwas zum Anziehen mitzunehmen.«

Román wägte seinen nächsten Satz eine Sekunde ab – wie ein Turmspringer, der das Risiko abschätzt, wenn er einen weiteren Schritt wagt. Schließlich beschloss er vorzupreschen: »Aber ich will nicht Javier sehen. Ich will dich sehen!«

»Tut mir leid. Ich habe viel zu tun«, antwortete sie und tat so, als hätte sie nicht verstanden, was Román eigentlich damit hatte sagen wollen.

Román hielt sich nicht lang damit auf, dieses verlorene Gefecht in dem langen Krieg, der noch vor ihm lag, negativ zu bewerten, denn sofort informierte er Mónica mit seiner üblichen Sprechweise über den Stand der Dinge: »Derzeit betätigen wir uns als Gärtner – langsam, aber effizient. Wir haben vierzehneinhalb Würmer gefunden und drei scheußliche Felsblöcke. Wir erwägen die Möglichkeit, den ganzen Krempel dem Museum für Naturgeschichte zu stiften.«

Mónica lachte ebenso erleichtert wie überrascht über Románs Fähigkeit, die Schlappe wegzustecken. Ihr Archäologenfreund versprach, sie wieder anzurufen, falls etwas Interessantes auftauchen sollte.

»Willst du mir nicht erzählen, weshalb ihr aus dem Haus geflüchtet seid, kaum dass ihr meine Anwesenheit gewittert habt, hm?«

»Ich werde es dir nicht erzählen«, erwiderte Mónica. »Aber mit dir hat es jedenfalls nichts zu tun.«

Der Archäologe gab sich notgedrungen mit dieser Antwort zufrieden.

Als Javier nach der Arbeit am Spätnachmittag dort vorbeischaute, sah er sich den Ergebnissen gegenüber, die Román Mónica berichtet hatte: Haufen dunkler Erde, leere Eimer und ein paar Plastikbehälter, in denen Steine und irgendwelches Getier lagen. Im vorderen Gartenteil klaffte ein Graben im Boden von rund zwei Quadratmetern Größe.

Javier ging schnurstracks ins Schlafzimmer hinauf. Er brauchte ein paar frische Hemden, saubere Socken und eine Krawatte. Mónica hatte ihm aufgetragen, auch ihr einige Kleidungsstücke mitzubringen; was genau, hatte er sich in seinem Handy notiert. Javier wusste, wo sich alles befand, er musste

sich also nicht lange aufhalten. Die Unruhe, die er verspürte, als er allein im Schlafzimmer war, veranlasste ihn, sich noch mehr zu beeilen. Er hatte Mónicas Kleidungsstücke bereits zu einem Stapel aufgetürmt und fing an, nach seinen eigenen Sachen zu suchen, als er auf der Treppe hastige Schritte hörte. Als ob jemand nach oben hetzte, klangen sie schwer und hätten von Román oder von Leónidas Xart stammen können.
Dieses so deutliche und reale Geräusch brachte Javiers Puls zum Rasen. Er griff sofort nach dem erstbesten Kleidungsstück, das ihm ihn die Hände fiel, und wollte aus dem Zimmer gehen. In diesem Moment ließ ihn ein heftiges Pochen gegen die Wand erstarren. Es klang, als würde jemand auf der anderen Seite mit einem harten Gegenstand gegen die Wand klopfen. Doch Javier hielt nicht inne, um genauer hinzuhören. Er hastete zur Tür, aber kaum hatte er den ersten Schritt getan, da knallte sie ins Schloss, als hätte ein nichtexistenter Luftzug sie zugeschlagen. In dem Augenblick hörte das Klopfen an der Wand auf. Javier packte die Türklinke und drückte sie mit aller Kraft hinunter: umsonst. Es war, als hätte sich die Tür verkantet oder als würde eine übermenschliche Kraft auf der anderen Seite sie festhalten.
Er wollte Mónica nicht aufregen, deshalb griff er zum Handy und rief Doris an, um sie zu bitten, ihm zu helfen.
»Geh mit deinem Schlüssel ins Haus und komm gleich rauf in unser Schlafzimmer. Ich bin hier eingesperrt, und irgendwie kriege ich die Tür von innen nicht wieder auf.«
Javier versuchte so natürlich wie möglich zu klingen und machte noch einen Witz über die ganze Sache, aber Doris musste seiner Stimme etwas angemerkt haben, denn sie fragte vorsichtig: »Ist alles in Ordnung mit Ihnen?«
Seitdem sich Doris ein Mofa gekauft hatte, verlor sie keine Zeit mehr mit dem Bus. In nicht einmal zehn Minuten würde

sie da sein, überlegte Javier immer wieder in der plötzlichen Stille des Schlafzimmers. Nun war nichts Ungewöhnliches mehr zu hören – nur entfernte Geräusche von der Straße wie die Klänge der weihnachtlichen Musikgruppen und das Surren des Kühlschranks im unteren Stockwerk. Also, von seiner Gefangenschaft einmal abgesehen, kein Anlass zur Sorge.
Javier versuchte noch mehrmals, die Türklinke zu betätigen, immer erfolglos. Sie gab einfach nicht nach. Er hätte sie abmontieren können, wenn er Werkzeug parat gehabt hätte, doch eine Art sechster Sinn sagte ihm, dass auch dies unnütz wäre. Was ihn hier festhielt, hatte nichts mit physikalischen Gesetzen zu tun. Javier täuschte nun Normalität und Unbefangenheit vor, doch in Wirklichkeit hatte er mehr Angst als je in seinem Leben. So viel Angst, dass ihm nicht einmal die einzig relevante Frage für diese Situation in den Sinn kam, die nicht »Wer?« oder »Wo?« lautete, sondern: »Warum?«
Warum passierte das alles? Welche Absicht stand hinter der Tatsache, dass er das Schlafzimmer nicht verlassen konnte? Wäre Leónidas Xart hier gewesen, dann wäre er ganz cool geblieben und hätte dem Fachmann diese Schlüsselfrage gestellt. Der Parapsychologe jedenfalls war in seinem Hotel, wo er auf die Antwort von Mónica und Javier wartete und versuchte, irgendwie ein Medium aufzutreiben. Er war aber auch der einzige Mensch, der ihm einfiel anzurufen, als es im Schlafzimmer immer kälter wurde. Javier erklärte Xart die Situation und erwähnte dabei auch die bevorstehende Rettung durch Doris.
»Womöglich lässt der Poltergeist sie nicht herein«, erwiderte Xart.
»Was soll denn das schon wieder heißen?«
»Doris ist nicht diejenige, die er sehen will. Aber machen Sie sich keine Sorgen, Sie werden es ja bald wissen.«

Und tatsächlich, Javier musste sein Telefonat mit Xart unterbrechen, als ihm sein Handy den erwarteten Anruf von Doris signalisierte. Sie stand unten an der Haustür, doch aus irgendeinem Grund ließ sich der Schlüssel nicht im Schloss herumdrehen. Sie fragte, ob sie einen Schlüsseldienst bestellen solle.

Javier verlor langsam die Nerven. Er schwitzte, obwohl er starr vor Kälte war. Er gab die Frage von Doris an Leónidas Xart weiter.

»Ich war so frei, mich auf den Weg zu machen«, verkündete Xart, keuchend und abgehackt. »In nicht einmal zwanzig Minuten werde ich vor Ihrem Haus stehen. Ehrlich gesagt, ich glaube, Sie sollten so langsam Mónica benachrichtigen.«

»Mónica und ich haben diesbezüglich eine Entscheidung getroffen. Sie wissen schon. Wir glauben, dass mit der Schwangerschaft meiner …«

Doch seine Stimme klang wohl nicht sonderlich glaubwürdig, denn ihm schien, als würde Xart sich eines fast schon väterlichen Tonfalls befleißigen, als er ihn unterbrach: »Javier, jetzt hören Sie mir einmal gut zu. Versuchen Sie, sich zu beruhigen. Ich weiß schon, dass das alles nicht so einfach ist. Aber ich kann Ihnen versichern, dass es in dieser Situation besser ist, einen kühlen Kopf zu bewahren. Hören Sie mich?«

Javier bejahte.

»Gut. Rufen Sie sofort Mónica an. Ich fürchte, dass dies nicht der Moment ist, um an irgendwelchen Entscheidungen festzuhalten. Sagen Sie Ihrer Frau, dass Sie zu Ihnen kommen soll. Bitte, nehmen Sie meinen Rat an. Sie ist die Einzige, die dem Ganzen ein Ende bereiten kann, bevor noch etwas passiert, das wir dann womöglich alle bedauern.«

16

Als Mónica am Haus ankam, traf sie dort Xart sowie Doris, die sich mit Schlüssel und Schloss ein aussichtsloses Gefecht lieferte.

»Das Schloss hat sich verklemmt, Señora. Da geht gar nichts«, sagte sie und versuchte, das Eisenteil dazu zu bewegen, seinen Dienst zu tun. »Wir müssen einen Schlosser holen.«

Selbstverständlich war Mónicas erste Reaktion, Doris bei ihren tatkräftigen Bemühungen abzulösen. Doch Xart bedeutete ihr, das zu unterlassen, indem er autoritär die rechte Hand hob. »Gestatten Sie mir einen Versuch«, sagte er höflich. Dann stellte er seinen schweren Koffer auf den Boden und machte sich an der Tür zu schaffen. Doch Xart hatte nicht mehr Erfolg als die Kolumbianerin. Auch er sah sich außerstande, den Schlüssel umzudrehen.

»Genau so hatte ich es mir vorgestellt«, verkündete Xart, als hätte er gerade als Einziger ein Geheimnis begriffen. »Nun denn, meine Liebe. Versuchen Sie es jetzt.«

Nun ging Mónica in Position und drehte den Schlüssel fest um. Im Voraus hielt sie das Unterfangen für vergebliche Liebesmüh, und so war ihre Überraschung gewaltig, als sie spürte, wie der Schlüssel völlig problemlos nachgab. Der Einzige, der sich nicht wunderte, war Xart.

»Ist doch klar. Sie sind diejenige, die der Geist sehen will«, sagte der Mann, bevor er sich bei Doris für die verursachte Unannehmlichkeit entschuldigte und sie bat, wieder zu gehen. Er selbst betrat nach Mónica das Haus. Drinnen herrschte eine Eiseskälte wie nie zuvor.

»Ich habe große Angst«, gestand Mónica, als sie die Tür hinter sich und Xart schloss.

»Das verstehe ich, meine Liebe. Dabei sind Sie die Einzige, die mit gutem Grund glauben kann, dass sie hier willkommen ist.«

Sie fanden Javier am Fuß der Treppe. Mónica umarmte ihn sofort.

»Ist alles in Ordnung mit dir?«, wollte ihr Mann wissen.

»Das sollte ich dich fragen.«

»Die Tür ist plötzlich aufgegangen«, berichtete Javier.

»Klar. Derjenige, der sie blockiert hat, hat ja nun, was er wollte«, meinte Xart. »Oder zumindest zum Teil. Wollen wir mal sehen, was er Ihnen anbietet.« Der Parapsychologe ging entschlossen ins Wohnzimmer, dicht gefolgt von Mónica und Javier.

Im Wohnzimmer herrschten polarähnliche Temperaturverhältnisse. Sogar im Mantel war ihnen noch eiskalt. Xart öffnete seinen Koffer und fing an, einige Gegenstände auf dem Tisch auszubreiten: ein Aufnahmegerät, eine Kamera, einen Notizblock, einen Kugelschreiber sowie mehrere Kerzen in verschiedenen Größen.

»Machen Sie es sich bequem«, sagte er zu Javier und Mónica und deutete auf das Sofa. »Ich glaube, Sie werden sogleich einen ganz besonderen Besuch bekommen.«

Xart schloss zunächst das Aufnahmegerät an, außerdem klappte er ein Stativ auf, das er am anderen Ende des Wohnzimmers aufstellte. Darauf montierte er eine auffällig kleine Videokamera. Nach einigen Tests drückte er einen Knopf, und über dem Gerät ging ein kleines rotes Licht an.

»Alles, was heute hier passiert, wird für die Nachwelt festgehalten«, verkündete er zufrieden.

Dann zündete er ein Dutzend Kerzen an und verteilte sie auf die vier Zimmerecken. Er zog die Vorhänge beiseite, nicht nur damit man den Garten sah, sondern auch, um dem Geist die Möglichkeit zu geben, sich in den Fensterscheiben zu spiegeln. Eine Sekunde hielt er inne, um den Graben zu betrachten, den die Archäologen bei ihren Arbeiten im Garten aufgerissen hatten. Die dunkle Erde schillerte, als wäre sie erst kürzlich bewässert worden.

Die Vorbereitungen für die bevorstehende Sitzung waren noch nicht beendet, da flog auch schon der Fotoapparat, den Xart in der Hand hielt, durch die Luft, um an der nächsten Wand zu zerschellen.

Mónica schrie entsetzt auf und packte Javier am Arm.

»Geht in Ordnung«, versprach Xart laut und deutlich und blickte zur Zimmerdecke, »dann eben keine Fotos.«

Er positionierte sich mitten im Wohnzimmer, direkt hinter dem Sofa. Dann schloss er die Augen, atmete tief ein, so dass sich sein Brustkorb sichtbar wölbte, und stieß die Luft theatralisch wieder aus. Diesen Vorgang wiederholte er dreimal. Anschließend breitete er die Arme aus und hob wieder die Stimme: »Ich befehle dir, dich uns zu offenbaren!«

Er wartete einige Sekunden ab, doch als er feststellte, dass nichts geschah, wiederholte er die Aufforderung: »Ich befehle dir, dich auf der Stelle zu manifestieren!«

Es klopfte dreimal fest an der Wand.

»Gut.« Xart lächelte und senkte die Stimme, um dem Paar zu erklären: »Da ist er.«

Wieder mit lauter Stimme und in seinem hochtrabenden Ton sprach er weiter: »Hör mir gut zu, du körperloses Wesen, das du in diesen Wänden haust. Ich will dir eine Frage stellen. Ist die Antwort positiv, antworte mit einem Klopfen an die Wand. Ist sie negativ, mit zweien. Hast du mich verstanden?«

An der Wand ertönte ein Klopfen.

Mónica stieß einen weiteren Schrei aus. Auch Javier war völlig entsetzt und schloss sie noch fester in seine Arme.

»Wunderbar. Ich sehe, dass wir uns langsam verstehen«, erwiderte Xart. »Möchtest du mit uns sprechen?«
Ein weiterer fester Schlag ließ die Brandmauer beben.
»Fühlst du dich wohl?«
Zehn Sekunden verstrichen, bis eine neue Manifestation folgte: zwei Schläge.
Xart wirkte sehr zufrieden.
»Können wir etwas tun, damit du dich wohler fühlst?«
Erwartungsvolle Stille bemächtigte sich der Anwesenden.
Der Parapsychologe wiederholte seine Frage.
Keine Antwort. Nachdem er noch ein paar Sekunden abgewartet hatte und sich schon anschickte, eine andere Frage zu formulieren, riss Javiers Stimme Xart aus seiner Grübelei.
»Liebling, was ist mir dir?«
Mónicas Augen hatten sich nach oben verdreht, ihr Körper bebte unter leichten Zuckungen. Dieser Moment wich sogleich einer Phase, in der sie in einer Art halbbewusstem Zustand mit nicht ganz geschlossenen Augen plötzlich alles verzerrt wahrnahm, als sähe sie es zum ersten Mal. Javier hielt sie an den Schultern gepackt und redete völlig außer sich auf sie ein. Tränen standen ihm in den Augen, es war das blanke Entsetzen.
»Bitte, mein Schatz! Sag etwas!«
Mónica sah ihn kritisch an, als würde sie ihn nicht erkennen, dann stieß sie einen Laut aus, der irgendwo zwischen einem Schnurren und einem Grunzen lag.
»Was hast du, mein Herz? Ist dir nicht gut? Tut dir etwas weh?«, hakte er nach.
Xart hatte unterdessen zu Block und Kugelschreiber gegriffen. Gelassen bat er Javier, sich zu beruhigen. Er solle seine Lebensgefährtin ganz langsam loslassen und ihm gestatten, neben ihr Platz zu nehmen. Mónica gab unterdessen weiterhin diese seltsamen Laute von sich.

Javier gehorchte mit der Folgsamkeit eines Menschen, der sich von der Übermacht der Umstände überwältigt weiß. Hätte Xart ihn in diesem Augenblick gebeten, ihn leidenschaftlich zu küssen, so hätte er auch das ohne größeres Nachdenken getan. Der Parapsychologe beobachtete sehr aufmerksam alle Reaktionen Mónicas und setzte sich behutsam neben sie – als fürchtete er, eine Schlafende aufzuwecken. Zweifelsohne hielt sich Xart an seine Richtlinien, die Javier – und den meisten Sterblichen – völlig unbekannt waren. Mit äußerst langsamen Bewegungen ließ er den Block auf die Knie der Frau gleiten und steckte ihr den Kugelschreiber zwischen die Finger der rechten Hand.

»Sprich zu uns!«, befahl er, wobei er plötzlich so laut sprach, dass Javier zusammenzuckte.

Mónica blieb jedoch unerschütterlich sitzen, als wäre diese Situation für sie absolut nicht seltsam, als hätte sie keine Angst mehr. Jetzt waren ihre Augen fest geschlossen. Sie hielt den Kugelschreiber fest gepackt, und auf einmal begann ihre Hand auf dem Papier zu zittern. Xart wartete einen kurzen Augenblick ab, bevor er wiederholte: »Sprich zu uns, Wesen, das du in diesen Wänden haust!«

Mónicas Hand begann, etwas auf das Papier zu kritzeln. Die beiden Männer beobachteten perplex das Phänomen. Die junge Frau hatte inzwischen den Kopf in den Nacken gelegt und stützte sich auf die Sofalehne. Ihre Hand bewegte sich jedoch so lebhaft, als führte sie ein Eigenleben.

»Ist das die Handschrift Ihrer Frau?«, wollte Xart wissen, als er beobachtete, wie Mónica etwas schrieb.

Javier musste nicht groß hinsehen, um zu antworten: »Nein. Außerdem ist sie Linkshänderin.«

Mónica schrieb mit der rechten Hand. Die Botschaft war gut zu entziffern:

NOLI ME IUBERE![7]

»Was heißt das?«

»Das scheint Latein zu sein. Wäre ja auch logisch, wenn man bedenkt, was wir bereits wissen«, erwiderte Xart. »Kennen Sie jemanden, der Latein kann?«

Javier dachte sofort an Román, doch dann verwarf er diese Idee gleich wieder. Er wollte den Archäologen nicht noch mehr in sein Leben einbinden, sein Freund brachte sich auf eigene Kosten und Risiko schon viel zu sehr ein. Und er wollte nicht, dass er noch mehr mit seiner Partnerin zu tun hatte. Das waren Javiers Gedanken, als Mónicas Hand erneut zu zittern begann. Aus den Zuckungen gingen weitere Buchstaben hervor, die auf dem Papier Sinn ergaben. Dieses Mal war die Botschaft eindeutig. Sie bedeutete nicht nur, dass das Wesen, das über Mónicas Willen bestimmte, vieles über die hier Anwesenden wusste, sondern auch, dass ihm Javiers Wünsche wahrlich egal waren:

ROMÁN FERNÁNDEZ

»Ist Ihnen diese Person bekannt?«, fragte Xart und wartete Javiers zustimmendes Nicken gar nicht erst ab. »Rufen Sie ihn auf der Stelle an. Er wird uns eine große Hilfe sein.«

Javier ging aus dem Zimmer, um mit Román zu telefonieren. Er zog es vor, ihm den konkreten Anlass seines Anrufs nicht zu erklären. Er beließ es bei der Vorwarnung, dass er – falls er sich dafür entscheiden sollte, ihnen helfen zu wollen – in ihrem Haus mit etwas Verstörendem konfrontiert werden

7 Kommandier mich nicht herum!

könnte. Sein Freund willigte, gut gelaunt wie immer, in das rätselhafte Abenteuer ein, das ihm sein Freund gerade vorschlug. Unterdessen hörte Javier aus der Ferne, wie Xart mit seiner kräftigen Stimme eines Geisterbeschwörers die nächste Frage formulierte: »Wer bist du?«
Mónicas Hand setzte sich in Bewegung und schrieb dreizehn Buchstaben:

IULIA POMPONIA

»Bist du eine Frau?«, erkundigte sich der Parapsychologe mit ungläubigem Gesichtsausdruck.
Mónicas Hand schrieb drei Buchstaben:

SUM.[8]

Sie hatte dies kaum niedergeschrieben, als sie direkt darunter, größer, aber mit einer solchen Wut, dass schließlich sogar das Papier einriss, hinkritzelte:

FUI[9]

»Wann? Wann warst du eine Frau?«, fragte der Parapsychologe sofort nach.
Mónicas zwanghafte Bewegung der Hand ging wieder mit einem Schnurren und Grunzen einher. Auf dem Block erschien eine neuerliche Botschaft:

8 Ich bin.
9 Ich war.

IAM NOSTI.[10]

»Wir brauchen diesen Freund!«, rief Xart aus, der allmählich verzweifelte.
»In welchem Jahr bist du geboren?«
Es kam keine Antwort. Sie warteten einen Moment ab, doch nichts geschah. Leónidas Xart hielt es für angebracht, das Prozedere zu wiederholen.
»Seit wann bist du schon … tot?«
Die Hand zeigte nun keine weitere Bewegung. Mónica atmete so tief, als würde sie seit einiger Zeit schlafen. Nichts an ihr gab Anlass, um ihre Gesundheit oder ihr Wohlergehen zu fürchten. Xart seufzte und versuchte es mit einer anderen Frage.
»Gibt es etwas, das du uns gern mitteilen würdest?«
Nichts. Erwartungsvolle Stille. Xart versuchte, die Frage anders zu formulieren.
»War es ein … natürlicher Tod?«
Die Hand setzte sich wieder in Gang.

HORA NON ERAT.[11]

Xart machte einen Freudensatz – wie ein Ermittler, der plötzlich auf eine heiße Spur stößt. Nun geriet der Parapsychologe richtig in Fahrt: »Wer hat dich getötet?« Er betonte dabei das letzte Wort mit solchem Nachdruck und so laut, dass Javier eine Gänsehaut bekam.
Mónica verfiel in Zuckungen, und die Geschwindigkeit, mit

10 Das weißt du doch schon.
11 Meine Zeit war noch nicht gekommen.

der sie auf das Papier kritzelte, vervielfachte sich. Wieder taten ihre Finger das so gewalttätig, dass das Papier einriss. Die Botschaft war ebenso rätselhaft:

SEXTUS FURIUS LICINIUS SEXTUS FURIUS LICINIUS SEXTUS FURIUS LICINIUS SEXTUS FURIUS LICINIUS SEXTUS FURIUS LICINIUS

Xart runzelte die Stirn. Doch bevor er noch die nächste Frage stellen konnte, die sich aus der neuen Botschaft ableitete, läutete es. Javier ging zur Haustür. Die Befragung wurde unterdessen fortgesetzt.
»Ist das der Name deines Mörders?«
Eine weitere Seite des Blocks füllte sich mit Buchstaben:

OCCISOR OCCISOR OCCISOR OCCISOR OCCISOR OCCISOR

Javier versuchte, Román in den fünfzehn Sekunden vom Entree zum Wohnzimmer ins Bild zu setzen, doch ein Blick auf die Szenerie genügte. Románs Gesichtsausdruck verwandelte sich vollständig. Xart saß auf dem Sofa und sprach bedächtig zu Mónica. Anscheinend schlief sie fest, doch ihre rechte Hand schrieb etwas auf den Block: Ein ums andere Mal entstand das lateinische Wort. Román räumte sofort jegliche Zweifel aus.
»›Occisor‹ bedeutet ›Mörder‹.«
Xart schickte sich an, die andere Hand der Frau zu ergreifen, während er ihr beruhigende Worte zuflüsterte. In dem Moment hielt die Hand jäh inne. Und plötzlich setzte sie sich erneut in Bewegung, um mit größeren Buchstaben zu schreiben:

SISTE

Román übersetzte sogleich: »Hör auf damit!«

»Vielleicht stört sie ja der Kontakt zu Fremden«, gab Javier zu bedenken.

»Was hat das Ganze hier zu bedeuten?«, flüsterte der Archäologe verängstigt, doch niemand ging auf seine Frage ein. Román blickte verwirrt zum Garten, wo er meinte, über der dunklen Erdoberfläche, die bislang bei der archäologischen Grabung noch nicht entfernt worden war, einige kleinere Objekte zu sehen. Er konnte die Dinge von seinem Standort aus nicht sonderlich gut erkennen, aber auf die Ferne hielt er sie für Utensilien, Werkzeuge oder vielleicht auch ein Stück Keramik. Román kam alles äußerst seltsam vor, denn als die Archäologen ihre Arbeit unterbrochen hatten, waren diese Objekte noch nicht aufgetaucht. Sobald sich eine Gelegenheit böte, wollte er in den Garten gehen, um einen Blick darauf zu werfen.

Unterdessen machte Leónidas Xart allen Warnungen zum Trotz mit dem Prozedere weiter, das bis jetzt so gute Ergebnisse erbracht hatte.

»Willst du uns zeigen, wie man dich ermordet hat?«

Mónicas Hand schrieb ohne zu zögern:

VOLO[12]

Xart überging jegliche Einwände von Javier und auch Románs entsetzten Gesichtsausdruck. Der Parapsychologe war kaum aufzuhalten. Die Fortschritte waren für ihn ein ergreifender Moment, er war überwältigt von der umfassenden Bestäti-

12 Ich will

gung seiner Arbeit, in die er sein ganzes Leben investiert hatte – immer mit großer Überzeugung, jedoch bislang mit wenigen Beweisen.
Seine Stimme überschlug sich fast, als er brüllte: »Zeig uns, wie du ermordet wurdest, Iulia Pomponia!«
Mónicas Arm hielt inne. Xarts Gesichtszüge verzerrten sich. Er griff sich an die Kehle, als ob ihn plötzlich eine höhere Macht würgte. Dann stieß er einen dumpfen Klagelaut aus, einen Hilferuf. Die beiden Männer eilten herbei, doch alles, was nun passierte, ereignete sich zu schnell.
Xart schien die zwei Meter bis zum Fenster fast zu fliegen. Er stürzte gegen eine der Scheiben, die auf der Stelle zu Bruch ging. Einige Glasscherben fielen zu Boden, ein Stück blieb im oberen Fensterrahmen haften und hing gefährlich im Nichts. Das letzte Bild, das sich in die Netzhaut des entsetzten Parapsychologen brannte, zeigte ihm eineinhalb Meter über seiner Kehle ein Glasstück, das groß genug war, um die Effizienz einer Guillotine zu haben.
Als es sich aus dem Rahmen löste, schienen Xart die Augen aus den Höhlen zu treten. Das Glasstück landete einen Volltreffer, dann zersprang es auf dem Boden in tausend Splitter. Ein sauberer Schnitt hatte Xarts Kopf abgetrennt.

17

Zeig uns, wie du ermordet wurdest, Iulia Pomponia!«, hörte Mónica in einer anderen Welt.
Sie wusste sehr wohl, woher diese Stimme kam und was sie zu bedeuten hatte, aber seltsamerweise hatte sich nun ihre

Wahrnehmung verändert, auch ihre Sorgen hatten kaum noch Bedeutung: Javiers Probleme mit seiner Ex-Frau, die kuriosen Vorgänge, die sich in ihrem Haus abspielten, ihre Schwangerschaft, die sich gut entwickelte, und auch jedes andere Ereignis, das mit ihrem Leben zu tun hatte, standen in ihrem Bewusstsein nun an zweiter Stelle.
Sie hörte sich selbst, ihr aufgeregtes Atmen, aber sie hatte mit einem Mal das Gefühl, sich an einem anderen Ort aufzuhalten. Und so war es auch, wie sie feststellen musste, als sie die Augen öffnete und sich umsah.
Der Raum, in dem sie sich befand, war viel größer als ihr Wohnzimmer. Der Ausgang führte zu einem Garten, der ländlicher und bewachsener war als der ihre, und außerdem verlief gegenüber eine gepflasterte Straße. Der Boden des Zimmers war größtenteils mit einem Mosaik aus geometrischen Mustern bedeckt, das sich aus unendlich vielen kleinen weißen und schwarzen Steinchen zusammensetzte und im hinteren Bereich endete. Dort standen mehrere Steinsarkophage, halbfertige Sockel für Skulpturen, Grabmäler sowie diverse Büsten von Personen, die ihr aus irgendeinem merkwürdigen Grund nicht völlig fremd vorkamen.
Das Objekt, das sich für Mónica am meisten von den vielen anderen abhob, war eine lebensgroße Marmorstatue der Venus, der römischen Göttin der Liebe. Die Haltung, in der sie dargestellt war, wurde als »sittsam« bezeichnet und war unmittelbar von einem Meisterwerk des griechischen Bildhauers Praxiteles beeinflusst – man hatte sie bis zum Überdruss in der Epoche der Klassik kopiert. Die Göttin war nackt, als wäre sie gerade dem Wasser entstiegen. Sie trug das Haar oben am Kopf zusammengehalten, wobei sich allerdings einige Strähnen gelöst hatten, die ihr nun über den Nacken fie-

len. Sie bedeckte mit einer Hand die Schamgegend, mit der anderen versuchte sie, auch ihre Brüste zu verbergen. Sie war leicht nach vorn geneigt, und zu ihren Füßen ruhte ein Delphin. Das Tier symbolisierte häufig ihre Herkunft aus dem Wasser. Es richtete sich in einer unnatürlichen Haltung auf, mit den Schwanzflossen nach oben. Auf der anderen Seite war ein detailreicher Wasserkrug zu sehen, auf dem ein Tuch lag, das nur darauf zu warten schien, von Venus benutzt zu werden, um ihre Blöße zu bedecken.
Die Schönheit der Statue ließ Mónica einige Sekunden innehalten, um sie eingehender zu betrachten. Nicht wie jemand, der in einem Museum ein Kunstwerk bewundert, mit der Ungerührtheit und Distanz, die das Vergehen der Zeit und das fehlende Wissen auferlegen, sondern eher mit einem fast familiären Stolz, als hätte sie einen innigen Bezug zu diesem Werk. Ohne bestimmen zu können, welche rätselhaften Bande zwischen ihr und dieser nackten Marmorfrau bestanden, setzte Mónica ihre Erkundung fort: Überall sah sie Meißel, Schlageisen, Stichel, Raspeln und andere Werkzeuge, wie sie Steinmetze und Bildhauer verwenden.
In einer Ecke entdeckte sie einen Tonkrug, der mit einem Lappen zugedeckt war – vermutlich sollte sein Inhalt den Durst der Künstler bei der Arbeit stillen. Auf einem der Tische befanden sich zwei große rechteckige Fragmente aus dickem bläulichem Glas, eher undurchsichtig als durchscheinend, und darin – für immer gefangen – kleine, etwas dunklere Fremdkörper. Mónica spürte, dass sie für den Besitzer der Werkstatt große Zuneigung empfand. Plötzlich wusste sie auch, dass sie fähig wäre, für diesen Menschen ihr Leben zu geben, obwohl ihre Zuneigung nicht der Leidenschaft eines Liebespaares entsprach. Sie erlebte diese Zuneigung eher als ein heiteres, gefestigtes Gefühl, das weniger den Proble-

men des Zusammenlebens oder der Vergänglichkeit der Zeit unterworfen war.

Diese Wahrnehmung ergab sich nicht aus dem, was sie sah. Es war vielmehr etwas in ihr selbst, das ihr diese Empfindung zugestand, als besäße sie für eine Weile das Privileg, die Gefühle einer anderen Person zu spüren, eine Existenz zu leben, die nicht ihre eigene war.

Die Werkstatt war leer. Der Besitzer und seine Arbeiter hatten sie wohl in Eile verlassen, um sich um etwas Dringliches zu kümmern.

Mónica ging hinaus, wo ihr die großen, glänzenden grauen Pflastersteine der Straße auffielen, auf der jedoch niemand unterwegs war. Neben der Tür bemerkte sie allerdings einen gutaussehenden jungen Mann und ein Mädchen, die sie mit einem Lächeln ansahen. Aufgrund des Lichts und der langen Schatten nahm sie an, dass die Sonne gerade aufgegangen sein musste und dass es für ein regeres Leben in der Stadt noch zu früh war. Da sie mit den beiden Unbekannten kein Gespräch beginnen wollte, ging sie den gleichen Weg wieder zurück. Plötzlich fiel ihr die Treppe auf, die ins Obergeschoss führte. Der untere Treppenabsatz war aus Stein, die Treppe selbst aus dunklem Holz. Von Neugier getrieben stieg sie hinauf. Oben fand sie zwei äußerst verschiedene Räume vor: Der erste schien ein Wohnraum zu sein. Es standen einige Liegen herum, eine Tischplatte, die von mit Löwenfiguren geschmückten Steinpfeilern gestützt wurde, und eine Art Anrichte mit Tontellern in unterschiedlichen Größen. Im Zimmer dahinter, dessen Fenster auf den Hof hinausging, fanden sich zwei Betten, die nebeneinander standen und durch ein kleines Möbelstück getrennt waren, auf dem verschiedene Toilettenartikel lagen. Mónica blieb einen Moment stehen, um die Schönheit der kleinen Fläschchen zu würdigen. Auf einer Seite standen drei relativ kleine Fläschchen, auf der anderen Seite waren größere bauchige Tiegel aufgereiht. Sie hob von einem den blauen Glasdeckel hoch, um an seinem Inhalt zu riechen: Ein süßer Duft, den sie nicht kannte – es war Myrrhe –, stieg ihr in die Nase. Sie setzte ihre Erkundung fort und entdeckte einige Haarnadeln auf einem ovalen Teller sowie einen Ring, in den ein blauer Stein eingearbeitet war. Sie sah auch zwei einfache Öllampen aus gebranntem Ton. Eine zeigte einen doppelgesichtigen Janus, den Gott der Tore und Türen und des Übergangs von einer in eine andere Welt, der seit uralten Zeiten über Anfang und Ende wachte. Auf der anderen war eine männliche untersetzte Figur zu erkennen, die einen riesigen erigierten Phallus zur Schau stellte. Etwas weiter fand sich ein runder Bronzespiegel mit einem langen, stilisierten Griff. Mónica nahm ihn in die Hand und betrachtete darin ihr Abbild in dem Metallrahmen. Sie erkannte ihre Gesichtszüge nicht wieder, doch das lag nicht nur an dem unvollkommenen Spiegel. In der Tat war das Gesicht nicht das ihre, sondern es glich eher dem ihr bereits vertrauten Gesichtsausdruck des Statuenkopfes, der in ihrem Garten aufgetaucht war – in jenem Leben, aus dem jetzt nur gedämpfte Geräusche wie Meeresrauschen zu ihr drangen. All das erschien ihr völlig unsinnig, und so betrachtete sie das Gesicht erneut und fand sich mit der Verblüffung ab, die mit ihrer plötzlichen Veränderung zu einer anderen Frau einherging. Eine Frau, die weitaus schöner und jünger war als sie und deren Leben sie nun – ohne zu wissen, warum – einen Besuch abstattete.

Mónica sah aufmerksam an sich hinunter: Sie trug eine kurze Tunika, die an der Schulter durch eine Spange in Delphinform gehalten wurde, und an den Knöcheln geknotete Ledersandalen. Sie entdeckte einen leeren Korb und wusste, dass dort bis zu diesem Tag vier Puppen aus einem harten weißen Material gelegen hatten. Sie erinnerte sich an deren Gewänder – sie ähnelten den ihren – und an ihr breites Lächeln in strahlendem Rot, das nur von etwas stammen konnte, das tatsächlich existiert hat. Sie würde sie nie mehr in Händen halten, sagte sie sich, und wunderte sich sogleich über diesen Einfall.

Da hörte sie unten ein Geräusch, und von dem Bedürfnis getrieben, eine Nachricht von einem geliebten Wesen zu erhalten, sprang sie sofort auf. Sie hastete die Treppe hinunter, um dann allerdings festzustellen, dass nicht die Person hereingekommen war, die sie erwartet hatte. An seinem Gang glaubte sie den Militärtribun zu erkennen, einen der mächtigsten Männer der Stadt, und ihre Augen bestätigten ihre Befürchtungen: Ihn wünschte sie wahrlich nicht zu sehen, weder jetzt noch später, und schon gar nicht in Abwesenheit des Bildhauers. Auch wenn sie den Grund dafür nicht kannte, spürte Mónica mit aller Intensität den Widerwillen und die Furcht, die dieser Besucher bei ihr auslöste, der sich mit der Ungeniertheit eines Mannes benahm, der gerade sein eigenes Territorium betreten hat.

Der Militärtribun wirkte vorzeitig gealtert, ungeschlacht und wie ein Despot. Er hinkte auffällig mit dem rechten Bein, so dass er beim Gehen von einer Seite zur anderen schwankte. Einen Moment lang fürchtete Mónica, dass er mit einem Blick die Veränderung bemerken könnte, die mit ihr geschehen war, und sie fürchtete, dass er sie dabei erwischte, wie sie etwas beobachtete, das sie nichts anging. Doch nichts dergleichen geschah. Der Soldat beschränkte sich auf die Frage, ob ihr Vater zu Hause sei, und interessierte sich für den Fortgang der Arbeit, die er in Auftrag gegeben hatte. Er deutete auf die Venus, die zwischen den übrigen Stücken hervorstach, und schien mit Verdruss zu bemerken, dass sie noch nicht vollendet war.

Mónica antwortete nicht oder war sich dessen nicht bewusst. Der alte Tribun sah zu der Statue und betrachtete ihre künstlerische Perfektion, wobei er bedächtig nickte. Man hätte meinen können, er würde etwas von dem Handwerk verstehen, doch Mónica wusste, dass dies nicht der Fall war, dass allcin scinc Habsucht sein Verhalten bestimmte. Der Bildhauer hatte oft genug davor gewarnt. Nur: Die Habsucht dieses Mannes beschränkte sich nicht auf Kunstwerke. Mit einem Mal fühlte sie sich weit weg von den Geschehnissen – wie ein überflüssiges Element, das jemand dort vergessen hat. Die nächste Bewegung des Mannes bereitete diesem Gefühl ein jähes Ende, denn plötzlich bezog er sie gegen ihren Willen in die Szene ein: Er packte sie am Arm und schleifte sie unter die Statue. Er stellte ihr eine Frage, die sie nicht begriff (seine Worte gelangten so verzerrt zu ihr wie die Stimmen von außerhalb, aus dem Leben der realen Mónica). Dabei hielt er sie mit der Kraft eines jeden seiner Finger am Arm gepackt, bis es ihr wehtat.

Der Mann trieb sie in eine Ecke und stieß sie ohne große Schwierigkeiten zu Boden. Dabei kippte der Krug mit dem Wasser um, und der Boden wurde klitschnass. In seinen Augen stand der Wahnsinn, und sein Atem stank ekelerregend. Er war völlig außer sich. Am Hals traten ihm die Adern hervor, und als er losbrüllte, verzog sich sein Mund zu einer hässlichen Grimasse. Unter seinem spärlichen Haar glänzten die Schweißperlen. Der Mann war zum reinsten Monster mutiert. Sobald sie am Boden lag, versuchte er, sie zu erdrosseln. Dann schien ihm etwas einzufallen. Er stieß ein weiteres, noch rabiateres Zornesgeheul aus. Dann fasste er mit einer Hand in Richtung Werkbank, wo die Werkzeuge lagen, und schaffte es, nach einem zu greifen: ein großes, rostiges Zahneisen, das er einen Augenblick eingehend betrachtete, während er mit der anderen Hand die Tunika des Mädchens nach oben schob. Der Militär sagte ein paar Worte zu ihr, die sie nicht begriff, wobei er mit seiner verderbten Tat fortfuhr. Mit einer Hand drückte er sein Opfer an der Kehle zu Boden; mit der anderen öffnete er ihr die Schenkel, indem er mit dem rostigen Werkzeug zustieß.

Unterdessen überlagerten sich in Mónicas Gedanken zwei Stimmen, die bei ihr das gleiche Entsetzen auslösten. Einerseits war da ihre eigene Stimme, die gleichzeitig Bestandteil dieser Szene und doch irgendwie fern war. Andererseits gab es da noch eine junge Stimme. Zu deren Todesangst gesellte sich Verwunderung, als sie ungläubig die menschliche Natur in ihrer übelsten Ausprägung kennenlernte – einen Augenblick vor ihrer Bekanntschaft mit Charon, dem Fährmann in die Unterwelt.

Selbst der Schmerz aufgrund des Hiebs und der Sorge stellte sich gedämpft ein. Als der Mann das Zahneisen in die Vagina des Mädchens stieß, konnte sie den herzzerreißenden Schmerzensschrei des Opfers hören, obwohl ihre Kehle noch immer von dem Gewicht der gewaltigen Pranke zugedrückt wurde. Bei vollem Bewusstsein spürte sie, wie ihr die Luft wegblieb, den Mangel an Sauerstoff, das nahe Ende, die Verzweiflung, noch am Leben zu sein, die letzten Sekunden ihres eigenen Lebens.

Sie versuchte zu schreien, brachte aber nur einen hohlen Laut hervor, der sich den Schreien ihres Angreifers entgegensetzte, der in diesem Moment völlig außer sich brüllte: »Mit mir oder mit keinem, Iulia Pomponia! Mit mir oder mit keinem!«

Sie fühlte, wie sie unter dem schweren Joch, das sie gefangen hielt, um sich trat, sie fühlte, wie ihr die Kräfte langsam schwanden. Mit ihrem letzten Atemzug öffnete sie die Augen und sah, wie der Militärtribun nun eine der Glasscherben, die er zuvor auf der Werkbank gefunden hatte, gegen ihre Kehle richtete. Sie versuchte ausweichen, sie flehte ihn an, das nicht zu tun, sich ihrer zu erbarmen und die Würde dieses letzten Augenblicks zu wahren. Sie wollte ihm sagen, dass ein unwürdiger Tod wie dieser sie bis in alle Ewigkeit verdammen würde. Sie erkannte jedoch, dass ihr Angreifer keine Bereitschaft zum Verhandeln zeigte, und zwar weder mit ihr noch mit jemand anderem, und dass er auch nicht ihr Flehen erhören würde: Dies war ein Racheakt. Nicht gegen sie, sondern gegen denjenigen, der dem Militärtribun im Hinblick auf sein eigenes Wohlergehen das verweigerte, was dieser am meisten begehrte.

In nur wenigen Sekunden begriff sie, dass die Befürchtungen des Bildhauers begründet waren und dass nichts dieses schreckliche Ende abzuwenden vermochte. Ebenso wenig bestand die Möglichkeit, sich von der Zeit zu befreien, die ihr unglückseliger Geist nun in diesem unbestimmten Terrain, das das Leben vom Tod trennte, umherirren musste, bis ein Nachfahre das Unheil, das ihr Angreifer nun gleich anrichten würde, sühnte. Charon würde warten müssen. Nicht hundert Jahre, wie denjenigen, die ihre letzte Reise über den Styx nicht bezahlen können, sondern womöglich erheblich länger. Und dieser Gedanke ließ sie völlig verzweifeln.

Die Worte fanden nun nicht mehr die Kraft, um aus ihrer erschöpften Kehle zu dringen, doch selbst wenn es ihnen gelungen wäre, so hätte die Zeit nicht gereicht, um das tragische Ende abzuwenden.

Der alte Militärtribun hieb von Zorn überwältigt mit dem ungeschliffenen Glas als Klinge auf den Hals seines Opfers ein.

Mónica spürte, wie sich ihr Kopf drehte, abgetrennt vom übrigen Körper. Sie sah, wie der Boden mit ihrem Blut befleckt wurde, und wünschte, dass dieser Schmutz sich nie lösen ließe – das war ihr letzter Wille nach ihrem kurzen Aufenthalt auf Erden. Sie schaffte es noch, einen Blick auf den Militärtribun zu erhaschen, als sich dieser mit größter Mühe vom Boden erhob. Bevor er wegging, brachte er noch seine Kleidung in Ordnung. Dann blieb er kurz neben der Leiche seines Opfers stehen. Dabei sah er nicht einmal das wunderschöne sechzehnjährige Mädchen, das er soeben mit einem Werkzeug vergewaltigt und mit einer Glasscherbe enthauptet hatte. Er sah nur den Höhepunkt seiner ersehnten Rache.

In dem Moment vernahm Mónica aus ihrer anderen Existenz, die ihr schon nicht mehr realer als die andere erschien, die Stimme von Javier.

»Mein Gott, das kann nicht sein«, rief er.

Auch meinte sie – allerdings aus weiter Ferne – die Stimme von Román Fernández zu hören.

Sie beobachtete aufmerksam die Szene vor ihren Augen, die immer noch nicht zum Abschluss gekommen war, wenngleich sie sie jetzt von außen betrachtete – wie die Zuschauerin eines Theaterstücks.

Sie sah, wie der skrupellose Mörder befriedigt grinste und über die verstümmelte Leiche trat, um den Kopf an den zusammengebundenen Haaren zu packen. Sie fand es seltsam, dass er es vermied, ihr in die Augen zu sehen. Aber womöglich empfinden sogar Monster eine Scheu, dem Tod ins Antlitz zu blicken.

Sie sah, wie der Mann mit dieser makabren Trophäe in der Hand einen letzten verächtlichen Blick auf die Venusstatue warf und dann hinkend die Werkstatt verließ. Er mischte sich unter die Leute, die mittlerweile mit ihrem hektischen Treiben die Straßen der Stadt bevölkerten, und verschwand hinter der nächsten Ecke. Niemand fragte sich, wohin er wohl den unter seiner Kleidung halb versteckten Kopf bringen mochte.

In dem Moment öffnete Mónica die Augen, als würde sie aus einer Trance erwachen, um wieder in ihr normales Leben zurückzukehren. Auf ihren Knien entdeckte sie den Notizblock mit den Seiten voller Buchstaben, die sie nicht begriff. Hinter ihr betrachteten Javier und Román aschfahl die enthauptete Leiche von Leónidas Xart.

»Hat die Kamera das alles aufgezeichnet?«, fragte Román.

Javier warf einen Blick auf das Gerät, bevor er die Frage bejahte.

»Zum Glück. Dann sind wir ja gerettet.«

ZWISCHENSPIEL

BESTANDSVERZEICHNIS DER FUNDE

Funde der Ausgrabung, die in der Calle de la Paz 26 unter der Leitung von Román Fernández durchgeführt wurde. Die vorliegende Aufstellung wurde in der Zeitschrift *Laietania* veröffentlicht.

1. Kopf einer Statue
Weißer, feinkörniger Marmor aus Luni-Carrara (Italien)
Höhe: 25 cm
Datierung: 1. Jahrhundert v. Chr. – augusteische Epoche
MCM[13]: 89 101

Statue der Göttin Venus, inspiriert durch die Aphrodite von Knidos des Praxiteles (360 v. Chr.), im Stil einer Venus Capitolina ausgestaltet.
Bestandteil der Sammlung einer Steinmetzwerkstatt, die bei dieser Ausgrabung gefunden wurde.
(Siehe Anmerkung zu Objekt 2)

13 Inventarnummer des Museums von Mataró.

2. Detail der Statue. Delphin
Weißer, feinkörniger Marmor aus Luni-Carrara (Italien)
Höhe: 48 cm
Datierung: 1. Jahrhundert v.Chr. – augusteische Epoche
MCM: 89 102

Typisches Schmuckdetail im Bildkanon, der im Zusammenhang mit der römischen Liebesgöttin Venus häufig Verwendung findet, um ihre Herkunft aus dem Meer zu versinnbildlichen. Der klassischen Mythologie zufolge, die uns durch die Erzählung *Theogonie* von Hesiod bekannt ist, wurde Aphrodite aus dem Schaum vor der Insel Paphos (dem heutigen Zypern) geboren, nachdem Kronos die Geschlechtsteile seines Vaters Uranos ins Meer geworfen hatte.
Dieses Artefakt war Bestandteil der Statue Venus-Aphrodite, zu der auch der Kopf unter dem Eintrag 1 gehört.

3. Gefäß aus afrikanischer Terra Sigillata
Keramik
Typus A
Höhe: 5,6 cm; Durchmesser oberer Rand: 10 cm; Durchmesser Basis: 4,5 cm
Datierung: 1. Jahrhundert v.Chr. – augusteische Epoche
MCM: 89 103

Das Bodeninnere trägt folgenden Manufakturstempel: L. ALFIUS GALLUS.
Dekor: Doppelte Wellenlinie unterhalb des Randes von bemerkenswerter Qualität.

Es besteht die Möglichkeit, dass dieses Artefakt aus einem Atelier unweit von Rom stammt, wo ähnliche Arbeiten mit demselben Stempel gefunden wurden. Das beträchtliche Menge von italischer Terra Sigillata aus Arezzo, die bei verschiedenen Ausgrabungen in diesem Areal entdeckt wurde, zeigt die engen Handelsbeziehungen, die Iluro und Umgebung mit Kaufleuten von der italienischen Halbinsel von der augusteischen Epoche bis zum Ende der Regierungszeit Neros unterhalten haben mussten – ein Beweis für die enorme wirtschaftliche Bedeutung dieses Gebiets zu dieser Zeit. Wir wissen, dass diese Art Keramik, deren Qualität bereits von Plinius dem Älteren in seiner *Naturgeschichte* (Buch XXXV) und von Martial in seinen *Epigrammen* gelobt wurde, im Lauf des 1. Jahrhunderts nicht mehr hergestellt wurde.

4. Einfacher römischer Tonkrug
Keramik
Höhe: 20,7 cm; Durchmesser oberer Rand: 12,8 cm; Durchmesser Basis: 8 cm
Datierung: 1. Jahrhundert v. Chr.
MCM: 89 104

Übersetzung der Gravur am Griff: »Ich gehöre Pomponia Caecilia Attica«.

Pomponia Caecilia Attica (51 v. Chr. – ?) war die Tochter des Titus Pomponius Atticus (110 v. Chr. – 32 v. Chr.), des besten Freundes Ciceros, für den er seine berühmte Abhandlung *De amicitia* schrieb und mit dem er eine rege Korrespondenz[14] unterhielt. In einem dieser Briefe schreibt Cicero: »Es erfüllt mich mit Freude, dass Dir Deine Tochter bereits in Rom zu solcher Freude gereichte, und auch wenn ich sie noch nie gesehen habe, so liebe ich sie und bin mir sicher, dass sie dies auch verdient hat.«

Pomponia Caecilia heiratete Agrippa, den Freund und Feldherrn von Kaiser Augustus, im Jahr 37 vor Christus; sie hatte mit ihm eine Tochter, Vipsania Agrippina. Einige Jahre später ließ sie sich jedoch von ihm scheiden (vor dem Jahr 28 v. Chr.), als Kaiser Augustus die Eheschließung von Agrippa und seiner Tochter Iulia anordnete, die gerade Witwe geworden war und von der er sich Nachfahren erhoffte, um den Thron für sein Gens zu bewahren. Von Pomponia Caecilia ist von da an nur wenig bekannt, außer dass sie die Schwiegermutter von Tiberius sowie von Gaius Asinius Gallus und die Großmutter von Drusus Iulius Caesar war.

Man weiß sehr wenig über ihr Leben, weder das exakte Jahr ihrer Scheidung noch, ob sie sich wieder verheiratet hat. Auch ihr Todesjahr und Todesort sind unbekannt. Dieses Artefakt könnte das Rätsel ihrer Person etwas erhellen, wenngleich Beziehungen ihrerseits zum fernen Rom unwahrscheinlich sind, auch wenn Iluro damals ein bedeutendes Zentrum war. Es lässt sich kaum bestimmen, wie ein Objekt, das als ihr Eigentum gekennzeichnet ist, bis hierher gelangen konnte.

14 Deutsche Übersetzung veröffentlicht als *Briefe an Atticus*.

5. Öllampe
Keramik
Höhe: 3 cm; Länge: 9,8 cm; Breite: 7,2 cm; Durchmesser Basis: 4,2 cm
Datierung: 1. Jahrhundert v. Chr. – augusteische Epoche
MCM: 89 105

Verziert mit einem Bild des aufrecht stehenden Priapos, der – der römischen Mythologie zufolge – einer der weniger bedeutenden Söhne der Göttin Venus ist und über eine nie zu befriedigende Wollust verfügt. Das Objekt scheint von der italienischen Halbinsel zu stammen, wo Öllampen im römischen Alltag häufig Verwendung fanden. Sie wurden in großer Zahl und mit verschiedenen Schmuckmotiven hergestellt.

6. Salbentiegel
Glas
Höhe: 7 cm; Durchmesser oberer Rand: 2 cm; Durchmesser Basis: 3,2 cm
Datierung: 1. Jahrhundert v. Chr.
MCM: 89 106

Bestandteil des weiblichen Toilettentischs.
Anders als in anderen Ausgrabungsstätten wurden in Iluro nur sehr wenige Objekte aus Glas aus der Römerzeit gefunden. Die Römer verwendeten viel Zeit für ihre persönliche Pflege und verfügten über eine breite Vielfalt an Kosmetikprodukten. Dennoch sind verschiedene Werkstätten in Iluro bekannt, in denen Glasartikel hergestellt wurden; eine davon befand sich an der heutigen

Plaça Beat Salvador, also knapp hundert Meter von der Fundstelle dieses Objekts entfernt.

7. Zahneisen
Bronze
Länge: 21,8 cm; Breite: 0,7 cm
Datierung: 1. Jahrhundert v. Chr.
MCM: 89 107

Werkzeug von einem Steinmetz oder Bildhauer, das für feine Gravuren eingesetzt wurde. Es wurde zur Bearbeitung der Oberfläche verwendet, die danach einen Feinschliff erfuhr. Es handelt sich dabei um eine neue Technik, die von griechischen Bildhauern in einer späteren Epoche eingeführt wurde, und die John Boardman zufolge mehrere Jahrhunderte lang unverändert erhalten blieb. Dieses Objekt muss mit einem Holzheft versehen gewesen sein, das jedoch verloren gegangen ist.

8. Meißel
Bronze
Länge: 21,9 cm; Breite: 0,8 cm
Datierung: 1. Jahrhundert v. Chr.
MCM: 89 108

Steinmetz-Werkzeug, das verwendet wurde, um die gröbsten Teile vom Stein zu entfernen, der skulptiert werden sollte. Das Werkzeug wurde in Verbindung mit anderen Objekten benutzt, vor allem mit dem Steinmetz-Knüpfel, der meistens aus Buchsbaum bestand.

9. Pfriem
Bronze
Durchmesser: 1,3 cm; Länge: 22 cm
Datierung: 1. Jahrhundert v. Chr.
MCM: 89 109

Werkzeug eines Steinhauers, das bei Arbeiten auf weichem Stein zum Einsatz kam und mit einem Holzheft versehen gewesen sein muss. Es wurde zusammen mit dem Kratzmeißel verwendet, um aus dem Steinblock gezielt größere Teile zu lösen.

10. Spiegel
Bronze
Durchmesser: 12,5 cm; Länge: 18 cm; Höhe: 0,7 cm
Datierung: 1. Jahrhundert v. Chr.
MCM: 89 110

Sowohl das Material als auch das Dekor dieses Objekts (Reliefs mit Pflanzenmotiven) beweisen seine bescheidene Herkunft im Vergleich mit luxuriöseren Objekten aus Silber oder Gold.

DRITTER TEIL

PAX ROMANA
14 V. CHR. ODER 739 JAHRE NACH DER GRÜNDUNG ROMS

Die erzürnte Seele stieg mit sterblichem Gestöhn hinab
und flüchtete sich in die Schatten der Unterwelt.

Vergil, *Aeneis*

1

Und an der Küste liegen die Pflanzstadt Barcino mit dem Beinamen Faventia, die Städte mit römischem Bürgerrecht Baetulo und Iluro, der Fluss Arno, Blandae, der Fluss Alba …

Plinius der Ältere, *Naturgeschichte*

Seit Gnaeus Pomponius Priscus an der Küstenlinie Emporion ausgemacht hatte, spürte er die innere Unruhe eines Mannes, dem ein seit langem erwartetes Ereignis bevorstand. Er hatte über zehn Tage fern der Heimat verbracht, eine Spanne, die ihn zu anderen Zeiten seines Lebens nicht belastet hatte, die sich diesmal jedoch unendlich hingezogen hatte. Bevor er Vater geworden war, hatte er aus vollem Halse über derartige Gefühle gelacht und behauptet, dass er nie und nimmer derart verzagen würde, nur weil er eine Weile getrennt von einem anderen Menschen verbringen musste.

Auch wenn für Pomponius Priscus – wie alle wussten, die ihn kannten – seine Tochter Iulia sein wertvollstes Gut war, so konnte er sich selbst seine Schwäche kaum eingestehen. War er fern von ihr, dachte er nur an seine Heimkehr, um wieder an ihrer Seite zu sein. Und jetzt, da er sich der Küste vor Iluro näherte, verfluchte er seine Entscheidung, die Ruderer zu entlassen und den kräftigen, günstigen Wind zu nutzen, der seine innere Unruhe jedoch längst nicht lindern konnte.

Während er die warme, von Wolken verdeckte Sonne genoss – der März neigte sich dem Ende zu und der gerade beginnende

Frühling war schon zu spüren –, konnte er nicht umhin, sich an das erste Mal zu erinnern, als er diesen Weg genommen hatte. Damals reiste er in weitaus angenehmerer Gesellschaft – seine junge, frisch angetraute Gattin Fulvia Lucula begleitete ihn, schwanger mit ihrem ersten Kind. Doch auch damals fühlte er sich niedergedrückt durch eine Last, die er mit niemandem teilen konnte, und am wenigsten mit ihr: die Unsicherheit, das Befremden und die Furcht, die ein Land bei ihm auslöste, von dem er überhaupt nichts wusste.

»Meinst du, dass ich in der Lage sein werde, mich ins Leben einer Kleinstadt zu fügen, die so weit von Rom entfernt liegt?«, hatte er sie gefragt, wobei er das gleiche Meer betrachtete, das seine Augen auch jetzt sahen.

Fulvia lachte und ergriff seine Hände. Ihr Ausdruck war so liebreizend, dass seine Ängste fast verscheucht wurden.

»Aber selbstverständlich! Woher kommt dieser plötzliche Zweifel? Du wirst mit Erstaunen feststellen, wie gut es sich ohne diesen infernalischen Lärm in Rom schlafen lässt. Außerdem bin ich mir sicher, dass du kein Talent zu einem ruhigen Leben hast. Weder in Rom noch sonst wo. Bestimmt wirst du sofort hundert Dinge finden, die du tun willst.«

Eigentlich kaschierte seine Frage eine Traurigkeit, die ihm bis dahin unbekannt gewesen war: sich von Rom mit der Vorstellung zu entfernen, nur ein paar Male im Jahr als Besucher zurückzukehren. Er musste einfach diese Stadt als einen weiteren der vielen Orte betrachten, in die er so oft reiste, und nicht als sein Zuhause, doch diese Idee schien ihm noch unerträglicher – trotz Fulvias scherzhafter Worte: »Ach komm, Gnaeus, Rom bleibt, wo es ist, und du wirst einen Rückweg zu finden wissen!«

Alles, was ihm von Iluro bekannt war, beschränkte sich auf das, was Fulvia ihm erzählt hatte. Ihre Eltern waren hier ge-

boren, hatten sich jedoch aus ihr unbekannten Gründen gezwungen gesehen, diesen Ort zu verlassen, um in die Hauptstadt des Reiches umzusiedeln. Nur die jüngere Schwester ihres Vaters, Statia Lucula, war ihren Wurzeln treu geblieben. Dank dieses Umstands und auch auf Betreiben ihres tüchtigen Sklaven Telephus, der sich vor ihnen auf die Reise gemacht hatte, würde sie jemand bei ihrer Ankunft erwarten. Und sie waren sich sicher, dass Statia nicht zögern würde, mit ihnen ihr Brot zu teilen und ihnen notfalls auszuhelfen, bis sie sich zur Gänze selbst häuslich eingerichtet hatten.
In all den Jahren ihres Aufenthalts in der Ferne hatten die Eltern seiner Gattin das Andenken an ihre Heimat so lebendig aufrechterhalten, dass es ihnen schließlich gelang, in ihrer Tochter den Wunsch zu wecken, an einen Ort zurückzukehren, den sie eigentlich nur aus den Erzählungen kannte, denn schließlich war sie in Rom geboren und aufgewachsen. Somit sprach Fulvia mit Begeisterung von etwas, das sie nie gesehen hatte, aber das ihr dennoch vertraut war: die Nähe zum Meer, das Wohlwollen der Götter, die ihnen Wasser und Sonne im Überfluss schenkten, und der Fleiß, mit dem die Menschen ihren Boden bestellten, der ihnen Wein und Brot in Hülle und Fülle lieferte. Außerdem rühmte sie auch die Ruhe eines Ortes fern von Lärm und Getöse, die – wie Fulvia fand – in Rom ohne Unterlass herrschten, »einer Stadt, in der sich nur Verrückte länger aufhalten wollen«.
Somit gehörte Gnaeus also zu dieser Kategorie von Verrückten, die allen überaus offensichtlichen Unbequemlichkeiten zum Trotz die Großstadt liebten. Er hätte sie um nichts in der Welt verlassen. Um nichts … bis auf den Ausdruck zunehmender Freude, er in Fulvias Gesicht entdeckte, je näher sie der Küste kamen, von der sie immer geträumt hatte.

Sechzehn Jahre später konnte er nicht aufhören, an diese erste Ankunft in Iluro zu denken. Als das Schiff damals im Hafen anlegte, hatte er in der Ferne das verstimmte Gesicht von Telephus wahrgenommen, der, kaum dass sie an Land gegangen waren, ihre schlimmsten Vorahnungen bestätigte.

»Es war mir nicht möglich, eure Ankunft Statia Lucula mitzuteilen, Gebieter«, flüsterte er ihm ins Ohr, damit Fulvia nichts hörte.

Bevor Gnaeus ihn wegen seiner Nachlässigkeit ausschalt, fuhr der Sklave fort: »Sie ist vor neun Jahren verstorben, Gebieter. Der Mann, mit dem sie vierzehn Jahre lang verheiratet war, Marcus Sicinius Germanus, erwartet euch. Er freut sich, euch kennenzulernen und euch Schutz zu gewähren.«

Nicht nur die Zeit trennte diese erste Reise von seiner jetzigen Rückkehr, sagte sich Gnaeus. Alles hatte sich sehr verändert. Fulvia weilte leider nicht an seiner Seite. Geblieben war ihm jedoch die Erinnerung an sie, die stets so lebhaft wie am ersten Tag erwachte, sobald er seine Tochter ansah, denn den Göttern hatte es beliebt, Iulia als Ebenbild ihrer Mutter zu gestalten, einschließlich ihrer außergewöhnlichen Schönheit.

Venus war so großzügig, zumindest die Geburt seiner Kleinen zu gestatten. Denn er kannte viele Fälle von schwierigen Geburten, bei denen Mutter und Kind gleichzeitig dahinzuscheiden drohten, um einen Mann so einsam und allein zurückzulassen, dass es zum Weinen war. Doch mit ihrem letzten Atemzug hatte die Mutter ihrer Tochter Leben eingehaucht. Auf diese Weise nahm Iulia den Raum aller Anwesenden wie auch aller Abwesenden ein und gab seinem Leben Sinn.

Gnaeus Pomponius wurde aus seinen Grübeleien gerissen, als der vierte Steuermann mit seinen Anlegemanövern im Hafen begann. In der Ferne nahm er die Gestalt des alten Telephus wahr, der ihn erwartete, an seiner Seite der geliebte Marcus,

der in all den Jahren gleichsam zu seinem Bruder geworden war und der bald seiner Familie angehören würde – als Ehemann seiner Tochter. Neben den beiden erkannte er die schlanke Gestalt der jungen, schönen Iulia und etwas weiter entfernt die Bediensteten. Sie standen bereit, um beim Verstauen der Sachen zu helfen, ebenso die Wagen, die mit den Waren beladen werden sollten. Dazwischen erkannte er den Wagen von Marcus, der ihn schließlich nach Hause bringen sollte, damit er ausruhen und nach der Reise eine Kleinigkeit essen konnte. Bevor er vom Schiff ging, freute er sich wie ein Kind.
Während er Iulia umarmte und sich von ihrem süßen Duft umfangen ließ – schon mehr der einer Frau als eines Mädchens –, fühlte er sich so glücklich wie Odysseus bei seiner Ankunft in Ithaka. Ohne ihre Umarmung zu lösen, näherte Iulia ihre Lippen Gnaeus' Ohr und sprach einen Satz, der ihn beunruhigte.
»Das nächste Mal, wenn du dich einschiffst, Vater, werde ich bereits eine verheiratete Frau sein.«

2

Nutze den heutigen Tag. Vertrau nicht auf das unsichere Morgen.

Horaz, *Oden*

Bei seiner Ankunft zu Hause erwartete Gnaeus ein üppiges Essen. Marcus und Iulia, die sich zuweilen wie die Eheleute benahmen, die sie bald sein würden, hatten den Sklaven die erforderlichen Anordnungen erteilt, damit auch alles bereit war: Im Speisesaal warteten kleine Beistelltische mit den Vorspeisen, und den Wein hatte man bereits im richtigen Verhältnis mit Honig gemischt.

Die beiden Männer nahmen auf den beiden Speisesofas Platz, und Iulia machte es sich auf einem Sessel neben ihrem Vater bequem. Dann ließen sie sich die Köstlichkeiten munden, die Niobe zuzubereiten pflegte – die dienstälteste unter den zahlreichen Sklavinnen, die sich zwischen den Kochstellen in der Küche bewegten.

Marcus schien begierig, ihm etwas zu erzählen: »Es gibt Neuigkeiten, die dich sehr erfreuen werden«, verkündete er, wobei er vom Bries mit Honigsoße nahm und es zum Mund führte. »Es heißt, dass Caesar Augustus uns besuchen wird. Jemand hat ihm von dem Tempel erzählt, den ihr in der Stadt erbaut habt, und er hat den Wunsch geäußert, ihn kennenzulernen. Ich weiß das aus einer sehr guten Quelle. Es besteht die Möglichkeit, dass er auf dem Rückweg von Tarraco nach Rom hier verweilen wird.«

Marcus erwartete die begeisterte Reaktion seines Freundes und künftigen Schwiegervaters, während er sich eine Artischocke in pikanter Soße munden ließ. Er wusste, dass Gnaeus Pomponius kaum etwas so zu erfreuen vermochte, wie den verehrten Kaiser persönlich kennenzulernen.

Die Wertschätzung, die dieser für Augustus seit jenen Zeiten empfand, als dieser nur der Triumvir Octavius war, also der Mann, der fähig war, das Königreich Ägypten und den tapferen Marcus Antonius in allen Schlachten zu besiegen, war allgemein bekannt. Gnaeus' Fixierung auf den mächtigen Politiker erreichte ihren Höhepunkt, als er seiner Tochter den Namen Iulia gab. Dafür musste er einen alten freigelassenen Sklaven der Kaiserfamilie kaufen, den er dann veranlasste, sie zu adoptieren, wodurch sie den Namen bekam, den zu dieser

Zeit nur die privilegierteste Familie führen durfte. Er nutzte spitzfindig die Gesetze, die es ihm ermöglichten, seine Tochter genauso zu nennen wie Augustus die seine.

Trotz der Freude, die diese Neuigkeit bei ihm hervorgerufen hatte, hütete sich Gnaeus sehr, seine Gefühle zu zeigen.

»Wann wird er erwartet?«

»Das weiß man nicht genau. Innerhalb von einer Woche vermutlich, höchstens zwei.«

»Es muss alles zu seiner Zufriedenheit vorbereitet werden«, antwortete Gnaeus, wobei er sich zwang, möglichst neutral zu klingen, bevor er unvermittelt das Thema wechselte. »Und unsere Angelegenheiten?«

»Wenn du die viele Arbeit siehst, die dich in deiner Werkstatt erwartet, dann wirst du dir wünschen, wieder zurück nach … Wo warst du zuletzt?«

Gnaeus machte eine gleichgültige Geste, die bedeutete, dass sie den langwierigen Bericht über seine Reise auf eine andere Gelegenheit vertagen mussten.

»Die meiste Zeit habe ich im Süden von Rom in der Nähe von Neapel verbracht, in Misenum. Dort gibt es Villen bedeutender Persönlichkeiten, die mir diverse Aufträge erteilen wollten. Ich habe jedoch nur wenige angenommen. Die eine oder andere Venus, weil ich mich verpflichtet fühlte, sowie einige Bronzen für eine Familie aus Herculaneum – ein sehr spezieller Wunsch, dem ich mich nicht verweigern konnte.«

»Bronzen? Hast du nicht gesagt, dass du keine Bronzen mehr …«

Gnaeus fiel seinem Freund ins Wort: »Es werden die letzten sein. Ich habe den Auftrag den getreuen Händen von Gaius überlassen, nachdem ich ihm genaueste Instruktionen erteilt hatte. Es handelt sich um Frauenstatuen: fünf Danaiden, so ähnlich wie die, die im Apollotempel in Rom zu sehen sind.

Ich werde sie im zehnten Monat vollendet haben, noch vor den Saturnalien. Denn dann hoffe ich in die Hauptstadt zurückzukehren, um die einen oder anderen Arbeiten zu beaufsichtigen und Sorge zu tragen, dass sie den Auftraggebern übergeben werden, wie es sich geziemt. Ansonsten habe ich mich darauf beschränkt, hier und dort etwas zu kaufen, zu feilschen und von einem Ort zum anderen zu ziehen, um über meine Erwerbungen nachzusinnen wie ein einfacher Händler. Ich habe einige Raritäten gesammelt, die ich dir gern zeigen möchte, und ich habe die alten Auftraggeber gut versorgt. Ihr Wunsch nach Neuem ist somit fürs Erste gestillt. Obwohl du ja weißt, dass sie unverbesserlich sind: Vor meiner nächsten Reise werden sie sicher schon wieder neue Wünsche äußern.«

Iulia hörte ihrem Vater mit einem herablassenden Lächeln zu, als wäre Gnaeus ihr unverbesserlicher Sohn.

»Du hattest doch gesagt, Vater, dass du nicht mehr verreisen wolltest«, schalt sie ihn, »und jetzt sprichst du von der nächsten Reise.«

»Ich selbst will ja auch nicht mehr, werte Tochter. Die Dinge brauchen einfach ihre Zeit. Auch die Abschiede.«

Marcus und Iulia wechselten einen schelmischen Blick, der dem Betroffenen nicht entging. Es stellte ihn zufrieden, dass zwischen seiner Tochter und dem Mann, den er für sie gewählt hatte, diese Verbundenheit bestand. Dieser Umstand würde es ihm erlauben, in aller Ruhe zu reisen, wohl wissend, dass für Iulia bestens gesorgt war, und zwar nicht nur durch die Sklaven, sondern auch durch den Mann, der sein restliches Leben lang für sie würde Sorge tragen müssen. Außerdem stellte Gnaeus mit Freuden fest, dass zwischen den künftigen Eheleuten bereits vor der Hochzeitsfeier eine gesunde Freundschaft bestand, die Grundlage für die Liebe, mit der die Götter und die Zeit sie belohnen würden, indem sie ihre gegenseitige Achtung in etwas verwandelten, das so beständig wie ein Block Marmor war.

Als die Sklaven sein Leibgericht reichten – gebratenen Schinken mit Feigen und Lorbeer –, fühlte sich Gnaeus so matt, dass ihm kaum Kräfte blieben, um einen Happen zu kosten.

»Deine Geschäfte gehen gut?«, fragte er seinen künftigen Schwiegersohn.

»Die Nachfrage nimmt ständig zu. Ich habe weder genug Leute noch Zeit. Die Winzer verlangen nach immer mehr Amphoren. Anscheinend konsumiert ganz Gallien Wein, und in Rom, Tivoli oder Kampanien ist er auch nicht unbekannt. Aber der Wein dort ist viel besser als hier. Ich fange gerade damit an, auf Bitten der Händler ein neues Modell herzustellen« – Marcus atmete tief durch, ehe er abschließend bemerkte: »Wenn es so weitergeht, muss ich die Werkstatt vergrößern, um mehr Leute einstellen zu können.«

Gnaeus brach in Gelächter aus.

»Du weißt ja, dass dies der einzige Grund war, weshalb ich dich mit meiner Tochter verheiratet habe: Entweder übertrifft deine Werkstatt die meine oder umgekehrt. Aber ich sehe schon, dass du diese Schlacht gewinnen wirst, alter Spitzbub.«

Iulia aß schweigend, mit dem Rücken aufrecht gegen die Sessellehne, die Knie eng nebeneinander. Sie wusste, dass es viele andere Gründe gab, weshalb ihr Vater vor einigen Jahren beschlossen hatte, sie diesem Marcus Sicinius Germanus zu versprechen, dem Mann, der der Gatte ihrer Tante mütterlicherseits gewesen und seit der Ankunft ihrer Eltern in der Stadt zum besten Freund der beiden geworden war.

Dank Marcus fand ihr Vater, als er gerade frisch in der Stadt angekommen war, Räumlichkeiten, in denen er seine Werkstatt einrichten konnte. Zu Beginn waren ihre Eltern bei dem Amphorenhersteller zu Gast, als sich die Arbeiten an ihrem künftigen Haus verzögerten. Als Gnaeus dann bald seine geliebte Fulvia verlor, war Marcus' Hilfe und Tatkraft ebenfalls von grundlegender Bedeutung. Oft sagte Gnaeus, er wäre ohne die Aufmunterung und die Erfahrung von Marcus verzweifelt, der selbst den schmerzlichen Verlust des Menschen erleiden musste, den er am meisten auf dieser Welt geliebt hatte. Doch über all diese Verbindungen hinaus vereinte die beiden Männer die Ähnlichkeit ihrer Tätigkeit: Der eine war Bildhauer, der andere Töpfer. Mit der Zeit hatten Marcus und Gnaeus ihre Freundschaft vertieft, und keiner von beiden hätte gezögert, sein Leben für den anderen zu riskieren.

Aus all diesen Gründen, abgesehen davon, dass die Töpferei von Marcus direkt an seine eigene Werkstatt angrenzte, fand der Vater, dass diese Ehe doch überaus günstig sei. Marcus war zwar mit seinen fast fünfzig Jahren auch schon älter, doch er hatte seine Kraft und Haltung hervorragend bewahrt. Er konnte der schönen Iulia ein guter Ehemann sein. Allerdings hatte er sich bei der Entscheidung auch nicht wie jeder gewöhnliche Vater verhalten. Bevor er die Nachricht publik machte, wollte er auch die Meinung seiner Tochter dazu hören. Er ließ sie wissen, dass es noch andere Kandidaten gäbe, dass seine Wahl jedoch zu Marcus tendiere.

»Welche anderen Kandidaten?«, fragte Iulia mit der Neugier des vierzehnjährigen Mädchens, das sie damals war.

»Zu viel solltest du gar nicht wissen, mein Kind. Ich möchte keineswegs deine Eitelkeit schüren, indem ich dir erkläre, wie viele dich begehren. Du bist sehr hübsch, was du ja zweifelsohne weißt, wenn auch nur aufgrund der Stunden, die du dich in dem Spiegel betrachtest, der einst deiner Mutter gehört hat. Von all den möglichen Kandidaten erscheint mir –

von Marcus abgesehen – nur einer noch würdig, dein Ehemann zu werden. Doch ich verwerfe ihn aus anderen Gründen, die ich dir erst erklären möchte, wenn du reif genug bist, sie auch zu begreifen. Ich will dir jetzt nur sagen, dass du an seiner Seite nie Erfüllung als Frau finden würdest.«

»Es ist Sextus Furius Licinius, der Militärtribun, nicht wahr?«, warf sie ein.

Der Vater sah seine Tochter erstaunt an, die vor Vorfreude strahlte.

»Du bist einfach zu schlau, mein Kind. Woher weißt du …?«

»Mir ist aufgefallen, wie er mich immer ansieht. Als würde er mich verschlingen wollen wie Saturn seine Kinder. Alles Übrige kann ich mir nur vorstellen …«

»Und was stellst du dir vor?«

»Dass er ein Mann, aber auch wieder kein Mann ist. Dass er nicht taugt, um Kinder zu zeugen.«

Iulia machte es Freude, ihren Vater zu verblüffen – was ihr auch keinerlei Mühe bereitete.

»Zu meiner Zeit waren die jungen Leute nicht so aufgeweckt«, protestierte Gnaeus.

Iulia stimmte jedenfalls mit ihm überein: Ihr gefiel Sextus Furius Licinius nicht. Es gab reichlich Gerede über ihn, aber eigentlich reichte ihr eigener Argwohn, für den sie den Klatsch nicht zu hören brauchte. Der Militärtribun war ein barscher, undurchschaubarer Mann mit schlechtem Charakter. Außerdem war er aus der Schlacht bei Actium, an der er als Kriegsveteran teilgenommen hatte, wie durch ein Wunder lebend, jedoch als Krüppel nach Hause gekommen. Es hatte wegen eines Knochenbruchs nicht nur ein kürzeres Bein. Es hieß, dass ihn der Speer, der ihn fast tödlich verletzte, in der Leiste getroffen und ihm die Hoden und einen Teil des Penis abgerissen hatte, so dass er nun für die Liebe und deren Folgen nicht mehr taugte. Nur dank der fachkundigen Versorgung durch den griechischen Feldarzt ließ sich sein Tod auf dem Schlachtfeld vermeiden, wenngleich die fatale Verletzung andere Auswirkungen zeigte: eine vorübergehende Beurlaubung in Ehren, eine politische Karriere in den Provinzen und ein unbändiges, unangenehmes Wesen, das ihn mit aller Welt in Feindschaft leben ließ.

Gnaeus wünschte nicht, dass so ein Mensch der Ehemann von Iulia wurde. Dies war kein Mann, der es verstand, eine Frau glücklich zu machen. Außerdem sehnte er sich so sehr nach Enkeln, wie Iulia sich danach sehnte, ihm welche zu schenken. Auch wenn Sextus Furius Licinius nicht zu den Männern gehörte, die eine Abfuhr ohne weiteres hinnahmen, so hoffte Gnaeus, den Militärtribun mit Hilfe von Marcus auf Distanz halten zu können.

Nachdem die Auguren festgestellt hatten, dass die Verbindung günstig war, wurde die Verlobung von Iulia mit seinem künftigen Schwiegersohn im selben Monat gefeiert, in den ihr fünfzehnter Geburtstag fiel. Bei der ansonsten schlichten Feier mit Ringwechsel und Unterzeichnung des Ehevertrags waren alle Einwohner zugegen, auch der abgewiesene Kandidat. So wurde Iulia in den Augen der Öffentlichkeit zu einer verlobten Frau, und sie gewann rasch die Reife, die sie sich so sehr wünschte.

Von da an zählte das Mädchen die Tage bis zur Hochzeit und träumte von dem Moment, wenn sie in den Gewändern einer Frau neben ihrem Vater aus dem Haus gehen würde, wie alle ihre weiblichen Vorfahren vor ihr.

»Du bist so schweigsam, Iulia, woran denkst du?«, fragte sie Gnaeus nun mit dem Mund voller mit Nüssen gefüllter Datteln.

»Dass es bis zu meiner Hochzeit nicht mehr weit ist, Vater.«
Gnaeus stand mit Mühe vom Speisesofa auf. Nicht so sehr wegen der Anzahl seiner Jahre, sondern wegen seiner Müdigkeit nach der langen Reise.
»Wahrhaftig. Nur noch vier Tage. Kannst du das noch aushalten, ohne schwach zu werden?«
Als Antwort lächelte Iulia und sah Marcus verlegen an.
Sehr zufrieden mit allem, was er bei seiner Ankunft vorgefunden hatte, verabschiedete sich Gnaeus, denn er wollte sich unbedingt auf seinem Bett etwas erholen – dieses Möbelstück hatte er am meisten vermisst, nachdem er an Bord des Schiffes gegangen war. Er hatte kaum die Augen geschlossen, da störte Telephus seine Ruhe.
»Sextus Furius Licinius ist hier, Gebieter. Er sagt, er wünsche dich zu sprechen.«
Gnaeus stand mürrisch wieder auf. Er zog seine Haussandalen an und verließ das Zimmer, um den ungebetenen Gast zu empfangen.
»Man hat mir gesagt, dass du wieder zurück bist, und ich bin gekommen, um zu erfahren, bis wann du meinen Auftrag fertig haben wirst«, sagte der Militärtribun statt eines Grußes.
»Deine Statue ist von Rom mit mir gereist. Das Marmorstück ist überaus fragil. Die kompliziertesten Teile sind bereits skulptiert, doch es bleibt noch genug Arbeit …«
»Wie lange wirst du dafür brauchen?«, fragte der andere.
»So wenig Zeit wie nur möglich. Ich werde mich von morgen an persönlich darum kümmern.«
Der Militärtribun hatte vor etwa vier Monaten über einen seiner freigelassenen Sklaven eine Venusstatue in Auftrag gegeben. Gnaeus wurde den Gedanken nicht los, dass diese Geste etwas Beunruhigendes hatte. Das Interesse von Sextus

Furius an der Kunst erschien ihm mit einem Mal verdächtig. Außerdem war ihm nicht entgangen, dass der Mann von seiner Tochter wie besessen war und deshalb überaus verärgert angesichts der Tatsache, dass sie einen anderen Mann heiraten würde. Zudem trugen die Venusdarstellungen, auf die Gnaeus sich spezialisiert hatte und die im gesamten Reich geordert wurden, stets Iulias Gesicht. Dies galt ebenso für die erste Statue, die er nach Karthago geliefert hatte, wie für die letzte, die die städtischen Thermen von Iluro zierte. Und so würde es sein, bis seine müden Hände endlich zur Ruhe kämen. Dennoch beunruhigte ihn die Vorstellung, dass eine seiner Darstellungen der Göttin, die so einzigartig und schön wie Iulia war, schließlich im Haus von Sextus Furius Licinius stehen sollte. Doch der Auftrag war nicht mehr rückgängig zu machen, und der Bildhauer musste die Regeln des geziemenden Verhaltens befolgen.

Der Militärtribun verharrte in einem unangenehmen Schweigen, so dass Gnaeus sich genötigt sah, die Stille zu unterbrechen: »Komm in den nächsten Tagen in meine Werkstatt, und ich verspreche dir, dass deine Statue bis dahin fertig sein wird. Und jetzt bitte ich dich, mich zu entschuldigen, aber ich muss mich ausruhen.«

Gnaeus musste unbedingt das Bild des Tribuns aus seinem Kopf tilgen, also suchte er in seinen Gedanken, bis er eine Vorstellung fand, die das größte Glücksgefühl bei ihm auslöste, auch wenn er sich bislang bemüht hatte, dies zu verbergen. Als er wieder im Bett lag und bevor er in tiefen Schlaf fiel, sagte er voller Freude wie ein Kind vor sich hin: »Ich werde den Göttlichen Augustus kennenlernen!«

3

Die Freundschaft ist zweifellos nichts anderes als mit Wohlwollen und Hochachtung gepaarte Übereinstimmung in allen göttlichen und menschlichen Dingen; vielleicht wurde von den Göttern nichts Besseres gegeben als die Freundschaft, von der Weisheit einmal abgesehen.

Marcus Tullius Cicero, *Über die Freundschaft*

Es gab noch etwas, das Gnaeus gern tun wollte, bevor er sich den Verpflichtungen stellte, die ihn in seiner Werkstatt erwarteten. Als er am nächsten Tag nach mehr als vierzehn Stunden Schlaf frisch und ausgeruht aufwachte, erteilte er Anweisung, sein Pferd zu satteln, und er schickte sich an, seiner verehrten Pomponia Caecilia einen Besuch abzustatten. Er wurde von dem getreuen Telephus begleitet, der ihn unterwegs nicht nur unterhielt, sondern sich auch noch die Geschenke für seine Freundin auflud.

Gnaeus' Beziehung zu Pomponia Caecilia war die älteste von vielen, die er über den Lauf der Jahre bewahren konnte. Er erinnerte sich noch bestens an den Tag, an dem sie als erstes Kind dieses unvergleichlichen Mannes, der sein Herr und Meister war – Titus Pomponius Atticus – geboren wurde. Die Kleine wurde wärmstens willkommen geheißen und stellte für ihre Eltern das höchste Glück dar. In ihren ersten Lebensjahren wurde sie von Eurykleia gestillt, der Mutter von Gnaeus; sie war die am meisten geschätzte Amme und Erzieherin von unzähligen Sklaven, die unter dem Dach des Hausherrn lebten.

Eurykleia trat während der Jahre in den Dienst ihres Herrn,

die dieser in Athen verbrachte. Es war sein eigener Wunsch gewesen, fern der öffentlichen Angelegenheiten Roms zu weilen und sich dort dem Studium der Kunst zu widmen. Der Aufenthalt in dieser Stadt war für ihn so entscheidend, dass damit nicht nur sein Beiname – Atticus – zustande kam, unter dem ihn alle kannten, sondern er bestimmte auch seine künftige Beschäftigung. Und nicht nur die seine, dachte Gnaeus, der als Begleiter seines Herrn auf den häufigen Reisen alle Geheimnisse des Berufes und auch des Handels erlernte. Er wusste nun, wie man mit den reichsten der reichen Römer umzugehen hatte, die im Erwerb von Kunstwerken, vor allem der griechischen, das höchste Ziel all ihrer Bestrebungen sahen.

Somit hatten die Umstände dazu geführt, dass Pomponia Caecilia und Gnaeus sich seit ewigen Zeiten und aufgrund der Bindung, die beide zu Eurykleia hatten, gleichsam als Geschwister betrachteten. Obwohl diese Verbindung wie auch die Freundschaft sicherlich auch durch die Natur und die Geschicke der Götter bestimmt wird. Diese wünschten, dass ihre Bande gestärkt wurden, denn sie war noch ein Mädchen, als Gnaeus – bereits ein kräftiger, aufgeweckter junger Mann – sie vor dem Verbrennen errettete, nachdem sie in ein Kohlebecken gestürzt war.

Der Vorfall geschah plötzlich und unvorhersehbar. Gnaeus war im Esszimmer und wartete, dass sein Gebieter das Frühstück beendete, um ihm die Botschaft zu übermitteln, dass ein Besucher gekommen sei. Das Mädchen – sie war kaum älter als fünf Jahre – rannte von einer Seite auf die andere, als sie mit einem alten Sklaven spielte, der blind war. Aufgeregt durch das fröhliche Treiben warf sie einen Blick nach hinten, um zu prüfen, wie nah ihr Verfolger ihr schon auf den Fersen war, so dass sie das Kohlebecken nicht bemerkte. Sie wäre über die glühenden Kohlen gefallen, hätte Gnaeus sie nicht überholt, im Fallen gepackt und damit die Tochter seines Besitzers vor dem sicheren, schrecklichen Tod bewahrt. Dem alten blinden Sklaven war dieses Glück nicht hold, und er verstarb kaum drei Tage später unter starken Schmerzen.

Jener Zwischenfall bewirkte, dass alle im Haus sich erkenntlich zeigen wollten, und in gewisser Weise hatte Gnaeus entgegen Eurykleias Wunsch gehandelt, die ihm immer eingeschärft hatte: »Deine höchste Tugend ist die Anonymität, mein Junge. Du musst unserem Herrn zu Diensten sein, sobald er dir einen Befehl erteilt, aber ohne dich je bemerkbar zu machen, damit niemand auch nur ahnt, wie du heißt.«

Von jenem Tag an wusste Atticus sehr wohl, wer Gnaeus war, wie er hieß und wie tief er für seine Loyalität und Umsicht in dessen Schuld stand. Er ließ nach ihm rufen, um unter vier Augen ein kurzes Gespräch mit ihm zu führen. Der Bursche erschien ihm intelligent und gutwillig, und so beschloss er, dass dieser junge Mann ihn von nun an auf seinen Reisen begleiten solle. Es verstrich nicht viel Zeit, bis er zu seinem begabtesten Schüler wurde, zu seinem talentiertesten Arbeiter, zu seinem Schatzmeister, zu seiner rechten Hand, zu seinem Stellvertreter, wenn er nicht selbst in seiner Werkstatt in Rom weilte, und schließlich auch zu seinem Freund.

Gnaeus erinnerte sich – und dabei schnürte es ihm immer noch die Kehle zu – noch gut an den Tag, als ihn Atticus, niedergestreckt auf seiner Bettstatt, kommen ließ. Er teilte ihm mit, dass er in seinem Testament verfügt habe, dass seinem Lieblingssklaven wie auch Fulvia, mit der ihn, wie er wusste, eine enge Freundschaft verband, die Freiheit geschenkt werden solle.

»Es ist mein Wunsch, der ja nun auch der deine ist, Freund Gnaeus, dass ihr so schnell wie möglich heiraten könnt«, sagte ihm ein geschwächter Atticus mit dünner Stimme. »Außerdem habe ich verfügt, dass dir nach meinem Tod ausreichend Kapital übergeben werde, damit du dir eine eigene Werkstatt einrichten kannst. Somit wirst du zweifelsohne auch einen Großteil meiner Kunden übernehmen, die du ebenso gut kennst wie ich. Sie werden gut daran tun, dir das gleiche Vertrauen entgegenzubringen wie diesem bescheidenen Diener der Götter.«

Somit hatte sein Herr, der noble Titus Pomponius Atticus, der den Hungertod im Bett bevorzugte, um sich nicht den Schrecken seiner bösartigen Krankheit auszusetzen, ihn zu einem freien Mann gemacht, der er von nun an immer sein und bleiben würde.

Auf dem Totenbett sprach Atticus auch über seine Tochter Pomponia Caecilia mit ihm. Sie war aufgrund der Beschlüsse von Augustus, der sie vor nur ein paar Monaten gezwungen hatte, sich von ihrem geliebten Mann Agrippa scheiden zu lassen, zu einer unglücklichen Frau geworden. Der Kaiser verheiratete Agrippa nun mit seiner eigenen Tochter, der liederlichen und schändlichen Iulia.

»Es ist mir sehr wohl bekannt, dass Pomponia noch immer über Agrippas Abwesenheit weint«, berichtete Atticus. »Sie verflucht Augustus jedes Mal, wenn sie das Gesicht meiner Enkelin sieht, der kleinen Vipsania. Ich lege ihr Glück in deine Hände, lieber Gnaeus. Ich weiß, dass du wie ein Bruder für sie sorgen wirst, denn du bist für sie immer ein Bruder gewesen. Und ich weiß, dass du sie niemals mit ihrem Unglück allein lassen wirst. Vergiss nie meine Worte und befolge sie stets. Dies ist mein letzter Befehl als dein Gebieter.«

Wie immer, so befolgte Gnaeus Atticus' Anordnungen genauestens. Pomponia Caecilia war dann auch die erste Person, der er seinen Entschluss, Rom zu verlassen und nach Iluro umzusiedeln, mitteilte – einer kleinen Stadt in der Pro-

vinz Hispania Tarraconensis. Er wollte sie bitten, nicht lange nachzudenken und mit ihm und seiner künftigen Frau Fulvia wegzuziehen, um sich an einem Ort niederzulassen, wo sie all ihre Pfründe, aber auch seine Freundschaft und vor allem das günstige Klima genießen konnte.
Anfangs schien ein Wegzug aus Rom für Pomponia nicht sonderlich verlockend, auch wenn sie sein Angebot nicht eindeutig ablehnte. Sie schien sich eher Zeit zu nehmen, um darüber nachzusinnen. Doch dann passierte etwas, das sie zu einer schnellen Entscheidung führte: der Sieg der Truppen von Augustus unter dem Kommando ihres Ex-Manns Agrippa über die Streitkräfte von Marcus Antonius und Kleopatra in der Schlacht von Actium, den sie als Auftakt für die lange Herrschaft des verhassten Kaisers verstand. Nun nahm sie das Angebot von Gnaeus an und willigte ein, in diese abgelegene Provinzstadt umzuziehen.
»Nach Hispanien, sagst du? Nur ein Ort, der noch weiter von Augustus entfernt ist, käme mir gelegener.«
Pomponia Caecilia zog mit einer Flotte von zwanzig Quadriremen nach Hispanien um. Sie nahm dorthin nur mit, was von ihrem Besitz absolut unabdingbar war: ihre privaten Möbel, darunter Speisesofas und zwanzig Tische aus gehämmertem Silber, die Bibliothek, die einst ihrem Vater gehört hatte, und einen Teil ihrer häuslichen Einrichtung, zudem die dreihundert Sklaven, die sie für ihr neues, so zurückgezogenes und simples Leben behalten wollte.
Sie befolgte Gnaeus' Rat zumindest hinsichtlich der rund dreißig Statuen, die ihr Haus schmückten, und willigte ein, nur drei mitzunehmen, die Atticus für die Meisterwerke der Sammlung hielt: die Bronzen von Myron und Polyklet – ein winziger Diskuswerfer und der lebensgroße Doryphoros – sowie die Venus mit den schönen Gesäßbacken. Es hieß, die-

se Statue sei ein Werk der Meißel des Griechen Skopas, eines vorzüglichen Schülers des Praxiteles. Die restlichen Werke ließ sie ihn Rom zurück, und Gnaeus kümmerte sich noch persönlich darum, sie zu verkaufen und ihr den hervorragenden Erlös dafür zu übergeben. Fast die Hälfte erwarb Lucius Annaeus Seneca, der für einige seiner Villen gerade diverse Ziergegenstände benötigte.
Außerdem übernahm Gnaeus selbst auch die Ausstattung ihres neuen Anwesens, das Pomponia sich so elegant und schlicht wie ihre Villen in Kampanien, südlich von Rom, vorstellte. Für die Mosaiken ließ sie die besten Kunsthandwerker aus Rom kommen, denen die Hausherrin nur eine einzige Anweisung erteilte: »Alles, nur keine Delphine. Gnaeus, die Delphine in deinem Haus sind herrlich, aber ich will nichts um mich haben, das mich an … an diesen degenerierten Herrscher erinnert.«
Seine Freundin spielte damit wieder auf Augustus an, auf den Delphin, der die Göttin Venus symbolisierte. Denn der Kaiser hielt sich und seine Familie für direkte Nachfahren der Göttin und wurde darin durch die *Aeneis* des Dichters bestärkt, der dem Glück, das die Macht gewährt, sehr zugetan war.
Am meisten schätzte Gnaeus an Pomponia Caecilia, dass ihre politischen Differenzen nie ihre Freundschaft zu beeinträchtigen vermochten. Sie respektierten sich gegenseitig und versuchten, in ihren Gesprächen den Kaiser gar nicht zu erwähnen. Ihre Standpunkte hätten konträrer nicht sein können: Während sie Augustus eher aus privaten als aus politischen Gründen verachtete, hielt Gnaeus den zweiten der julisch-claudischen Dynastie für ein Paradebeispiel an Tugend und Entschlusskraft – Eigenschaften, die ansonsten eher den Göttern als den Menschen vorbehalten waren – und zudem für ein Vorbild für alle Bürger des Reiches.

»Unsinn«, hätte Pomponia mit verächtlichem Gesichtsausdruck bei solchen Worten entgegnet. »Die Einzige, die in dieser Familie Mitleid verdient, ist Iulia, die Tochter. Sie ist so vernünftig, dass sie womöglich ihren Vater aus Ärger umbringt. Auf diese Weise wird sie dann zur Rächerin für uns alle, die wir unter der Schmach dieses Widerlings zu leiden hatten.«

Ein gepflasterter Weg, der sich durch einen Pinienwald unweit vom Meer schlängelte, führte zum Haupteingang der Villa von Pomponia Caecilia. Die Männer durchquerten einige der Gemüsegärten, bevor sie vor dem Holzportal des Hauses innehielten; es stand offen und wurde von zwei Sklaven bewacht.

»Sag deiner Gebieterin, dass Gnaeus Pomponius Priscus da ist, und mach schnell!«, befahl der Bildhauer, während er vom Pferd absaß und sich dem Gartenperistyl näherte.

Der Sklave kam sogleich zurück; die Herrin bitte ihn in den Wohnbereich, wo er sofort empfangen würde.

Gnaeus kannte Pomponia gut genug, um zu wissen, dass es rund eine Stunde dauern würde, bis sich diese gefallsüchtige Frau zurechtmachen und sich ihm präsentieren würde. Gnaeus machte es jedoch nichts aus zu warten. Die Villa verbreitete eine angenehme Atmosphäre, und die Sklaven pflegten ihm die Wartezeit mit Honigwein und köstlichen, exotischen Vorspeisen zu versüßen – fast alle Sklavinnen, die für Pomponia kochten, kamen aus Ägypten –, die er sich dann bei einer kühlen Brise vom Meer im beschaulichen, sonnendurchfluteten Garten munden ließ.

Er streifte durch das Anwesen, und wie immer, wenn er sich bei seiner Freundin befand, verweilte er einige Augenblicke bewundernd vor seiner liebsten Venusstatue. Sie schmückte die marmorne Stufe, von der aus man den Wohnbereich betrat. Das Eingeständnis, dass ihn dieser Anblick viel mehr interessierte als das herrliche mehrfarbige Mosaik oder die reichhaltige Bibliothek, war ihm gleichgültig. Er amüsierte sich bei dem Gedanken, dass die provokante Sinnlichkeit des Kunstwerks sittenstrenge Gemüter irritierte. In den Anblick dieser Statue vertieft traf ihn Pomponia an, die ihren Besucher hocherfreut empfing.

»Du bist einfach unverbesserlich, alter Freund. Bist du wieder hier, um das Gesäß meiner Aphrodite zu bewundern?«

Gnaeus umarmte die Frau, die ihm wie eine Schwester war. Sie trug ein gelbes Gewand, das sich von ihrer blassen Haut abhob, und die Schminke in ihrem Gesicht betonte ihre Wangenknochen und unterstrich ihre großen schwarzen Augen. Sie war schöner denn je und etwas fülliger als bei ihrer letzten Begegnung. Gnaeus nahm dies als ein gutes Zeichen für ihre innere Ruhe, die durch die guten Nachrichten, die er ihr nun übermitteln wollte, nur noch verstärkt werden würde.

»Wie findest du mich, Gnaeus?«

»Wunderschön wie immer«, antwortete er, ohne zu zögern. »Die Sonne und die Sterne werden neidisch auf dich sein.«

Pomponia lächelte kokett, bevor sie ihn auf beide Wangen küsste, wobei sie eine Spur Karminrot hinterließ. Sodann nahm sie ihn am Arm und forderte ihn auf, in den schmalen, mit Mosaiken versehenen Gang zu treten, durch den man in das Gartenperistyl gelangte.

»Ich hoffe, du hast mir eines deiner wertvollen und außergewöhnlichen Geschenke mitgebracht, die mir beweisen, dass du mich nicht vergisst, wenn du mit interessanteren Leuten zusammen bist, als ich es bin«, sang ihre trällernde Stimme.

»Aber selbstverständlich, meine Herrin«, antwortete er und ging auf ihr Spiel ein. »Du wirst doch nicht etwa die Loyalität deines treuen Gnaeus Pomponius Priscus in Zweifel ziehen? An dich denke ich von jenem Augenblick an, wenn ich an Bord des Schiffes gehe, bis ich wieder den Boden von Iluro betrete. Doch das schönste Geschenk von allen wird sicherlich der Brief sein, den deine Tochter Vipsania Agrippina mir für dich mitgegeben hat, sowie gewisse Nachrichten hinsichtlich ihres Wohlergehens.«

»Sag an, sag an, ich kann es nicht abwarten, diesen Brief zu sehen«, platzte Pomponia wie ein aufgeregtes Mädchen heraus.

»Deine Tochter ist nun endlich schwanger.«

»Venus sei Dank! Nach sechs Jahren!«

Das glückliche Gesicht von Pomponia bestätigte ihm, dass kein Geschenk je an diese Nachricht heranreichen würde.

»Du wirst vor den Saturnalien noch ein Enkelkind haben, wie sie mir selbst gesagt hat.«

»Hast du sie sehen können?«

»Am Tag meiner Abreise, denn sie war bereits von ihrer Villa auf dem Land zurückgekommen. Am meisten hat mich beeindruckt, sie so schön und so glücklich in ihren Mann verliebt zu erleben. Noch nie habe ich bei einer so jungen Frau Ähnliches gesehen.«

»Meine Tochter ist nicht so jung, wie deine Zuneigung sie dich sehen lässt, mein Freund«, sinnierte Pomponia, bevor sie fragte: »Wann wirst du nach Rom zurückkehren?«

»Es kann sehr gut sein, dass mein Aufenthalt mit der Geburt deines Enkels zusammenfällt.«

»Wäre es dir sehr lästig, wenn ich mich bei dieser Gelegenheit mit dir einschiffen würde?«

»Du bist mir niemals lästig, meine Liebe.« Er küsste ihre Hände und bot ihr den Arm. »Du bist die beste Gesellschaft, die ich mir für eine Reise vorstellen kann.«

»Aber was bin ich doch für eine schlechte Gastgeberin! Dich hier stehen zu lassen, ohne dir etwas anzubieten. Deine Nachricht hat mich so erfreut, dass ich darüber meine gute Erziehung vergesse. Du siehst also, dass ich bereit bin, nach Rom zurückzukehren – in diesen Käfig, in dem sich diese Bestie von Augustus aufhält.«

»Darf ich dich erinnern, dass diese eingesperrte Bestie jetzt der Schwiegervater deiner Tochter ist?«

»Ganz genau, Gnaeus, ganz genau. Das ist ja der Grund, weshalb ich freundlich sein muss. Ich werde mir den Hass, den ich für den Kaiser empfinde, eine Weile verkneifen, damit meine Tochter nicht die Konsequenzen zu tragen hat. In dem Fall wäre ich sogar bereit, nett zu ihm zu sein … oder zumindest so zu tun. Meine Tochter kann keine Mutter gebrauchen, die ihr Feinde macht. Ich bin gewillt, mich für ihr Glück zu beherrschen.«

»Möglicherweise musst du das schneller tun, als du meinst, meine liebe Pomponia.«

»Aber bitte, heben wir diese Banalitäten für später auf. Lass uns hier im Peristyl etwas trinken, das Wetter ist doch so schön! Ich habe angeordnet, einen leichten Imbiss zu richten, um dich bei Laune zu halten, während du mir erzählst, wie es meinen alten Freunden geht. Und dann kannst du mir die Geschenke überreichen, die du, wie du sagst, in Gedanken an mich gekauft hast.«

»Sicher, meine Liebe. In Gedanken an dich, an dein Glück und daran, dass du es eines Tages wagen wirst, mich für so viel Sehnsucht mit deiner Gesellschaft zu entschädigen.«

»Du mit deinen ewigen Schmeicheleien, Gnaeus. Ich sollte dich für deine Worte auspeitschen lassen«, sagte sie lachend.

»Wenn du mich auspeitschen lässt, Teuerste, werde ich womöglich für immer hierbleiben.«

So scherzten die beiden weiter vor sich hin. Doch im Grunde wussten sie, dass sich die wirklich ernsten Dinge des Lebens nur mit Lachen bewältigen lassen.

4

> Am Tag seiner Geburt […] traf Octavius aufgrund der Niederkunft seiner Frau mit reichlich Verspätung ein; als Publius Nigidius […] von der Ursache für diese Verspätung erfuhr und zudem über die Geburtsstunde in Kenntnis gesetzt wurde, behauptete er, es sei ein Weltenherrscher geboren worden.
>
> Sueton, »Der Göttliche Augustus«,
> *Das Leben der zwölf Cäsaren, Buch* II

Cosmus war Gnaeus Pomponius' fähigster Sklave. Ihm übertrug er die Verantwortung für seine Werkstatt während seiner Abwesenheit. Der Mann war pflichtbewusst, loyal, fleißig und ein guter Bildhauer. Er konnte ebenso geschickt mit der Hacke und dem Schlageisen umgehen wie mit dem Zahneisen oder dem Stichel, und deswegen hatte Gnaeus ihn zu seinem Nachfolger auserkoren, wenn er sich eines Tages zur Ruhe setzen wollte.

Sowohl Cosmus als auch die übrigen ausgebildeten Sklaven fürchteten jedes Mal die Rückkehr ihres Herrn von einer seiner Reisen. Nicht nur, weil er Rechenschaft über ihre Arbeit einforderte und weil er sich ärgerte, wenn er nicht alles zu seiner Zufriedenheit vorfand, sondern auch, weil er immer eine solche Menge an Neuigkeiten und Aufträgen mitbrach-

te, dass sie sich verpflichtet sahen, in den Folgemonaten noch härter zu arbeiten.
Fast alle Steinhauer hatten zu verschiedenen Gelegenheiten bereits unter dem Arbeitsstil ihres Herrn leiden müssen. Für Licinus, den jungen Sklaven, der mit seinen knapp vierzehn Jahren noch in der Lehrzeit war, galt dies nicht; für ihn waren praktisch alle Anforderungen neu, einschließlich des Umgangs mit Meißel und Stichel. Derzeit war er damit beauftragt, den Boden zu putzen und den anderen Wasser zu kredenzen, und nur manchmal war es ihm gestattet, mit der Haifischhaut zu schmirgeln, mit einem Lappen die Lasur aufzutragen oder irgendeine andere Gerätschaft anzufassen, die ein gewisses Maß an Geschicklichkeit erforderlich machte.
Doch das wichtigste Mitbringsel des Meisters, der bei seiner Heimkehr von Reisen immer mit Überraschungen aufwartete, waren diesmal zwei dicke bläuliche Glasstücke, die Gnaeus aus einer Gürteltasche zog und auf den Tisch legte, damit seine Leute sie eingehend betrachteten. Sogar Marcus Sicinius Germanus verließ kurz seine Werkstatt, um sie zu bewundern.
»Wofür wird so etwas in Rom verwendet?«, fragte der Amphorenhersteller, wobei er das größere Stück Glas in der Hand hielt und mit lauter Stimme einem Zweifel Ausdruck verlieh, den alle verspürten.
»Ich habe sie nicht aus Rom mitgebracht, sondern aus Pompeji, einer reichen Stadt in Kampanien an den Ausläufern des Vesuv. Es ist einfaches Glas. Es ist allerdings dicker als das, das wir hier für Flakons und kleine Vasen verwenden oder auch für die Flaschen, die in der Hauptstadt verbreitet sind. In Pompeji arbeitet man daran, es in den Häusern in die Außenfenster zu setzen, damit das Licht in die Zimmer einfallen kann, ohne dass diese auskühlen. Findet ihr die Idee nicht auch großartig?«

Alle zeigten sich vom Geschick der Handwerker von Pompeji beeindruckt. Diese Glasplatten wirkten nicht zerbrechlich und nur für weibliche Hände geschaffen, sondern stabil und schwer.

»Und es ist noch keinem in den Sinn gekommen, aus diesem Material Waffen herzustellen?«, scherzte einer der Männer.

Als Nächstes inspizierte Gnaeus gemeinsam mit Cosmus die bereits erledigten beziehungsweise die noch anstehenden Aufträge. Sein Stellvertreter sah seine Aufzeichnungen durch, dann berichtete er über jede abgelieferte Arbeit und über jeden Kunden, der die Werkstatt besucht oder einen seiner Diener geschickt hatte. Gnaeus hörte ihm zufrieden zu, denn er sah, dass Cosmus die Fähigkeit besaß, ihn so gut zu ersetzen, dass niemand den Meister vermisste. Dies war ein beruhigendes Gefühl für einen Mann, der ein langes, gefährliches und erfahrungsreiches Leben hinter sich hatte, in dem er zu Vermögen und Ansehen gekommen war. Nun dachte er mit seinen achtundvierzig Jahren nur noch daran, seine Tochter mit einem rechtschaffenen und fleißigen Mann zu verheiraten und sich selbst für die Zeit, die ihm noch auf dieser Welt verblieb, zur Ruhe zu setzen.

»Der Ädil Lucius Marcius hat durch einen seiner freigelassenen Sklaven eine Gedenkinschrift für das Forum in Auftrag gegeben. Ich habe Celadus mit dieser Arbeit betraut und glaube, dass wir sie noch vor dem vereinbarten Termin abgeben können.« Der Stellvertreter verlieh seiner Befriedigung über den Auftrag des wichtigsten Mannes der Stadtverwaltung unverhohlen Ausdruck.

»Außerdem sollen wir zwei Sarkophage fertigen«, berichtete er weiter, »einen für Gaius Marcus Aemilianus und den anderen für Publius Accius Saturninus. Und dann gab es noch verschiedene kleinere Aufträge: ein paar Grabbüsten, mehrere Altarsteine sowie Gesimse für einige Villen. Das war alles. Jupiter möge mir verzeihen, wenn ich etwas vergessen habe, Herr.«

»Hat Sextus Furius dir mit seinem Drängen sehr zugesetzt?«, fragte Gnaeus, während er die Venus betrachtete, die alle anderen halbfertigen Skulpturen in den Schatten stellte.

»Er hat zweimal nachgefragt, wann sein Auftrag fertig würde, aber ich habe ihm jedes Mal gesagt, dass diese Angelegenheit mit dir persönlich nach deiner Rückkehr besprochen werden müsse. Denn schließlich war die Statue ja noch in Rom und zudem ein Werk von dir.« Der Sklave zögerte ein wenig, als wüsste er nicht, wie er sich ausdrücken sollte. »Herr, wenn ich meine Meinung frei äußern darf, habe ich den Eindruck, dass Sextus Furius weniger an seiner Venus interessiert ist als an deiner Tochter.«

Gnaeus vernahm diese letzte Bemerkung, während er die unvollendete Liebesgöttin betrachtete. Der Delphin war in dem groben Marmorblock kaum zu erkennen, und die Falten des Tuches, das auf dem Krug ruhte, bedurften noch einiger Tage Arbeit. Das Einzige, was schon fertig war, war das Gesicht. Es zeigte die heiteren Züge seiner wundervollen Iulia wie alle seine bisherigen Darstellungen der Venus.

Er konnte nicht umhin, sich erneut zu fragen, warum er diesen Auftrag überhaupt angenommen hatte. Seit zwei Jahren hatten seine Hände keine Meißel berührt, um sich mit dem Marmor zu messen, also seit er die Venus skulptiert hatte, die er später für die Thermen von Iluro stiftete. Die Thermen waren nun dank seiner Schenkung verschönert und zeigten eine Gedenktafel, mit der man seine Großzügigkeit würdigte. Dies geschah kurz vor seiner Ernennung zum Sevir Augustalis und war daher sicher mit entscheidend für seine Wahl gewesen, die ihm die Wertschätzung der ganzen Stadt einbrachte. Als er später ohne jegliche wirtschaftliche Notwendigkeit den Auftrag von Sextus Furius annahm, dann wohl eher in der Hoffnung, dies würde dessen Besitzansprüche hinsichtlich Iulia beruhigen. Vielleicht würde ihn ja der tägliche Anblick dieses perfekten Marmorgesichts seine Tochter vergessen lassen.

»Kommt das, weil du für deine Tochter mehr wünschst, als ich ihr zu geben vermag? Welche Art Mann wird dir je für sie ausreichend erscheinen, Gnaeus Pomponius?«

Das waren die Worte des erbitterten Tribuns gewesen, als er erfahren hatte, dass die Zukunft des schönen Mädchens in keiner Verbindung zu der seinen stehen würde.

An der Seite von Sextus Furius hätte es Iulia gewiss nicht an Annehmlichkeiten, Ehren oder auch an einem anregenden gesellschaftlichen Leben gemangelt. Doch Gnaeus kannte seine Tochter nur zu gut und wusste, dass sie in dem Punkt ihrer Mutter und ihm glich. Am meisten auf dieser Welt ersehnte sie nicht etwa Reichtümer, sondern Ruhe, die Zuneigung ihrer Familie sowie natürlich das Wohlergehen ihrer Kinder, die sich an der Seite des Tribuns nie einstellen würden.

»Dann wirst du ihm eben nicht deine Tochter, sondern deine schöne Venus geben. Er wird die eine nicht besser zu nutzen wissen als die andere. Sextus Furius ist kein ehrenwerter Mann«, hatte der lebenserfahrene Cosmus gesagt, der wie alle Menschen, die wenig reden und viel beobachten, mit seinen Einschätzungen meistens richtig lag.

Gnaeus stieg in der Absicht, sich auszuruhen, in das Obergeschoss seiner Werkstatt hinauf, wo sich auch die Wohnung von Cosmus befand, die mit ein paar Utensilien von Fulvia sowie mehreren Möbeln ausgestattet war. Die Einrichtungsgegenstände waren ein Geschenk von ihm, nachdem sein

Stellvertreter den Wunsch geäußert hatte, mit der Sklavin Phoebe eine Verbindung einzugehen.
Gnaeus setzte sich ein paar Minuten auf eines der Sofas, nur um sich etwas zu erholen, bevor er sich zum Forum begab, wo ihn die anderen Männer des Kollegiums erwarteten, um mit ihm wichtige Beschlüsse zu fassen. Da rissen ihn die Schritte von Cosmus, der die Holztreppe heraufkam, aus seinen Gedanken.
»Ich kann sie vollenden, Herr, wenn du es wünschst«, sagte der Stellvertreter, der den Grund seiner Betrübnis erriet. »Letztendlich wird man nichts merken: Das Gesicht ist bereits perfekt und die Arme auch. Den Delphin kannst du meinen bescheidenen Fähigkeiten anvertrauen; er wird der Meisterschaft deiner Hände keinen Abbruch tun.«
Gnaeus lächelte. Nur Einfaltspinsel wussten ein vorhandenes Talent nicht zu würdigen, und er hatte keineswegs die Absicht, die Dummheit zu begehen und zu übersehen, dass ihn Cosmus in vielerlei Hinsicht übertraf. Wenn dieser die Venus für ihn fertigstellte, so würden alle glauben, dass mit den Jahren seine Talente noch ausgereifter wurden, anstatt zu schwinden.
»Vielleicht ...«, antwortete Gnaeus, »aber ich weiß nicht, wie wir den beharrlichen Furius hintergehen können.«
»Ich kann nachts arbeiten. Ich nehme an, dass selbst Furius zwischen Sonnenuntergang und Sonnenaufgang zu schlafen pflegt.«
Gnaeus betrachtete seinen treuen Freund überrascht über dessen Sinn für Humor, mit dem er seine Besorgnis zerstreute.
»Du hältst dich dazu für fähig?«
»Aber selbstverständlich, Herr. Ich kann sie in etwa sechs Tagen vollenden. Sieben im Höchstfall. Niemand muss davon erfahren.«

Seit vier Jahren diente Gnaeus Pomponius Priscus nun schon im Kollegium der Seviri Augustales, und zwar mit dem Eifer und der Begeisterung, die dem Amt angemessen waren. Er war sehr stolz, dieser auserwählten und ehrenwerten Gruppe von Bürgern anzugehören, die sich dem Kaiserkult und dem Unterhalt seines Tempels widmeten, den sie selbst finanziert hatten. Könnte Fulvia sehen, wie aus ihm ein Patrizier der Stadt geworden war, in die er ihretwegen gekommen war, würde sie sehr stolz auf ihn sein.

Gnaeus fand seine respektablen Kollegen überaus aufgeregt vor, als er auf dem Forum eintraf. Und das nicht ohne Grund: Sie hatten an just jenem Nachmittag durch einen Boten aus Tarraco erfahren, dass in nicht einmal fünf Tagen der Besuch des Göttlichen Augustus anstand. Die Zeit reichte kaum, um die religiösen Riten vorzubereiten und den Kaiser gebührend willkommen zu heißen, obwohl viele Hände daran arbeiteten, den Tempel sowie die gesamte Stadt zu schmücken.

Gnaeus wurde an diesem Nachmittag weder mit der gewohnten Herzlichkeit empfangen, noch stellte man ihm die üblichen Fragen wie sonst nach seinen Reisen. Die Verantwortlichen höchsten Ranges der Stadtverwaltung waren diesmal zusammengekommen, um unter allgemeiner Nervosität Angelegenheiten von größter Wichtigkeit zu entscheiden. Die Beschlüsse mussten aufgrund der besonderen Umstände der aktuellen Nachricht in aller Eile gefasst werden, und niemand verließ seinen Platz, bis das Kollegium das Festprogramm in allen Einzelheiten verabschiedet hatte, das noch am gleichen Nachmittag mit einer feierlichen Proklamation beginnen und am nächsten Tag mit der Opferung eines Lamms im Augustustempel seinen Höhepunkt finden sollte.

Der Tempel war erst in jüngster Zeit errichtet worden, also beschloss man, nicht viel Zeit und Mühe in das Bauwerk an

sich zu investieren. Priorität erhielt eine schnelle Reinigung der großen Statue der Göttin Fortuna, die im Innenbereich aufbewahrt wurde und ebenfalls ein Werk von Gnaeus Pomponius war. An der Ausschmückung des übrigen Gebäudes, die einfach und bis zu einem gewissen Punkt improvisiert sein musste, arbeiteten gerade dreihundert Männer.
Außerdem war es erforderlich, ein Bankett zu Ehren des Kaisers vorzubereiten, zu dem alle öffentlichen Würdenträger der Stadt geladen würden. Lucius Marcius fand sich persönlich mit dieser Aufgabe betraut.
»Wir haben keine Zeit, dafür irgendwelche exotischen Zutaten herbeizuschaffen, wir können nicht einmal einen renommierten Koch suchen«, verkündete der Ädil.
Jemand erwähnte den Namen eines Freigelassenen aus einem Ort bei Baetulo, eines Fachmanns, wenn es um die Zubereitung von Kapaunen und Gänsen ging. Ein anderer Mann sprach von einem alten Bekannten aus Emporion, in dessen Diensten ein Koch stand, der bei jenem Lucullus in die Lehre gegangen war, den sogar Iulius Caesar bewundert hatte. Sie kamen überein, zwei Männer zu Pferde loszuschicken, um diese Experten für kulinarische Fragen zu bitten, möglichst schnell mit dem Willen zu erscheinen, das beste Bankett vorzubereiten, das man je in dieser Gegend gesehen hatte.
»Allerdings solltet ihr euch wegen dieser Frage keine übermäßigen Sorgen machen«, griff Gnaeus ein. »Augustus ist ein Mann einfacher Sitten. Es wird ausreichen, wenn sich auf seinem Tisch hausgemachtes Brot, kleine Fische, von Hand gepresster Kuhkäse und einige grüne Feigen finden.«
»Aber, bei Jupiter! Jetzt ist keine Saison für grüne Feigen. Wie soll das gehen?«, rief Publius Cornelius Florus, einer der Seviren, so aufgeregt, als würde gleich der Himmel einstürzen.
»Nur keine Aufregung, meine Freunde«, besänftigte Gnaeus

die Gemüter. »Wir werden für alles eine Lösung finden. Ich weiß einen Ort, wo wir dieses Bankett ausrichten können: die Villa meiner überaus geschätzten Freundin Pomponia Caecilia.«

»Wo soll ich denn grüne Feigen herkriegen? Bestimmt gibt es jemanden, der in letzter Zeit welche von einer Reise mitgebracht hat ...«, murmelte Cornelius Florus in seine Sorge vertieft, die den anderen mehr als egal war.

»Ach ja! Pomponia und der Kaiser sind ja jetzt verwandt. Sie ist die ideale Gastgeberin, die ihn ohne Zweifel erfreuen wird.«

Sie wird sich auch freuen, dachte Gnaeus. Ihm ging durch den Kopf, dass seine liebe Freundin entzückt wäre, die Silberkrüge polieren und ihr Haus mit den teuersten Essenzen parfümieren zu lassen, um sich in der noblen Gesellschaft hervorzutun.

»Und zuletzt«, ergriff wieder Lucius Marcius das Wort, »muss sich jemand von uns in Bewegung setzen, um Augustus in unser aller Name zu empfangen und ihn bis zu unseren Mauern zu geleiten. Meldet sich jemand freiwillig?«

Es entstand ein nachdenkliches Schweigen, das allen unangenehm war. Gnaeus Pomponius wagte als jüngster Mann im Kollegium anfangs nicht, einem seiner intimsten Wünsche Ausdruck zu verleihen. Doch als er merkte, dass sich sonst niemand meldete, brach er das Schweigen: »Ich werde gehen«, bot er an. »Wenn es euch recht ist.«

»Gut.« Lucius Marcius klopfte ihm auf die Schulter. »Dann geh jetzt sofort und veranlasse alles Notwendige, damit du dich gleich morgen auf den Weg machen kannst. Du solltest mit den ersten Sonnenstrahlen aufbrechen. Richte dem großartigen Gaius Iulius Caesar Octavius Augustus aus, dass dieser Stadt bis zum heutigen Tag noch keine so große Ehre wie sein Besuch zuteil geworden ist.«

5

Und hier die grundlegenden Prinzipien für die Konstruktion von Mauern. Zuerst gilt es, ein überaus günstiges Terrain zu wählen: ein erhöhtes und offenes Gelände, frei von Nebel und mit einer Ausrichtung, die weder der Hitze noch der Kälte ausgesetzt ist, sondern eine milde Umgebung bietet; des Weiteren ist die Nähe zu Sumpfgebieten zu meiden.

Vitruv, *Zehn Bücher über Architektur*

Mit den ersten Sonnenstrahlen durchritt Gnaeus Pomponius Priscus das südlichste Tor der Stadtmauer und ordnete sich in die Via Augusta ein. Aus Respekt vor den Toten, die zu beiden Seiten der Straße beerdigt waren, zügelte er den Schritt seines Pferdes. Kaum hatte er Iluro verlassen, störte ihn der Anblick eines Teils der Stadtmauer, die an der Stelle eingefallen war. Nun war nur logisch, dass niemand die Wehrmauer der Stadt instand hielt: Der Friede, den Augustus im gesamten Imperium proklamiert hatte, hatte sie überflüssig gemacht. Dennoch war Gnaeus dafür, die Mauer in einem guten Zustand zu erhalten: Schließlich wusste man nie, wann man sie wieder brauchen würde. In diesem Augenblick wünschte er nur, dass die Männer aus dem Kollegium begriffen, wie sehr diese herabgestürzten Steine den gesamten Anblick um das Stadttor verunstalteten, und dass sie die Renovierung anordneten, bevor Augustus auf die gleiche Idee kam.

Er hoffte, das Medusenhaupt zu sehen, das an einem der letzten Mausoleen, die den Stadtausgang markierten, dem Reisenden anzeigte, dass die Stadt bereits hinter ihm lag; dann gab er seinem Pferd die Sporen. Er wollte nicht lange in Tarraco verweilen, wo er, wenn die Götter ihm gewogen waren, die nächste Nacht zu verbringen gedachte. Er hatte zwar äußerst wenig geschlafen, fühlte sich aber keineswegs müde. Einerseits hatte er noch einige Angelegenheiten zu ordnen, andererseits bewegte ihn die Vorstellung, dass er zum Gesandten seiner Mitbürger und somit zu dem Mann geworden war, der den Kaiser höchstpersönlich geleiten sollte.

»Hoffentlich plagt mich die Müdigkeit nicht zu sehr«, sagte er vor sich hin, »denn bis zu meinem Ziel erwartet mich noch ein langer Weg.«

Gerade als er nach den ersten zwanzig Meilen überlegte, sein Pferd gegen ein frisches Tier zu wechseln, konnte er in der Ferne die Farben und Standarten eines offensichtlich unbefestigten Lagers ausmachen. Sobald er näher kam, wurde ihm klar, dass das Areal, das die unzähligen Zelte einnahmen, riesengroß war. Dort herrschte ein so reges Treiben mit Pferden, Kutschen, Ständen mit Lebensmitteln und sogar einem Spaßvogel, der die zahllosen Umstehenden zum Lachen brachte, als wäre allein die Tatsache, dass sich so viele Menschen in dieser Ebene aufhielten, die sicher nicht weit von der Flussmündung des Rubricatum entfernt war, schon eine Feier wert.

Er konnte sein Reittier in einer improvisierten Versorgungsstation lassen, und während das Pferd trank und fraß, um sich von der Strecke zu erholen, begab sich Gnaeus in die Menschenmenge. Er spazierte geradewegs in Richtung dessen, was er für den Mittelpunkt des allgemeinen Getümmels hielt, ein kleiner Hügel, auf dem sich Soldaten und Zivilisten drängten. Schließlich wandte er sich an den Nächstbesten, der in seine Reichweite kam.

»Ich bin Gnaeus Pomponius Priscus, ein freigelassener Sklave aus der Stadt Iluro«, grüßte er.

»Lucius Quintus Proculus von der siebten Hundertschaft«, erwiderte der Angesprochene, der selbst ohne Uniform wegen seines geschorenen Schädels und seiner groben Art wie ein Soldat gewirkt hätte.
»Was geht hier vor? Ich habe in meinem ganzen Leben noch nie einen derartigen Aufruhr gesehen«, fragte Gnaeus.
»Die Auguren haben gerade festgelegt, dass dieser Ort günstig ist.«
»Die Auguren?«
Gnaeus versuchte zu erkennen, was in der Mitte des Kreises vor sich ging, der sich zwischen den Schaulustigen aufgetan hatte. Er bemerkte dort eine Art Holzaltar, der nicht sonderlich hoch aus dem Boden ragte, auf dem ein Mann – vermutlich ein Priester – ein ihm unbekanntes Ritual zelebrierte. Seine weiße Tunika war vom Blut des Kaninchens befleckt, das er in den Händen hielt. Das Tier war von der Gurgel bis zur Blase aufgeschlitzt und strampelte noch in der Luft herum. Auf dem Boden um das Holzgestell lagen bewegungslos zwischen Blutlachen ein Wildschwein und zwei Vögel mittlerer Größe, die das gleiche Schicksal ereilt hatte.
In dem Moment nickte der Augur feierlich, während er gleichzeitig das Kaninchen hochhob, damit alle es sehen konnten, und schloss die Augen. Die meisten Menschen in der Menge begannen zu klatschen, vor Freude zu jubeln und sich gegenseitig zu beglückwünschen, als beträfe sie die ganze Angelegenheit persönlich.
»Wozu ist dieser Ort günstig?«, fragte Gnaeus den Militärangehörigen.
»Für die Kolonie, die Augustus hier gründen will.« Der Soldat musste Gnaeus' verständnislosen Gesichtsausdruck bemerkt haben, denn er erläuterte ihm das Geschehen anhand eines weiteren Beispiels: »Wenn die Eingeweide der Tiere

krank gewesen wären, hätten sie eine andere Stelle gewählt, vielleicht näher am Rubricatum. Aber sie sind gesund. Das bedeutet, dass die Weiden und die Gewässer hier von guter Qualität sind. Und wenn sie für die Tiere gut sind, dann sind sie es auch für die Menschen. Deshalb bleiben wir hier.«

»Ihr bleibt da?«

»Ja, auf Wunsch des Kaisers bleiben einige von meiner und auch von der vierten und der zehnten Hundertschaft hier.« Quintus Proculus beschrieb mit dem rechten Arm einen Kreis, als wolle er alle Anwesenden umfassen. Nun wurde Gnaeus klar, dass die meisten der hier versammelten Personen tatsächlich Soldaten waren. Der Mann erklärte weiter: »Aber es können sich natürlich alle, die dies wünschen, uns anschließen. Die Luft hier ist hervorragend.«

Offensichtlich war der Veteran mit seinem neuen Schicksal sehr zufrieden, das durchaus etwas Besonderes darstellte: Nicht jeder hatte das Privileg, in einer Kolonie zu leben, also in einer Siedlung höchsten Ranges, die gesetzlich als ein weiteres Viertel von Rom galt und deren Bewohner das römische Bürgerrecht behielten.

Gnaeus betrachtete den Soldaten Quintus Proculus genauer. Sicher handelte es sich um einen der Kriegsteilnehmer, die kürzlich Augustus bei seinem entscheidenden Sieg über die Kantabrer begleitet hatten und die der Cäsar nun mit dem Privileg belohnen wollte, an diesem bevorzugten Ort am Meer zu wohnen, den die Auguren gutgeheißen hatten. Er wollte ihm schon eine weitere Frage stellen, doch in dem Moment forderte Quintus Proculus ihn auf zu schweigen.

»Ruhe!«, sagte er, »da kommt die Schatulle.«

Gnaeus nutzte die Zeit, um einen Blick auf seine Umgebung zu werfen. Nicht weit weg zu seiner Linken wogte das Meer so sanft, als versuchte es, einen Beitrag zur allgemeinen Gelassenheit zu leisten. Zu seiner Rechten ragte in der Ferne ein grün bewachsenes, nicht sonderlich hohes Gebirge auf, das zu dem leuchtend blauen Himmel in Kontrast stand. Es wehte eine sanfte Brise, und die Sonne überstrahlte alles mit ihrem Glanz – zweifelsohne ein Geschenk der Götter, die über die Entscheidung von Augustus sehr erfreut sein mussten.

In der Mitte des Kreises hoben jetzt zwei Männer den kleinen Holzaltar hoch und gaben damit eine in den Boden gegrabene Vertiefung frei. Weitere vier Männer drängten in die Szene: Feierlichen Schrittes und unter respektvollem Schweigen brachten sie eine Holzschatulle bis zu dem Loch. Gnaeus beobachtete, wie alle Anwesenden den Kopf in Demut neigten, als die Schatulle vorbeigetragen wurde. Die Träger stellten sie auf dem Boden ab und schoben sie mithilfe des Priesters behutsam in die Vertiefung. Dann bedeckten sie sie mit Erde und brachen erneut in Beifall und Jubelrufe aus.

»Was haben sie da gerade eingegraben?«, fragte Gnaeus.

Der Soldat wirkte allmählich verärgert, als wäre es nicht seine Mission, die absolute Ignoranz dieses Provinzlers zu beheben, der da nun neben ihm stand.

»Die Schatulle enthält römische Erde«, antwortete Quintus Proculus missmutig. »Sie symbolisiert sowohl den Ort, an dem die meisten der Menschen hier geboren wurden, wie auch die Anwesenheit unserer Götter. Bestimmt hast du keine Ahnung, wovon ich hier rede, oder? Also, dann beherzige meinen guten Rat: Stirb nicht, ohne Rom kennengelernt zu haben. Jeder Mensch sollte mindestens einmal in seinem Leben dorthin reisen.«

Gnaeus wollte seinem barschen Gefährten nicht erklären, dass auch er Römer war. Um ihn nicht weiter zu verstimmen, zog er es vor, das Geschehen schweigend zu beobachten und den Mann nicht wieder anzusprechen. In dem Augenblick wurde die Aufmerksamkeit der Leute auf einen entfernteren Punkt gelenkt, auf etwas hinter ihm. Von dort näherte sich ein Gespann mit zwei fast weißen Rindern, die einen Pflug zogen. Es wurde von einem Mann in einer Toga geführt, der mit feierlicher Miene mit dem Pflug den Umkreis der neuen Kolonie beschrieb, also die Linie, auf der sehr bald eine Mauer errichtet werden würde – so wie einst Romulus bei der Gründung von Rom. Dies war ein ritueller, ja ein heiliger Akt, den das Volk mit der gebotenen Verehrung verfolgte. Als der Mann an der Stelle angelangt war, wo einmal eines der Stadttore stehen sollte, hob er den Pflug einfach an. Dann rammte er ihn wieder in die Erde und fuhr mit seiner Aufgabe fort.

Plötzlich beschloss der unsympathische Soldat, seine Belehrung fortzusetzen; anscheinend war ihm diese Tätigkeit doch angenehmer, als er vorgab.

»Die Kuh geht innerhalb der Furche«, erklärte er, »sie symbolisiert die Frau und das Heim. Das andere Tier ist männlich und geht außen, es repräsentiert die Verteidigung der Stadt und den Krieg – das heißt also uns Männer.«

Gnaeus schützte seine Augen vor dem Sonnenlicht, um einen seltsam keilförmigen Berg zu betrachten, der ein paar Meilen von ihrem Standort über das Meer ragte.

»Dort, wo sie die heilige Schatulle eingegraben haben, werden wir einen Tempel errichten, der dem Göttlichen Augustus geweiht ist. Du befindest dich jetzt also auf dem künftigen Forum, mein Freund, auf dem Forum der wohlhabendsten Stadt, die es im Umkreis von vielen Meilen geben wird. Ich bin mir sicher, dass sie bereits in einigen Jahren auf dem Weg zahlreicher Reisender liegen und große Bedeutung erlangen wird.«

Gnaeus überraschten diese Prophezeiungen aus dem Munde eines einfachen Soldaten, die er selbst nur für das Resultat des

Überschwangs dieses Augenblicks hielt. Er wollte ihn gerade fragen, ob er den Namen der neuen Kolonie wisse, als dutzendfach ein Zischen zu hören war, das der Menge gebot zu schweigen.

In dem Moment sah er am anderen Ende des Kreises langsam und bedächtig einen Mann auftauchen, den er unter Tausenden erkannt hätte. Der Mann wirkte zwar nicht so groß, wie er ihn sich vorgestellt hatte, seine Gesichtszüge hatte er jedoch unzählige Male in Statuen verewigt gesehen. Der Mann trug über der Tunika eine weiße Toga mit Purpurrand. Auf seinem Haupt ruhte ein Myrtenkranz. Es war der Herrscher über das gesamte Imperium, es war der Mann, der ihnen den Frieden geschenkt hatte: der Göttliche Augustus.

Der Kaiser hielt an der Stelle inne, wo die Schatulle vergraben worden war, und hob zur Begrüßung der Anwesenden die Hand. Nach dem Applaus und den Jubelrufen während des Empfangs trat ein ehrenvolles Schweigen ein, das noch länger andauerte als die ehrfürchtige Stille bei der Prozession mit der heiligen römischen Erde oder bei der Arbeit der weißen Rinder mit dem Pflug.

Gnaeus dankte insgeheim Fortuna und brachte den Jubel in seinem Herzen zum Schweigen. Anscheinend wollte die Schicksalsgöttin nicht, dass er eine weite Strecke zurücklegte, um den Kaiser zu treffen, und hatte stattdessen den Herrscher zu dem Treffen mit diesem bescheidenen freigelassenen Sklaven geschickt.

Die Stimme des Augustus klang laut und deutlich, als er in die Stille hinein sagte: »An diesem Tag, an dem die Auguren uns so gewogen waren, übergebe ich euch diese neu geschaffene Stadt, meine getreuen Freunde. Möget ihr darin in Übereinstimmung mit den Geboten unserer Götter, unserer Gesetze und unserer Traditionen leben. Ich befehle euch, hart zu arbeiten, damit sie so wohlhabend wird und ihr Name Bestand haben möge, selbst wenn sich niemand mehr an uns erinnert. Hiermit gründe ich diese Kolonie, der ich den Namen Iulia Augusta Faventia Paterna Barcino verleihe.«

6

Es fehlt mir an Zeit für die Betrachtung so vieler Wunder …

Petron, *Satyricon*

Mit Stolz und ruhigem Gemüt beobachtete Gnaeus Pomponius nun, wie seine Stadt sich geschmückt hatte, um den Kaiser gebührend zu empfangen. Das Erste, was ihm ins Auge fiel, war der eingefallene Abschnitt der Stadtmauer: Sie war zwar nicht ausgebessert worden, aber jemand war auf den hervorragenden Einfall gekommen, die Mängel mit Stoffbahnen zu verdecken und damit dem Stadttor ein prächtiges Aussehen zu verleihen.

Rund zehn Meilen bevor er das mit Medusen geschmückte Mausoleum am Wegesrand erblickt hatte, schickte Augustus nach seinem Barbier und nach seinem Handpfleger. Er ließ sich mit abwesender Miene behandeln, während er auf Ruhekissen im Halbschlaf lag. Die Gründungen, die er – wie man erzählte – ohne Ruhepause vorgenommen hatte, mussten ihn sehr ermüdet haben, denn der Landesvater verbrachte die Reise im Schlaf, wenn er nicht gerade protestierte, weil die Träger ihn mit ihren ungeschickten Bewegungen weckten.

Überrascht stellte Gnaeus fest, dass Augustus eigentlich kein besonders gutaussehender Mann war, wenngleich er über eine enorme Ausstrahlung verfügte. Gnaeus hatte sich nicht vorgestellt, dass der Kaiser fast blond war oder dass sich zwischen seinen Zähnen kleine Lücken befanden – vielleicht weil bei den Statuen mit seiner Darstellung derartige Details immer fehlten. Seine markante Nase und die fast zusammengewachsenen Augenbrauen, aber auch die Kürze seiner Sätze und sein geringes Interesse, längere Gespräche zu führen, verwunderten ihn hingegen nicht, davon hatte er bereits erfahren.
Sobald die Gründungszeremonie für die neue Kolonie vorüber war und nachdem man Augustus von der Ankunft eines Abgesandten aus Iluro in Kenntnis gesetzt hatte, hatte der Kaiser ihn rufen lassen. Die Audienz war sehr kurz gewesen. Der Herrscher bekundete sein Interesse an einem Besuch in seiner Stadt und dankte ihm für sein Geleit. Sodann sagte er: »Wir werden in drei Tagen aufbrechen, im Morgengrauen. Ich werde nur einen Tag in Iluro bleiben, einschließlich der Nacht. Übermittle dies deinen Leuten, damit sie nur solche Feierlichkeiten vorbereiten, die ein Sterblicher in dieser Zeitspanne ertragen kann.«

Das Stadttor von Iluro war schon zu sehen, und die Diener hatten bereits aufgehört, den Kaiser zurechtzumachen, als Augustus verfügte, die Vorhänge seiner Sänfte hochzuziehen. Er trug eine schlichte Toga, die nicht sonderlich weit und mit einem Purpurstreifen geschmückt war, an dem ihn selbst das einfache Volk sofort erkennen konnte. So zog er in die Stadt ein, wo ihn die Menge erwartete, um ihn willkommen zu heißen.
Gnaeus Pomponius Priscus führte das Gefolge mit einem Stolz an, als wäre der Besuch des Augustus allein sein Ver-

dienst. Er versuchte, gelassen zu wirken, obwohl ihm das Herz schier aus der Brust springen wollte, und er warf aus dem Augenwinkel einen Blick auf die Menge, um Freunde und Bekannte auszumachen. Bald entdeckte er Iulia an der Seite von Marcus, ebenso seine Sklaven aus dem Hause wie aus der Werkstatt. Zudem die Sklaven seines künftigen Schwiegersohns, irgendeinen Freigelassenen von Pomponia Caecilia …

Als er das Forum erreichte, entstieg Augustus der Sänfte, wobei er die Hilfe eines Dieners in Anspruch nahm, und grüßte überaus feierlich die Magistrate und Ädile, bevor er einen Augenblick innehielt, um die bunt geschmückten öffentlichen Gebäude und die Statuen zu rühmen und seiner Befriedigung über das Aussehen des ihm geweihten Tempels Ausdruck zu verleihen.

Als Gnaeus vom Pferd absaß und sich neben Publius Cornelius Florus stellte, überging dieser kurz das Protokoll, um ihm mit kindlicher Freude ins Ohr zu flüstern: »Es ist mir gelungen, grüne Feigen für das Bankett heute Abend aufzutreiben!«

Die offiziellen Feierlichkeiten waren öd und zu lang wie immer. Nachdem der letzte Teil zu Ende war, sagte Augustus, er wolle sich zum Ruhen in das Haus zurückziehen, das Lucius Marcius für diesen Zweck vorbereitet hatte. Für diesen letzten Abschnitt des anstrengenden Tages hatte man die Seviren mit seiner Begleitung beauftragt. Somit erhielt Gnaeus Gelegenheit, einen seiner Träume zu verwirklichen: Er ließ seine Tochter und Marcus in den Tempel treten, die seit Stunden an einem der Seiteneingänge des Tempels warteten, und bat den Kaiser um Erlaubnis, ihm seine Tochter und seinen künftigen Schwiegersohn vorzustellen. Augustus gewährte sie ihm mit der Erhabenheit eines Mannes, der an der Bewunderung durch andere Gefallen findet.

»Das ist Iulia Pomponia, meine einzige Tochter«, stellte Gnaeus vor, »und das ist der Mann, den ich für sie gewählt habe, der Amphorenmacher Marcus Sicinius Germanus. Sie werden in zwei Tagen heiraten.«
Iulia senkte vor Verwirrung den Kopf vor dem Kaiser. Marcus versuchte, eine gewisse Haltung an den Tag zu legen, war jedoch außerordentlich verlegen.
»Es würde mich überaus erfreuen, wenn du diese Verbindung segnen würdest, Göttlicher Augustus«, bat Gnaeus.
»Ist es dein Wunsch, die Gattin dieses Mannes zu werden, Iulia Pomponia?«, fragte der Cäsar daraufhin das junge Mädchen und fasste sie am Kinn.
Iulia hob den Kopf und sah dem Kaiser fest in die Augen. Sie war so hübsch, dass sogar der an Schönheiten gewohnte Augustus beeindruckt zu sein schien.
»Ja, Göttlicher Cäsar«, erwiderte das Mädchen. »Und ich möchte ihm möglichst schnell Kinder schenken.«
Gnaeus konnte nicht umhin zu lächeln; er war sehr stolz.
»Die Einstellung deiner Tochter gefällt mir, Gnaeus Pomponius Priscus. Ich gebe euch meinen Segen. Geht dahin mit der Befriedigung eines Menschen, der recht handelt, der mit unseren überlieferten Sitten in Einklang lebt, und denkt an die Prämien, die ihr erhalten werdet, wenn ihr Rom viele Kinder schenkt.«
Während das zukünftige Ehepaar davoneilte, sprach Augustus leise zu Gnaeus: »Du bist ein vom Glück begünstigter Mann, Freigelassener, aber sei nicht zu leichtgläubig. Fortuna widersetzt sich, wenn die Menschen schlafen.«
Während er über diese Worte nachsann, beobachtete Gnaeus, wie die Sänfte von Augustus sich vom Forum zur Villa von Lucius Marcius entfernte. Nachdem der Kaiser dort eingetreten war, versammelten sich viele Leute vor dem Anwesen

in der Hoffnung, ihn noch einmal zu sehen, doch Augustus verbrachte den Nachmittag unter Ausschluss der Öffentlichkeit. Anscheinend hielt er eine Privataudienz mit den Ädilen und Magistraten ab und erledigte anschließend allein einige wichtige Angelegenheiten. Er ließ sich bis zur zehnten Stunde nicht wieder sehen, als er – wie es die Regeln der Höflichkeit erforderten – als Letzter in der Villa von Pomponia Caecilia Attica eintraf, um dort bei dem Abendessen, das ihm zu Ehren der besten Gesellschaft von Iluro gereicht wurde, den Segen zu sprechen.

Mit seiner prächtigsten Toga bekleidet, war Gnaeus im Haus seiner Freundin kurz nach der neunten Stunde eingetroffen. Es fehlte bis zum Anbruch der Nacht noch eine gute Weile, und er wurde von sechs seiner Sklaven begleitet, darunter auch der treue Telephus. Zu seiner Hilfe beim Abendessen hatte er Licinus erkoren, den ansehnlichsten und zudem jüngsten seiner Sklaven. Er war sich sicher, dass der für diesen Anlass festlich gekleidete und einparfümierte Licinus die Gattinnen der langweiligen Magistrate nicht unbeeindruckt lassen würde.

Gnaeus achtete sorgsam darauf, mit dem rechten Fuß über die Schwelle zu treten. Im Haus nahm ihm ein Diener die Toga ab, um ihn in die Tunika fürs Abendessen zu hüllen, und er brachte auch sein Schuhwerk zur Kleiderablage. Während ihm ein anderer Diener die Füße wusch, sie salbte und ihm bequeme Sandalen anzog, sah er zum ersten Mal die strahlende Gastgeberin.

Pomponia Caecilia war eine beeindruckende Schönheit. Ihr Haar trug sie im griechischen Stil frisiert, den er vorher noch nie an ihr gesehen hatte, denn das beschauliche Provinzleben hatte ihr bislang kaum Gelegenheit geboten, sich so zu präsentieren. Sie war in zartlila Seide aus China gekleidet, die von oben bis unten mit Goldfäden bestickt war. Allein das Gewand musste sie ein Vermögen gekostet haben. Kostbare Goldreifen prangten an ihren Armen, und ihre Ohren schmückten große skythische Smaragde, die besten Stücke ihrer reichhaltigen Edelsteinsammlung. Sie war dezent geschminkt, doch ihre Augen strahlten, größer und leuchtender denn je. Offenkundig war Pomponia Caecilia glücklich, ihre herausragende Stellung vor den derzeitigen Machthabern der Stadt und dem Kaiser höchstpersönlich unter Beweis stellen zu können. Sobald sie Gnaeus sah, kam sie ihm entgegen und nahm ihn an der Hand.

»Lieber Gnaeus, wie schön, dass du zu den ersten Gästen gehörst. Hat man dir gezeigt, wo du deine Sklaven lassen kannst? Du weißt ja gar nicht, wie sehr es mich freut, dass du für diese Gelegenheit Licinus gewählt hast. Der alte Telephus hätte nicht so gut getaugt, die Sinne dieser dicken reichen Damen, die heute hier zusammenfinden, zu reizen. Komm mit, ich möchte, dass du dir das Prunkgeschirr ansiehst ...«

Pomponia führte ihn in einen der Wohnräume des Hauses. Dort stand auf einer riesigen Holzanrichte das Prunkgeschirr der Hausherrin. Es war aus Gold und mit Bordüren und mythologischen Szenen verziert; mit allen Tellern, Schüsseln, Trinkbechern, Schalen und Weingefäßen bestand es wohl aus über zweihundert Einzelteilen. Nachdem Pomponia Caecilia einen der Magistrate begrüßt hatte, kehrte sie an Gnaeus' Seite zurück und nahm theatralisch wie eine Schauspielerin eines der goldenen Stücke in die Hand, um dann zu ihren beiden Gästen zu sagen: »Wisst ihr diese Schüssel zu würdigen, meine Herren? Darin hat sich Achilles höchstpersönlich die Finger gereinigt, bevor er nach Troja aufgebrochen ist. Ein Antiquitätenhändler aus Ostia hat sie mir überlassen, nachdem ich dafür ein wahres Vermögen bezahlt hatte. Nur aus Scham lasse ich nichts über den Preis verlauten.«

Die beiden Männer übertrumpften sich gegenseitig mit Lobpreisungen der Schüssel des Achilles, und Gnaeus hatte den Eindruck, dass der Magistrat die Worte Pomponias sogar ernst nahm – aber vielleicht wusste er sich auch nur sehr gut zu verstellen; ihre Worte hätten gar nicht unehrlicher sein können. Gnaeus erinnerte sich sehr wohl daran, bei wem seine Freundin diese Schüssel in Auftrag gegeben hatte: bei einem römischen Goldschmied, also einem Zeitgenossen, und falls ihn die Erinnerung nicht trog, war dieser ein freigelassener Sklave eines Vetters von Atticus, seinem ehemaligen Herrn. Kurz und gut. Nachdem dieser Teil des Protokolls überstanden war – den Gnaeus für überholt hielt –, überließen sie es der Gastgeberin, ihr prächtiges Geschirr den anderen Gästen anzupreisen und dafür die entsprechende Anerkennung zu ernten. Sie gingen in den Hauptsaal, wo das Abendessen aufgetragen werden sollte. In dem Moment sah er Sextus Furius Licinius; der Militärtribun erteilte dem Sklaven, der ihm gerade seinen lahmen Fuß wusch, eine strenge Rüge.

Gnaeus und der Magistrat waren kaum eingetreten, als zwei beflissene Diener, jeder mit einer Waschschüssel, vor ihnen innehielten. Die Bewegungen der beiden Männer waren nahezu symmetrisch: Sie wuschen sich in dem reichlich mit Essenzen versetzten Wasser die Hände und trockneten sie dann an der Kleidung der Sklaven ab, die sich zurückzogen, um weitere soeben eingetroffene Gäste zu betreuen.

Den Hauptsaal der Villa hatte Pomponia seinerzeit mit Szenen aus der *Odyssee* und der *Ilias* ausschmücken lassen. Für die heutige Festlichkeit hatte man zudem duftende Blumengirlanden angebracht, die die gesamte Decke bedeckten. In den vier Ecken des Saales brannten ein Dutzend Öllampen, denen es trotz allem nicht gelang, den Raum aus seinem warmen Halbdunkel zu befreien. Es gab einige Rundsofas – der neueste Schrei in Rom – sowie ein paar Dutzend der üblichen Liegen; sie alle gruppierten sich um kleine Tischchen, von denen jeder für sich ein kleines Kunstwerk darstellte. Sie waren mit prächtigen Tischdecken mit Goldstickerei bedeckt, und darauf standen all die Gegenstände, die auf einem gut bestückten Tisch nicht fehlen durften: Gefäße für Öl, Salz und Essig. Durch das Fenster, das auf den Innenhof hinausging, hatten sie einen Blick auf zwei Flöten- und einen Lyraspieler, die die ersten Akkorde anstimmten, mit denen sie die Abendgesellschaft untermalen sollten.

Die Verteilung der Plätze entsprach der gesellschaftlichen Stellung der Gäste. Gnaeus stand ein Platz neben seinen Kollegen im Sechsmännerkollegium zu, von denen sich einige bereits neben ihren Gattinnen niedergelassen hatten, die sich für den Anlass besonders in Schale geworfen hatten. Als er in ihre Richtung ging, sah er, wie Sextus Furius sich im duftenden Wasser die Hände wusch und ihn dabei mit einem hasserfüllten Blick bedachte, der ihn, ohne zu wissen, warum, noch mehr beunruhigte als sonst.

Unter den Seviren herrschte beste Stimmung. Publius Cornelius Florus berichtete gerade – und sicherlich nicht zum letzten Mal an diesem Abend –, wie er drei Dutzend süße grüne Feigen aufgetrieben hatte. Die Sache hatte irgendwie mit Karthago zu tun und mit einem Kaufmann aus Tarraco, den er seit seiner Kindheit kannte. Gnaeus schenkte der begeisterten Erzählung seines Kollegen keine sonderliche Aufmerksamkeit, ihn beunruhigten die Gedanken, die ihm durch den Kopf schwirrten.

Als es Gnaeus gelang, aus seiner Selbstversunkenheit wieder in die Geselligkeit seiner Umgebung zurückzufinden, musste

er mit Bewunderung feststellen, dass die Gattin des glücklichen Cornelius Florus sich als einzige der anwesenden Frauen ihre weibliche Figur hatte bewahren können. Die anderen – also eigentlich nur zwei, denn die meisten Seviren waren Witwer – ähnelten eher fetten Kapaunen.
Die Gattin von Publius Cornelius Florus hieß Valeria. Sie trug das Haar anmutig oben zusammengefasst; auf der Stirn ließen sich einige perfekte pechschwarze Locken sehen, wohl das Werk eines begabten Haarkünstlers. Ihr braunes Gewand war luftig, und sie hielt es in der Taille mit einer vergoldeten Spange zusammen, was ihre Reize noch betonte, die zweifelsohne keinem der Anwesenden entgangen waren. Unter all den Frauen, die bis zu dem Zeitpunkt angekommen waren – und es dürften kaum welche gefehlt haben, da die Speisesofas sich füllten –, wurde Valeria nur noch von der Gastgeberin in den Schatten gestellt.
Gnaeus prüfte mit einem kurzen Blick, ob sein Hausdiener auf seinem Posten war. Dessen Mangel an Erfahrung würde ihn womöglich verleiten, nicht ganz auf seine Arbeit konzentriert zu sein. Zufrieden stellte er jedoch fest, dass Licinus neben dem Sofa abwartete, auf dem er selbst verweilte, bereit, seinen Anweisungen unverzüglich Folge zu leisten.
»Wie ich sehe, hast du einen neuen Diener erworben«, bemerkte eine der fülligen Frauen und beobachtete Licinus auf eine Weise, die unter diesen Umständen jeder junge Mann für bedrohlich erachtet hätte.
»Er ist ein Erbstück«, erklärte Gnaeus. »Von Lucius Petraeus Victorius. Du erinnerst dich?«
»Der Knoblauchhändler?«
»Genau der. Er hat mir diesen Sklaven hinterlassen und noch elf weitere. Aber nicht alle sind so wie Licinus«, beeilte er sich schelmisch hinzuzufügen.

»Gut, dass du das klargestellt hast«, meinte der Gatte besagter Dame, »sonst müssen wir fürchten, dass unsere Frauen plötzlich alle den enormen Wunsch verspüren, dir einen Besuch abzustatten.«

In dem Moment kündigte eine etwas lebhaftere Musik an, dass Pomponia Caecilia den Raum betrat. Die Anwesenden hießen sie mit Beifall willkommen, für den sie mit dem Anflug eines Lächelns dankte. Sogleich bedeutete sie mit einer feierlichen Geste, dass die eigentliche Hauptperson dieses Abends soeben eingetroffen sei.

»Der Herrscher erweist uns die Ehre seiner Anwesenheit«, verkündete sie.

Es entstand ein ehrfurchtsvolles Schweigen. Dann erschien Augustus, mit einer eleganten Toga bekleidet, allerdings trug er die gleichen Sandalen wie die übrigen Gäste. Im Schein der Kerzen gesehen und wegen der Erhabenheit, mit der Augustus zu seinem Ehrenplatz neben der Gastgeberin schritt, hätte Gnaeus geschworen, dass er in den letzten Stunden gewachsen war.

Wie erwartet übernahm der Kaiser persönlich die Anrufung der Götter, um das Bankett zu eröffnen. Nachdem Pomponia Caecilia einmal in die Hände geklatscht hatte, traten sogleich zwei Dutzend schmucke, junge Sklaven ein, gut gekleidet und modisch gekämmt. Jeder von ihnen hielt eine Schüssel in der Hand, die er auf einen der Tische stellte. Die Gefäße hatten die Form eines Esels, und in den Satteltaschen befanden sich Oliven: in der einen grüne und in der anderen schwarze. Nun traten auch die Sklaven ein, die als Mundschenke fungieren sollten. Sie kredenzten den Männern Honigwein und den Frauen Most. Augustus lehnte beide Getränke ab und bat nur um möglichst frischen Fruchtsaft. Dieses Detail ließ Cornelius Florus Hoffnung schöpfen, und er rief: »Ihr werdet schon sehen, wie begeistert er von meinen Feigen sein wird!«

Gnaeus lächelte um Fröhlichkeit bemüht, wie die gute Erziehung es gebot, doch die muntere Runde begann ihn langsam zu ermüden, obwohl sie doch eigentlich gerade erst begonnen hatte. Er war für das Gesellschaftsleben wahrhaftig nicht geboren. Außerdem hatte er den Eindruck, als würde auch der Kaiser alles nur mit hinlänglicher Befriedigung betrachten, als sehnte sich der Cäsar im Grunde danach, sich in diesem Moment an einem der tausend interessanteren Orte aufzuhalten. Gnaeus schnippte in Richtung seines Sklaven mit den Fingern, und dieser ging emsig auf dem Boden in den Vierfüßlerstand. Der Herr stellte sein Trinkgefäß auf ihm ab und machte von der Serviette Gebrauch, die er von zu Hause mitgebracht und am Gürtel befestigt hatte. Dabei ließen die beiden dicken Gattinnen ihre Blicke über das Gesäß des jungen Dieners schweifen.

Immer mehr Vorspeisen füllten die Tische: Seeigel, Austern, gebratene Eier, Damaszenerpflaumen, Schnecken mit Minze, Papageienzungen in Essig, Siebenschläferhappen mit Brennnesseln und Honig …

Gnaeus ließ sich kein Detail entgehen: Pomponia lächelte immerfort, schien sich aber nicht mehr so wohlzufühlen wie zu Beginn des Banketts. Augustus hatte nicht einen Bissen probiert, allerdings unterhielt er sich sehr angeregt und warf hin und wieder einen Blick auf seine Umgebung – wie ein General, der seine Truppen jeden Moment unter Kontrolle haben will.

Eine der beleibten Frauen in seiner Gruppe hatte begonnen, eine Spukgeschichte zum Besten zu geben. Wie sie versicherte, gab es in einem Haus in Athen ein Gespenst, das die Hausbewohner mit dem Lärm seiner Ketten in Angst und Schre-

cken versetzte. Sein Gesicht war schwarz und irgendwie ausgezehrt, sein Charakter schlecht, und es hatte bereits mehrere entsetzte Mieter aus dem Haus vertrieben.
»Ach was, gute Frau. Das hört sich doch eher wie die Handlung einer Komödie an.«
»Absolut nicht«, antwortete die Dicke sehr gekränkt. »Frag doch Gnaeus Pomponius Priscus, er ist ein verständiger Mann, und er weiß sicher, wovon ich rede. Das besagte Gespenst hat in dem Moment aufgehört, den Lebenden Angst einzujagen, als sich ein überaus wackerer Philosoph in dem Haus niederließ und beschloss, ihm gebührend Aufmerksamkeit zu schenken. Er folgte dem Geist bis zu einer bestimmten Stelle im Garten und ordnete an, dort zu graben. Und an der Stelle fand man dann die Reste von verbrannten Knochen, die mit dicken Eisenketten zusammengebunden waren. Alles löste sich in Wohlgefallen auf, nachdem man den Unglücklichen würdig bestattet hatte.«
»Was meinst du dazu, Gnaeus? Glaubst du an Gespenster?«, fragte Publius Cornelius.
Gnaeus überlegte, was er antworten sollte, um die Damen nicht zu sehr zu beunruhigen.
»Ich habe diesbezüglich keine vorgefasste Meinung«, erwiderte er. »Aus eigener Erfahrung kann ich nur sagen, dass ich noch nie eines gesehen habe. Wenngleich man natürlich dem Volksglauben Aufmerksamkeit schenken sollte. Es wird häufig behauptet, wenn jemand eines unwürdigen Todes stirbt, zum Beispiel durch Ertrinken oder Hinrichtung, dass diese Seelen erst dann wieder Ruhe finden, wenn sie öffentlich beerdigt werden. Aber unterdessen müssen sie in einem Bereich umherschweifen, der weder den Toten noch den Lebendigen gehört.«
Mit dem letzten Wort Gnaeus' erschienen erneut die elegan-

ten Sklaven. Sie trugen zu einer perfekt ersonnenen Choreografie unter anderem ein gewaltiges gebratenes Wildschwein herein. Nach gebührender Würdigung kamen alle zu dem Schluss, dass es das größte Tier war, das sie je in dieser Gegend gesehen hatten. Die Sklaven stellten es sehr vorsichtig auf einen Tisch in der Mitte des Raums und drehten sich um. Nun tauchte unerwartet in der Tür ein wunderschöner, riesiger Äthiopier im Lendenschurz auf, der mit einem armlangen Messer bewaffnet war. Mit zwei überaus schnellen Bewegungen, die alle atemlos mitverfolgten, schlitzte er dem Tier die beiden Flanken auf, aus denen nun lebendige Sperlinge und Drosseln strömten, die sogleich unter der Bewunderung aller und spontanem Applaus in sämtliche Richtungen aufflogen. Sogar der ansonsten undurchdringliche Gesichtsausdruck von Augustus zeigte plötzlich einen Anflug von Überraschung. In der plötzlichen Stille konnten alle Tischgäste die Bemerkung hören, die der Cäsar seiner Gastgeberin gegenüber fallen ließ: »Beeindruckend, meine Liebe. Meinen Glückwunsch zu dieser wirklich prachtvollen Inszenierung.«

Pomponia nahm dem kaiserlichen Lob mit einem schelmischen Lächeln sogleich die Wichtigkeit: »Eine schlichte kleine Vorführung, mein Kaiser, wie alles in meinem Leben …«

Die Anwesenden verstummten und warteten, dass die mit dem Tranchieren des Fleisches beschäftigten Sklaven ihnen ihre Teller reichten, nur Valeria klatschte noch einmal begeistert in die Hände. Publius Cornelius konnte ihre Aufmerksamkeit erst mit einem dieser tadelnden Blicke wecken, die Ehemänner manchmal an ihre Frauen richten müssen, um nicht durch ihr Benehmen kompromittiert zu werden.

Der Wildschweinbraten war so zart, dass er auf der Zunge zerging, und alle sprachen ihm gut zu. Alle mit Ausnahme

des Kaisers, der weiterhin in kleinen Schlucken Fruchtsaft trank und mit unbeteiligter Miene den vielen Leuten zuhörte, die um ihn herumsaßen.
Der zweite Gang, der ebenfalls mit einer ausgeklügelten Choreografie aufgetragen wurde, war nicht weniger köstlich: Kuheuter, die Vulva einer sterilen Sau, Stör aus Rhodos und Fasan aus Phrygien, dazu mit duftenden Rosenblüten gekochte Garumsoße aus Tarraco – die beste Hispaniens. Dann kam der Augenblick der Weinverkostung. Er wurde in wunderschönen Glasamphoren aus Ägypten gereicht, auf denen zu lesen stand: Falernus Opimius Centenarius. Dies war der beste Wein der Welt, von dem viele der hier Anwesenden nicht einmal zu träumen gewagt hätten, je in ihrem Leben zu probieren.
Nach den üblichen vorgeblichen Protesten, die die guten Sitten bei einem derart opulenten Mahl auferlegen, stürzten sich alle erneut in die Völlerei. Als die Sklaven die Wasserschalen brachten, damit die Gäste darin ihre verschmierten Finger waschen konnten, näherte sich ein freigelassener Sklave von Augustus, ein reifer Mann seines absoluten Vertrauens, Publius Cornelius Florus und flüsterte ihm etwas ins Ohr. Er behielt bei seinen Worten Augustus im Blick und wusste sich von dem Cäsar selbst beobachtet, als wolle er den Sevir warnen, dass jedwede Entscheidung Konsequenzen nach sich zöge, die der Kontrolle des Kaisers nicht entgehen würden.
Cornelius Florus wurde blass. Seine Miene spiegelte im selben Moment Zorn über den Affront, bestürzte Resignation und Traurigkeit über die Niederlage. Er näherte sich seiner schönen Valeria und flüsterte ihr etwas ins Ohr. Sie betrachtete gerade mit Entzücken ein Bild an der Decke, das Odysseus in dem Augenblick zeigte, als er seinen Rivalen Antinoos tötet, indem er ihm mit einer Lanze die Kehle durch-

schneidet. Sie gehorchte, ohne zu murren, und erhob sich vom Sofa, um mit dem Boten den Saal zu verlassen.

Gnaeus fiel auf, dass Augustus nicht mehr an seinem Platz war und dass Pomponia Caecilia sehr damit beschäftigt schien, einem Diener vertrauliche Anweisungen zu erteilen. Er überlegte, ob die Feigen seine Kollegen aufmuntern könnte, und sagte: »Jetzt wird gleich dein Beitrag zum Bankett kommen, Freund Florus.«

Doch der Sevir hatte jegliches Interesse an den Feigen verloren. Er betrachtete die Darstellung, die zuvor seine Gattin gefesselt hatte. Tränen standen in seinen Augen, doch anscheinend war nicht der Rauch der Lampen die Ursache dafür.

»Der Stoizismus macht die Menschen für das Gesellschaftsleben unbrauchbar«, sagte eine der Dicken, bevor sie sich ein halbes Kuheuter in den Mund schob, das sie sich noch auf ihrer Serviette aufgehoben hatte.

Offiziell endete die Feierlichkeit, kurz nachdem das Gebäck und der Süßwein aufgetragen wurden. Die Überraschungen, die die Gastgeberin für ihre Gäste vorbereitet hatte, dauerten jedoch bis zum letzten Moment: Es gab Puteneier – tatsächlich mit Eidotter und Pfeffer überbackene Feigentörtchen – sowie Süßspeisen aus Datteln und Honig, kandierte Früchte und – auf dem edelsten Tablett des Hauses serviert – die grünen Feigen, die Publius Cornelius Florus über seinen Freund, den Kaufmann aus Tarraco, gekauft hatte.

Indessen war Valeria wieder an ihren Platz zwischen ihren beiden Tischnachbarn zurückgekehrt. Die perfekten Wellen ihres Haares hatten sich aufgelöst, ihre Schminke war zerlaufen, und sie hatte die kostbare Schnalle an ihrem herrlichen Gewand verloren. Außerdem wirkte sie abwesend. Auch

Augustus saß inzwischen wieder neben der großartigen Pomponia Caecilia, die sich zunehmend freute, dass der Kaiser nun etwas für sein Wohlgefallen gefunden hatte und dass alles so vortrefflich seinen Gang nahm.
Der Cäsar war selbstverständlich der erste der Gäste, der sich zurückzog, jedoch nicht, ohne sich zuvor noch von all den Anwesenden zu verabschieden, die ihm freundlicherweise bei dieser Zusammenkunft Gesellschaft geleistet hatten. Der Zufall wollte es, dass beim Abschied Gnaeus unmittelbar vor Sextus Furius an die Reihe kam, und so konnte er feststellen, woher dessen Zorn rührte. Er würdigte Augustus keines Blickes, als der Kaiser vor ihm stand, und richtete nicht ein Wort an ihn.
»Dieser Mann hasst dich, Gnaeus. Er wird keinen Moment zögern, wenn er dir ein Leid antun kann«, warnte ihn Pomponia wenig später unter vier Augen.
Augustus' Weggehen veranlasste die übrigen, weniger an nächtliche Ausschweifungen gewohnten Gäste ebenfalls zum Aufbruch. Sie wiesen ihre Sklaven an aufzustehen, von denen einige noch im Vierfüßlerstand in angeregte Gespräche vertieft waren. Sie sollten ihren Gebietern wieder Toga und Schuhwerk bringen. Eine Weile herrschte ein hektisches Treiben, und die vielen Sänften, die Sklaven mit Waffen oder Fackeln und die Reiter machten die gepflasterte Straße zum belebtesten Ort der Stadt.
Wer sich zu dieser Unzeit auf den Heimweg begab, kam zudem völlig durchnässt zu Hause an, da sich kurz nach der allgemeinen Verabschiedung eines der heftigen Frühlingsgewitter entlud, die zu der Jahreszeit in dieser Gegend häufig auftreten. Es dauerte noch bis zum Tagesanbruch mit Donner und Blitz an, wobei über Iluro ein Unwetter mit beträchtlichen Regengüssen niederging.

Die Stimme Jupiters brüllte gerade über ihren Köpfen, als Pomponia Caecilia sich ihrem geliebten Gnaeus näherte, sich an seinen Körper schmiegte und ihm ins Ohr flüsterte: »Ich brauche deine Hilfe und deine Diskretion, damit das Fest für einige Männer noch weitergehen kann.«
Der Sevir hörte ihre Worte mit Verwunderung.
»Wünscht Augustus denn, das Bankett privat fortzusetzen?«, fragte Gnaeus mehr als erstaunt.
»Augustus hat andere Pläne. Ich will ihn nicht warten lassen. Deshalb brauche ich dich als Zeremonienmeister für dieses weitere Vergnügen«, fügte sie hinzu, bevor sie sich mit dem Strahlen einer frisch verheirateten Ehefrau aus seiner Umarmung befreite.
Gnaeus fügte sich humorvoll in sein Schicksal: Da er Pomponia nicht auf die Weise erfreuen konnte, wie es der Kaiser beabsichtigte, wollte er die Hausherrin bei der Fortsetzung des sagenhaften Banketts würdig vertreten. Trotz aller Hartnäckigkeit gelang es ihm allerdings nicht, Publius Cornelius Florus zum Bleiben zu bewegen.
»Er hat nicht eine einzige Feige gekostet«, murrte sein Kollege, verstört und verschwitzt, als würde er kein Festmahl verlassen, sondern ein Gefecht auf Leben und Tod.
An dem Treffen nach Tisch – es war ausschließlich Männern vorbehalten – nahmen etwa ein Dutzend Auserwählte teil, darunter auch die zwei Ädilen der Stadt. Wie alle übrigen hierzu geladenen Männer zögerten sie keinen Augenblick, sich Kränze aus Efeu und Lorbeer aufzusetzen, um den schädlichen Effekt des Alkohols zu bannen, und sodann auf das zu trinken, was nun seinen Anfang nahm. Auch Sextus Furius hätte eigentlich bleiben müssen, doch sobald er erfuhr, wer den Auftrag bekommen hatte, die nächtliche Gesellschaft zu leiten, lehnte er die Einladung mit der Ausrede

ab, in seinem kranken Bein einen neuen Schmerz zu verspüren.
Das Treffen nach Tisch gestaltete sich für die anderen wie in einem derartigen Fall üblich: mit noch mehr Schüsseln voller Essen, mit dem einen oder anderen Unwohlsein, das durch Erbrechen im Hof beigelegt wurde, mit Rätseln, Witzen, Geschenken sowie mit einer improvisierten Tombola und dem Auftritt einer Gruppe von Possenreißern. Und Letztere fielen dann auch nach ihren Späßen mit großem Genuss über die grünen Feigen her.
Als der Morgen anbrach und auch das Unwetter nachließ, hielten nur noch drei der zwölf Männer ohne Schlaf durch. Selbstverständlich gehörte Gnaeus zu ihnen, allerdings beeinträchtigte ihn die Müdigkeit dermaßen, dass er sich auf eines der Speisesofas legte und versunken über die Inschrift des Tisches vor ihm sinnierte: »Schau dir den hier an, und dann trinke und vergnüge dich. Auf diese Weise musst du dich nach deinem Tod sehen.« Über der Inschrift, die auch Gnaeus' Verhalten in den letzten Stunden inspiriert zu haben schien, war aus Edelsteinen die Gestalt eines Skeletts eingelegt.
Jupiter schien sich ebenfalls zurückgezogen zu haben, um zu ruhen.

Als – wie so oft nach einem Gewitter – eine besonders strahlende Sonne aufging, vernahm Gnaeus Lärm im Peristyl. Er warf besorgt einen Blick aus dem Fenster. Rings um ihn lagen die elf Auserwählten in seligem Schlummer. Die beiden Ädile lehnten so brüderlich aneinander, wie man sich dies zuweilen bei der Ausübung ihres öffentlichen Amtes gewünscht hätte. Nur der Zeremonienmeister war nüchtern geblieben. Deshalb konnte er nun sehen, wie die Sänfte des Kaisers sich

mit zugezogenen Vorhängen in Richtung Hafen entfernte, wo bereits die kaiserlichen Schiffe warteten.
Gnaeus verließ still den Saal und machte sich auf die Suche nach dem getreuen Telephus. Er fand ihn in ein angeregtes Gespräch mit den übrigen Sklaven verwickelt. Er wies die fremden Diener an, ihren Besitzern bei der Aufgabe behilflich zu sein, sich wieder in diese Welt einzufügen. Er wollte Licinus für sein Verhalten während des Abendessens beglückwünschen, doch Telephus ließ ihn wissen, dass der Bursche so schnell verschwunden war, wie er selbst sich von der Privatfeier zurückgezogen hatte, und dass man seitdem nichts mehr von ihm gehört hatte.
Als Pomponia Caecilia in eine rosafarbene Tunika gehüllt aus ihren Gemächern kam, das Haar im Nacken nur locker zusammengefasst, spürte Gnaeus, wie sein Herz sich über schlug.
»Ich hoffe, dir gedient zu haben, wie du es dir vorgestellt hattest«, sagte er unter vier Augen zu ihr, als Auftakt zu ihren üblichen Anzüglichkeiten. »Deine Gäste werden dieses Abendessen zeit ihres Lebens nicht vergessen. Und der Kaiser auch nicht, wenn ich dich so ansehe.«
»Erinnere mich nicht an die Dinge, die es zum Wohle der Familie zu tun gilt«, antwortete sie unwirsch.
»Du musst wohl zugeben, dass mit dem Schwiegervater der eigenen Tochter ins Bett zu gehen etwas ist, das nur wenige zum Wohle der Familie tun würden.«
»Nicht wenn dich dieser ›Schwiegervater‹ ansieht, als wärest du ein Küken, das es zu vernaschen gilt. Soll ich dir etwas anvertrauen?«, fragte Pomponia und senkte plötzlich die Stimme, als vertraue sie ihm ein großes Geheimnis an. »Dein angebeteter Kaiser, dieser Pechvogel, hat die ganze Nacht damit zugebracht, seinen Seehundpelz zu suchen.«

Gnaeus sah sie verständnislos an.
»Wie es scheint, hat ein sehr weiser Mann ihn glauben gemacht, dass der Seehund das einzige Tier ist, dem die Blitze nichts antun. Er sagt, dass er nirgendwo ohne dieses verflohte Fell hingeht.«
Pomponia verfiel in schelmisches Gelächter. Dann fand sie wieder zu ihrem normalen Tonfall zurück und tat mit einer anmutigen Handbewegung die ganze Sache einfach ab.
»Aber reden wir nicht mehr über diesen armen Mann«, sagte sie. »Mich interessiert eigentlich nur: War diese Nacht für dich angenehm, mein Lieber? Hättest du gern etwas anders gehabt?«
»Nur meinen gesellschaftlichen Status. Letzte Nacht hätte es mir behagt, der Kaiser zu sein.«
»Weißt du, dass das Blasphemie ist?«
»Nun, dann begehe ich diese Blasphemie deinetwegen, meine Herrin.«
»Sonst noch etwas, das dir missfallen hat?«
»Ach, ja. Mir ist ein Sklave abhandengekommen. Bestimmt hat das Gewitter ihn erschreckt.«
»Doch nicht etwa Licinus?«
»Doch, genau der.«
»Welch ein Ärgernis! Mehrere Damen von Stand wollten eine Auktion veranstalten, um dir seinen Besitz streitig zu machen. Der Bursche ist überaus begnadet. Ich sage ihm eine brillante Zukunft voraus, insofern er sein enormes … Talent zu nutzen lernt.«
Pomponias Augen blitzten.
»Übrigens«, sprach sie weiter, »vielleicht hilft es dir ihn aufzuspüren, wenn du weißt, dass ich gesehen habe, wie er mit Sextus Furius Geschäfte gemacht hat.«
»Was für Geschäfte?«

»Das ist mir nicht bekannt. Ich habe nur gesehen, dass der Militärtribun ihm Geld gegeben hat.«
Diese Bemerkung versetzte Gnaeus' fünf Sinne in Alarmzustand. Er bat um seine Sänfte und befahl seinen Sklaven aufzubrechen.
»Was ist denn passiert, Gnaeus?«
Er zog es vor, Pomponias Frage zu überhören. Er verabschiedete sich eilig von ihr und machte sich so schnell auf den Weg in die Stadt, wie der Schritt der Sklaven es ihm gestattete. Er dachte nicht einmal mehr daran, seiner Freundin mitzuteilen, dass er sie bald bei sich zu Hause für die Rituale am Vortag der Hochzeit seiner Tochter Iulia erwartete.
Was ihm als Antwort auf Pomponias Frage durch den Kopf ging, war die schlimmste und zugleich zutreffendste Vorahnung, die er je im Leben gehabt hatte.
Sie war so schrecklich, dass er sie nicht laut auszusprechen wagte.

7

Welches Verbrechen ersinnt seine unbezähmbare Wut?
Seneca, *Epigramme*

Iulia Pomponia konnte es kaum abwarten, dass der Morgen graute; sie wurde wach, als noch tiefste Nacht herrschte. Sie zog sich eine kurze Tunika an und band sich die Haare zusammen. Nicht einmal das Unwetter – es zog bereits ab – vermochte ihr den Mut zu rauben. Sie musste gar nicht nach ihrer Sklavin Niobe rufen, ihrer ehemaligen Amme, denn diese eilte schon herbei, kaum dass sie das Geräusch von Iulias Schritten vernommen hatte. Als ältere Frau – sie ging auf die Fünfzig zu – musste sie keine Frage stellen, um zu erraten, wie es um ihre junge Herrin bestellt war, und sie tadelte sie liebevoll: »Du musst deine Unruhe zähmen, Iulia. Dieses Verhalten ist einer Frau, die im Begriff steht zu heiraten, nicht angemessen.«

Neben dem Kopfteil des Bettes hing das Brautkleid, das ihre Pronuba ihr vor ein paar Tagen hatte schicken lassen: eine weiße, gerade geschnittene Tunika, die mit einem Gürtel zusammengehalten wurde, dazu ein safranfarbener Umhang mit einem Schleier. Die Tradition gebot es, dass die Pronuba eine verheiratete Römerin war, die nur einmal in den Ehestand getreten war. Pomponia Caecilia war nicht nur die ideale Kandidatin, sondern überhaupt die bewundernswerteste Frau, die Iulia je kennengelernt hatte. Die Freundin ihres Vaters hatte eingewilligt, diese Rolle am wichtigsten Tag ihres Lebens zu übernehmen.

Niobe billigte mit einem Lächeln das Bündel, das auf dem Bett des Mädchens lag.

»Wie ich sehe, hast du schon alles vorbereitet«, sagte die Sklavin und schaute sich um. »Und der Korb? Hast du dich seiner entledigt?«

»Ich habe ihn gestern Phoebe geschenkt, der Geliebten von Cosmus. Ich brauche ihn jetzt nicht mehr«, sagte Iulia mit einem gewissen Überlegenheitsgefühl, das ihren übermächtigen Wunsch verdeutlichte, ihr neues Leben zu beginnen.

Während die Sklavin ging, um Iulia ein Frühstück zuzubereiten, setzte sich die Braut auf ihr Bett. Sie tat nichts weiter als abzuwarten, dass ihr Vater in Begleitung von Pomponia Caecilia käme, um dann gemeinsam zur Weihe aufzubrechen. Um ihre Nerven zu beruhigen, öffnete sie das Bündel, das auf dem

Bett lag. Ihre vier Puppen kamen zum Vorschein. Jede war anders, und sie gehörten auch unterschiedlichen Phasen ihrer Kindheit an. Jede hatte ihre besondere Geschichte, doch nun waren alle schwesterlich in ihrem gemeinsamen Schicksal vereint: Sie sollten der Göttin Diana und den Göttern des Heims und der Familie geweiht werden. Iulia wollte in diesem Akt – einem Bestandteil der Hochzeitszeremonie – den ersehnten Abschied von ihrer Kindheit sehen.

In der Einsamkeit und Stille ihres Zimmers nahm Iulia im Schein von zwei Öllampen eine ihrer alten Spielgefährtinnen nach der anderen zur Hand. Vor Jahren, als sie noch mit ihnen gespielt hatte, hatte sie jede Puppe bei ihrem Namen genannt. Die größte und schönste war aus Elfenbein; ihr Vater hatte sie ihr von einer seiner Reisen aus Rom mitgebracht. Er sagte, er habe sie in Ostia einem Händler abgekauft, der gerade aus fernen Landen zurückgekommen war. Sie hieß zur Erinnerung an ihre Mutter Fulvia, die ebenso hübsch und besonders gewesen war.

Die beiden Puppen aus Knochen trugen die Namen Luna – »Mond« – sowie Nox – »Nacht«. Als sie noch mit ihnen gespielt hatte, gedachte Iulia ihnen immer die Rolle der Sklavinnen der beiden anderen zu, denn sie waren erheblich einfacher gestaltet. Ihre außergewöhnlichste und gleichzeitig älteste Puppe behielt sie sich als Letzte vor. Sie hieß Artemisia, und als Iulia sie erbte, war sie schon getauft und durch den Gebrauch bereits ramponiert. Gnaeus erklärte ihr, dass diese Puppe Fulvia gehört und dass er sie ihr auf ausdrücklichen Wunsch ihrer Mutter aufgehoben habe. Er trug ihr auf, sie zu hegen und zu pflegen und stets in ihrer Nähe zu behalten – als würde ihre Mutter sie begleiten.

Iulia streichelte zum letzten Mal die Elfenbeinlocken ihrer Lieblingspuppe und steckte sie dann wieder in das Reisebün-

del, als sie die Schritte von Niobe über den Hof kommen hörte. Sie brachte ihr in einem flachen Körbchen geröstetes, selbst gebackenes Brot, das gerade frisch aus dem Ofen kam; die Sklavin hatte darauf Knoblauch verrieben und es mit einem Schuss guten Olivenöls getränkt.
Iulia betrachtete ihr Frühstück und fragte widerborstig wie eine Heranwachsende, die sie ja eigentlich auch noch war: »Wann kommt mein Vater?«
Niobe meinte, sich etwas einfallen lassen zu müssen, um ihrer Gebieterin diese unerträgliche Warterei zu verkürzen.
»Ich habe eine Idee«, schlug sie vor. »Sobald du gefrühstückt hast, gehen wir in die Werkstatt deines Vaters, um in Erfahrung zu bringen, ob jemand weiß, wann er zurückkommt. Bestimmt war die Nacht in der Villa von Pomponia Caecilia nicht so einfach für ihn. Dir ist ja bekannt, dass dort ein Bankett zu Ehren des Göttlichen Augustus abgehalten wurde. Man weiß bei solchen Ereignissen immer, wann sie anfangen, allerdings nie, wann sie aufhören, mein Mädchen. Was hältst du von meinem Vorschlag?«
Wie Niobe gewünscht hatte, hellte sich Iulias Miene angesichts der Aussicht auf, ihren Vater zu suchen, und sie biss herzhaft in das Brot.
»Iss nicht so hastig, mein Mädchen. Sonst wird dir womöglich noch übel.«
Die Sklavin nahm neben ihr Platz, um ihr beim Essen zuzuschauen. Sie liebte dieses Mädchen, seit sie das Licht der Welt erblickt hatte, und sie konnte nicht glauben, dass sie nun heiraten würde. Niobe betrachtete sie mit einer Mischung aus Traurigkeit und Mitleid – vielleicht, weil sie nur zu gut wusste, was sie in den nächsten Stunden erwartete. Nach dem festlichen Hochzeitsritual mit der Unterzeichnung des Ehevertrages und der Übergabe der Mitgift und nach dem

Abendessen samt Verabschiedung der letzten vollgefressenen Gäste, wenn der Gatte nach seinem traditionellen Brautraub mit ihr auf den Armen die Schwelle des neuen Heims überschritten hatte, würde Iulia mit ihrem Mann allein sein und ihr Leben als erwachsene Frau beginnen und das tun, was alle Frauen seit Weltengedenken mit ihren Männern machen.

In diesem kritischen Augenblick, so ging es Niobe durch den Kopf, war es gleichgültig, ob eine Frau als eine Freie oder als Sklavin geboren war, denn das Ritual der Begierde spielte sich stets nach den gleichen Regeln ab und mit ein und demselben Zweck: Die Männer wollten nur möglichst schnell Befriedigung erlangen – je öfter, desto besser. Und die Frauen hatten nur eine Möglichkeit, diese zu erreichen, was sich allerdings demütigend und schmerzhaft gestaltete. Zweifellos war dies das Schlimmste am Zusammenleben mit einem Mann, eine Unbill, die sie im Gegenzug für viele kleine Vorteile zu ertragen hatten. Niobe streichelte in Gedanken versunken das seidige, lange Haar des Mädchens, dieses Mädchens, das sie gleich nach der Geburt gestillt hatte. Sie konnte die Tränen, die ihr kamen, unterdrücken, jedoch nicht ihre betrübte Miene aufheitern.

»Sei nicht traurig«, sagte das scharfsinnige Mädchen zu seiner Amme und aß ihr geröstetes Brot weiter, »wir werden uns häufig sehen. Du benimmst dich, als würde ich sterben – aber ich feiere doch Hochzeit!«

Nach diesen Worten umarmte sie die Sklavin, die ihr so häufig die Mutter ersetzt hatte, denn schließlich hatte Iulia ihre eigene Mutter nie gekannt. Dann schüttelte sie ihre Tunika aus und fügte hinzu: »Ich bin jetzt fertig mit dem Frühstück. Gehen wir?«

Zu dieser Tageszeit war die Straße wie ausgestorben. Die schwindende Dunkelheit wurde von dem ersten schwachen Schimmern der noch fernen Sonne erhellt. Das Pflaster war feucht und glänzte, doch das Gewitter war abgezogen. Niobe und Iulia schritten in Begleitung von Rea, einer der jungen Sklavinnen des Hauses, eilig voran. In der Ferne erkannten sie vor der Tür zu Gnaeus' Werkstatt den Sklaven Licinus, der wie ein Schauspieler in einer Komödie übertrieben gestikulierte. Durch sein Gebrüll alarmiert war Marcus Sicinius Germanus soeben auf die Straße getreten und hörte ihm zu, wobei sein Gesicht vor Entsetzen immer blasser wurde. Die Frauen näherten sich, um zu erfahren, was passiert war, und da übermittelte der Sklave ihnen auch schon die unheilvolle Kunde: »Gebieter Gnaeus hat heute Nacht auf dem Heimweg im Gewitter einen Unfall erlitten. Wir müssen ihm sofort zu Hilfe kommen.«
Niobe stieß einen entsetzten Schrei aus. Marcus und seine Sklaven standen bereits mit Messern bewaffnet auf der Straße, um Gnaeus in jeder Weise beizustehen. Auch Cosmus, Celadus und einige andere Männer aus der Werkstatt waren da. Einen Moment herrschte Verwirrung, während Licinus weitere düstere Nachrichten überbrachte.
Marcus legte Stärke an den Tag, als er sich an die drei Frauen wandte: »Ihr müsst hierbleiben. Nur wir Männer eilen Gnaeus Pomponius zu Hilfe«, erklärte er.
Niobe war nicht einverstanden: »Keinesfalls. Man weiß nie, wann die Hilfe einer Frau benötigt wird. Gebieter Gnaeus könnte verletzt sein. Ich werde mit euch gehen. Rea und der junge Licinus sollen sich um Iulia kümmern.«
Die Sklavin ließ sich nicht umstimmen, und nicht einmal Marcus vermochte zu verhindern, dass sie ihren Willen durchsetzte. Bei Iulia lag die Sache anders, ihr künftiger

Mann erklärte ihr kategorisch: »Du wartest in der Werkstatt deines Vaters und weichst Rea nicht von der Seite. Licinus, bleib bei ihnen und pass auf sie auf. Wir sind gleich wieder da, und wir werden euch Gnaeus gesund und munter zurückbringen.«

Bangen Herzens sah Iulia, wie die Männer loszogen. Ihr stand der Sinn nicht nach Gesellschaft, deshalb befahl sie Rea, nicht über die Schwelle der Werkstatt zu treten, vor der sich auch der junge Sklave postiert hatte. Voller Angst, dass mit ihrem Vater etwas Gravierendes passiert sein mochte, ging Iulia allein hinein. Sie war in großer Sorge. Sie warf einen Blick auf die halbfertigen Aufträge, unter denen eine vollendete Venusstatue herausragte, die nur noch eingewachst und zum Schluss poliert werden musste. Sie lenkte sich ab, indem sie betrachtete, was sie schon tausendmal gesehen hatte: die schwarz-weißen Mosaiksteinchen, den Tonkrug mit Wasser, auf dem der Name der ehemaligen Besitzerin geschrieben stand – ihre Pronuba Pomponia Caecilia –, die Büsten, die Stelen, die Marmorobjekte, die seit ewigen Zeiten zum Leben ihres Vaters gehörten und auch zu dem ihren.

Einen Moment erschrak sie bei dem Gedanken, was passieren könnte, wenn sie ohne ihn zurückbliebe, doch dann erinnerte sie sich an die Worte von Marcus und fühlte sich etwas erleichtert, zumindest beruhigt genug, um die beiden seltsam flachen Teile aus körnigem blauem Glas zu betrachten. Dies waren zweifellos die beiden Stücke, die Gnaeus aus Kampanien mitgebracht und von denen er in letzter Zeit mit solcher Begeisterung gesprochen hatte.

Sie bemerkte, dass die beiden Sklaven in ein angeregtes Gespräch verwickelt waren, und da sie kein Bedürfnis verspürte, ihnen zuzuhören, ging sie die Holztreppe in den ersten Stock hinauf, wo Cosmus seit Jahren mit der Sklavin Phoebe

lebte. Sie hatte die beiden eigentlich immer zusammen gesehen.
Iulia bemerkte die Fläschchen und Tiegel mit Salben und konnte der Versuchung nicht widerstehen, bei einem den Deckel anzuheben und an dem Myrrheduft zu riechen, den ihr Vater seinem geschätzten Cosmus geschenkt hatte, damit er ihn seiner Geliebten überreichte. Sie sah auch die Haarnadeln, einen Eisenring mit einem blauen Stein – er war aus gewöhnlichem Glas, doch diese Schlichtheit tat seiner Schönheit keinen Abbruch – und die beiden Öllampen aus gebranntem Ton: Auf der einen war Janus zu sehen, auf der anderen der ungeschlachte Priapos. Sie dachte eine Weile über diesen seltsamen Zufall nach. Beide Götter symbolisierten hervorragend ihre nächsten Stunden, ihren Übergang vom Mädchen zu einer erwachsenen Frau sowie ihren ersten Ausflug in das Gebiet, in dem der Gott der ewiglichen Erektion als Alleinherrscher regierte.
Sie wusste, dass Niobe, ihre Amme, ob der Vorstellung Tränen vergossen hatte, sie einem Mann anvertraut zu sehen, denn dieser Frau hatte die fleischliche Verbindung nie Befriedigung bereitet. Doch Iulia war sich sicher, dass Marcus sie zu respektieren wusste und sich anders verhalten würde als diese groben Sklaven, die Niobe kennengelernt hatte.
Widerwillig betrachtete sie sich einen Moment in dem Bronzespiegel, der auch Fulvia gehört hatte, und lächelte, als sie ihre Spange in der Form eines Delphins sah, ein Geschenk ihres Vaters, der sie in jeder Hinsicht mit seiner verehrten Venus gleichstellen wollte. Da hörte sie unten ein Geräusch und beschloss, dorthin zu gehen, um zu erfahren, ob es Neuigkeiten über ihren Vater gab. In der Werkstatt sah sie sich mit einer unangenehmen Überraschung konfrontiert: Der Mann, der da anmaßend im Atelier ihres Vaters hin und her

schritt, war keiner der erwarteten Männer, es war der abstoßende Sextus Furius, der Militärtribun, der mit seinem Hochmut nicht zu begreifen vermochte, dass ihr Vater nicht eingewilligt hatte, sie ihm zur Frau zu geben.
Sextus war vor der Venusstatue stehen geblieben und murmelte mit rauher, unangenehmer Stimme: »Sie ist sehr schön …«
Als er die Anwesenheit des jungen Mädchens bemerkte, fragte er sie, ob sie allein oder ob im Obergeschoss noch jemand zugegen sei.
»Es ist niemand da. Alle Männer sind meinem Vater zu Hilfe geeilt. Es gab einen Unfall mit seiner Sänfte«, berichtete ihm Iulia mit aufrichtiger Unschuld. »Mir steht der Sinn nicht nach der Gesellschaft meiner Sklaven«, fügte das Mädchen hinzu und deutete auf die Stelle, wo sie vor einer Weile Licinus und Rea zurückgelassen hatte.
Sofort wurde sie gewahr, dass sie die beiden Diener nicht mehr vernahm, und sie bereute ihre Worte. Nun war sie allein mit dem Tribun, ohne Nachricht von dem einzigen Menschen, der über ihre Sicherheit hätte wachen können. Sie ging in der Absicht in Richtung Ausgang, den jungen Sklaven zu suchen, doch Sextus Furius hielt sie zurück.
»Suchst du Licinus?«, fragte er hämisch. »Mach dir keine Mühe. Den wirst du nicht finden. Er und die liebliche Rea haben Besseres zu tun.«
In diesem Augenblick hatte Iulia eine schreckliche Vorahnung. Sie starrte den Militärtribun an, der wie immer bewaffnet war, doch viel gefährlicher als sein Messer schien ihr der abgrundtiefe Hass zu sein, den sie in seinen Augen sah – und es packte sie die schlimmste Angst, die sie je verspürt hatte.
Vielleicht weil sie etwas brauchte, woran sie sich klammern konnte, fiel ihr der alte Aberglaube ein, von dem Niobe im-

mer gesprochen hatte: Kein rechtschaffener Mann würde es je wagen, eine Jungfrau zu töten, aus Angst, mit dem Fluch der Götter belegt zu werden, die in solchen Fällen sehr streng waren. Sextus Furius, so sagte sich Iulia, wusste nur allzu gut, dass sie noch Jungfrau war. Als ihr Vater ihn als Kandidaten noch nicht verworfen hatte, hatte der Militärtribun eine verheiratete Frau seines Vertrauens zu ihnen geschickt, um dies zu bezeugen. Dieser besondere Umstand, so ging es Iulia mit Schrecken durch den Kopf, war das Einzige, was sie in dem Moment vor dem Tod zu retten vermochte.

Da bemerkte sie, wie Sextus Furius von einer Werkbank ein Zahneisen ihres Vaters nahm und ihr bedrohlich näher kam. Nun ging alles sehr schnell: Der Tribun zerrte sie am Arm in eine Ecke, stieß sie zu Boden und schob ihr die Tunika bis weit über die Hüften hinauf. Ihr bereits für die Hochzeitsnacht rasiertes Geschlecht lag entblößt vor ihm. Der Tonkrug kippte um, und das Wasser daraus ergoss sich über den gesamten Boden.

»Ich bin Jungfrau!«, rief sie in dem verzweifelten Versuch, sich noch zu retten.

Nur von dem außerordentlichen Impuls eines Menschen geleitet, der sein Leben auf den Einsatz der rohen Gewalt begründet, machte Sextus sie auf dem Boden bewegungsunfähig, dabei stützte er sich auf sein gesundes Knie. Mit der rechten Hand hielt er ihr den Mund zu. Mit der linken, die den unreinen Handlungen vorbehalten war, beging er die schlimmste Schandtat seines Lebens: Er hieb das Zahneisen in Iulias Scheide und schrie triumphierend: »Aber jetzt nicht mehr.«

Der improvisierte Knebel seiner Hand dämpfte den Schrei des Mädchens. Sie sah, wie die Hände ihres Vergewaltigers über die Werkbank neben ihnen tasteten, bis sie nach einem der blauen Glasstücke griffen, die ihr Vater wie einen Schatz hütete. Sie entdeckte das schimmernde Glas knapp über ihrer Kehle, doch vor allem konnte sie die Befriedigung erkennen, die dieser Racheakt in dem grausamen Militärtribun auslöste – eine Rache, die sich eigentlich gegen ihren Vater richtete und für die sie nur ein Ersatz war. Ein ums andere Mal stieß er den Satz aus: »Mit mir oder mit keinem, Iulia Pomponia.«

Mit ihrem letzten Atemzug beschwor die Seele des Mädchens den Fluch herauf, der von diesem Augenblick an stets ihr Begleiter sein würde:

»Möge sich mein Blut niemals von dem Ort tilgen lassen, wo du es vergossen hast, verfluchter Krüppel.

Möge dein Ende so schrecklich sein wie die Zukunft, die meinen Geist nach diesem unwürdigen Tod erwartet, den du mir sogleich geben wirst.

Mögen sich andere um die Ausführung kümmern, schändlicher Mörder, aber ich verfluche dich vor meinem Tode, wie ich es auch als jüngst Verstorbene tun werde, bis in alle Ewigkeit, solange mir Kräfte und Erinnerungen bleiben.

Mögen Schlangen deine Augen fressen, dein Herz und deine Lungen.

Möge das Leben, das ich nie leben werde, dich verfolgen, bis es dir die Luft zum Atmen raubt.

Mögest du nie mehr ohne meinen stinkenden Geist auf deiner Brust in den Schlaf finden.«

Sodann drehte sich Iulias Kopf zur Seite, und ihre Seele stieg in die Schatten der Unterwelt hinab.

8

… und mit Ruhe und Angst erkannte er jenes als ein Grab.

Chariton von Aphrodisias, *Chaireas und Kallirhoe*

Sie waren kaum in den Wald gelangt, als Telephus Gnaeus verkündete, dass sich unter der Führung von Marcus Sicinius Germanus eine Gruppe von Männern mit großer Eile nähere. Die Männer der beiden Gruppen sahen sich bestürzt an, wobei jeder eine Erklärung der Gegenseite erwartete, bis schließlich Marcus das Wort ergriff: »Du bist nicht zu Schaden gekommen? Man hatte uns gesagt, dass …«

»Wer?« Die Heftigkeit von Gnaeus' Tonfall überraschte alle. »Der Fall liegt auf der Hand: Man hat versucht, uns zu täuschen. Doch wer mag das gewesen sein?«, fragte Gnaeus beharrlich, wobei seine Stimme noch lauter wurde.

Alle sahen einander verblüfft an.

Marcus antwortete ihm: »Es war dein Sklave Licinus. Er sagte, du hättest im Gewitter einen Unfall erlitten.«

Die Reaktion des Bildhauers ließ nicht lang auf sich warten. Er sprang mit einem Satz aus der Sänfte, als hätte man ihm einen Hieb versetzt.

»Cosmus! Komm mit uns! Du auch, Telephus! Nimm ihn mit in deine Gruppe auf, Marcus. Du« – er deutete auf einen der Sklaven – »gibst mir dein Pferd und gehst zu Fuß nach Hause. Wo habt ihr meine Tochter gelassen?«

»Sie ist in deiner Werkstatt, mein Herr. Sie steht unter der Aufsicht von Licinus«, antwortete Niobe, bemüht, ihre Tränen zu unterdrücken.

»Mögen uns die Götter beistehen!«, flehte Gnaeus.

Die Männer wurden ausgetauscht und die Reittiere neu zugeteilt. Niobe weinte verängstigt still vor sich hin. An sie richteten sich die letzten Worte ihres Herrn, bevor sich alle in höchster Eile wieder in Bewegung setzten: »Wie konntest du es nur wagen, meine Tochter allein zu lassen und dich diesen Männern anzuschließen?«
»Ich habe gedacht, du würdest mich brauchen, Gebieter.«
»Du hast gedacht! Eine schöne Beschäftigung für eine Sklavin! Wenn Iulia etwas zugestoßen ist, dann lasse ich dich auspeitschen, bis dir die Haut in Fetzen herunterhängt.«
»Das wird nicht nötig sein«, sagte sich Niobe und sah der Gruppe nach, die im Galopp in Richtung der Stadttore davonstob.

Gnaeus gestattete niemandem, vor ihm die Werkstatt zu betreten. Er zog es vor, sich allein der düsteren Vorahnung auszusetzen, von der sein Herz ihm nun kündete.
Und so geschah es, dass der Bildhauer Gnaeus Pomponius Priscus, der als Sklave geboren war und von Titus Pomponius Atticus die Freiheit erhalten hatte, der mit der freigelassenen Sklavin Fulvia verheiratet war, der als unermüdlicher Handwerker angesehen und so klug war, dass er es aus eigenen Verdiensten beruflich zu Wohlstand brachte und dabei all die vielen Schwierigkeiten überwand, die das Leben ihm bereitet hatte, nun mit achtundvierzig Jahren vor einem Bild strauchelte, das er nie mehr überwinden würde: die schreckliche Wahrheit, die das Ende jeder Suche, jeder Hoffnung und jeglichen Sinns bedeutete.
Iulias Blut hatte sich fast bis zum Hof ausgebreitet. Selbst die abgehärtesten Männer mussten sich die Augen zuhalten, um nicht in aller Öffentlichkeit zu weinen, nachdem sie die Leiche des Mädchens gesehen hatten. Gnaeus war zu Boden gestürzt und schluchzte auf den Knien. Er hob nur den Kopf,

um mit gebrochener Stimme den zwingenden Befehl zu erteilen: »Sucht diesen Unhold von Licinus! Und ruht nicht, bis ihr ihn gefunden habt!«

Nur ein Dummkopf oder ein Leichtsinniger hätte so wenige Vorsichtsmaßnahmen ergriffen wie der junge Licinus. Doch der Bursche hatte von beiden etwas, und so war es einfach, seiner habhaft zu werden. Er war sehr früh auf den Markt gegangen und setzte gerade die Sesterzen, die Sextus Furius ihm für seine Dienste bezahlt hatte, in eine Mahlzeit um. Die Männer schleiften ihn zu Gnaeus. Licinus' Reaktion war so perplex, als er Iulias gemarterten Körper sah, dass einige glaubten, dass er nichts von den Absichten des Mannes gewusst haben konnte, der ihn angeheuert hatte.

»Schau dir gut an, was du getan hast, du Schuft!« Gnaeus hielt das Messer gezückt und bedrohte den Burschen, den Marcus und Telephus fest gepackt hatten, mit der Klinge am Kehlkopf.

»Ich war es nicht, Herr …«

»Wer dann?«

Die Angst löste ihm schnell die Zunge: »Sextus Furius Licinus. Er hat mich bezahlt.«

»Und wofür hat er dich bezahlt? Dass du die Tochter deines Besitzers tötest?«

»Nein, mein Herr. Er hat mich dafür bezahlt, dass ich die Männer verscheuche und ihm dann mitteile, wann er freie Bahn hat.«

»Hast du dich denn nicht vor den Konsequenzen gefürchtet? Flöße ich dir keine Angst ein?«

Der junge Sklave schwitzte. Tränen stiegen ihm in die Augen.

»Er sagte, er würde mich kaufen, damit du mich nicht bestrafen kannst.«

»Ach so, das hat er dir also gesagt?«

Gnaeus nahm die Klinge von der Kehle des Sklaven, was alle verwunderte. Alle, nur Telephus nicht, denn er wusste nur zu gut, dass sich hinter dieser Ruhe der schrecklichste Zorn verbarg. Gnaeus setzte sein Verhör fort: »Gefällt dir die Vorstellung, den Besitzer zu wechseln?«
Licinus antwortete nicht. Er war sich nicht darüber im Klaren, was er im Gegenzug für seine Aufrichtigkeit riskierte. Dabei ging er gar kein Risiko ein: Sein Schicksal war bereits besiegelt, seit er in die Hände von Gnaeus' Leuten gefallen war.
»Das Leben eines Sklaven ist überall gleich …«, stammelte er nur.
»Darin bin ich mit dir im Wesentlichen einer Meinung«, sprach Gnaeus mit einer Ruhe weiter, die immer bedrohlicher wirkte. »Ich denke, dass wir deinen neuen Herrn nicht verdrießen müssen. Ich übergebe dich an ihn, ohne dass er mir dafür etwas bezahlen muss.«
Licinus atmete tief durch. Der Bursche dachte offensichtlich, er wäre seinem Schicksal entronnen, dabei würde es in Wirklichkeit jeden Moment zuschlagen – so wie ein Raubvogel seiner Beute auflauert und dann zuschlägt.
»Wenn du ihm zu Diensten sein wirst, dann stimmst du sicher zu, dass es besser ist …« – Gnaeus ließ mit einer raschen Bewegung, die wie eine Schlange durch die Luft zischte, dem Burschen das Messer zwischen die Beine fahren –, »wenn du in allem deinem neuen Besitzer entsprichst.«
Die Hoden und der Penis von Licinus fielen den beiden Männern als blutige Masse vor die Füße. Mit einem Fußtritt beförderte Gnaeus sie auf die Straße. Er wies an, den Sklaven loszulassen, und befahl ihm zu verschwinden. Doch Licinus rührte sich nicht von der Stelle und wand sich vor Schmerz.
Keine zwei Stunden später war er an seinem Blutverlust verschieden.

Die Sklavinnen, allen voran Niobe, wuschen Iulias Körper und salbten ihn mit Pomaden. Dies hätten sie auch getan, wenn ihre Leiche nicht derart brutal verstümmelt gewesen wäre. Sobald sie sauber war und nach Sandelholz und Myrrhe duftete, zogen sie ihr – wie am Vorabend einer Hochzeit üblich – das Brautkleid an und schmückten sie mit der vergoldeten Halskette und den Armreifen, die Pomponia dem Mädchen für ihren Hochzeitstag geschenkt hatte. Allein die Tatsache, dass die Schmuckstücke, die sie vor den Augen ihres Bräutigams hätten verschönern sollen, nun ihre Leiche zierten, ließ die Sklavinnen in untröstliche Wehklagen ausbrechen. Nur Niobe bewahrte die Fassung, sie kniff die Lippen in stiller Trauer zusammen, während sie Iulias Haut streichelte – die Haut des Mädchens, die für sie noch immer wie eine Tochter war.

Während die Frauen Iulias zarten Körper für die Bestattung vorbereiteten, widmete sich Gnaeus der ebenso rastlosen wie ergebnislosen Suche nach dem Kopf seiner Tochter.

Sein erster Impuls war, Sextus Furius ausfindig zu machen. Doch Marcus hielt ihn zurück und erteilte ihm den guten Rat: »Den wirst du jetzt nicht antreffen. Oder meinst du etwa, er ist so unvorsichtig wie dieser Sklave, der Iulia verraten hat? Wenn du deine Tochter rächen willst, dann warte besser ab. Wir lassen ihn glauben, dass wir nicht wissen, wer sie getötet hat. Wir überraschen ihn. Du weißt, dass du stets auf mich zählen kannst und dass ich nicht ruhen werde, bis ich diesen Mann tot sehe, und zwar auf so grausame Weise, wie er es verdient hat.«

Iulias Beerdigung war das traurigste Ereignis, das diese Stadt je erlebt hatte. Es gab weder die traditionelle Totenwache noch die Verabschiedung, denn der Zustand ihrer Leiche ließ keine Aufbahrung zu.

Nach wie vor fehlte der Kopf, also konnten die Gehilfen des Bestatters keinen Wachsabdruck von ihrem Gesicht machen, um es zum Familiengedenken aufzubewahren. Ebenso wenig bestand die Möglichkeit, unter der Zunge der Leiche die Münze zu platzieren, mit der sie die Dienste des Totenfährmanns Charon über den Styx bezahlen konnte. Deshalb war Iulia aufgrund ihrer Todesumstände, selbst wenn ihr Kopf schließlich aufgefunden würde, dazu verdammt, hundert Jahre an den Gestaden der letzten Wasser zu verbringen und darauf zu warten, bis sie an die Reihe kam, auf die andere Seite zu gelangen.

Während die Wehklagen der Frauen von den Wänden in Gnaeus' Haus vielfach widerhallten, war der Bildhauer nur von einem einzigen Gedanken besessen: Er musste den Kopf seiner Tochter wiedererlangen, den ihr Mörder irgendwo weggeworfen hatte.

Der erste Ort, der ihm einfiel, war die alte Zisterne, die jetzt mit allem möglichen Abfall gefüllt war und die alsbald geschlossen werden sollte. Hätte er selbst diese Niederträchtigkeit begangen, wäre ihm der Ort perfekt erschienen. Doch die Sklaven durchsuchten umsonst den Müll, der Kopf tauchte nicht auf.

Sie wühlten in den Abfallhaufen, die sich vor der Stadtmauer türmten, vor allem am östlichen Stadttor, wo vor einer Weile ein Erdrutsch es erforderlich gemacht hatte, die so entstandenen Unebenheiten auszugleichen. Doch auch dort hatten sie kein Glück. Schließlich versuchten sie nach Überwindung des Widerstands von Marcus, der keine Rechenschaft über seine Ermittlungen ablegen wollte, die Strecke zu rekonstruieren, die Sextus Furius mit der Beute in den Händen genommen haben musste. Es war immer noch sehr früh, und um diese Zeit ließen sich noch nicht viele Leute auf der Straße sehen, doch der gesunde Menschenverstand sagte ihnen, dass Sextus Furius nicht weit gekommen sein konnte, ohne Aufmerksamkeit zu erregen. Wenn sie daran eher gedacht hätten, so sagte sich Marcus, dann hätten sie in der Zisterne gar nicht erst gesucht.

Der Leichenzug fand statt, bevor diese Nachforschungen noch zu irgendeinem Ergebnis geführt hätten. Anstatt, wie es Sitte war, den Leichnam für alle sichtbar zu tragen, sahen sie sich gezwungen, Iulias sterbliche Überreste in ein weißes Leintuch zu hüllen. Niobe küsste ihr viele Male die Hände, bevor sie sie unter dem Tuch verbarg. Das Trauergefolge wurde von mehreren Musikern angeführt, die Flöte und römische Tuba spielten. Hinter der Bahre, auf der Iulia ihren letzten Weg zurücklegte, schritten viele Bekannte, die über das Schicksal des Mädchens und den Schmerz ihres Vaters sowie des Mannes, der nun nie ihr Gatte sein würde, aufrichtig betrübt waren. Dem Ädil Lucius Marcius als Repräsentanten der Stadtverwaltung folgten zwei Dekurionen sowie die fünf Seviren, die mit Gnaeus das heilige Sechsmännerkollegium bildeten.

Dahinter gingen die freien Männer, die Freigelassenen und die Sklaven – eine gewaltige Menschenmenge, denn es nahmen nicht nur die Sklaven des Bildhauers teil, sondern auch die von Marcus und Pomponia. Die Frauen bildeten mit lautem Klagen den Abschluss des Trauerzugs. Es war nicht einmal notwendig, dass der Bestatter professionelle Klageweiber schickte.

Von den Frauen war Niobe am stärksten betroffen. Ihr Schmerz wurde weniger in ihrer Trauer deutlich als in ihrem ausgezehrten Gesicht, ihren starken Augenringen und in der abwesenden Haltung einer Frau, der nur noch die Tränen blieben. Pomponia Caecilia verbarg ihr verquollenes Gesicht hinter einem Schleier. Ihr Verhalten war nun nur noch durch die Untröstlichkeit angesichts der Unmöglichkeit bestimmt, ihrem Freund von Nutzen zu sein. Für sie hatte Gnaeus Pomponius einen besonderen Platz im Trauerzug reserviert: den Platz, der – wäre sie noch am Leben gewesen – seiner geliebten Fulvia zugekommen wäre.

Als sie an der Werkstatt des Bildhauers vorbeikamen, hielt der Trauerzug an. Dies war der Zeitpunkt, den Marcus für seine Trauerrede gewählt hatte, die alle Anwesenden zutiefst berührte. Selbst die wächsernen Masken der Vorfahren der Familie, die die Reihe abschlossen, schienen vor Schmerz verzerrt. Unter dem bei dieser Art Zeremonie üblichen Getöse zog das Trauergefolge durch das Tor und erreichte schließlich die Via Augusta. Einige nahmen Anstoß daran, dass die Stoffbahnen, die dazu gedient hatten, bei der Ankunft des Kaisers die Schäden an der Mauer zu verbergen, bereits entfernt worden waren, obwohl immer noch mehrere Arbeiter mit der Instandsetzung beschäftigt waren.

Kurz darauf wurde Iulia in dem Familiengrab, in dem auch ihre Mutter ruhte, beigesetzt; es war nicht weit entfernt vom Mausoleum der Medusa. Neben ihren Leichnam stellte man einen Salbentiegel aus blauem Glas, zwei Tonteller und eine Öllampe, die mit einem Delphin geschmückt war, dem ewigen Begleiter der Göttin Venus. Auf ausdrücklichen Wunsch Niobes legten sie Artemisia zwischen die gefalteten Hände der Leiche, jene Puppe aus Elfenbein, die einst ihrer Mutter gehört hatte.

Cosmus übernahm persönlich die Aufgabe, die Grabstele mit einer Inschrift zu versehen. Es war eine Arbeit wie so viele andere, die er im Lauf eines Jahres ausführte, und doch unterschied sie sich von allen anderen.

DEN VERGÖTTERTEN SEELEN
DER TOTEN GEWEIHT
VON GNAEUS POMPONIUS PRISCUS ERRICHTET
FÜR SEINE GELIEBTE TOCHTER
IULIA POMPONIA, DIE 16 JAHRE ALT WURDE
MÖGE DIE ERDE DIR LEICHT SEIN

Vor dem Grabstein ließen sie sechzehn Öllampen brennen, eine für jedes Lebensjahr der Verblichenen.

Noch in jener Nacht befahl Gnaeus, der sein Wort hielt und blind vor Zorn war, Niobe zu rufen, um sie auspeitschen zu lassen.

»Niobe hat sich heute Nachmittag das Leben genommen, mein Herr.«

Gnaeus runzelte die Stirn.

»Wie?«

»Auf dem Rückweg von der Beisetzung, Herr. Sie stieß sich ein Fleischmesser tief ins Herz.«

9

Den einen wie den anderen erwartet sein Schicksal …

Vergil, *Aeneis*

Die Danaiden waren die fünfzig Töchter von Danaos, des Königs von Argos, die in ihrer Hochzeitsnacht auf Befehl ihres Vaters ihre Ehemänner mit zwischen ihren Nachthemden verborgenen Dolchen ermordet hatten. Nur die älteste Tochter, Hypermestra, gehorchte dem väterlichen Befehl nicht und schenkte ihrem Gatten Lynkeus das Leben – eine Geste der Dankbarkeit, weil dieser sie während der Nacht sexuell respektiert hatte. Zur Strafe für ihr Vergehen wurden die Danaiden von Zeus dazu verurteilt, für immer und ewig mit Krügen Wasser in ein Fass ohne Boden zu schütten.

Diese Geschichte hatte durchaus zum traditionellen Wissen der Bewohner des Imperiums gehört, doch Kaiser Augustus hatte sie erst vor kurzem anlässlich der Weihung des Apollotempels in Rom wieder in Mode gebracht. In der Säulenhalle des Heiligtums auf dem Palatin waren die fünfzig Schwestern in Marmor gemeißelt zu bewundern. Sie waren alle unterschiedlich gestaltet, relativ robust und mit dem Peplon, dem faltenreichen Obergewand der griechischen Frauen, bekleidet. Einige hielten die Krüge ihrer ewigen Strafe in der Hand.

An den Tagen, die auf Iulias Beerdigung folgten, gönnte sich Gnaeus nicht einen Augenblick Ruhe. Er ging wieder in seine Werkstatt und konzentrierte sich auf seine Aufträge, weswegen er allenthalben für seinen Arbeitseifer und seine Seelengröße gelobt wurde. Er bat Cosmus, ihm einen Teil der zur Auslieferung anstehenden Werke vorzubereiten, und beschloss, den fünf Danaiden Priorität einzuräumen, die der reiche Patrizier aus Herculaneum bestellt hatte. Zu diesem Zweck holte er die Skizzen hervor, die er selbst im Apollotempel während seines letzten Romaufenthalts angefertigt hatte, und erteilte die erforderlichen Anweisungen für den Bronzeguss, mit dem eine der weiblichen Figuren Gestalt annehmen sollte.

Bald begann das Gerede: Einige versicherten, Gnaeus nicht nur in einer Nacht wie ein Gespenst durch die Stadt laufen gesehen zu haben. Er selbst leugnete diese Behauptungen, doch Cosmus wie auch Telephus und Marcus, die Männer also, die ihn am besten kannten, weil sie tagtäglich mit ihm zu tun hatten, wussten, dass der Bildhauer immer mehr dem Wahnsinn anheimfiel, vor dem niemand ihn bewahren konnte. Nur das Auffinden des verlorenen Kopfes, für dessen Suche er sich aufrieb, würde ihm seine frühere Vernunft zurückgeben können.

Eines Morgens, als er in die Werkstatt hinunterging, entdeckte Cosmus, wie Gnaeus die Venusstatue schliff. Er tat das mit einer solchen Raserei, dass der Sklave schon um die Gesundheit seines Herrn fürchtete, ganz zu schweigen von der meisterlichen Fertigstellung der Statue. Wobei Letzteres, wie er sich selbst gemahnte, derzeit am wenigsten wichtig war.

»Ach, Cosmus«, sagte Gnaeus, als er ihn sah. Er war verschwitzt, sein Atem ging stoßweise, und sein Blick wirkte abwesend. »Ich habe eine eilige Aufgabe für dich. Geh zu Sextus Furius nach Hause und sag ihm, dass seine Bestellung fertig ist. Bitte ihn um unsere aufrichtigste Entschuldigung wegen der Verzögerung, sag ihm, dass wir unter den gegebenen Umständen auf sein Verständnis hoffen. Dann richtest du ihm aus, dass er sich unbedingt in die Werkstatt begeben muss, um das Stück persönlich abzunehmen, bevor wir es bei ihm zu Hause aufstellen. Sag ihm, es sei mein Wunsch, dass er zur neunten Stunde kommen möge, damit ich mich gebührend um ihn kümmern und mich mit ihm auch noch etwas unterhalten kann.«

»Aber …«, stammelte der Sklave, ohne zu wissen, ob jene Worte seines Herrn das Ergebnis eines Zustands der Entrückung oder anderweitig begründet waren.

Gnaeus verlor die Beherrschung, wie so häufig in den letzten Tagen.

»Mach, was ich dir sage, und schau, dass du schnellstens wieder zurück bist!«
Cosmus befolgte den Befehl und kehrte mit der Zusage von Sextus Furius zurück.
»Hat er dir versichert, zur neunten Stunde zu kommen?«, fragte Gnaeus.
»Ja, mein Herr. Das hat er.«
Gnaeus musste wirklich völlig den Verstand verloren haben, wenn er sich über den Besuch des Mörders seiner Tochter freute. Aus Angst, dass ihm etwas zustoßen könnte, beschloss Cosmus, seinen Herrn nicht einen Augenblick allein zu lassen. Er half ihm bei verschiedenen Kupferdetails bei der ersten Danaide. Die gesamte Danaidengruppe war in Rekordgeschwindigkeit vollendet worden. Sie arbeiteten den ganzen Tag ohne Pause daran und fanden nicht einmal Zeit, einen Happen zu essen. Zum Glück zeigte Gnaeus nur an einer der Statuen Interesse, die anderen vier überließ er den Männern in seiner Werkstatt in Rom, die von Gaius, dem fähigsten der Arbeiter, geleitet wurde. Einen Augenblick befürchtete der Sklave schon, dass Gnaeus womöglich alle in nur einer einzigen Nacht selbst würde gießen wollen.
Dann fiel Cosmus auf, dass das Standbild, an dem sie mit solchem Eifer arbeiteten, gewisse Unterschiede zu den Skizzen aufwies, auf denen es eigentlich basierte. Zuerst einmal war es im unteren Bereich breiter, als hätte die Frau, die es darstellte, ausgeprägtere Hüften als ihre Schwestern. Zudem stellte er Eigentümlichkeiten am Mund fest: Er wies keine Öffnung auf, obwohl auf der Skizze zwischen den Lippen der Danaide ein leichter Zwischenraum zu sehen war.
»Soll ich die Augen anbringen?«, wollte Cosmus wissen. Er fragte sich allmählich, welch seltsame Energie seinen Herrn so rastlos sein ließ.

»Nein!«, stieß Gnaeus aus. »Ich will das selbst machen.«
Er befahl Cosmus, mit Hilfe der anderen Arbeiter die Statue auf ihrem Sockel zu verankern. Es fehlten noch einige Teile – der Arm, der den Krug hielt, ein bestimmter Faltenwurf sowie der komplette Kopfputz –, die auf dem Tisch des Ateliers verstreut waren. Cosmus bemerkte, dass das fehlende Tunikastück der Danaide eine übermäßig große Öffnung freigab, durch die selbst er passen würde, wenn er sich hineingezwängt hätte. Doch er zog es vor, seine Neugier nicht durch Fragen zu stillen, die sein Herr ohnehin zu beantworten nicht geneigt schien.
Es war eine anstrengende Arbeit, die sie nie zuvor in solcher Eile vollendet hatten.
»Es ist spät, Cosmus. Geh dich ausruhen, aber sei weiterhin wachsam und hab dein Messer in Reichweite. Wenn du mich pfeifen hörst, wünsche ich, dass du dem Sklaven von Sextus Furius den Hals durchschneidest.«
Gnaeus kamen diese Worte mit der gleichen Selbstverständlichkeit über die Lippen, als erteile er nur Anordnungen hinsichtlich der Bronzeskulptur und ihrer Verankerung.
Als die übrigen Sklaven gegangen waren, brachte der Herr persönlich die Holztür an, die anzeigte, dass die Werkstatt geschlossen war. Dann erwartete er auf dem Gehsteig die Ankunft seines besonderen Gastes. Wie es sich für einen bedeutenden Mann, der der Militärtribun ja nun war, ziemte, erschien dieser pünktlich in Begleitung eines Sklaven.
Beide gingen unter dem wachsamen Blick von Gnaeus Pomponius ins Haus.
Und niemand sollte die beiden je wieder sehen.

Zwei Tage später erlitt Gnaeus Pomponius einen tödlichen Sturz, als er aus unerfindlichen Gründen versuchte, an der Fassade der Mauer hinaufzuklettern, die sich neben dem

Stadttor befand. Auf Anordnung der Behörden waren die Schäden soeben behoben worden, die den Bildhauer so beschäftigt hatten, als er seine Stadt in strahlender Schönheit hatte sehen wollen. Ein Mauerabschnitt, der noch nicht so fest gefugt war, wie es den Anschein hatte, war die Ursache für den Unfall. Gnaeus starb ein paar Stunden später in seinem Bett, in das seine Sklaven ihn gebracht hatten.

In der Stadt wurde in den Tagen nach der Beerdigung viel über Gnaeus geredet. Es hieß, er habe die letzten Stunden seines Lebens damit verbracht, unermüdlich Anweisungen zu erteilen, den einen oder anderen zu rufen, seine treuesten Mitarbeiter zu bitten, seine Worte ein ums andere Mal zu wiederholen und jegliche Abweichung von seinen ursprünglichen Plänen zu korrigieren, selbst wenn sie noch so geringfügig waren. Man sagte, dass er seine Begleiter schwören ließ, seine Wünsche Punkt für Punkt auszuführen, und dass er ihnen schließlich angedroht habe, für den Fall ihres Zuwiderhandelns von der anderen Seite des Styx zurückzukehren.

Schon etwas ruhiger, galt sein vorletzter Atemzug Pomponia Caecilia: »Seit fünfzehn Jahren will ich dich schon bitten, mich zu heiraten«, sagte er zu ihr.

»Und ich wünsche mir schon seit fünfzehn Jahren, dass du das tun mögest«, lautete ihre Antwort, wobei ihr Tränen in den Augen standen.

Bei seinen letzten Worten hatte er dann bereits den Blick ins Nichts gerichtet, wobei er seit vielen Tagen zum ersten Mal lächelte: »Iulia, mein Herzblatt, du bist ja da!«

10

Ihr meint, ich habe diese Farce, die dieses Leben ist, gut dargestellt? Wenn es euch gefallen hat, dann klatscht in die Hände und zollt dem Autor Beifall.

Sueton, *Die Kaiserviten*

Sie erreichten Herculaneum an einem typisch mediterranen Wintertag, es war kalt, aber die Sonne strahlte. Eine eiskalte Brise wehte, wie häufig an den Tagen vor den Saturnalien, und die Stadt schimmerte wie immer in der Ferne am Fuße des eindrucksvollen Vesuv. Während sie sich dem Hafen näherten, flüsterte Marcus, von der beunruhigenden Schönheit der Landschaft fasziniert: »Man kann sich vorstellen, dass sich das alles eines Tages in die reinste Hölle verwandeln könnte.«

An der Hafenmole warteten schon die Sklaven des Auftraggebers, eines reichen Patriziers, der nicht weit von hier seine Villa hatte, die der Erbauung diente. Wie ihnen Gnaeus gesagt hatte, war er ein gebildeter Mann mit einem erlesenen Geschmack.

Das Dutzend römische Sklaven, das sie begleitete, benötigte eine gute Weile, um die Statuen auszuladen und umzupacken. Marcus wie auch Cosmus verhielten sich ganz ungezwungen, ohne allerdings eine der Danaiden aus den Augen zu lassen – die Figur mit den breiten Hüften, die den Arm erhoben hatte und einen großen Krug aus Onyx hielt.

Sie machten sich sogleich auf den Weg. Die Statuen wurden von über einem Dutzend Sklaven gezogen, allesamt Eigentum des Patriziers. Die Villa, zu der sie unterwegs waren, lag an die acht Meilen von der Stadt entfernt auf einem etwas erhöhten Punkt, von dem aus sich eine atemberaubende Sicht über das Meer bot.

»Warten wir doch auf Gnaeus Pomponius Priscus«, schlug ein Sklave vor. Der Mann mit sehr heller Haut und vornehmer Erscheinung, der mit einem leicht griechischen Akzent sprach, war offensichtlich der Vorgesetzte der anderen.

Cosmus stellte sich sogleich vor: »Ich heiße Cosmus Pomponius. Ich bin der neue Eigentümer der Werkstatt, die mir mein Gebieter nach seinem Tod samt meiner Freiheit hinterlassen hat. Und das ist mein Teilhaber, Marcus Sicinius Germanus.«

Der Grieche hörte aufmerksam zu, als würden ihn die Nachrichten beunruhigen.

»Dein Herr muss sich dennoch keine Sorgen um die Qualität seines Auftrags machen. Gnaeus Pomponius hat vor seinem Tode noch alles vollendet. Er hat persönlich bis zum letzten Moment an einer der Skulpturen gearbeitet, und für die übrigen hat er den Handwerkern seiner Werkstatt in Rom exakte Anweisungen erteilt. Wir alle haben seine unzähligen Instruktionen getreu befolgt. Sein Wunsch, dass wir hierherreisen sollten, um selbst die Statuen an Ort und Stelle aufzustellen, war eine seiner letzten Anordnungen, bevor er diese Welt verließ.«

Diese Argumente schienen den Griechen zu überzeugen. Er bat sie nun, ihren Auftrag, der ihren Herrn gewiss zu Lebzeiten wie auch als Toten erfreuen würde, auszuführen und einzutreten.

Die beiden Männer waren kaum durch den Haupteingang geschritten, da wurden sie auch schon von der Pracht und Schönheit der Villa bezaubert. Von den Bodenmosaiken bis zu den Decken der Räume war hier alles ein Vergnügen für die Sinne. Dies fing mit der Lage der Villa an, denn die ge-

stuften Gärten mit Ausblicken über das blaue Meer vermittelten das Gefühl, als hätten sie das Elysion erreicht.
Sie folgten einem Diener, ließen die Nutzräume hinter sich und gelangten in einen großen Peristyl mit Säulen, von wo aus sie im Vorbeigehen ins einladende Halbdunkel getaucht eine weitläufige Bibliothek mit Hunderten von Papyrusrollen sahen. Dann gingen sie über eine Exedra – die Nische im Freien mit Sitzplätzen für vertraute Gespräche – hinaus zu einem Wasserbecken, das fast hundert Meter lang und von einer Galerie mit makellosen Marmorsäulen gesäumt war.
Die beiden Männer hätten zu gern an jedem einzelnen der Orte verweilt, an denen die Architektur an sich schon ein wahres Kunstwerk war, was auch für jede der unzähligen Skulpturen galt. Sie sahen sich schließlich in ihrer Meinung bestärkt, dass der Name des unglücklichen Gnaeus Pomponius in den höchsten Kreisen der italienischen Halbinsel einen guten Ruf genoss, denn sonst hätte man ihn nicht auserkoren, diesen Olymp der Kunst mitzugestalten.
In der umfangreichen Statuensammlung nahmen sie eine besonders gelungene Amazone aus Marmor wahr, eine wunderschöne Athene, das hagere, bärtige Gesicht eines Epikurs aus Bronze sowie zwei Athleten, die sich draußen vor dem Wasserbecken befanden. Genau an dieser Stelle, also etwa auf halber Höhe des Beckens, verweilte der griechische Sklave und deutete auf fünf Sockel, die in einem Halbkreis am Rand des Wassers standen.
»Die Danaiden müsst ihr dort aufstellen«, erklärte er zurückhaltend. »Falls ihr eure Rückreise nicht so lang aufzuschieben wünscht, könnt ihr den Dienern die entsprechenden Anweisungen erteilen. Seid unbesorgt, sie sind den Umgang mit Kunstwerken gewohnt.«
»Keinesfalls«, erwiderte Cosmus darauf bedacht, dass sein

Interesse keinen Argwohn erwecke. »Wir sind hierhergekommen, um den Letzten Willen unseres verehrten und geliebten Herrn zu erfüllen, und wir werden deshalb die Rückreise nicht antreten, ohne dies auch getan zu haben.«
Der Grieche zog sich zurück, um die Männer arbeiten zu lassen, als er bemerkte, dass die Sklaven die Danaiden bereits in das Peristyl brachten. Marcus näherte sich, um sie zu überwachen. Die erste der Statuen – die Danaide mit dem Krug aus Onyx – oblag weiterhin seinen eigenen Dienern, den Männern also, die er selbst unter den zuverlässigsten in der Werkstatt in Rom ausgewählt hatte. Er wünschte nicht, dass andere Hand an die Statue legten, bis sie ihren endgültigen Platz fand. Wenn er schon zu diesem abgelegenen Ort gereist war – wofür er erstmals im Leben seine Stadt verlassen hatte –, dann zu diesem einzigen Zweck: um zu vermeiden, dass andere Gnaeus' letztes Werk berührten.
Dennoch war es unvermeidlich, dass einer der erfahrenen Sklaven des Hauses bei der Aufstellung der ersten der Danaiden mit Hand anlegte. Dem Mann entging nichts, denn eigentlich korrigierte er nur eine ungünstige Bewegung der anderen, als er anmerkte: »Vorsicht, diese scheint schwerer zu sein.«
»Das liegt an dem Krug«, erwiderte Telephus, der sich die Antwort auf diese Frage bereits im Voraus überlegt hatte.
Offensichtlich klang er überzeugend, denn es fielen keine weiteren Bemerkungen mehr. Sie hievten mit großer Umsicht die Statuen auf ihre Sockel und wiesen dann die Sklaven an, sie zu reinigen. Da es womöglich verdächtig gewirkt hätte, wenn sie die erste selbst gesäubert hätten, beschränkten sie sich darauf, die Arbeit der anderen zu beaufsichtigen. Im Fall der Danaide mit dem Krug war es zudem erforderlich, besonders vorsichtig zu sein und, ohne Argwohn zu erregen,

darauf zu achten, dass die von Gnaeus noch persönlich versiegelten Augen fest angebracht wurden und keine Ritzen blieben.

Sobald sie fertig waren, riefen sie den Griechen herbei, damit dieser ihre Arbeit würdige.

»Exzellent«, sagte dieser ergriffen, als er die fünf Schwestern zum ersten Mal neben dem Wasserbecken aufgereiht stehen sah. »Mein Herr wird sehr zufrieden sein.«

Das Angebot des Dieners, in der Villa zu nächtigen, lehnten sie dankend ab, tranken jedoch etwas Wasser und nahmen einen leichten Imbiss, bevor sie nach Herculaneum zurückkehrten. Unterdessen zeigte der Grieche Interesse für die Todesursache von Gnaeus Pomponius; er behauptete, sein Herr wünsche dies zu wissen.

»Er hat sich bei einem Sturz das Rückgrat gebrochen«, antwortete Marcus ganz ungezwungen.

»Wie ich sehe, war er nicht nur ein überaus talentierter Bildhauer, sondern auch ein großartiger Mensch«, fügte der Grieche hinzu.

»Das ist wohl wahr. Er war einer der besten.«

In jener Nacht stießen Marcus und Cosmus in einer Taverne im vornehmen, ruhigen Herculaneum mit einem guten Wein aus Kampanien auf Gnaeus und die Verwirklichung seiner Pläne an.

Nach nicht allzu langer Zeit klagten die Sklaven, die im Atelier von Cosmus arbeiteten, über den fauligen Gestank, der von überall herzukommen schien, sowie über die Flecken, die urplötzlich auf dem Boden auftauchten und genauso unverhofft wieder verschwanden. Es ging das Gerücht, dass Iulias Geist diesen Ort bewohne und dass sie als Gespenst zurückgekehrt sei, um an den Lebenden Rache zu nehmen.

Mit wahrer Panik reagierten die Männer allerdings, als etwas später an der Wand im Obergeschoss, in das sie hinaufgegangen waren, um ein Möbelstück zu reparieren, vor ihren Augen wie aus dem Nichts plötzlich ein Hilferuf als Inschrift erschien:

ME IUVA

Da die abergläubischen Arbeiter sich weigerten, noch einmal dorthin zurückzukehren, sah Cosmus sich gezwungen, eine andere Werkstatt zu erwerben und einen Großteil seiner Aktivitäten dorthin zu verlegen. Die Männer brachten bessere Leistungen, wenn sie keine Angst hatten und er ihnen nicht andauernd mit der Peitsche drohen musste. In die alte Werkstatt kehrte abends nur Cosmus zurück, und das auch nur am Anfang, bevor seine im fünften Monat schwangere Frau plötzlich durch einen Sturz auf der Treppe verstarb und die Erinnerungen, die diese Wände bargen, für ihn zu schmerzlich waren.

Niemals jedoch ging jemand je wieder zu dem Mauerabschnitt zurück, wo Gnaeus auf der Suche nach etwas, das alle für hoffnungslos verloren hielten, zu Tode gekommen war.

Und die Venusstatue fristete nun endgültig ein einsames Dasein.

ZWISCHENSPIEL

DIE STIMME DER IULIA POMPONIA: ZWEI DOKUMENTE

1) Sitzungsprotokoll

Protokoll der Sitzung, die von den Mitgliedern der Spiritistischen Gesellschaft der Maresme am 15. Dezember 1876 im Salon des Hauses in der Calle de la Paz 26 unter der Leitung und dem Vorsitz des berühmten Professors Don Manuel Sanz Benito abgehalten wurde.
Die Mitschrift wie auch die Übersetzung der lateinischen Ansprachen oblagen Don Marcel Imbert Picornell, der zugleich der Eigentümer besagter Immobilie ist.

Zusammenkunft der Herren D.H.H., V.G.Q., C.S.T., D.O.G., A.O.S., R.T.V. und M.I.P. unter der Leitung von Don Manuel Sanz Benito, einem Besucher dieser Stadt; die Sitzung beginnt mit einigen Versuchen, mit dem Geist in Kontakt zu treten, und zwar mit Hilfe von einfachen, direkten Fragen (»Wer bist du?«, »Was wünschst du?«, »Was war die Ursache für deinen Tod?«, Weshalb wohnst du in diesem Haus?«, »Handelst du aus Rachegelüsten?«), was siebenundvierzig Minuten andauert, ohne zu irgendeinem Ergebnis zu führen.
Aus diesem Grund werden im Folgenden die Invokationen drängender, wofür der Sitzungsleiter aufsteht und mit deutlich erhobener Stimme diverse Befehle formuliert, die das einzige Ziel haben, das Gespenst zu bewegen, in Erscheinung zu treten. Das Ergebnis dieser neuerlichen Invokation ist ebenfalls negativ. Die Sitzung wird für fünf Minuten unterbrochen.

Noch während dieser Pause ist ein fauliger Geruch zu bemerken, und alle Anwesenden scheinen plötzlich Kälte zu verspüren. Don M. S. B. bittet die Teilnehmer, in der Annahme, dass der Moment günstig sei, sich wieder um den Tisch zu versammeln und die Hände mit gespreizten Fingern auszubreiten, so dass alle Teilnehmer einen fast perfekten Kreis bilden.

In genau diesem Augenblick fällt Don M. S. B., ohne dass es erforderlich geworden wäre, Fragen zu stellen oder Invokationen vorzunehmen, in einen Zustand der Trance (die Augen nach oben verdreht und unter Kontraktionen), um bald darauf seine Fassung wiederzugewinnen; er öffnet scheinbar ganz normal die Augen und beginnt, mit etwas rauher Stimme zu sprechen, die allerdings ganz eindeutig weiblich ist und Lateinisch redet. Diesen Zustand wird er erst dreizehn Stunden und einunddreißig Minuten später wieder verlassen, als er mit Leib und Seele erwacht; er ist jedoch derartig ermattet, dass er im Haus übernachten muss und der Betreuung durch einen Arzt bedarf, der ihm später »Blutarmut« diagnostizieren wird.

Im Laufe dieser Nacht ereignen sich Manifestationen, die im Folgenden detaillierter dargelegt werden. Aufgrund dieser Tatsachen ergibt sich nach der Analyse durch die Mitglieder der Gesellschaft diese Schlussfolgerung: Hinter der Erscheinung eines einzigen Gespensts verbargen sich verschiedene Geister, die sich im Körper des Mediums Manuel Sanz Benito zeigten und ihre wirren und – in einigen Fällen – widersprüchlichen Botschaften diktierten. Es stellten sich keine besonderen Vorgänge ein, die sich aus der Kommunikation mit dem Gespenst ableiten. Der Fall ist unter der Aktennummer 63 archiviert (einsehbar in der Bibliothek der Gesellschaft).

Erste kurze Rede des Geistes: Transkription der ersten Manifestation aufgrund der Notizen, die in situ von zwei der Zeugen angefertigt wurden, sowie aufgrund der Gedächtnisprotokolle der übrigen Anwesenden. Man kam überein, die unverständlichen Passagen mit Punkten in eckigen Klammern [...] zu kennzeichnen.

Ich sinne nicht auf Rache, darum geht es mir nicht. Mein Vater hat mich schon gerächt. Der Tod von Sextus [...] war langsam und demütigend. Mein Vater hat ihn in einer der fünf [...] eingesperrt, gleich hier. Er brüllte und wand sich. Er gestand, an welcher Stelle er weggeworfen hatte, was mein Vater suchte. Aber da war nichts mehr zu machen. Ich weiß ganz genau, wo er ihn weggeworfen hat. In eine Grube in der Nähe der Bauarbeiten an der Stadtmauer. Noch bevor jener unselige Tag zur Neige ging, waren schon Tonnen von Steinen darauf gefallen. Die Knochen brechen und der Schädel gibt seine Substanz ab. Vorbei, ich sinne jetzt nicht mehr auf Rache. Den Mörder ereilte der schlimmere Tod. Mein Vater befahl, ihn dort zu lassen, jedoch die Öffnungen nicht zu verschließen. Die Statue war noch nicht vollendet. Er konnte durch die Augenöffnungen Luft schöpfen. Ohne Luft wäre es schneller gegangen. Während er im Todeskampf lag, hatte ich meine Freude, indem ich ihm in seinem engen Raum Gesellschaft leistete. Als er mich ansah, traten ihm die Augen aus den Höhlen. Ich glaube, er verlor den Verstand. Er erniedrigte sich auch. Er flehte die Leute meines Vaters an, ihn herauszulassen. Er versprach ihnen, sie an die Stelle zu führen, wo er sich meines [...] entledigt hatte, neben dem Stadttor. Er bot ihnen alle möglichen Reichtümer und Sklaven an, sogar sein Haus. Doch meine geliebten Rächer gehorchten den Befehlen meines Vaters, der nach dem Sturz nun in seinem Bett mit dem Tode rang. [...] erlitt den schrecklichen Tod, den er verdient hatte. Dann brachten sie fachmännisch die Augen an und versiegelten sämtliche Kupferöffnungen, damit der Gestank der Verwesung nicht nach draußen dringen konnte. Dann schafften sie die Statue an ihr Ziel, das somit auch der letzte Aufenthaltsort meines Mörders wurde. Jetzt wisst ihr es also. Ich will keine Rache, sondern Hilfe. Helft mir.

Anmerkung: Die exakte Bedeutung dieser langen Rede konnte von keinem der Anwesenden dechiffriert werden, ebenso wenig von den vielen Fachleuten, die von dieser Gesellschaft konsultiert wurden. Es ist nicht auszuschließen, dass es sich bei dem Fragment um ein literarisches Werk handelt, das zu diesem Zeitpunkt noch nicht dokumentiert war.

Erster Dialog sowie Vorfälle, die sich daraus ableiteten
Die Abkürzung SGM bezeichnet die Fragen, die Mitglieder der Spiritistischen Gesellschaft der Maresme gestellt haben; mit SP (Spektrale Präsenz) sind die über das Medium erhaltenen Antworten gekennzeichnet.

SGM: Auf welche Weise können wir dir Hilfe zuteil werden lassen?
SP: Gestattet mir, auf die andere Seite des Flusses[15] zu gelangen.
SGM: Was müssen wir tun?
SP: Entfernt die Erde.
SGM: Wozu?

15 Auf welchen Fluss sie sich bezieht, ist uns nicht bekannt.

SP: Vereint den Marmor mit den Knochen.

SGM: Wir verstehen das nicht. Könntest du dich deutlicher ausdrücken?

SP: Entfernt die Erde. Hier an Ort und Stelle.

SGM: Welche Erde sollen wir entfernen? Die Erde hier im Garten?

SP: Ja.

SGM: Was sollen wir suchen?

SP: Marmor. Mich selbst.[16]

SGM: Zu welchem Zweck?

SP: Um mir zu helfen, auf die andere Seite des Flusses zu gelangen.

SGM: Wir wissen nicht, wie du heißt.

SP: Iulia Pomponia.[17]

SGM: Sagst du uns deine Todesursache?

SP: Mord.

SGM: Wer hat dich ermordet?

SP: Ich habe seinen Namen schon genannt. Er tut jetzt nichts zur Sache.

SGM: Wir haben ihn nicht verstanden. Könntest du ihn wiederholen?

SP: Er tut jetzt nichts zur Sache.

SGM: Ich möchte dich etwas fragen. Hörst du mir zu?

SP: Ich höre immer zu.

SGM: Wir glauben, dass du eine sehr alte spektrale Präsenz

16 Beispiel für eine mögliche doppelte Bedeutung. In Anbetracht der Widersprüchlichkeit der beiden Äußerungen ist der Gedanke plausibel, dass es sich um zwei Geistermanifestationen handelt, die sich auf derselben Raum-Zeit-Koordinate überlappen.

17 Auch hier ziehen wir die Theorie der doppelten Bedeutung in Betracht.

bist. Seit wie vielen Jahren streifst du schon zwischen den Schatten umher? Tausend Jahre?

SP: Viel mehr, aber das tut jetzt nichts zur Sache.

SGM: Eintausend dreihundert?

SP: Das tut jetzt nichts zur Sache.

SGM: Wärest du bereit, bei einer historischen Untersuchung mit uns zusammenzuarbeiten, Iulia Pomponia?[18]

SP: Nein.

SGM: Kannst du uns dein genaues Geburtsjahr mitteilen?

SP: Nein.

SGM: Aber dann vielleicht dein Todesjahr?

SP: Nein. Entfernt die Erde.

SGM: Bist du vor dem Jahr 1000 geboren?

Anmerkung: Das Verhör fand ein abruptes Ende, als der letzte Fragende, Don D. O. G., plötzlich zu Boden fiel; gleichzeitig waren die vier Stuhlbeine des Sessels zu Bruch gegangen, auf dem er Platz genommen hatte. Sodann wurde er von einer außergewöhnlichen Kraft zum großen Fenster des Salons geschleudert, während von den Wänden ein starkes, zorniges Klopfen widerhallte. Wir alle vertraten einhellig die Auffassung, dass unseren Kollegen fast der Tod ereilt hätte. Doch das Medium erwachte genau in diesem Moment, und somit wurde Schlimmeres verhindert.

18 Die Untersuchung, die der Fragende zu der Zeit durchführte, befasste sich mit dem Mittelalter.

Zweiter Dialog: einige Zweifel, für die es keine Erklärung gibt

SGM: Wir wollen Einzelheiten zu dieser Hilfe wissen, um die du uns bittest, Iulia Pomponia. Hörst du uns?

SP: Ja.

SGM: Du hast gesagt, dass die Rache nicht dein vorrangiges Ziel sei.

SP: Ist sie auch nicht.

SGM: Aus welchem Grund?

SP: Rache bringt mich nicht weiter. Ich habe mich bereits gerächt und ich bin gerächt worden.

SGM: An wem hast du dich gerächt?

SP: Es waren vierzehn Personen. Die Erste war Phoebe.[19]

SGM: Wer ist Phoebe?

SP: Niemand von Belang.

SGM: Warum hast du das getan?

SP: Sie hat ein Kind erwartet.

SGM: Und das hat dich gestört?

SP: Ja.

SGM: Weshalb?

SP: Das tut jetzt nichts zur Sache.

SGM: Hast du etwas gegen Kinder?

SP: Das tut jetzt nichts zur Sache.

SGM: Wer ist Phoebe?

SP: Das tut jetzt nichts zur Sache.

SGM: Gut. Aber du willst doch, dass wir dir helfen, oder nicht?

SP: Ja.

---

19 Name nicht bekannt, möglicherweise erfunden.

SGM: Dann sag uns, was wir tun müssen.

SP: Entfernt die Erde. Vereint den Marmor mit den Knochen.

SGM: Welche Knochen? Wo sind sie?

SP: In der Nähe der Medusa.[20]

SGM: Wo ist Medusa?

SP: Unterhalb der Straße.

SGM: Und der Marmor?

SP: Genau hier.

SGM: Warum sollen wir die Knochen mit dem Marmor vereinen?

SP: Um mir zu helfen, den Fluss zu überqueren.

SGM: Was ist das für ein Fluss?

SP: Der Fluss der Toten.[21]

SGM: Wie kommt man dorthin?

SP: Ich befinde mich direkt daneben.

Anmerkung: Die restlichen Dialoge, die wir aufgezeichnet haben, während unser Kollege als Medium fungierte, sind reine Wiederholungen der vorherigen, ohne dass konkrete Resultate oder zuverlässige Ergebnisse hinsichtlich der gleichen Fragen erzielt worden wären. Aus diesem Grund haben wir beschlossen, hier einen Auszug und nicht die Gesamtversion samt ihren Wiederholungen wiederzugeben (ebenfalls einsehbar unter der bereits zitierten Aktennummer 63 in der Bibliothek der Gesellschaft).

---

20 Satz offensichtlich unzusammenhängend, da er mit keinem Ort übereinstimmt.

21 Anscheinend bezieht sie sich hier auf den Styx, den es, antiken Traditionen zufolge, nach dem Tod im Schiff des Fährmanns Charon zu überqueren gilt. Es finden sich jedoch keine weiteren Indizien, dass es sich um den Styx handelt oder dass ansonsten auf antike Traditionen angespielt wird, abgesehen vom Namen der Kommunikationsperson.

2) **Auszüge aus der automatischen Mitschrift.** Medium: Mónica Salvà Clau. Ort der Sitzung: Calle de la Paz 26 (Privathaus des Mediums).

Hinweis: Die Passagen, die wir hier präsentieren, sind chronologisch geordnet und gehören zu den fünfundzwanzig Briefen, die vom Medium durch die sogenannte automatische Mitschrift von Hand in halbbewusstem Zustand niedergeschrieben wurden. Bei der Transkription wurden die aus verschiedensten Gründen unleserlichen Zeilen (fehlender Bezug, Mangel an Sinn, nicht dechiffrierbarer Text) außer Acht gelassen, ebenso Zeilen, die zwar einen wörtlichen Sinn aufweisen, jedoch keinen Beitrag zum Gesamtzusammenhang leisten. Das Originaldokument wie auch die originalgetreue Transkription sind im Stadtarchiv einsehbar. Zudem existiert eine Videoaufzeichnung von der Sitzung, die jedoch nur eigens autorisierten Forschern zugänglich ist.
Die Klassifizierung und Nummerierung der diversen Passagen wie auch die Übersetzung aus dem Lateinischen erfolgte unter der Aufsicht von Román Fernández Casas (Museum von Mataró, Abteilung Archäologie).

I) Hilf mir. Hilf mir. Hilf mir.

II) Seit zweitausend Jahren schon wandere ich am Ufer entlang, ohne jegliche Möglichkeit, auf die andere Seite zu gelangen. Helft mir, das andere Ufer zu erreichen.

III) Zwischen der Welt der Lebenden und der Welt der Toten besteht eine Grenze aus dichtem Nebel. Manchmal erweist es sich als sehr einfach, sie zu überqueren, man muss nur einen einzigen Schritt zum anderen Ufer hinüber tun. In anderen Fällen ist dies unmöglich. Wenn ich kann, überschreite ich die Grenze und suche die Hilfe der Lebenden, die mich allerdings fast nie verstehen. Manche verstehen mich, denken jedoch nur an sich selbst. Mónica versteht mich, sie ist keine Egoistin. Sie hört mich und hört mir auch zu. Sie ist meine Freundin.

IV) Die Lebenden verstehen die Toten nicht. Sie sind von Natur aus ungläubig. Sie brauchen ständig Beweise.

V) Ich sinne nicht auf Rache, aber ich werde mich rächen, wenn es notwendig ist. Mónica ist meine einzige Hoffnung.

VI) Helft mir, bitte. Helft mir, bitte. Helft mir, bitte.

VII) Ich habe hier die Beweise, die ihr benötigt: Ganz in der Nähe des Mausoleums der Medusa gibt es ein leer stehendes Geschäft, das keiner will. Entfernt die Erde – tagelang und unermüdlich. Neben der damaligen großen Mauer werdet ihr einen Tresor finden, der Tag und Nacht bewacht wird. Seht euch die Beweismittel an, dann werdet ihr eine weitere wichtige Spur entdecken. Geht zum Treffen der fünf Danaiden von Herculaneum. Dann kehrt überzeugt zurück, und vereint den Marmor mit den Knochen. Gestattet mir, auf die andere Seite des Flusses zu gelangen. Helft mir.

VIERTER TEIL

SEPULTURA[22]

Wir holten es heraus und ließen ihm eine Bestattung zuteil werden, und von da an wurde das Haus nie mehr von Gespenstern heimgesucht.

Lukian von Samosata,
Die Lügenfreunde oder *Der Ungläubige*

22 Bestattung.

1

Die Cafeteria der Casal Aliança war eine von diesen Räumlichkeiten, wo sich keine eindeutige Grenze zwischen altmodisch und modern ziehen lässt. Sie befand sich in der Calle Bonaire im ersten Stock und war immer gut besucht, trotz ihrer versteckten Lage. Abends galt sie als Treffpunkt für die vielen Stammgäste, nachmittags hingegen war die einsame Cafeteria etwas für Kenner und Romantiker.

Es war halb sechs am letzten Tag des Jahres. Von der Straße drang gedämpft der festtägliche Rummel herauf. Im Halbdunkel einer Nische in diesem weitläufigen Lokal begrüßten sich Román und Javier mit einem Händedruck, nachdem sie sich zwölf Tage lang nicht gesehen hatten. Die schwarz-weißen Bodenfliesen verliehen dem Treffen ein Flair von etwas Endgültigem.

Zwölf Tage waren seit dem Tod von Leónidas Xart verstrichen. Dank der von dem Parapsychologen selbst veranlassten Videoaufzeichnung, die die Polizei in allen Einzelheiten analysiert hatte, wurde sein Todesfall nach den Formalitäten, der Archivierung der Akte und dem Einsatz einer privaten Versicherungsgesellschaft abgeschlossen, die sich darum kümmerte, den Leichnam der Familie zu überstellen. Erheblich weniger einfach war es für die beiden Männer, die Zeugen von dem unerwarteten Ableben des Forschers geworden waren, sich von dem Ereignis zu erholen. Dabei hatten sich beide dafür entschieden, niemandem gegenüber ein Wort über diesen Vorfall verlauten zu lassen und auch nicht mehr miteinander darüber zu reden. Zum Glück hatte Mónica – und gerade sie hätte es am schlimmsten treffen können – nur verschwommene Erinnerungen an jene Abendveranstaltung, und keiner der beiden Männer wollte daran etwas ändern. Dann waren die Festtage gekommen, und Javier und Mónica widmeten sich den Weihnachtsfeierlichkeiten mit dem Interesse von Menschen, die Abstand zu ihrem Leben gewinnen wollen. Zuvor hatten sie noch ihr Haus abgesperrt und sich definitiv bei Matilde eingerichtet.

»Weißt du überhaupt, was du da zu mir sagst? Ich hätte nie gedacht, dass ein intelligenter Typ wie du an so etwas glaubt!«, rief Javier gerade so laut, als wolle er die Aufmerksamkeit des Wirts wecken, der wie gewohnt seinen Tätigkeiten nachging.

Román bemühte sich, mit Javier vernünftig zu reden – das war schließlich der Anlass für ihr Treffen –, obwohl ihm auffiel, wie gering das Interesse seines Freundes war.

»Schau, bis jetzt war ich hier der Skeptiker«, argumentierte der Archäologe, »einer von diesen Leuten, die weder glauben noch den Glauben verlieren, weil dazu Beweise erforderlich sind. Ich denke, was nun passiert ist, hat mir Beweise im Überfluss verschafft. Sie zu leugnen wäre einfach nur dumm, findest du nicht? Welchen anderen Beweis brauchen wir noch, um zu begreifen, was in eurem Haus vor sich geht? Wir können jetzt bloß noch Folgendes tun: Wir müssen das Problem an der Wurzel packen und diesen Ort ein für alle Mal von dieser nervenden Präsenz befreien. Ihr habt ein Recht darauf, in Ruhe zu leben. Und nicht nur ihr.«

Javier riss die Augen auf.

»Du bist wirklich verrückt geworden. Wen meinst du denn sonst, wenn du ›nicht nur ihr‹ sagst?«

»Du weißt sehr genau, wen ich damit meine. Das Gespenst,

diese Iulia Pomponia. Ach, nenn sie doch, wie du willst«, sagte Román in einem so abschätzigen Tonfall, dass Javier sofort eine ungläubige Miene aufsetzte. »Aber warum weigerst du dich, das zu glauben? Du warst doch selbst damit konfrontiert, als der Geist dich in das Schlafzimmer eingesperrt hat. Du warst doch ebenso Zeuge wie ich, wie er Mónica als Medium benutzt hat. Welche weiteren Beweise brauchst du denn noch?«

Javier war nicht willens, seinem alten Studienfreund Erklärungen abzugeben. Er schüttelte ohne Unterlass den Kopf, während seine Finger mit einem leeren Zuckertütchen herumspielten.

»Schau, eigentlich es ist doch egal«, lenkte Javier schließlich ein. »Was auch immer, das alles betrifft uns nicht mehr. Das wollte ich dir eigentlich sagen. Wir haben das Haus zum Verkauf ausgeschrieben.«

Jetzt war Román überrascht.

»Was? Bist du verrückt geworden?«

»Es ist meine Entscheidung und die meiner Frau. Ich denke, du musst sie respektieren.«

Román entging nicht, wie betont Javier die Possessivpronomina aussprach.

»Aber selbstverständlich ist das eure Entscheidung. Allerdings die falsche. Was passiert mit der Ausgrabung?«

»Die kann noch weitergehen. Ich bin gekommen, um dir die Schlüssel zu bringen, damit du nach Lust und Laune ein- und ausgehen kannst.« Javier legte den Bund auf den Tisch. »Sobald wir einen Käufer haben, wirst du mit ihm reden müssen.«

»Glaubst du wirklich, dass jemand ein Haus kaufen will, in dem es angeblich spukt? Nach dem, was dieser Tage in der Presse stand, weiß jeder, der halbwegs auf dem Laufenden ist,

was sich dort abspielt. So einfach werdet ihr es nicht verkaufen können.«
»Aber ja doch«, erwiderte Javier und kippte seinen Kaffee in einem Zug hinunter. »Es gibt immer Leute, die absolut nichts mitbekommen.«
»Ich kann einfach nicht glauben, dass du jetzt klein beigeben willst – du hast jetzt doch alles in der Hand, um das Problem zu lösen. Bist du dir bewusst, dass ihr womöglich die erste Generation seid, die in diesem Haus lebt und so weit gekommen ist? Ihr seid die Ersten, die genau wissen, was zu tun ist, um dem ganzen Spuk ein Ende zu bereiten! Ich habe dir doch schon erklärt, dass ich die Aufzeichnungen, die Mónica an Xarts Todestag diktiert wurden, bereits ins Reine geschrieben habe. Diese Namen und die Ortsangaben ergeben alle einen Sinn. Es gibt zum Beispiel ein Geschäft in der Calle Miquel Biada, das …«
Javier schüttelte nur noch den Kopf. Dann kramte er in seinen Taschen, bis er einen Fünf-Euro-Schein fand, und legte ihn auf den Tisch.
»Du bist eingeladen«, unterbrach er seinen Freund. Er stand auf und nahm seinen Mantel von der Garderobe. »Erzähl mir nichts mehr, Román. Es interessiert mich nicht. Ich weiß nicht, ob du dir dessen bewusst bist, aber du redest, als ginge es dabei nur um einen kariösen Backenzahn oder um etwas, das sich mit einer lächerlichen Formalität erledigen ließe. Ich glaube, ehrlich gesagt, dass das nicht normal ist. Oder dass deine Leichtgläubigkeit die Grenzen, die ich für normal halte, übersteigt.«
Román gab sich geschlagen. Es führt zu nichts, jemanden überzeugen zu wollen, der Beweise nicht anerkennen will.
»Ich muss gehen«, sagte Javier noch, während er sich den Mantel zuknöpfte. »Mónica wartet auf mich.«

Doch bevor er ihn ziehen ließ, musste Román unbedingt noch etwas sagen, obwohl er wusste, dass dies seinem alten Unifreund bestimmt nicht passen würde: »Ich möchte gern über all das einmal in Ruhe mit Mónica reden und ihr berichten, was meine Recherchen ergeben haben. Weiß sie, dass du hier bist?«

»Aber selbstverständlich.«

Der vorgebliche Brustton der Überzeugung, mit dem Javier auf die Frage antwortete, verriet ihm, dass dieser nicht mit Mónica darüber gesprochen hatte. Und Javiers letzte Bemerkung, bevor er die Tür aufstieß, um die Cafeteria zu verlassen, zeigte Román, dass sein Freund ihn für eine erheblich größere Gefahr hielt, als er es sich je hätte vorstellen können.

»Lass meine Frau in Frieden. Sie hat wegen dieser ganzen Geschichte schon genug gelitten. Derzeit braucht sie nur noch Entspannung. Sie muss sich von dieser ganzen Sache befreien, um ihre Schwangerschaft in aller Ruhe beenden zu können.«

»Genau«, sagte Román.

»Gar nichts genau«, entgegnete Javier ruppig. »Ich habe dir unsere Entscheidung doch gerade mitgeteilt. Wenn du weiterhin Detektiv spielen und dich als Geisterjäger betätigen willst, dann kannst du das gern tun – aber allein.«

Román hörte noch Javiers Schritte durchs Treppenhaus poltern, als er Mónicas Nummer wählte. Sie nahm sofort ab und stellte genau die Frage, auf die er gewartet hatte.

»Er weigert sich, das zu akzeptieren, und man kann auch nicht vernünftig mit ihm reden«, berichtete Román. »Die einzige Lösung, die ihm einfällt, ist, das Haus zu verkaufen. Außerdem glaube ich, dass er mich für einen gefährlichen Rivalen hält. Er wollte sich nicht einmal anhören, was ich ihm über meinen Besuch in dem Geschäft zu erzählen hatte. Ich denke nicht, dass wir ihn umstimmen können. Ich persönlich glaube, dass er Angst hat. Aber lieber stirbt er, ehe er das zugibt.«

»Es geht ihm einfach miserabel«, entschuldigte Mónica ihren Lebensgefährten. »Am Freitag fand die Verhandlung statt, die ihm seine Ex eingebrockt hat. Du kannst dir gar nicht vorstellen, was diese Irre sich hat einfallen lassen. Ich glaube, Javier hat die ganze Zeit Angst davor, einen falschen Schritt zu tun, den seine Ex-Frau dann nutzt, um ihm die Kinder wegzunehmen. Er ist fix und fertig.«

»Ist es denn so schlimm?«

»Sie zwingen ihn, sich einer psychologischen Untersuchung zu unterziehen. Er muss unzählige Tests beim Psychologen machen. Dann wird der Richter darüber urteilen. Sein Anwalt rät ihm, sich in Geduld zu üben, weil sich diese Sache lang hinziehen kann.« Mónica verstummte, räusperte sich und wechselte das Thema. »Nun denn. Ich möchte gern alles erfahren, was sie dir in der Sparkasse sagen. Meinst du, dass jemand etwas ausplaudern könnte?«

»Ich will es versuchen. Ehrlich gesagt, mir wäre es lieber, wenn beim Sicherheitsdienst eine Frau die Nachtschicht hätte, dann könnte ich meine Überredungskünste unter Beweis stellen.« Román lachte, und auch Mónica zeigte sich belustigt. »Und was ist mit Neapel? Begleitest du mich?«

Mónica kicherte wie ein junges Mädchen.

»Was du immer redest. Kannst du nicht eine Minute ernst bleiben?«

»Nun gut. Dann stelle ich dir jetzt eine sehr ernste Frage: Meinst du wirklich, dass Javier Anlass hat, in mir einen Rivalen zu sehen?«

2

Nur zwei Tage vor dem Treffen mit Javier hatte sich Román in die Calle Miquel Biada 123 begeben. Das Geschäft wirkte recht weitläufig, und über der Eingangstür prangte ein kaputtes, schmutziges Ladenschild einer ehemaligen chemischen Reinigung.

Offensichtlich war das Geschäft bereits seit langem geschlossen. Auf dem rostigen und staubigen Rollladen, der den Eingang freigab, stand der Hinweis »Zu verkaufen oder zu vermieten« mit dem Namen und der Telefonnummer des Immobilienmaklers. In der ganzen Straße gab es kein anderes leer stehendes Geschäft.

Ohne Zeit zu verlieren, wählte Román die angegebene Nummer. Es antwortete eine Frauenstimme, der er sein Interesse an einer Ladenbesichtigung mitteilte. Ihm schien eine Ewigkeit zu vergehen, bis sich endlich die Person am Telefon meldete, die ihm die entsprechenden Auskünfte geben konnte.

Als es endlich so weit war, stellte sich die Person zunächst auch noch vor: »Guten Tag, ich bin Laura Blanco. Man hat mir gesagt, dass Sie sich für die alte chemische Reinigung in der Calle Miquel Biada interessieren.«

»Laura! Hier ist Román Fernández!«, rief er erfreut über den Zufall, denn er hatte tatsächlich die Stimme einer seiner besten Schulfreundinnen erkannt.

»Das ist ja nicht zu glauben!«, rief Laura. »Wo hast du denn die ganze Zeit gesteckt? Jemand hat mir erzählt, dass du in Italien lebst.«

»Ach, ich war eine Zeitlang in Rom und habe dort ein paar nutzlose Sachen gemacht – Archäologie studieren zum Beispiel. Aber seit eineinhalb Jahren bin ich wieder zurück und arbeite hier im Museum von Mataró.«

»Und was ist mit Italien? Gibt es dort seit deiner Rückkehr noch eine Italienerin, die Jungfrau ist?«

»Keine einzige!«

»Uff!« Laura lachte amüsiert. »Und wozu braucht ein Archäologe so einen total vergammelten Laden?«

»Komm mit den Schlüsseln, dann erzähle ich es dir.«

»Darf ich dir einen Rat geben?«, fragte sie und senkte die Stimme.

»Klar.«

»Also, jedem anderen Interessenten dürfte ich das selbstverständlich jetzt nicht sagen. Wenn mein Chef spitzkriegt, dass ich ihm die Chance vermassle, dieses schäbige Loch endlich an den Mann zu bringen, dann bekomme ich eine Menge Ärger. Aber dich kann ich nicht hintergehen, Román. Dieser Laden ist ein Fass ohne Boden. Vertu deine Zeit nicht damit. Ich kann dir bessere Geschäfte zeigen.«

»Aber mich interessiert gerade dieses. Wärest du so reizend, mir den Laden selbst zu zeigen? Dann können wir gleich vor Ort weitermachen.«

»Ach, ich sehe schon, du bist noch die gleiche Nervensäge wie früher. Willst du da anknüpfen, wo du vor fünfzehn Jahren kapituliert hast?«

»Geht es vielleicht gleich?«

»Ich wollte eigentlich in einer halben Stunde zum Essen gehen. Aber wenn du es so eilig hast, dann zeige ich dir zuerst den Laden, und anschließend gehen wir in dem Viertel in eine Kneipe.«

»Perfekt!«

»Prima. Wo bist du gerade?«

»Vor dem fürchterlichen Laden.«

»Verdammt, Román. Ich sehe schon, dass mit den Jahren deine Schwächen nur noch schlimmer geworden sind. Aber gut, warte dort auf mich. Ich bin in einer Viertelstunde da.«

Die ehemalige chemische Reinigung nahm einen Gebäudeflügel von mehr als einhundert Quadratmetern ein, der in zwei Bereiche gegliedert war: Es gab einen schmalen Raum, der dazu gedacht war, die Kunden zu bedienen, und in dem noch die alte Theke stand; dahinter schloss sich ein Lager an, das etwa viermal so groß war.
Kurz nach dem Betreten war schon ein starker, unangenehmer Geruch zu bemerken. Offensichtlich war es die Feuchtigkeit, aber manchmal stank es doch erheblich ekelhafter. An den Wänden und an der Decke bröckelte der Putz ab, außerdem war alles voller Flecken, deren Farbpalette von Schimmelgrün bis Schwarz reichte. Auch der Bodenbelag wies so viele Löcher auf, dass man kaum darauf gehen konnte.
»Ich habe dich ja gewarnt«, sagte Laura selbstzufrieden zu Román. »Und, wohin führst du mich jetzt zum Essen aus?«
»Wie hoch ist die Miete?«
»Du spinnst wohl! Du wirst doch diesen Horrorladen nicht mieten! Hast du ihn dir auch gut angesehen? Und, vor allem, hast du den Geruch bemerkt? Es ist einfach widerlich. Außerdem hat man mir gesagt, dass dieser Gestank nicht weggeht. Viele vor dir haben es schon versucht, aber ohne den geringsten Erfolg. Du kannst mit diesen ekligen Wänden anstellen, was du willst, der Gestank kommt immer wieder, und die Flecken und die Löcher im Boden auch. Ich könnte dir noch jede Menge andere Gründe nennen, damit du deine Meinung änderst.«
»Perfekt«, sagte er lächelnd, während er noch kurz das Lager inspizierte. »Ich nehme es.«

Laura lächelte ungläubig, aber auch etwas nervös.
»Sag mal, machst du das alles, um mit mir anzubandeln?«, fragte sie und schloss halb die Augen.
»Nein, aber als Nebeneffekt würde mir das schon passen. Gedenkst du mir zu sagen, was der Laden kostet, oder muss ich dafür deinen Chef anrufen?«
»Dreihundert Euro im Monat.«
»Das ist ja ein Schnäppchen! Gebongt!«
»Ich sehe schon, dass ich mir dir nicht klarkomme. Nun, du wirst noch bereuen, dass du nicht auf mich gehört hast.«
»Komm schon, Laura. Ich schlage dir einen Deal vor: Ich kenne einen Japaner hier in der Nähe. Ich lade dich zum Essen ein, und du erzählst mir im Gegenzug alles, was mich dazu bringen könnte, meine Meinung zu ändern. Ich will alles wissen: die Probleme, die Vorbesitzer hatten, wie sie damit umgegangen sind, was danach passiert ist … Okay?«
Laura akzeptierte die Einladung mit einem Lächeln.
»Du hast dich überhaupt nicht verändert, Román. Du bist der gleiche Weiberheld wie eh und je.«
»Das kann ich von dir hingegen nicht behaupten. Du bist jetzt noch um Klassen besser als damals, nach dem Abi.«

3

Die beiden Psychologinnen vom Amtsgericht waren ein Kapitel für sich: gefärbte Blondinen, die von Kopf bis Fuß in Burberry gekleidet waren, beim Sprechen die S-Laute dehnten und tendenziöse Fragen stellten – direkt aus dem Handbuch des Feminismus. Man roch förmlich, dass sie sich bereits vor Beginn der Befragung auf die Seite von Javiers Ex-Frau geschlagen hatten. Offensichtlich störte es sie auch nicht sonderlich, dass Eva es gewesen war, die gelogen und die diversen Anzeigen zu einem einzigen Sinn und Zweck aus dem Ärmel gezaubert hatte: Javier von seinen Kindern zu trennen.

Javier ertrug ihr Verhör stoisch. Er unterdrückte seinen Wunsch, die Psychologinnen bei jeder neuen Frage zum Teufel zu schicken oder ihnen eine Ohrfeige zu verpassen, während sie miteinander tuschelten und ununterbrochen Notizen machten. Eineinhalb Stunden später verabschiedeten sich die beiden Frauen mit einem Händedruck, nicht ohne ihm mit einer Riesendosis zynischer Heuchelei ein »gutes neues Jahr« zu wünschen.

Vom Gericht ging Javier direkt zur Arbeit. Er hatte die Sparkasse um Sonderurlaub bitten müssen, um dieser widerwärtigen Formalität nachkommen zu können. Mónica hatte ihm ihre Begleitung angeboten, doch er hatte offen und ehrlich gesagt, dass er lieber allein dorthin gehen wolle. Auf dem Weg vom Gericht machte er einen Spaziergang bis zum Platz hinter dem Rathaus. Als er zu seiner Sparkassenfiliale gelangte, stieß er mit Román zusammen, der gerade durch die Tür kam.

»Ich wusste gar nicht, dass du Kunde bei uns bist«, begrüßte Javier seinen Freund.

»Bin ich auch nicht. Ich bin gekommen, um ein wenig Geisterjäger zu spielen.«

»Hier auch?«

»Klar. Genau an dieser Stelle befand sich nämlich einst die Stadtmauer des antiken Iluro. Wusstest du das nicht?« Javier schüttelte den Kopf. »Damals gab es wahnsinnige Diskussionen, als man sie plötzlich von einem Bagger einreißen ließ, um hier die Hauptniederlassung der Caixa Laietana zu errichten. Mit dem Bauschutt müssen sie übrigens die Abfälle mitgenommen haben – also auch das, was vom Schädel unserer Freundin geblieben war, falls denn überhaupt noch etwas übrig war. Aber darüber wissen wir natürlich nur sehr wenig, klar.«

Javier runzelte die Stirn.

»Mann, ich weiß ja, dass du über das Thema nichts mehr hören willst«, sprach Román weiter. »Und da bist du nicht der Einzige. Ich habe versucht, einem Typen vom Sicherheitspersonal ein paar Informationen zu entlocken. Joan Antoni Martínez heißt er, glaube ich. Er schien nicht sonderlich geneigt, etwas zu erzählen, obwohl ich aufgrund seiner Reaktion hätte schwören können, dass auch er da unten etwas Seltsames gesehen hat, wenn er Nachtdienst geschoben hat.«

»Du wirst mit jedem Tag Fox Mulder ähnlicher, Mann. Und jetzt muss ich mich, wenn's gestattet ist, an die Arbeit machen. Wir haben nicht alle so viel Glück wie du, den lieben langen Tag verplempern zu können.«

Als Javier den Entschluss fasste, das Haus zu verkaufen, entschied er auch, niemandem die Schlüssel zu überlassen. Es war ihm zwar recht, dass die Makler Anzeigen in die einschlägigen Immobilienpublikationen setzten, aber er war nicht bereit, ihnen die Verantwortung zu übertragen, das Haus jedem potenziellen Käufer zu zeigen.

Der erste Anrufer hatte die Anzeige im *Cap Gros* gesehen, einer kostenlosen Wochenzeitschrift, in der Javier selbst inseriert hatte. Der Mann kam allein und wollte das Haus so schnell wie möglich besichtigen. Sie verabredeten sich für ein Uhr mittags am dritten Tag des neuen Jahres.

Der Interessent war ein groß gewachsener Mann mit gebräuntem Teint. Er trug eine runde Nickelbrille und sprach mit einem ausländischen Akzent. Ein Deutscher, wie es Javier schien. Er heiße mit Familiennamen Liebermann, sagte er, als er sich vorstellte, und er suche ein Haus in der Nähe von Barcelona, um dort sechs Monate im Jahr zu leben. Der Mann stellte viele Fragen. Eine der ersten war, wem der Besitz denn gehöre.

»Meiner Lebensgefährtin«, antwortete Javier.

»Und weshalb ist sie nicht hier? Ist sie mit dem Verkauf nicht einverstanden?«

Javier musste Erklärungen abgeben, mit denen er nicht gerechnet hatte: dass Mónica schwanger und derzeit zu derartigen Unternehmungen kräftemäßig nicht in der Lage sei. Der Arzt habe ihr empfohlen, sich absolut zu schonen, führte Javier an.

»Aber Sie gehen in Ihrem Wunsch, das Haus zu verkaufen, doch konform, oder?«, fragte Liebermann erneut.

»Ja, selbstverständlich.«

In Wirklichkeit fassten diese zwei Worte eine komplexe Situation zusammen. Mónica stimmte der Gedanke, das Haus ihrer Familie zu verkaufen, überaus traurig. Dennoch hatte Javier darauf bestanden, dass dies am besten sei – »für uns drei«. Er hatte die kleine Julia erstmals und so nachdrücklich in seine Argumentation mit einbezogen, dass Mónica schließlich nachgab. Sie fand sich damit ab, dass Javier seinen Willen durchsetzte, wenn sich auf diese Weise Streitereien vermeiden ließen, die in letzter Zeit immer wieder wegen des Hauses aufgetreten waren. Sie hatte versucht, ihn davon zu überzeugen, doch wenigstens einen letzten Versuch zu unternehmen, um die Probleme anzugehen. Doch Javier wollte von diesen paranormalen Phänomenen nichts mehr hören, und auch nichts von Lösungen, die sich dem gesunden Menschen-

verstand entzogen. Mónica hatte akzeptiert, dass Román mit seiner Behauptung recht behielt: Javier hatte wirklich Angst, wollte dies aber nicht zugeben.
»Ich allein kann nicht gegen etwas ankämpfen, das seit über zweitausend Jahren auftritt«, sagte sie einmal zu dem befreundeten Archäologen.
Nun kam Liebermanns nächste Frage, kaum dass sie die Küche betreten hatten, und sie ließ sich noch schwieriger beantworten. In dem Raum hatte man den Eindruck, dass das Haus noch bewohnt war. Aber es sah so aus, als hätte man es in Eile verlassen – aus irgendeinem seltsamen Grund. Auf dem Tisch lag eine halbleere Packung Magdalenen-Gebäck, die Dosen im Vorratsschrank waren alle gefüllt – Mehl, Zucker, Nudeln, Lorbeer, Linsen –, ein Tiegel mit Bratöl wartete neben dem Herd, ein nicht ganz sauberer Putzlappen hing am Griff des Ofens …
»Weshalb wollen Sie das Haus so dringend verkaufen?«, wollte der Deutsche wissen.
Für diese Frage hatte Javier sich im Voraus eine überzeugende Antwort zurechtgelegt.
»Wir ziehen in eine andere Stadt.«
In dem Augenblick wurde die Küche von einer Eiseskälte erfasst. Javier schlug Liebermann deshalb vor, das Obergeschoss zu besichtigen. Er sah, wie der Deutsche sich instinktiv das Sakko zuknöpfte, verkniff sich aber jede Bemerkung. Mit ein bisschen Glück hatte er vielleicht gar nichts bemerkt. Sobald sie oben angelangt waren, zeigte er als Erstes das Zimmer, das für das Baby gedacht war.
»Sie hatten ja schon alles vorbereitet, so ein Pech«, murmelte der Interessent, der das alles mit zunehmendem Erstaunen betrachtete. Plötzlich verzog er angeekelt sein Gesicht: »Was ist denn das für ein unangenehmer Geruch?«
Javier begriff, dass der Moment gekommen war, das Haus zu

verlassen. Es blieben jedoch noch der Speicher und das große Schlafzimmer zu besichtigen. Er dachte, es wäre wohl am besten, Liebermann ins oberste Stockwerk zu führen, während sich die Situation im Schlafzimmer beruhigte. Der potenzielle Käufer schien jedoch nicht sonderlich geneigt, die Abfolge der Besichtigung zu verändern. Er hielt vor der geschlossenen Schlafzimmertür an. Von drinnen drangen gedämpfte Geräusche heraus, die Javier nur zu gut kannte. Es war dieses Gekratze an der Wand, das immer wieder die gleichen Wörter bildete. Plötzlich fiel ihm ein Satz ein, den Leónidas Xart gesagt hatte: »Im Gegensatz zur landläufigen Meinung ist ein Uhr mittags die bevorzugte Geisterstunde.« Javier warf einen kurzen Blick auf seine Uhr: Es war zehn nach eins. Er hätte keinen ungünstigeren Zeitpunkt für die Hausbesichtigung wählen können.

»Wir sind gleich wieder hier«, versuchte er den dickköpfigen Deutschen umzustimmen. »Ich möchte Ihnen gern jetzt noch den Speicher zeigen und auch den kleinen Raum nebenan.«

»Mir wäre es lieber, zuerst das Schlafzimmer zu besichtigen«, entgegnete Liebermann und zog ein Papiertaschentuch aus der Hosentasche, mit dem er sich Nase und Mund zuhielt. »Igitt, das ist ja furchtbar. Haben Sie bei diesem Gestank wirklich hier leben können? Oder ist dies der Grund, weshalb Sie das Haus verkaufen wollen?«

Javier verlor allmählich die Nerven.

»Nein. Es ist eigentlich auch nicht immer so. Nur hin und wieder … Und er löst sich rasch auf«, log Javier, der trotz der Kälte einen Schweißausbruch bekam.

»Selbst wenn das stimmt, mir erscheint er unerträglich«, stellte der Mann fest, der allmählich das Interesse an dem Objekt verlor. »Würden Sie mir bitte jetzt das große Schlafzimmer zeigen?«

Javier öffnete die Tür, wohl wissend, was er drinnen vorfinden würde. Nur diesmal hatte sich Iulia noch überboten. Die Wände waren zerkratzt, wie viele Male zuvor. Der Unterschied bestand jedoch darin, dass auch die Zimmerdecke mit betroffen war, wo sich Dutzende, ja Hunderte Male der Hilferuf wiederholte:

ME IUVA

Die Kratzspuren waren – Javier bemerkte dieses Detail zum ersten Mal –, nicht mit irgendeinem Gegenstand ausgeführt worden. Aus der Nähe betrachtet konnte man bei jeder kleinen Rille bestimmte Merkmale erkennen, die auf das verwendete Werkzeug schließen ließen. Javier fiel sofort eine Art Zahnmeißel ein, während Liebermann nur noch kehrtmachte und, ohne sich das Taschentuch von Nase und Mund zu nehmen, sagte: »Ich habe genug gesehen. Das ist ganz sicher nicht, wonach ich suche.«
Ein Zahnmeißel, ging es Javier durch den Kopf, als der Deutsche die Treppe hinunterstieg und sich in Richtung Straße wandte. Und auf einmal kam ihm alles ganz logisch vor.

4

Ich habe den laufenden Monat und noch zwei Monate im Voraus bezahlt; die Schlüssel habe ich schon. Diese Nacht will ich mit der Grabung anfangen, zusammen mit einem jungen Burschen, der mein absolutes Vertrauen genießt und der uns nicht im Regen stehen lassen wird. Ich allein würde wochenlang brauchen, aber selbst wenn ... Ach, wir werden schon sehen. Ich habe Berechnungen vorgenommen und glaube, dass wir auf einer guten Spur sind. Das Mausoleum mit der geheimnisvollen Medusa wurde vor fast dreißig Jahren bei einer Grabung rund zweihundert Meter von hier gefunden. Ich denke, dass wir uns nicht irren. Iulia muss hier unter diesem verfaulten Boden liegen. Außerdem glaube ich, dass der Gestank und der fürchterliche Zustand des Ladens das mehr als deutlich anzeigen. Wetten, dass der Spuk ein Ende hat, wenn es uns gelingt, Iulias Bitte zu erfüllen? Sobald ich sie gefunden habe, nehme ich das nächste Flugzeug nach Neapel. Ich möchte einer Person einen Auftrag erteilen, die mir noch einen Gefallen schuldet. Das ist dann der entscheidende Schritt.«

Mónica hörte schweigend zu. Román Fernández schien hellauf begeistert.

»Du nimmst das alles wirklich sehr ernst«, sagte sie.

»Sonst fällt dir nichts dazu ein? Ich erzähle dir, dass ich kurz davorstehe, Iulia auszugraben, und du sagst mir bloß, dass ich alles sehr ernst nehme?«

»Hör mal, Román, ich möchte etwas zwischen uns beiden klarstellen: Ich bin mit Javier zusammen. Auch wenn wir manchmal streiten und nicht immer harmonieren, ich liebe ihn wahnsinnig. Daran wird sich nie etwas ändern.«

Román seufzte.

»Warum haben alle Frauen, die ich kenne, Zweifel an meinen lauteren Motiven?«

Mónica lachte.

»An deinen was?«

»Also, damit du es weißt, du Schlaubergerin. Ich glaube, ich habe eine Freundin. Oder so etwas Ähnliches jedenfalls. Wollen wir mal sehen, wie lange sie mich erträgt. Sie heißt

Laura und ist eine alte Bekannte. Javier kennt sie übrigens auch. Und jetzt verlasse ich dich, weil ich ein paar Tote ausgraben muss. Ich rufe dich an, sobald ich fündig werde.«

Das Gutachten der beiden Blondinen war weniger gravierend, als der Anwalt prophezeit hatte. Javier musste sich nur einer kurzen psychologischen Behandlung unter der Supervision des Gerichts unterziehen, bevor er dann zu einer zweiten Anhörung vor dem Richter zu erscheinen hatte. »Geringfügige emotionale Instabilität«, lautete die Einschätzung, zu der die beiden parteiischen Frauen gelangt waren. Ein Zeichen, dass es um seine geistige Gesundheit besser bestellt war, als er je angenommen hätte.

Da er die Sache möglichst schnell hinter sich bringen wollte, fing Javier noch am gleichen Tag mit der Behandlung an. Diese Psychologin – wieder eine Frau – war einfach charmant und zudem sehr erfahren: Sie ging ihrem Beruf schon über dreißig Jahre nach. Zuerst versprach sie ihm, den Zeitverlust in Grenzen zu halten und die wenigen Sitzungen auf jeweils eine halbe Stunde zu beschränken.

»Das ist völlig okay, aber lassen Sie es sich bloß nicht einfallen, auch nur an einem einzigen Tag nicht zu erscheinen«, fügte sie hinzu.

Ihre Treffen gestalteten sich so locker, dass Javier für einen Augenblick die Gründe vergaß, die ihn in dieses Sprechzimmer geführt hatten.

Als er sich bereits bis zum nächsten Tag verabschiedet hatte, sagte die Psychologin zu seiner Überraschung mit milder Miene: »Soll ich Ihnen ein Geheimnis verraten? Ich behandle auch Ismael, Ihren ältesten Sohn.«

»Warum? Ist was mit ihm?«

»Nichts, soweit ich weiß. Anweisungen vom Amtsgericht, das

gut daran tut, gewisse Dinge abzuklären. Aus diesem Grund ist mir zu Ohren gekommen, wie sehr Ihre Kinder Sie vermissen. Das ist in der Regel der beste Indikator in solchen Fällen.«
Die Frau lächelte, und ihre Fältchen breiteten sich wie Wellen um ihre Lippen aus. »Momentan habe ich den Eindruck, dass die Einzige, die einer Behandlung bedarf, Ihre Ex-Frau ist.«
Am nächsten Tag bekam Javier um ein Uhr mittags einen Anruf von einer unbekannten Nummer. Es war Ismael.
»Von wo rufst du mich an?«, fragte er ihn.
Der Junge redete frisch von der Leber weg. Er schien sehr zufrieden, dass dies endlich möglich war.
»Ich kann es dir nicht sagen. Sie sagt, es sei besser, wenn du es errätst.«
Aus irgendeinem Grund fiel Javier nur seine Psychologin ein.
»Wie geht es dir, mein Junge? Hej, erzähl mir von dir!«
»Ich würde dich so gern sehen, Papa. Mama erlaubt uns nicht, mit dir zu reden. Sie sagt, dass du uns nach der Geburt von Julia vergessen wirst.«
»Das stimmt aber nicht, Isma. Niemand auf dieser Welt würde mich je euch vergessen lassen.«
»Das weiß ich schon, Papa. Aber Mama ist immer so melodramatisch.«
Wenn die Situation nicht so ernst gewesen wäre, hätte ihm diese Bemerkung, die seinem neunjährigen Sohn so selbstverständlich über die Lippen gekommen war, mehr als nur ein simples Lächeln entlockt.
»Hör mal, Papa«, fuhr Ismael fort, bevor er sich dann schnell verabschiedete, »stimmt das, dass Julia dann unsere Schwester sein wird?«
»Natürlich, mein Junge.«
»Ach so. Dann wird sie uns also wohl auch lieben müssen.«

Mónica nutzte Javiers gute Laune, um mit ihm über Románs Recherchen zu sprechen. Sie warteten gerade in der Praxis des Gynäkologen auf eine der letzten Ultraschalluntersuchungen. Zu ihrer Überraschung reagierte ihr Lebengefährte nicht verärgert, als sie ihm sagte, dass sie in letzter Zeit ein paar Mal mit seinem Freund telefoniert habe, der für sie beide so viele Unannehmlichkeiten auf sich nahm.

»Wohl eher deinetwegen. Ich kann mir schon vorstellen, aus welchem Grund«, antwortete Javier genervt.

»Das hatte ich auch gedacht, aber da haben wir uns wohl beide getäuscht. Wie es scheint, hat er jetzt eine Freundin.«

»Ach ja? Das hat er dir gesagt? Na klar, dieser schräge Vogel denkt doch an alles.«

Wenn sie von Román redete, bediente Mónica sich des gleichen Tonfalls wie bei ihren Kommentaren über Eva. Der für diese Dinge sehr sensible Javier fand das ziemlich beruhigend.

»Ich glaube, dass er zwar so tut, als wäre alles bestens«, sagte sie, »dass er im Grunde aber ein scheußliches Leben führt. Langweilig, wenn nicht schlimmer. Deshalb muss er bei allem mitmachen, was ihn da herausholt.«

»Wie zum Beispiel die schwangeren Frauen seiner alten Unifreunde anbaggern.«

»Nein, du Dämel«, korrigierte sie ihn, »wie zum Beispiel römische Tote ausbuddeln.«

Mónica erklärte Javier kurz die Zusammenhänge – Románs Berechnungen sowie die Arbeit, die er sich machte, um Iulia in dem Laden in der Calle Miquel Biada aufzuspüren.

»Jetzt verlang bloß nicht von mir, dass ich ihm bei diesem Irrsinn auch noch helfe«, protestierte Javier, denn er ahnte schon, dass ihm seine Lebensgefährtin das alles nur zu einem bestimmten Zweck erzählte.

»Ich verlange doch nur, dass du ihm ein wenig Vertrauen schenkst. Und dass du eine Weile abwartest, bis du das Haus einem anderen potenziellen Käufer zeigst.«

5

Seit dem kurzen Telefonat mit seinem Sohn hatte sich Javiers Laune so gebessert, dass es sogar seinen Kunden in der Sparkasse auffiel. Ganz zu schweigen von seinen Kollegen, mit denen er nun wieder in seiner gewohnt jovialen Art ins Gespräch kam. Vielleicht beschloss Martínez, der Wachmann vom Sicherheitsdienst, ja aus diesem Grund, ihm etwas zu erzählen, worüber er noch nie gewagt hatte, ein Wort verlauten zu lassen. Er näherte sich Javiers Büro und vergewisserte sich, dass dieser in dem Moment gerade keinen Kunden bediente, bevor er sagte: »Vor ein paar Tagen ist ein sehr sympathischer Herr zu mir gekommen. Er hat sich mir als Freund von Ihnen vorgestellt.«

»Ich weiß. Román Fernández. Ich nehme an, dass er Ihnen die seltsamsten Fragen gestellt hat.«

»Ja, stimmt. Er war sehr daran interessiert, alle Einzelheiten über den Tresorraum in Erfahrung zu bringen. Er hat mich gefragt, wie er liegt und wo man hineingeht. Außerdem wollte er wissen, womit ich mich beschäftige, wenn ich Wachdienst habe, oder ob mir da unten einmal etwas Merkwürdiges aufgefallen sei. Er machte einen sehr enttäuschten Eindruck, als ich ihm sagte, dass ich nichts zu berichten hätte. Ich weiß nicht, aber er schien mir irgendwie nicht vertrauenswürdig zu sein. Aber jetzt habe ich darüber nachgedacht, und nun weiß ich nicht, ob ich recht gehandelt habe. So ein übler Typ war er ja nun auch wieder nicht. Er sagte, er brauche die Daten für eine wissenschaftliche Untersuchung.«

»Soweit ich weiß«, beruhigte Javier den Mann, »ist Román Fernández keiner, der Banken überfällt. Vielleicht ist er ja ein bisschen abgedreht, das mag schon sein.«

»Er sagte, er sei Archäologe und arbeite im Museum«, erinnerte sich der andere. »Aber ich verstehe eigentlich nicht, wozu ein Archäologe diese Art Information von jemandem wie mir braucht. Ich wollte Sie um einen Rat bitten. Vielleicht sollte ich ihn ja aufsuchen und mich dann etwas gesprächiger geben.«

»Gut, Joan Antoni.« Javier fand dieses Gespräch langsam ermüdend. »Aber das ist eigentlich gar nicht so wichtig. Dieser Freund fällt manchmal ein bisschen lästig. Wenn Sie ihm nichts zu sagen hatten, dann lassen Sie es gut sein. Das war es dann eben. Sie haben getan, was Sie konnten.«

»Darum geht es eigentlich nicht«, erwiderte da der andere. Der Wachmann trat näher an den Schreibtisch heran und senkte etwas die Stimme. »Davon habe ich noch nie jemandem ein Sterbenswörtchen gesagt – was ich da unten gesehen habe und dass ich viel Seltsames gehört habe.«

In dem Moment sah Javier, wie der Filialleiter mit einem seiner problematischsten Kunden herankam. Dieser Mann war einer von diesen Typen, die in rekordverdächtiger Geschwindigkeit in Extremsituationen hineinrutschen und auch wieder herauskommen, und der aus dem gleichen Grund bei ihnen auf Interesse wie auf Ablehnung stieß: wegen seiner enormen Fähigkeit, in Schulden zu geraten. Der Miene seines Chefs konnte Javier entnehmen, dass eine heikle Angelegenheit im Anmarsch war. Er beeilte sich deshalb, den Wachmann zu verabschieden.

Doch der redete weiter: »Da unten ist etwas, Señor Fanconi, da können Sie sich sicher sein. Wir alle von der Nachtschicht haben es einmal gesehen. Ich weiß nicht, ob ich es als Gespenst bezeichnen soll, wie dieser Freund da von Ihnen, aber … Aber ich würde sagen, dies trifft durchaus zu.«
Der Filialleiter bedachte Martínez mit einem wütenden Blick, bevor er ein falsches Lächeln aufsetzte, das für den Kunden gedacht war.
»Tag, Javier. Sie erinnern sich noch an Herrn Teixidó?«
Javier stand fast mit einem Satz auf.
»Aber selbstverständlich.« Er schüttelte dem Kunden die Hand. »Setzen Sie sich, bitte.«
»Señor Teixidó ist wegen eines Kredits gekommen. Vorher würde er jedoch gern noch einige Unstimmigkeiten bereinigen, die mit dieser Abteilung noch nicht abgeklärt sind. Er wünscht, dass Sie sich persönlich der Beurteilung des ganzen Vorgangs annehmen und dass Sie dabei die der Situation gebührende Sorgfalt walten lassen.«
»Natürlich«, erwiderte Javier, der die Worte seines Chefs so interpretierte, wie sie eigentlich gemeint waren. Nämlich: »Schau dir den Fall gut an, damit uns dieser Typ da nicht übers Ohr haut, aber versuch ihm zu gewähren, was er haben will, damit er bis an sein Lebensende in unserer Schuld steht.«
»Und Sie, was machen Sie hier?«, fragte der Filialleiter den Wachmann, der wie versteinert vor Javiers Schreibtisch stand.
»Keine Sorge, Martínez, sobald ich etwas erfahre, lasse ich es Sie wissen«, sagte Javier, wobei er ihm mit dem Blick bedeutete zu gehen.

»Für die archäologischen Studien in unserer Stadt«, so hatte Román ihm bei einem seiner langen Vorträge erklärt, »ist ein Mann von grundlegender Bedeutung, dem alle Archäologen hier sehr, sehr viel zu verdanken haben: Marià Ribas i Bertran. Man kann sagen, dass er es war, der die archäologischen Studien über Iluro ins Leben gerufen hat, und zwar zu einer Zeit – in den sechziger Jahren des zwanzigsten Jahrhunderts –, als der Gedanke, derartige Aktivitäten professioneller zu betreiben, die reinste Utopie war. Dank seines Engagements verfügen wir heute über Informationen zu gewissen Ausgrabungsbefunden. Sie sind komplett verlorengegangen, und man wüsste rein gar nichts darüber, wenn er sich nicht dermaßen dafür interessiert hätte. Als Beispiel wird gern angeführt, was mit der Stadtmauer der alten Römerstadt Iluro passiert ist. Eines der bekanntesten Teilstücke wurde Anfang der siebziger Jahre auf dem Grundstück ausgegraben, das die Caixa Laietana damals gerade erworben hatte, um dort ihre Hauptniederlassung zu errichten. Es war ein recht gut erhaltener Abschnitt von fünfundzwanzig Metern, der während der vorbereitenden Arbeiten auf dem Grundstück zu sehen war und dem Marià Ribas so viel Interesse entgegenbrachte, wie ein Fund dieser Art es auch verdient hat. Man hatte bis zu dieser Zeit in der Tat noch nie einen Teil der Stadtmauer von Iluro entdeckt. Du weißt ja, wie diese archäologischen Relikte so sind – sie erinnern in vielerlei Hinsicht an Frauen: Sie tauchen an den unwahrscheinlichsten Plätzen auf, wenn man am wenigsten damit rechnet, und immer machen sie einem teuflisch viel Arbeit.

Nun, man hatte also ein gutes Stück von der römischen Stadtmauer gefunden, und Marià Ribas eilte herbei. Er machte einige Fotos – das Einzige, was uns heute von dieser außergewöhnlichen Ausgrabung geblieben ist –, und er bekundete seinen Willen, mit den Bauarbeitern zusammenzuarbeiten, und zwar nicht nur, um die bereits gefundenen Reste zu studieren, sondern auch, um noch mehr zu finden. Eine Vorgehensweise, die heute nicht nur absolut legal wäre, sondern verpflichtend. Jegliche Bauarbeiten, die im Umkreis des einstigen Iluro vorgenommen werden, einschließlich der früheren Nekropole vor den Stadtmauern, müssen zwangsweise von der Archäologischen Abteilung der Stadtverwaltung genehmigt werden.

Anfang der sechziger Jahre schützte leider keine Verordnung die archäologischen Funde. Ich fürchte, dass die Leute damals andere Prioritäten hatten. Dann musste Marià Ribas aus persönlichen Gründen die Stadt verlassen, und als er wiederkam, sah er sich mit der unerfreulichen Überraschung konfrontiert, dass die römische Mauer, die ihn so fasziniert hatte, von den Baggern im wahrsten Sinn des Wortes dem Erdboden gleichgemacht worden war. An ihrer Stelle standen bereits die Fundamente der künftigen Zentrale der Caixa Laietana – der Sparkasse also, für die du arbeitest, seitdem du mit der Uni fertig bist. Das Areal, das damals die römische Mauer einnahm, entspricht mehr oder weniger dem heutigen Tresorraum im Untergeschoss. Ist doch irre, oder?

Was ich dir da soeben erzählt habe, ist das tägliche Brot der Archäologen: Nur wenige würdigen den Bauschutt der Geschichte, und doch ist er das Einzige, was uns zur Verfügung steht, wenn wir etwas verstehen wollen.«

Sobald Javier gesehen hatte, dass sein Chef in die Mittagspause ging, rief er sofort nach Joan Antoni Martínez. Dessen Worte hatten seine Neugier wieder geweckt.

»Setzen Sie sich, bitte«, bat er den Wachmann vom Sicherheitsdienst.

»Sie werden mich für einen von diesen lästigen Zauderern halten, mit denen Sie tagtäglich zu tun haben«, scherzte der Mann, wobei er vor dem Schreibtisch mehrmals seine Position veränderte.

Javier kam zur Sache.

»Was haben Sie mir da neulich von einem Gespenst erzählt?«

»Also ... Sie werden denken, dass ich verrückt geworden bin, Señor Fanconi.« Der Wachmann stieß ein nervöses Lachen aus. »Aber in Wirklichkeit bin ich nicht der Einzige, der im Tresorraum etwas Seltsames gesehen oder gehört hat. In der Tat ist das das Erste, was man den Neuen mitteilt, damit sie keine Angst kriegen und unnütz ihre Revolverkugeln vergeuden. Wir werden bestraft, wenn wir ohne Grund abfeuern, wissen Sie? Denn die Angst kann einen dazu bringen, den Abzug zu betätigen, ohne dass man es überhaupt merkt.«

»Was bekommen die Neuen denn zu hören?«

»Ich kann Ihnen nur sagen, was man mir gesagt hat. Es war Soler, erinnern Sie sich noch an ihn? Paco Soler. Er ging, kurz nachdem ich dazugekommen war, in Frührente. Der war wirklich ein alter Hase! Er nahm mich in der ersten Nacht, die ich Dienst schieben musste, auf einmal beiseite und sagte zu mir: ›Egal, was du auch hörst, erschrick nicht, Martínez, da unten hört man viel, aber es passiert nie etwas, vergiss das nie!‹« Martínez machte eine Pause, als würde er über seine nächsten Worte nachsinnen, dann sprach er weiter: »Was ich Ihnen jetzt mitteilen werde, sind vertrauliche Informationen, Señor Fanconi. Ich muss Sie bitten, mit niemandem darüber zu reden.«

»Aber selbstverständlich, Martínez«, erwiderte Javier, der die Sache immer spannender fand.

»Es heißt, dass das, was da unten passiert, der Grund für den Raub vor fast zehn Jahren war, wissen Sie noch?«

Wie sollte er nicht. Die offizielle Version lautete, dass sieben oder acht Männer mit Hilfe eines Sparkassenmitarbeiters der Baupläne habhaft geworden und über die Rohre der Klimaanlage in den Tresorraum eingedrungen waren. Sobald sie drinnen waren, hatten sie über dreihundert Safes aufgebrochen und sich eine Beute im heutigen Wert von über zwölf Millionen Euro angeeignet – in Geld und Schmuck. Der Vorfall verursachte enormes Aufsehen, innerhalb und außerhalb des Bankwesens. Fast zehn Jahre später hatte die Polizei die Räuber noch immer nicht geschnappt, und die Beute galt als ein für alle Mal verloren.

»Haben Sie in dieser Nacht damals gearbeitet?«, fragte Javier.

»Komischerweise war ich dran. Ich war damals noch neu in der Firma. Sie hatten mir diese Schicht zugeteilt, weil sie meinten, dass es sehr ruhig werden würde, denn es war ja ein Feiertag. Aber es ist etwas ganz Seltsames passiert: Ich habe mir den Knöchel verstaucht, als ich die Treppe hinunterging. Ich musste damit zum Arzt gehen, und sie haben mich dann nach Hause geschickt.«

»Das kommt mir nicht so seltsam vor. Die Treppe ist recht steil.«

»Lassen Sie mich alles zu Ende erzählen, Señor Fanconi. Ich habe gesagt, dass ich mir den Knöchel verstaucht hatte, weil ich mich schlecht abgestützt hatte. In Wirklichkeit bin ich mir sicher, dass mich jemand geschubst hat. Ich habe das genau gespürt: Es war ein Schlag auf den Rücken, als ich hinunterging, und zwar ein recht fester Schlag. Es war ein Glück, dass ich mir bloß den Knöchel verletzt hatte. Ich hätte mich dabei zu Tode stürzen können.«

Javier drängte sich der Gedanke auf, dass es ein bevorzugter Zeitvertreib von Iulia Pomponia war, Leute die Treppe hinunterzuschubsen.

»Soler selbst hat mich ersetzt«, berichtete Mártinez weiter. »Er musste, bevor er in Rente ging, sonst keinen Dienst mehr machen. Ich erinnere mich nur zu gut, was er mir geantwortet hat, als ich ihn anrief, um ihn zu informieren. Denn mein Knöchel schwoll immer mehr an, und ich befürchtete, ins Krankenhaus zu müssen. Er sagte: ›Keine Sorge, Martínez. Dieses Etwas will sich von mir verabschieden.‹«

»Wissen Sie, was er damit gemeint hat?«, fragte Javier. Eigentlich wusste er dies selbst ganz genau, aber er wollte die Schlussfolgerungen des Wachmanns hören.

»Verdammt noch mal, Señor Fanconi, was wohl? Das Gespenst, von dem Ihr Freund redet. Das, was auch immer in diesem Tresorraum da unten ist. Ist Ihnen das noch nicht klar?«

»Haben Sie auch eine Theorie hinsichtlich des Bankraubs?«

»Genau darum geht es ja. Denken Sie daran, dass anfangs Soler beschuldigt wurde, mit den Räubern zusammenzuarbeiten. Er sagte, dass er eingeschlafen sei. In Wirklichkeit konnte keiner etwas nachweisen, und dann haben sie Soler aus Mangel an Beweisen außen vor gelassen, obwohl ich glaube, dass die Bullen ihn noch eine gute Weile beschattet haben.«

»Klar, es gab ja keine Aufzeichnungen von den Überwachungskameras. Sie waren ausgeschaltet.«

»So hieß es jedenfalls, aber Soler hat mir erklärt, dass dem nicht so war. In Wirklichkeit hat eines der Geräte weiter aufgenommen, doch wenn bekannt geworden wäre, was auf den Filmen zu sehen war, hätte alle Welt das Führungspersonal der Caixa Laietana für verrückt erklärt.«

Javier wollte ihn fragen, was die Filmaufzeichnungen denn zeigten, doch das war nicht notwendig. Martínez war nicht mehr zu bremsen, er wollte alles erzählen, was er wusste. Und wäre Román Fernández Zeuge dieses vertraulichen Gesprächs gewesen, wäre er schier ausgeflippt.

»Es ist kaum zu glauben.« Martínez räusperte sich, bevor er hinzufügte: »Also, ich habe das Band nicht mit eigenen Augen gesehen. Ich gebe das jetzt nur wieder.«

Javier machte eine Geste, um ihn zum Weiterreden zu animieren.

»Wissen Sie, wer auch nur ein Stück davon angeschaut hat, dem mag das wie ein Historienfilm erschienen sein. Als hätte plötzlich irgendein Signal Interferenzen mit unserem Sicherheitssystem bewirkt. Aber eine Interferenz, die derart klar ist … Also ich weiß nicht. Soler sagte im Scherz, das sei der langweiligste Spielfilm, den er je gesehen habe. Wie es schien, war bloß eine Steinmauer zu sehen, an der ein paar absolut seltsame Arbeiter in so kuriosen kurzen Gewändern am Werk waren. Es hat ihn dann anscheinend die Neugier gepackt, und er hat die Aufzeichnung mit nach Hause genommen, um sie sich komplett anzusehen. Er sagte, es sei eigentlich nur eines passiert: Plötzlich sei ein übler Bursche aufgetaucht und habe etwas auf die Baustelle geworfen, das wie ein Teil von einem Toten ausgesehen habe.« Martínez schienen die Worte, die ihm da über die Lippen kamen, peinlich zu sein. »Und dann hat er ein paar von den großen Steinen genommen, die da herumlagen, und sie auf den Abfall geworfen, um alles zuzudecken. Dann konnte man sehen, wie die Bauarbeiter wiederkamen und mit ihrer Arbeit weitermachten. Sie hörten dann auf und gingen nach Hause, um am nächsten Tag zurückzukommen, und so ging das mehrere Male. Bis dann, als die Mauer fast fertig war, ein anderer Mann auftauchte und versuchte, sie zu erklimmen. Er riss Steine heraus und schien nach dem zu suchen, was der andere weggeworfen hatte. Und dann stürzte er – wohl aufgrund der Nervenanspannung, mit der er das alles machte – aus einer Höhe von rund sechs Metern ins Nichts, wobei der Arme solches Pech hatte und an Ort und Stelle liegen blieb.« Martínez schnaubte und trocknete sich den Schweiß von der Stirn. »Sie werden sicher denken, dass ich komplett plemplem bin.«

»Hat Soler Ihnen gesagt, wie der erste Mann aussah, dieser üble Bursche? Konnte er ihn erkennen?«

»Er hat gehinkt und war hässlich. Und seinem Gesicht war anzusehen, dass er mies drauf war.«

»Und was er weggeworfen hat, das hatte nicht zufällig Ähnlichkeit mit einem Kopf?«

Martínez sah ihn völlig überrascht an.

»Haben Sie den Film denn auch gesehen?«

»Nicht gerade. Aber ich weiß, wovon Sie reden.«

»Soler behauptet, dass das, was da aufgezeichnet wurde, die Ursache für diese ganzen seltsamen Vorkommnisse im Tresorraum ist, obwohl niemand – nicht einmal er selbst – weiß, warum.«

»Bis jetzt, Martínez, könnten wir für alles, was Sie mir erzählt haben, eine logische Erklärung finden.«

Martínez drehte den Kopf mehrmals von einer Seite zur anderen.

»Nein, Señor, nein. Da ist nichts logisch. Die Türen, zum Beispiel, öffnen und schließen sich da unten von allein. Es heißt, bei dem Bankraub sollen acht Leute hineingegangen sein, aber es hätten achthundert sein können, ohne dass etwas passiert wäre. Außerdem verschwinden Gegenstände. Ständig. Kein Zweifel: In den Nächten, wenn das Gespenst recht gut gelaunt zu sein scheint, dann fehlt am nächsten Tag etwas – oder es fehlen gleich mehrere Sachen. Warum, glauben

Sie, hätte man sonst die Nutzung des Tresorraums aufgegeben?«

Javier wollte gerade eine Antwort geben, doch der andere redete beflissen weiter: »Ja, ich weiß schon, dass nach dem Raub Sicherheitsgründe angeführt wurden, aber es muss noch etwas gewesen sein. Sicherheitsvorkehrungen lassen sich doch installieren. Es ist alles nur, weil dieses Etwas sich alle möglichen Objekte und auch Geld schnappt. Ich weiß nicht, welches Interesse es dabei verfolgt – wozu sollte ihm das nutzen? Finden Sie nicht? Oder ist es einfach so eine Art Glückspiel?«

Martínez brach plötzlich wegen seines eigenen Witzes unerwartet in einen Lachanfall aus; er dauerte ein paar Sekunden, darauf folgte ein zweiter Anfall – diesmal mit Husten. Als der Wachmann seine Fassung wiedergewonnen und seine Atmung in ihren normalen Rhythmus zurückgefunden hatte, fragte Javier weiter: »Wollen Sie mir damit sagen, dass es gar keine Räuber gegeben hat, Martínez? Dass der Schmuck und das Geld durch Zauberkunst verschwunden sind?«

»Nun ... mehr oder weniger, ja. Das hat zumindest Soler gesagt. Dass kein Safe aufgebrochen war und auch kein Schloss. Die Sachen haben sich einfach in Nichts aufgelöst. Er sagt, dass in jener Nacht dieses Etwas sehr nervös war – als wolle es einen Streich aushecken. Ich habe ja schon erzählt, dass es mich die Treppe hinuntergeschubst hat. Es hat mich aus dem Weg geräumt, weil es Soler wollte, weil es wusste, dass Soler ihm helfen oder zumindest Aufmerksamkeit schenken würde. Ich glaube, dass das mit dem Video und auch das mit dem Raub zweitrangig war.«

Dass dies zweitrangig war, sollte man mal den Hunderten Leuten sagen, deren Schmuck geklaut wurde, ging es Javier durch den Kopf. Er rieb sich die Augen in der Absicht, klarer denken zu können, wenngleich sich das als nicht einfach erwies.

»Wollen wir mal sehen, Martínez. Wir sind übereingekommen, dass das mit dem Video eine Interferenz war. Sie selbst haben gesagt, dass es ein Historienfilm war.«

»Nein, Señor. Ich habe gesagt, dass es den Anschein hatte. Ich bin mir eigentlich sicher, dass das nicht stimmt.«

»Und warum nicht, um Himmels willen? Worauf begründen Sie Ihre Meinung?«

»Auf der Dauer. Denn jede einzelne der Aufzeichnungen enthält fast eine Woche.«

»Was sagen Sie da?«

»Das sind jeweils einhundertsechzig Stunden insgesamt. Ich weiß schon, dass es seltsam ist, weil der Überfall sich theoretisch ja früh am Morgen ereignet hat. Man geht von sechs Stunden aus, höchstens sieben, was im Übrigen nicht wenig ist. Aber wenn jemand den ganzen von der Kamera aufgezeichneten Film anschauen will, ein an sich schon langwieriges Unterfangen, dann braucht er dazu sieben Tage inklusive der Nächte. Soler hat das gemacht, deshalb weiß er es.«

»So. Ich glaube, Soler hat eine starke Einbildungskraft und noch dazu diese gigantische Beute. Oder woher soll sonst der Mercedes kommen, den er sich gekauft hat, gleich nachdem er aufgehört hat zu arbeiten? Von der Rente? Jetzt wird mir alles klar!« Javier schlug mit der Handfläche auf den Tisch. »Und Sie glauben wirklich einfach so diese alberne Geschichte von der Mauer und den Arbeitern, nur weil Soler sagt, dass sie auf einem Video sei, das nur er gesehen hat und von dem es nicht einmal eine verdammte Kopie gibt?«

»Nein, Señor, nein. Natürlich gibt es Kopien von der Aufzeichnung. Mehrere sogar, alles Raubkopien natürlich, die Soler unter seinen Kollegen verteilt hat. Alle vom Sicherheitsdienst haben sie gesehen, bis auf mich, weil ich dem ganzen Thema Gespenster größten Respekt entgegenbringe. Es geht nicht darum, ob ich an Gespenster glaube oder auch nicht, sondern dass ich lieber eine gewisse Distanz bewahren will. Wissen Sie, was ich meine? Wenn es Sie interessiert, haben Sie gleich morgen die Kopien auf dem Tisch, mehrere DVDs natürlich, es waren ja an die dreißig Videobänder. Wobei Sie sich bei der Sache in einem Punkt sicher nicht irren, Señor Fanconi.«

Javier zog die Augenbrauen in die Höhe.

»Soler ist reich.«

»Gut! Zum Glück kriegen Sie wenigstens mit, was auf dieser Welt geschieht! Und wie hat er das geschafft? Durch Sparen? Oder war es das Gespenst aus dem Tresorraum, das über ihn wacht?«

»Aber nein, Señor. Weder noch! Es waren der Vorstand und der Filialleiter. Er war echt schlau, dieser Soler. Er verschaffte sich Rückendeckung, und es gelang ihm, dies vor uns zu verbergen. Oder meinen Sie etwa, dass es Zufall war, dass man uns kurz nach dem Raub den Lohn erhöht und unsere Arbeitsbedingungen verbessert hat? Haben Sie nicht davon erfahren?«

»Aber natürlich. Die Sicherheitsmaßnahmen wurden verstärkt. Das war ja nur logisch nach allem, was passiert war. Die Sparkasse musste etwas tun, um vor der öffentlichen Meinung das Gesicht zu wahren.«

»Blödsinn! Seit wann interessieren die sich denn dafür? Bei mir heißt so was Bestechung. Paco Soler ist ein Arbeitskollege und ein überaus gesetzestreuer Mann. Der Preis, den er von ihnen erbat, war nicht nur für ihn allein, sondern er hatte uns alle im Sinn. Sogar mich, den letzten Affen, den sie eingestellt hatten.«

»Preis? Der Preis wofür? Wovon zum Teufel reden Sie, Martínez?«
»Von dem Verkaufspreis für die Aufzeichnungen, Señor Fanconi, was denn sonst. Willkommen in der Wirklichkeit!«

6

In der Antike glaubte man, dass jenseits des Ozeans am Rande der Nacht die Gorgonen ihre Wohnstätte hatten, drei monströse Schwestern mit langen Krallen, riesigen Flügeln und Schlangenhaaren, die auf ihrem Kopf ständig in Bewegung waren. Von den drei Schwestern war Medusa die einzige Sterbliche, deshalb wurde sie zur Beschützerin von Grabstätten erkoren, die sie vor den schändlichen Taten der Grabräuber bewahren sollte. Für manche Schriftsteller symbolisiert die Medusa den Vollmond, das glückliche Ziel vom Schicksal begünstigter Seelen, und daher leitete sich ihr Wohlwollen für die Verstorbenen ab. Dies trifft auch für das Mausoleum der Medusa in der Via Augusta von Iluro zu, das sich etwa 1,3 Kilometer vom Stadttor entfernt befand. Die Römer pflegten ihre Grabstätten neben den Verkehrswegen am Ausgang der Städte zu errichten. Und deshalb waren auch die Epitaphe so lang und poetisch: Sie richteten sich an den Reisenden, der auf diese Weise im Vorbeikommen alle Verdienste des Verstorbenen, der hier ruhte, erfahren konnte. Doch nur wenige Grabstätten, die diese Römerwege säumten, waren so monumental wie das Medusenmausoleum von Iluro.
Die ersten Überreste des Mausoleums entdeckte man zufäl-

lig im November 1961 bei Ausschachtungsarbeiten für Gasrohre. Es wurden fünf Gesimse und einige Platten aus Carrara-Marmor gefunden. Doch erst zehn Jahre später wurde im Zuge der Verlegung von Telefonleitungen etwas durchgeführt, das entfernt an eine Ausgrabung erinnerte. Wie bereits bei anderen Gelegenheiten war es Marià Ribas, der sich dieser Aufgabe annahm. Unter den Funden verdient ein Fragment besondere Erwähnung: Es weist eine zylindrische Form auf und ist mit einem Basrelief der Medusa verziert – mit stark betonten Augenlidern, die zum Teil die Pupillen verbergen, den Mund geschlossen mit nach unten verzogenen Mundwinkeln, die Wangenknochen und das Kinn hervorstehend, sowie mit dem typischen Kopfschmuck in Form von lebendigen Schlangen.

Im gleichen Areal fanden sich auch einige der Grabbeigaben – Fragmente einer Lampe und einiger Gefäße –, doch diese Überreste gaben keinen Aufschluss darüber, wem das Mausoleum gehört hatte und in welcher Epoche es erbaut worden war. Die örtlichen Historiker sind sich diesbezüglich nicht einig, wenngleich alle einhellig die Auffassung vertreten, dass die hier bestattete Person eine bedeutende Persönlichkeit der Stadt mit enormen finanziellen Mitteln gewesen sein musste. Denn nur Menschen in gehobener wirtschaftlicher Position konnten sich eine Grabstätte dieser Größe und Beschaffenheit leisten – mit reicher Ornamentik aus importierten Materialien, die zu dieser Zeit überaus teuer waren.

Mónica trank einen Schluck Milchkaffee, den ihr Matilde gerade zubereitet hatte, und starrte auf die Regenschlieren an den Scheiben. In Wirklichkeit war sie mit ihren Gedanken sehr weit weg. Den Artikel, den sie gerade gelesen hatte, hatte Ramón Fernández geschrieben; er war vor sechs Jahren in der Zeitschrift *Historia y Vida* erschienen. Nach dem Abschnitt, der sich mit dem Medusenmausoleum beschäftigte, folgte seine Analyse von ähnlichen Grabstätten, die sich in Rom, Pompeji oder Neapel erhalten hatten.

Der Aufsatz war mit Fotos illustriert, die Román selbst aufgenommen hatte. Am meisten beeindruckten Mónica die von Pompeji: ein Weg zwischen Bäumen – es waren einige Zypressen zu sehen –, auf beiden Seiten von Grabstätten gesäumt. Es war paradox, aber sie hatte den Eindruck, als würde er zu einer lebendigen, zeitgenössischen Stadt gehören. Die übrigen Bilder zeigten Neapel: den Eingang zum Archäologischen Nationalmuseum und einige der zahllosen Sarkophage.

»Du musst in Neapel sehr gute Kontakte haben«, hatte Mónica zu ihrem Freund gesagt – ein Versuch, ihre Neugier zu stillen. »Irgendein Freund?«

»Eine alte Freundin. Und stell mir bloß keine weiteren Fragen. Wenn es dich so interessiert, kannst du ja mit mir dort hinreisen, das habe ich dir ja bereits angeboten.«

Mónica hatte nur gelacht. Sie würde es ja nie zugeben, aber sie hatte durchaus darüber nachgedacht. Sie hatte sich Tausende Argumente überlegt, um Javier davon zu überzeugen, sie mit Román nach Neapel reisen zu lassen. Die Erklärung, die sie sich selbst gab, war, dass sie den Freund, der ihnen letztendlich einen gewaltigen Gefallen erwies, nicht im Stich lassen könne – und zwar weder mit der ganzen Arbeit noch mit all den Ausgaben für dieses mysteriöse Unterfangen. Und wenn sie sich so viele Argumente einfallen ließ, so tat sie dies eigentlich nur, um nicht zugeben zu müssen – nicht einmal sich selbst gegenüber –, dass sie einfach eine Riesenlust hatte, diese Reise zu unternehmen. Mit Freuden hätte sie diese Stadt kennengelernt, die den Archäologen verführt hatte. Sie war neugierig zu erfahren, was Román in den drei Jahren, die er dort gelebt hatte, widerfahren war und weshalb seine neapolitanische Liebesgeschichte ein so plötzliches Ende genommen hatte. Sie hätte ihm zu gern Gelegenheit gegeben, sie dort zum Abendessen einzuladen, gemeinsam durch die Gassen im Hafenviertel zu bummeln und sich vom Anblick der Bucht von Neapel blenden zu lassen – und natürlich von der unaufhaltsamen Beredsamkeit ihres Begleiters.

Während sie über all das nachsann, überkam sie zum ersten Mal in ihrem Leben ein wirklich tiefgreifendes Unbehagen, ein Gefühl, das von einem gewissen Alter an und ab einem gewissen Augenblick in der Biografie eines Menschen immer eine Tragödie bedeutet. Zum ersten Mal bedauerte sie, jemanden zu spät kennengelernt zu haben – nun, da nichts mehr zu machen und keine Reaktion mehr möglich war, nun, da das Leben alle Karten verteilt hatte und somit das Schicksal eines jeden besiegelt war.

Mónica spürte einen intensiven stechenden Schmerz, der allerdings schnell vorüberging: Sie begriff, dass sie nicht der Typ Frau war, der in einem einzigen Augenblick all das zerstören könnte, was aufzubauen sie Jahre gekostet hatte. Sie schob diese Gedanken entschlossen beiseite und redete sich ein, dass es nur Spinnereien seien, sie gab der Einsamkeit, den Hormonen, der Müdigkeit, ja sogar der im Grunde gescheiterten Erbschaft des Hauses die Schuld und las weiter:

Neapel ist wegen seiner Nähe zu den sehr interessanten Ausgrabungsstätten an den Hängen des Vesuv – Pompeji, Herculaneum, Stabia – und wegen seines außergewöhnlichen Archäologischen Nationalmuseums unter Fachleuten als die Hauptstadt Europas in Sachen Fälschung von antiken

Kunstwerken bekannt. Es gibt kein Objekt, so außerordentlich oder perfekt es auch sein mag, das sich nicht von diesen Meistern des Betrugs mit einer Genauigkeit reproduzieren ließe, so dass selbst der versierteste Fachmann nicht in der Lage ist, zwischen einem Original aus dem 1. Jahrhundert vor Christus und einer Reproduktion zu unterscheiden, die gerade den Händen eines Kopisten entsprungen ist – aus einem Stück Carrara-Marmor, das erst eine Woche zuvor gehauen wurde.

Mónica hob den Blick wieder in Richtung Fensterscheibe. Sie wusste nun intuitiv, dass der Moment gekommen war, um dem Museum einen Besuch abzustatten. Aus irgendeinem seltsamen Grund wollte sie ihre Venus wiedersehen.

Das Museum von Mataró befand sich genau gegenüber von der Zentrale der Caixa Laietana. Das ehrwürdige alte Gebäude aus dem siebzehnten Jahrhundert mit seinen drei Stockwerken war weder übermäßig groß noch sehr prachtvoll, und insgesamt war es zu klein, um das vorhandene Kulturerbe der Stadt zu präsentieren. Das Museum war wenig besucht und öffnete seine Pforten nur ein paar Stunden am Nachmittag; somit war es sehr unwahrscheinlich, hier jemandem über den Weg zu laufen – außer vielleicht an einem Wochenende. Ihre Venus befand sich in dem Ausstellungssaal im ersten Stock, neben ihrer Zwillingsschwester, die in den römischen Thermen gefunden wurde. Abgesehen von einigen Spuren, die die Erosion hinterlassen hatte, waren beide Darstellungen identisch. Man konnte sogar das Delphinfragment betrachten, das bei der Ausgrabung in ihrem Garten aufgetaucht war. Wenn er nicht seine Schwanzflosse verloren hätte, dann hätte man bei seinem Anblick sagen können, er wirke wie neu.

»Die Arbeit der römischen Kopisten hat etwas Beunruhigendes, nicht wahr?«, hörte sie hinter sich eine tiefe Stimme sagen.

Als Mónica sich umdrehte, entdeckte sie Joaquim García, den Chefarchäologen des städtischen Museums, der auf einer kleinen Holzbank saß.

»Wundert es Sie, mich hier anzutreffen? Ich bin oft hier, und nicht nur weil sie auf dem Weg zu meinem Büro liegt. Mir macht es Spaß, sie anzuschauen«, erklärte er und deutete auf die beiden Venusköpfe in der Vitrine, »und jedes Mal entdecke ich ein neues Detail: die halb geöffneten Lippen, das perfekte Gebiss, das sich darunter erraten lässt, die Locken, die über den Nacken fallen, die Frisur, dieser doppeldeutige Ausdruck ... Diese beiden Köpfe könnten durchaus in der Enzyklopädie der Weltkunstwerke stehen. Und wie geht es Ihnen? Fehlt sie Ihnen? Wollten Sie nachsehen, ob wir sie auch gut behandeln?«

»In gewisser Weise ja«, antwortete Mónica. »Ich wollte wissen, wo Sie sie aufgestellt haben.«

»Selbstverständlich in einem Saal, wo sie gut zu sehen ist. Diese beiden Mädels sind die Krönung der Ausstellung«, antwortete García, »zwei Raritäten. Aber ich kann mir immer noch nicht erklären, wie sie sich gerettet haben. In der Epoche war es üblich, den Marmor zu mahlen, um Kalk zu gewinnen, oder sie haben die Dinger einfach auf den Müll geworfen.«

»Man hat Kunstwerke weggeschmissen?«

»Ja, natürlich. Sie haben alles entsorgt, was sie nicht mehr brauchten. Dabei waren sie eigentlich ein sehr praktisches Volk, das alles zu nutzen wusste. Aber was nicht mehr zu retten war, das landete im Abfall. Die Teller zum Beispiel. Sie konnten sie nicht reparieren, da der Klebstoff noch nicht erfunden war, und da haben sie sie eben weggeworfen. Und dort auf dem Müll haben wir sie dann – neben vielem anderen – zweitausend Jahre später gefunden. Ist das nicht witzig? Mit ihrem Abfall füllen wir heute unsere Museen.«

Seitlich in der Vitrine sah Mónica etwas, das einem Foto der Venus ähnelte. Es war genau die gleiche Darstellung, die sie in dem schrecklichen Traum damals betrachtet hatte, als sie mit eigenen Augen die Werkstatt des Bildhauers zu sehen schien. Sie hatte keinen Zweifel. Sie fragte García nach der Herkunft des Fotos und ob es eine Computerrekonstruktion sei.

»Es tut einem ein bisschen weh, die Statue in vollem Glanz zu sehen, nicht wahr? Mir geht es jedenfalls so. Nein, es ist keine Rekonstruktion. Es handelt sich um eine andere Kopie aus der gleichen Epoche wie unsere beiden, auch aus dem ersten Jahrhundert. Sie befindet sich im Bardo-Museum in Tunesien. So mancher meint, dass sie alle aus der gleichen Werkstatt stammen. Vielleicht sind sie sogar von der gleichen Hand geschaffen, aber das lässt sich natürlich unmöglich feststellen. Wenn dem so wäre, hätten wir triftige Gründe zu der Annahme, dass der Künstler dieser Skulpturen eine enge Beziehung zu unserer Stadt hatte. Es muss jemand gewesen sein, der sehr anerkannt war, wenn seine Arbeiten es so weit weg geschafft haben – bis nach Karthago.«

Mónica betrachtete die Fotografie. Auch bei dieser Skulptur erkannte sie die Gesichtszüge, die sie im Traum wie ihre eigenen empfunden hatte. Die zarten Wangenknochen, die etwas volleren Lippen, die perfekte Nase von Iulia Pomponia.

In diesem Moment ertönte der *Imperial March* aus *Star Wars* und riss sie aus ihren Träumereien. Es war der neue Klingelton ihres Handys, den García mit einem albernen Grinsen quittierte.

»Überaus angemessen …«, flötete der Archäologe, während Mónica zum Telefonieren auf den Gang hinausging.

Es war Román. Er sprach mit keuchender Stimme und klang sehr aufgeregt.
»Wo bist du? Kannst du reden?«, schnaubte er.
»Mehr oder weniger. Ich bin im Museum. Ist was passiert?«
»Nein. Nun, eigentlich schon. Ich kann dir bloß eines sagen: Ausgraben ist echt hart, verdammte Scheiße!«
Sie gab Román ein paar Sekunden Zeit, um wieder zu Atem zu kommen, doch er quasselte auch schon weiter: »Kannst du ein Taxi nehmen und in meine romantische Reinigung kommen, meine Teuerste? Ich würde dir dort gern etwas zeigen.«

7

In der alten Reinigung hörten sich die Geräusche, die die Reifen draußen auf dem nassen Asphalt erzeugten, wie entfernter Wellenschlag an. Der Geruch nach Feuchtigkeit war so stark, dass Mónica bei ihrer Ankunft meinte, keine Luft zu bekommen. Außerdem herrschte eine erstickende Hitze.
»Tut mir leid, wenn ich dir keinen Kuss geben kann«, begrüßte sie Román. Der Archäologe war so verdreckt und so verschwitzt, dass er in seiner Kluft eher wie ein Bergsteiger aussah. Um den Blicken der Passanten zu entgehen, hatte Román die Schaufenster mit Karton und Zeitungspapier verdeckt. Der Effekt in Kombination mit den Neonröhren und dem verwüsteten Bodenbelag war verheerend: Jetzt konnte man wirklich eindeutig sehen, dass kein Mensch mit Sinn und Verstand je diesen Laden gemietet hätte.
Um für seine Grabungen ans Erdreich zu kommen, hatte

Román den PVC-Boden entfernt – eine Art Parkettimitat, das vor noch nicht allzu langer Zeit in Mode gewesen war. Dann beseitigte er die Fliesen, die in zwei Schichten verlegt waren, denn das Geschäft war mehrmals umgebaut worden – alles ein einziger Pfusch. Am schwierigsten war es, nach dem Estrich endlich zum Erdreich zu gelangen. Er hatte gut gerechnet: Bis in rund drei Metern Tiefe war es fast unmöglich, etwas zu finden.

Als das Grabungsloch allmählich wie ein Schützengraben aussah, wurde er schließlich belohnt. Román und sein junger Mitarbeiter hatten über acht Nächte lang gegraben. Erst am letzten Morgen in der Früh stieß der andere Mann auf etwas, das einem Stein ähnelte. Es gelang ihnen mit äußerster Vorsicht, keinen Schaden anzurichten. Als sie den Gegenstand endlich ansehen konnten, wurde ihnen klar, dass es sich um ein Fragment von einem Grabstein handelte. Er war aus weißem Marmor gefertigt, der, seinem Glanz nach zu urteilen, vielleicht von Paros stammte, und im Mittelteil waren unschwer Reste einer Inschrift zu erkennen:

D.M.S.
[...]MPONIAE ANN XV [...]
[...]GNAEUS POMPO [...]
[...]LIAE CARISSI [...]
S.T.T.L.

»Die fehlenden Teile sind nicht aufgetaucht, und in Anbetracht der Unregelmäßigkeiten bei diesem Unterfangen, das ich nicht einmal als Ausgrabung zu bezeichnen wage, glaube ich auch nicht, dass wir sie finden werden. Aber wir brauchen sie auch gar nicht, um zu wissen, was auf dem Grabstein steht«, erklärte Román.

»Dann wollt ihr nicht weitergraben?«

»Doch, noch ein bisschen«, erwiderte Román großspurig. »Eigentlich haben wir ja, was wir gesucht hatten. Bist du bereit?« Er stellte seine Frage in einem Tonfall, als würde er gleich einem Kleinkind seine Weihnachtsgeschenke zeigen.

»Ja.«

»Mach die Augen zu.«

Mónica gehorchte. Román nahm sie an den Schultern und führte sie mehrere Meter weiter bis zum Rand des Grabens. Sobald sie dort waren, griff er nach ihrer Hand und sagte zu ihr: »Jetzt. Mach die Augen auf.«

Mónica stellte fest, dass sie sich am Rand eines länglichen Erdlochs befand. Selbst wenn es leer gewesen wäre, wäre es ihr doch wie ein Grab vorgekommen. Aber es war nicht leer: Auf dem dunklen Grund erkannte sie, sorgfältig nebeneinander aufgereiht, wie dies nur Román bewerkstelligt haben konnte, die gräulichen Knochen von etwas, das vor vielen Jahrhunderten ein menschlicher Körper gewesen war: Mittelfußknochen – die einzelnen Knöchelchen bildeten eine winzige Insel –, Schien- und Wadenbeine, Oberschenkelknochen, Ellbogen, Speichen und Oberarmknochen sowie genau in der Mitte – wie eine Spur Kieselsteine – die Wirbelknochen, die auf jeder Seite von einem Dutzend schwächliche Rippen flankiert waren. Die fachmännische Rekonstruktion brach plötzlich am dritten Wirbel ab, und man erkannte, was auf so erschreckende Weise fehlte.

»Hiermit stelle ich dir Iulia Pomponia vor«, sagte Román mit einem zufriedenen Lächeln. »An ihrer Identität besteht kein Zweifel, da sie uns ja selbst hierhergeführt hat, aber es könnte wirklich niemand anderer sein. Schau mal hier.«

Román zeigte ihr jetzt eine Plastikkiste, in der die von ihm klassifizierten Objekte lagen, die neben den Knochen geborgen werden konnten.

»Das hier gehört zur Grabausstattung, mit der sie beerdigt wurde. Sieh dir das an: Dieses verdrehte, dunkle Metallteil war bestimmt einmal ihr Armreif. Und da sind auch noch andere Reste von Schmuckstücken aus dem gleichen Material, möglicherweise eine Halskette.« Román nahm zu seinen Worten die jeweiligen Objekte in die Hand, um sie dann wieder wegzulegen: »Hier sind einige Scherben von Tontellern, und hier haben wir ein wirklich winziges Stück blaues Glas, von dem wir nicht wissen, wozu es gehört haben könnte.« Er zeigte ihr das sehr fragile Stück. »Und wir werden es auch nie wissen. Schau, da ist sogar eine Puppe.«

Román legte seiner Freundin etwas in die Hände, das einst einmal der Rumpf und der Kopf einer Elfenbeinpuppe gewesen waren. Ein Stück vom Arm und ein Bein hatten sich auch erhalten.

»Die Puppe ist ein weiterer Beweis, dass sie es ist: Die Person, die hier begraben liegt, muss sehr jung gewesen sein, was auch der Grabinschrift zu entnehmen ist. Und für den Schluss« – Román suchte weiter in seiner Schatzkiste herum – »habe ich das beste Stück der Sammlung aufgehoben.« Er holte aus der Kiste zwei Fragmente von einem Gegenstand aus Ton heraus. Mónica wusste nicht, worum es sich handelte, bis Román die Kiste beiseitestellte. Er konzentrierte sich auf diesen kleinen Schatz und fügte ihn vor ihren Augen zusammen. Wie von Zauberhand passten die beiden Teile perfekt ineinander und bildeten ein schlichtes, aber vollkommenes Objekt.

»Eine Lampe.«

»Mit einem Delphin verziert, schau.«

»Mit dem Delphin der Venus, klar.«

»Sehr gut, Frau Archäologin. Sie machen große Fortschritte.«
Mónica blickte wieder zu dem unvollständigen Skelett und versuchte, Iulias Statur abzuschätzen. Sie musste etwas kleiner gewesen sein als sie selbst und nicht von starkem Körperbau. Zudem war Iulia noch ein Mädchen gewesen, als sie getötet wurde. Sie war noch nicht einmal ausgewachsen. Bei dieser Schlussfolgerung bemerkte Mónica, wie sich ihre Augen trübten und ihr plötzlich die Tränen kamen.
»So ein Mist«, sagte sie und wischte sich mit der Hand über die Augen. »Ich bin einfach eine alte Heulsuse.«
»Diese Geschichte ist so gut wie zu Ende, Mónica. Welche Ausrede soll ich mir nun einfallen lassen, um dich zu sehen, wenn das ganze Theater vorbei ist?«
Mónica tat so, als hätte sie nicht hingehört. Das war auch nicht schwierig, denn der Anblick der Knochen hatte auf sie einen derart nachhaltigen Eindruck gemacht, dass sie sich nur mit Mühe auf etwas anderes konzentrieren konnte.
»Jetzt fehlt also bloß noch der Kopf«, hörte sie sich mit einer Stimme flüstern, die nicht ihre eigene zu sein schien.

8

Für Javier hatte die wichtigste Überraschung der letzten Wochen weder mit den Knochen zu tun, die Román gefunden hatte, noch mit Mónicas plötzlicher Gefühlsanwandlung, sondern mit einem Ereignis, das an einem Samstagmorgen mitten im Januar passierte. Seine Mutter war ausgegangen, um die üblichen Einkäufe zu erledigen, und Mónica stand gerade unter der Dusche. Sie hatte nichts Besonderes geplant und wollte den Tag einfach in aller Ruhe verbringen. Plötzlich läutete es, und Javier ging die Tür aufmachen. Auf dem Treppenabsatz warteten, nur von der Flurlampe im Hausflur erhellt, seine beiden Söhne. Zu ihren Füßen lag der Rucksack, den sie immer dabeihatten, wenn sie das Wochenende bei ihm verbrachten. Die Freude, die auf den Gesichtern der beiden aufstrahlte, als sie ihren Vater sahen, entschädigte ihn für alles, was in letzter Zeit passiert war.

Javier bat sie herein und lehnte sich schnell vor, um die schmale Treppe hinunterzuschauen. Von hier konnte er ein Stück vom Bürgersteig und von der Fahrbahn erkennen. Obwohl er rasch reagierte, konnte er nur noch sehen, wie sich Evas Auto entfernte, nachdem sie sich wohl versichert hatte, dass ihre Kinder jemanden im Haus angetroffen hatten. Zu glücklich über den Besuch, um sich großartig über das seltsame, unbegreifliche Verhalten seiner Ex-Frau aufzuregen, umarmte Javier seine Kinder ganz fest. Dann machte er es sich mit ihnen auf dem Sofa bequem, um sich von ihnen erzählen zu lassen, wie sie die letzte Zeit verbracht hatten.

So fand Mónica sie alle vor, als sie im Morgenmantel, ein Handtuch ums Haar gewickelt, aus dem Badezimmer kam, denn sie hatte sich über die Stimmen im Wohnzimmer gewundert. Als sie Javiers Miene neben seinen zurückgewonnenen Söhnen sah und ihn wegen jedes albernen Einfalls von Ian, dem kleineren, lauthals lachen hörte, da spürte sie, dass ihre Pechsträhne bald der Vergangenheit angehören würde. Jedenfalls ahnte sie, dass nicht nur die Geschichte von Iulia so gut wie zu Ende war.

Ein richtiges Buchgeschäft hat etwas Anheimelndes, etwas von einem Treffpunkt, ist aber zugleich ein Hort für Träume – ein Paradies. Genau das war für Román Fernández die Buchhandlung Robafaves: zwei weitläufige Stockwerke mit fast siebzigtausend Bänden, wo er immer jemanden traf, mit dem ihn eine Freundschaft verband, die so alt war wie seine Liebe zu Büchern. Wenn Román also behauptete, dass jeder unbedingt seinen »Hausbuchhändler« haben müsse, der einem in allen Situationen weiterhelfen könne, wie dazu nur ein Profi in der Lage war, dann dachte er selbst stets an Toni Cantó.

An jenem Nachmittag stattete Román zwischen seinen letzten Besorgungen vor seiner Reise nach Neapel der Robafaves einen Besuch ab, wo er sich mit Mónica traf. Es ist nie verkehrt, sich mit interessanten Frauen im Paradies zu verabreden.

Mónica kam etwas zu früh und steuerte schnurstracks die Abteilung mit Schwangerschaftsratgebern an. Als Román sie in ihren Recherchen unterbrach, war sie gerade zwischen zwei Titeln hin- und hergerissen: *Was man erwarten kann, wenn man froher Erwartung ist* und *Das neue große Buch der Schwangerschaft und der Geburt*. Zu ihrer besonderen Freude befand sich direkt gegenüber ein Getränkeautomat nebst einem winzigen Tisch und zwei Stühlen. Kaum hatte er Mónica begrüßt, organisierte Román zwei heiße Trinkschokoladen und bugsierte die Miniatur-Plastikbecher auf den Tisch. Dann setzte er sich, um Mónica in ihrer Unschlüssigkeit zu beobachten. Je länger sie sich in die Inhaltsverzeichnisse der beiden Bücher vertiefte, desto unsicherer wurde sie.

»Würde mir die Señora bei diesem Festmahl Gesellschaft leisten?«, fragte Román, als sie sich zu ihm umdrehte.

Mónica kam mit den beiden Büchern in der Hand an den Tisch.

»Ich weiß nicht, für welches ich mich entscheiden soll«, sagte sie besorgt, ehe sie die beiden lächerlich kleinen Becher bemerkte und noch hinzufügte: »Du bezeichnest wohl alles als ein Gelage.«

»Damit diese traurige Vesper sich in ein Festmahl verwandelt, fehlt nur eines.«

»Ach ja? Was denn?« Mónica nahm umständlich auf dem schmalen Stuhl Platz.

»Du.«

Román wusste sofort, dass er mit dieser Antwort über das Ziel hinausgeschossen war. Seine Worte hatten Mónica nicht nur die Sprache verschlagen, sondern er hatte damit auch erreicht, dass sie rot wurde, die Augen niederschlug und instinktiv nach ihrem Becher griff, um ihre Verlegenheit zu verbergen. In dem Augenblick kam Toni Cantó vorbei, wie immer in Eile und mit einem Stapel Bücher in der Hand.

»Dein Buch ist schon da, Román«, sagte er, ohne stehen zu bleiben.

»Deshalb bin ich ja gekommen«, antwortete der Archäologe.

Mónica nutzte dieses flüchtige Gespräch, um sich von dem Schlag zu erholen und die nächste Frage zu stellen: »Hast du deinen Koffer schon gepackt?«

»Da du mich hier siehst, noch nicht. Aber ich will eh kaum etwas mitnehmen. Wenn ich etwas brauche, kaufe ich es dort. Ich hasse Kofferpacken, das ist so ein Spleen von mir.«

Schweigen machte sich breit, das schließlich Román unterbrach: »Ich muss hoffentlich nicht lang bleiben. Die Frau, die ich suche, ist noch dort, wo ich sie damals zurückgelassen habe. Es wird nicht schwierig sein, sie zu finden, nehme ich an.«

»Eine alte Freundin?«
»Von den vielen Weibern, die ich kennengelernt habe, ist sie die Einzige, die mich verlassen hat. Das hört sich wahrscheinlich recht eingebildet an, aber es ist die reine Wahrheit. Sie ist auch die Einzige, die mir das Herz gebrochen hat. Das sind zwei Leistungen, die ihr einen gewissen Vorteil verschaffen, selbst jetzt noch, nach fast zehn Jahren.«
»Das tut mir aber leid, ehrlich …« Wie immer, wenn Román im Ernst zu reden schien, wusste Mónica nicht, wie sie reagieren sollte. Deshalb merkte sie nur noch an: »Da lässt sich wohl nichts mehr machen, oder?«
»Absolut nicht. Sie ist der Schlüssel zu allem.«
»Magst du mir nicht mehr erzählen? Ich sterbe vor Neugier!«
»Wenn ich wieder zurück bin, erzähle ich es dir – versprochen.«
»Sag mir wenigstens, wie sie heißt.«
»Wer?«
»Diese Frau da. Die dich vor zehn Jahren so verletzt hat.«
»Welche Frau? Ich habe die Venus Kallipygos gemeint. Sie gehört zur Sammlung Farnese, einem der bedeutendsten Schätze des Archäologischen Nationalmuseums von Neapel, wo ich morgen Mittag hoffentlich sein werde. Ich habe diesen wundervollen Hintern schon ewig nicht mehr gesehen – zehn Jahre.«
Auch wenn Román ihr die Bälle gut zuspielte, so erriet Mónica doch, dass er aus Selbstschutz log. Sie ahnte, dass die Frau, die er sehen würde, aus Fleisch und Blut war, in seinem Leben eine bedeutende Rolle gespielt und ihm weh getan hatte. Vielleicht war sie ja die Ursache für sein ewiges Singledasein und für sein Pech mit Frauen. In dem Augenblick verspürte sie einen unangenehmen Stich von Eifersucht. Sie kam

sich wegen dieses Gefühls lächerlich vor, wusste aber nicht, wie sie es hätte vermeiden sollen.
»Ich würde es mir nie verzeihen, wenn es dir meinetwegen schlecht ginge«, flüsterte sie.
Román näherte sich ihrem Gesicht. Er kam ihr so nahe, dass sie in seinem Atem noch die heiße Schokolade riechen konnte, die er gerade getrunken hatte.
»Iulia und vor allem dir zuliebe wäre es mir egal, selbst wenn es mir hundeelend ginge.«
Zum Glück kam in diesem Moment Toni Cantó zurück.
»Hier ist es«, sagte er zu Román und reichte ihm ein dickes Buch mit cremefarbenem Cover. »Der Band ist gestern gekommen.«
Mónica bemerkte, dass der Titel auf Italienisch und sehr lang war – lang genug jedenfalls, um ihn nicht auf der Stelle entziffern zu können. Den Namen der Autorin konnte sie allerdings deutlich erkennen: Paola Guidobaldi.
»Danke, Toni. Genau rechtzeitig, ich nehme es mit ins Flugzeug. Hör mal, und von diesen beiden da« – er deutete auf die zwei Schwangerschaftsratgeber –, »welches würdest du uns empfehlen?«
Cantó musste nur einen flüchtigen Blick darauf werfen, dann sagte er resolut: »Mann, das da natürlich«, und deutete auf eines der Bücher. Als er sah, dass Mónica eine weitere Information erwartete, gab er noch eine kurze Erklärung ab: »Das ist ein Klassiker. Das heißt: alt, aber unersetzlich. Wenn Sie das gelesen haben, schenken Sie dem Buch mehr Glauben als den Tipps Ihrer Mutter.«

Aufgrund von diversen Verspätungen – zunächst bei seinem Flug Barcelona-Rom, und dann wegen des Schnellzugs, der ohne ihn aus Roma Termini abfuhr – kam Román zu einer

Zeit in Neapel an, als der Nachmittag schon zur Neige ging. Die matte Sonne verlängerte die Schatten auf der stets belebten Piazza Garibaldi, auf der zu dieser Tageszeit viel los war. Román versuchte, den teuflischen Verkehr zu umgehen. »Hier stirbt keiner alt, hier werden alle überfahren«, hatte einmal jemand zu ihm gesagt, als er zum ersten Mal seinen Fuß in diese Stadt gesetzt hatte. Leichten Schritts spazierte er an den Straßenständen vorbei, wo Taschen, Kleidung, Gürtel und Wollmützen feilgeboten wurden. Ohne sich aufzuhalten, ging er in Richtung Best Western Plaza, seinem Hotel an der Piazza Principe Umberto mit diesem absolut nicht italienisch klingenden Namen; er hatte übers Internet dieses Hotel ausgewählt, weil es bloß ein paar Meter vom Bahnhof entfernt lag.

Nachdem er eingecheckt und seine Sachen auf dem Zimmer deponiert hatte, nahm er eine kurze Dusche und stürzte sich in die Straßen einer Stadt, in der er sich wie zu Hause fühlte. Vielleicht nicht so sehr wegen der langen Zeit, die er dort gelebt hatte, so sagte er sich, sondern vielmehr wegen der Intensität des dort Erlebten. Denn Orte sind eigentlich die Menschen, die wir kennengelernt und dort zurücklassen haben.

Román spazierte bis zum Museum, wobei er die weniger noble Strecke über die Via Carbonara wählte. Diese Straße war von Billigläden und riesigen Abfallhaufen gesäumt. Niemand schien sich um die Probleme zu kümmern, die eine derartige Unsitte verursachte – oder um die Meinung der Touristen dazu. Román fand es seltsam, dass ihn der Anblick dieser Müllhaufen mitten auf der Straße früher nie sonderlich gestört hatte, als hätte er sie damals mit dem Blick der Gewohnheit oder mit Nachsicht betrachtet. Sobald er an der Piazza Cavour ankam, war es, als würde er plötzlich eine andere

Stadt betreten. Die Straßenzüge hier waren zwar ebenso dekadent, aber erheblich sauberer, belebt und fröhlich. Die gewaltige Silhouette des Archäologischen Nationalmuseums ließ ihn seine Schritte beschleunigen. Irgendwie war es für ihn, als würde er nach Hause zurückkehren, als er durch das riesige Portal schritt, durch das man einst zu den Königlichen Stallungen der Bourbonen gelangt war.

Er bezahlte den Eintritt und ging direkt in die Galerie, die auf der rechten Seite im selben Stockwerk lag. Dort befanden sich die Tyrannenmörder, die Replik des Doryphoros von Polyklet sowie die herrliche Sammlung von Sarkophagen. Er hatte einen ganz persönlichen Grund, warum er mit seiner Besichtigung genau hier beginnen wollte. Doch dann wurde ihm bewusst, wie gern er eigentlich die sagenhafte Skulpturensammlung noch einmal komplett ansehen würde.

Er ging, ohne innezuhalten, durch die Obergeschosse bis zu den Sälen mit den Bronzeskulpturen, die man in der Villa dei Papyri gefunden hatte. Dann setzte er sich in dem Saal auf eine der Bänke und nahm sich eine gute Weile Zeit, um die fünf beunruhigenden Danaiden zu betrachten. Sie waren kräftig, mit eckigen Gesichtern, und ihre Mienen zeugten von einer Strenge, die vielleicht mit der Rolle zu tun hatte, die sie in dem Mythos spielten – mit der harten Strafe, zu der sie bis in alle Ewigkeit verdammt waren. Die Krüge, die zwei von ihnen trugen, waren verschwunden, was ihnen das noch beunruhigendere Aussehen von priesterlichen Tänzerinnen verlieh. Und in der Tat wurden sie jahrelang als die *Danzatrice* bezeichnet.

Román verbrachte ausreichend Zeit in dem Saal, um mehr als ein Dutzend Touristen kommen und gehen zu sehen. Sie unterschieden sich in vielerlei Hinsicht erheblich von ihm. Alle kamen sie zu zweit oder in einer Gruppe. Sie machten

Bemerkungen zu ihren Begleitpersonen, sie scherzten und erfüllten die Säle mit dem Echo ihres Lachens. Auch schienen sie sehr erpicht, nur ja keine Sehenswürdigkeit auszulassen, und so besichtigten sie die Räume mit peinlicher Genauigkeit, wobei sie vor jedem Objekt gerade eine halbe Sekunde verweilten. Es war offenkundig, dass sie sich in Wirklichkeit mit keinem einzigen Exponat eingehender beschäftigten.

Román hätte es Spaß gemacht, ihnen alle Geheimnisse über die hier präsentierten Objekte zu verraten. Er hatte jedes einzelne Stück zig Male in den Händen gehalten, und er kannte Details, von denen niemand auch nur die geringste Ahnung hatte – nicht einmal die Fachleute, die vorgaben, alles über die Sammlung zu wissen. Selbst nicht die Frau, die sich dessen mehr als brüstete: Paola Guidobaldi.

Er erschauderte kurz, um ihren Namen dann mit leiser Stimme noch einmal auszusprechen. Er hatte es seit dem Tag nicht mehr getan, als er Neapel verlassen hatte.

Ramón fragte nach ihr an der Infothek, als er die Farnesischen Sammlungen verließ – noch immer überwältigt von so viel Schönheit.

»Im Allgemeinen ist sie mittwochnachmittags nicht im Haus«, informierte ihn die junge Frau, die gerade Dienst hatte.

»Wo kann ich eine Nachricht hinterlassen?«, fragte Román.

»Gleich hier, wenn Sie möchten. Wir geben sie ihr dann am Donnerstagmorgen, sobald sie kommt.«

Auf ein Blatt Karopapier aus seinem Notizblock schrieb Román: »Bin wieder da (keine Aufregung: bloß zu Besuch). Du bist mir noch etwas schuldig. Du hast jetzt Gelegenheit, dein Gewissen zu entlasten.«

Er schrieb seine Telefonnummer dazu, faltete das Blatt Papier und reichte es der jungen Frau. Dann verließ er das Museum und spazierte in Richtung Via Toledo. Auf der Piazza Dante war so viel los, dass er einen Augenblick mit dem Gedanken spielte, auf einer der Terrassen der Restaurants, die mit Plastikparavents abgetrennt und mit großen Wärmestrahlern beheizt wurden, zu Abend zu essen. Schließlich bot sich einem nicht jeden Tag die Gelegenheit, eine Pizza an dem Ort zu essen, wo sie auch erfunden wurde, sagte er sich. Doch dann verwarf er die Idee und zog es vor, noch ein bisschen durch die Straßen zu bummeln.

Der Glanz der Auslagen in der Via Toledo überstrahlte den Dreck, der sich auf den Gehsteigen türmte. Román hielt inne, um die Passanten zu betrachten, die eher seine Aufmerksamkeit weckten als die Schaufenster. Er streifte über einen kleinen Straßenmarkt, dessen Stände überwiegend Asiaten betrieben, und ging zum Ende des breiten Boulevards weiter, bis er auf die prachtvolle Fassade des Café Gambrinus an der Piazza Trieste e Trento stieß. Er wich einer Clique junger Leute aus, die mit ihrem Lachen der Kälte der Nacht trotzte, und betrat das Lokal, um einen Cappuccino zu trinken. Dabei wurde ihm bewusst, dass er dieses Café völlig vergessen hatte, das er früher so häufig besucht hatte und das in dem Ruf stand, seinen Gästen den besten Kaffee der Welt zu servieren.

Während er das Ambiente betrachtete – vergoldete Wandleuchter und weißhaarige Touristen, die lachten und lärmten –, wartete er ab, dass der Inhalt seiner mit dem Wappen des Cafés verzierten Porzellantasse etwas abkühlen würde; ein Ober hatte sie ihm gebracht – gekleidet, als wolle er auf eine Festlichkeit gehen. Außerdem nutzte er die Zeit, um ein wenig nachzudenken.

Seine erste Erkenntnis war, dass er sich nur wie ein Tourist an einem Ort vorkam, an dem er sich nie mehr – das hatte er nun eindeutig festgestellt – zu Hause fühlen würde. Zudem fand er, dass dieser Besuch im Museum seiner Erinnerungen durchaus einen Trinkspruch verdient hatte, allerdings mit etwas Stärkerem als diesem schwarzen Kaffee, der vor ihm auf dem Tisch dampfte.

Er legte einen Fünf-Euro-Schein auf den dunklen Holztisch und ging aus dem Gambrinus in Richtung Hafen.

9

Das Erste, was Román spürte, als er am nächsten Morgen in seinem Zimmer im Best Western Plaza aufwachte, war ein fürchterlicher Kopfschmerz. Erst nachdem er sich erinnerte, um welche Uhrzeit er zu Bett gegangen war und wie viel Alkohol er konsumiert hatte, wurde ihm die Ursache seines Unwohlseins bewusst – und auch, dass das Telefon läutete. Unter großen Schwierigkeiten gelang es ihm, den Hörer abzunehmen, und seinem Zustand entsprechend stammelte er etwas daher, das ihm nur hohl und ungeschickt über die Lippen kam.

»Tag, Román. Hier ist Paola«, sagte eine melodische Stimme am anderen Ende.

Für seinen Kater war dies offensichtlich eine zu starke Dosis Realität, und so fiel ihm nur eines ein: aufzulegen und sich im Bett herumzudrehen.

Doch keine zehn Sekunden später läutete logischerweise das Telefon noch einmal.

»Hallo?«, fragte dieselbe Stimme.
Román murmelte einsilbig etwas wie einen Gruß und klang dabei wie ein Echo aus dem Jenseits.
»Hier ist Paola«, wiederholte die Stimme befremdet.
Welche Spuren eine Person im Leben eines anderen hinterlassen hat, zeigt sich vor allem an den Worten, die sie sagen muss, um sich vorzustellen. Paola Guidobaldi wusste, dass nur ihr Vorname genügte, um sich in der Erinnerung von Román Fernández mit aller Deutlichkeit zu materialisieren. So viele Paolas auch durch das Leben des Archäologen bereits gegangen sein oder dies in Zukunft noch tun mochten, keine würde weniger Worte benötigen, um erkannt zu werden. Es gab keine andere Paola als sie. Nur Paola.
»Ich bin im Frühstücksraum«, erklärte sie. »Ich habe mich etwas umgehört, um herauszufinden, wo du logierst. Und dann habe ich beschlossen, mit dir zu frühstücken. Nur wenn du Lust hast, natürlich.«
Frauen, die je Macht über das Leben eines Mannes besaßen, hören nie auf, diese auch zu demonstrieren, sagte sich Román und sann über die Antwort nach. Kaum war Paola ins Spiel gekommen, da diktierte sie schon wieder die Regeln.
»Lass mir zehn Minuten Zeit zum Duschen, dann komme ich gleich zu dir hinunter.«
»Du kommst besser herauf. Der Frühstückssaal ist nämlich in der obersten Etage. Die Aussicht ist sehr schön. Nimm dir so viel Zeit, wie du brauchst. Während ich auf dich warte, verdrücke ich schon mal ein paar Croissants mit Butter und Marmelade.«
Für Román hatte diese Verabredung etwas von einer Prüfung. Wenn er irgendwie über Paolas momentane Wiederauferstehung samt all den zugehörigen Kleinigkeiten hinwegkäme – die Croissants mit Butter und Marmelade waren nur ein

erstes Beispiel –, dann könnte er sich selbst überzeugen, dass er ihr gegenüber mittlerweile immun war. Aber selbstverständlich lief er Gefahr, dass genau das Gegenteil eintraf. Dann würde sein Leben einen Rückfall erleiden, als wäre plötzlich alles genauso wie vor zehn Jahren. »Genauso beschissen«, korrigierte er sich laut.

Während er ohne Eile duschte, dachte er, dass Paolas Stimme geklungen hatte wie damals, als er sie direkt nach seinem Uniabschluss kennengelernt hatte – vor über fünfzehn Jahren. Die beiden hatten das Glück, als Doktoranden an einer Ausgrabung des antiken Emporion in Ampurias teilnehmen zu können. Paola war mit ihrer schlichten, gewinnenden Schönheit, die sie zum Zentrum aller Blicke machte, damals nicht nur das exotische Element in der Gruppe, sondern auch die Jahrgangsbeste; schon damals sagte man ihr eine erfolgreiche Zukunft voraus.

Niemand konnte damals verstehen – selbst Román nicht –, weshalb diese Schönheit mit den vollen Lippen, dem breiten Lächeln, den blitzenden Augen und dem schwarzen Garçon-Haarschnitt sich ausgerechnet auf ihn fixierte. Román war eher der Typ, der eine Affäre nach der anderen hatte, kaum eine enge Beziehung, wobei er in den Zwischenpausen weiteren Liebeleien nicht abgeneigt war. Doch ihre Affäre unterschied sich von denen, die sie mit allen anderen auch hätten haben können, darin, dass sie beide sich immer wieder begegneten. Und wenn es dazu kam, dann schien es, als hätte es nie jemand anderen gegeben und als wäre keine Zeit vergangen. Deshalb kamen sie irgendwann zu dem Schluss, dass sie sich liebten, wie sie nie und nimmer jemand anderen zu lieben vermochten – vielleicht war dies ja auch das Einzige, worin sie sich nicht täuschten.

Für ihr Wiedersehen wählte Román ausgewaschene Jeans

und ein schwarzes Hemd, auf dem der Rosetta-Stein fast in Originalgröße aufgedruckt war. Als er aus dem Zimmer ging, nahm er außer dem Schlüssel auch das Buch mit, das ihm vor zwei Tagen sein Hausbuchhändler gegeben hatte. Er wunderte sich, wie ruhig er war, als er sich auf dem Weg in den Frühstücksraum im Spiegel des Aufzugs betrachtete, ein Weg, der ihm im Nachhinein betrachtet eher wie ein Abstieg in die Hölle mit unvorhersagbaren Folgen vorkam. Nicht einmal sein Puls schlug schneller. War er wirklich endgültig geheilt?

Paola saß an einem Tisch neben dem Fenster und las in aller Ruhe Zeitung, einen Teller mit Croissant-Krümeln und mehrere leere Portionspackungen Butter und Marmelade vor sich. Sie war so schön wie immer, obwohl ihn ihre äußerst konventionelle Kleidung erstaunte. Sie trug nicht ihre ewigen Jeans, auch keines der enganliegenden, bunten T-Shirts, die fast immer über dem Nabel endeten, sondern ein lavendelfarbenes Kostüm mit hypermodernem Schnitt, das bei jeder anderen gewagt ausgesehen hätte, bei ihr jedoch so bieder wie eine Strickjacke wirkte. Auch ihr Haar war anders: Es fiel ihr in glatten Strähnen bis auf die Schultern anstelle ihres maskulinen »Militär- oder Reformatorstils«, wie sie vor zehn Jahren immer gern gewitzelt hatte.

Unverändert waren ihre Augen, ihr mädchenhaftes Aussehen, ihre schlanke, elastische Figur, die fast schon etwas Flüchtiges hatte. Und ihr reizendes Lächeln. Dieses Lächeln schaffte schließlich, was den vielen Gedanken nicht gelungen war: Kaum umspielte es – in präziser Übereinstimmung mit seiner Erinnerung – das Gesicht der Archäologin, begann Románs Herz zu pochen.

»Sehr angemessen«, kommentierte Paola den Rosetta-Stein, bevor sie ihm zwei Küsschen auf die Wangen gab.

»Die Uniform eines Archäologen«, antwortete er nur.
Sie nahmen im rechten Winkel zueinander Platz, als wäre die Entfernung, die ihnen der Tisch auferlegte, bereits zu viel für sie. Bevor er eine Schweigepause ihrerseits zuließ, legte Román das Buch auf den Tisch.
»Das habe ich mitgebracht, damit du mir eine Widmung hineinschreibst.«
»Das darf ja wohl nicht wahr sein!« Paola riss die Augen auf. »Wo hast du denn das aufgetrieben?«
»Heutzutage ist für jedermann alles in Reichweite.«
»Hast du es gelesen?«
»Ich besitze es erst seit ein paar Tagen. Im Flugzeug nach Rom habe ich die ersten hundert Seiten geschafft. Übrigens, nett, dass du mich in der Danksagung erwähnst.«
»Das ist das Mindeste, was ich tun konnte.«
Paolas Augen versuchten, Románs Blick zu ergründen, als wolle sie in Erfahrung bringen, was sich hinter seiner Reise in die Vergangenheit verbergen mochte. Sicherlich spürte sie dabei intuitiv, dass von seiner Antwort ihre weitere Ruhe abhängen würde.
»Während du mir da was Nettes reinschreibst, genehmige ich mir einen Kaffee«, sagte er und reichte ihr einen Fullfederhalter. Dann ging er das Büfett inspizieren.
Er ließ Paola mit dem geöffneten Füller zurück, der schreibbereit auf die erste Seite ihres Buches gerichtet war – doch nichts passierte. Anscheinend fiel es auch ihr nicht leicht, die passenden Worte zu finden. »An deiner Stelle wäre ich wahrhaftig nicht gern«, murmelte Román, während er an den Krügen mit Obstsaft schnupperte, bis er ein Getränk fand, das ihm zusagte.
Als er an den Tisch zurückkam, vermittelte ihm Paolas Haltung, dass sie ihre Prüfung bestanden hatte. Neben ihr lag das

geschlossene Buch, und darauf ruhte der Füller mit aufgesteckter Kappe.
Román stellte einen Teller auf dem Tisch ab; er erinnerte eher an eine Musterpräsentation als an das Frühstück eines Menschen im Vollbesitz seines Verstandes: ein hartes Ei, Cornflakes mit Schokoreis, eine halbe Melone in Honigsirup sowie eine kleine Schale Schokocreme mit Haselnüssen. Paola konnte sich ein Grinsen nicht verkneifen, als sie diese seltsam verbrüderten Nahrungsmittel sah, aus denen sich Románs Frühstück zusammensetzte.
»Nun gut, willst du mir erklären, wie dein Leben so läuft?«, fragte sie.
»Nein«, erwiderte er.
Nicht einmal Paola hatte mit einer derart schroffen Antwort gerechnet. Als Román dies bemerkte, fügte er hinzu: »Ich glaube eigentlich, dass es nichts gibt, das für dich irgendwie von Interesse sein könnte. Und ich bin auch nicht rasend begierig zu erfahren, wie dein Leben so läuft, davon ausgehend, dass es dir im Museum gutgeht.«
»Ja, ich kann mich nicht beklagen«, antwortete sie.
Eine Sekunde später überspielte Paola die Spannung, indem sie Normalität vortäuschte und sagte: »Dann erzähl mir doch, was du hier machst. Ich glaube kaum, dass du nur gekommen bist, damit ich dir dieses Buch widme.«
»Nun …«, begann Román, wobei er einen guten Schwung Cornflakes mit Schoko kaute, die er sich gerade in den Mund geschoben hatte. »Das wäre nicht übel gewesen.« Er trank einen üppigen Schluck Karottensaft und bemerkte dann: »Aber nein. Ich bin hier, weil ich eine Fälschung brauche.«
Der Satz kam ihm eher dreist als natürlich über die Lippen. Fast als wolle er Paola provozieren. Was ihm im Übrigen voll und ganz gelang. Die Ablehnung, die dieses eine Wort – »Fäl-

schung« – bei ihr auslöste, war viel stärker, als wenn er ihr beispielsweise eine Hand auf den Busen gelegt hätte.

Paola schaute sich verstohlen um und antwortete mit gesenkter Stimme: »Bist du verrückt? Ist dir eigentlich klar, was du da sagst?«

»Aber sicher. Genau deshalb bin ich ja hier. Andernfalls hätte ich dich ja auch anrufen können.«

Paola schüttelte energisch den Kopf.

»Nein, nein. Da bist du auf dem Holzweg. Ich kann dir nicht mehr helfen.«

»Ich glaube schon«, fuhr er fort. »Es ist nichts sonderlich Kompliziertes. Nur eine knidische Venus. Sie hat ein bisschen Rost an einer Wange, und es fehlt ihr ein kleines Stückchen von der Nase. Wir brauchen nur den Kopf. Für dich ist das doch ein Kinderspiel.«

Paola schüttelte nur den Kopf, ohne ein Wort zu verlieren.

»Es gibt noch eine Kopie in Tunesien«, fuhr Román fort, »aber das für uns relevante Stück befindet sich in Mataró. Ich habe mir erlaubt, dir ein Zimmer im einzigen, aber ordentlichen Hotel der Stadt zu reservieren. Du wirst dort so behandelt werden, wie es dir gebührt. Unser Flieger geht in zwei Tagen. Erledige, was nicht warten kann, sag deinen Leuten, dass du einen Kongress in Barcelona hast, und triff dich übermorgen mit mir in Rom. Ach, das Wichtigste hätte ich doch glatt vergessen: Denk nicht, dass du unentgeltlich arbeiten musst. Ich kann dir im Gegenzug etwas sehr Interessantes anbieten. Eine bestimmte Information, die dir für viele Vorträge und Publikationen und womöglich sogar für ein weiteres Buch nützlich sein kann.«

»Was für eine Information? Worüber?«, fragte Paola, deren Interesse plötzlich geweckt war.

»Über etwas, das du die ganze Zeit vor deiner Nase hattest.

Es befindet sich im Museum. Man könnte sagen, es ist ein Kunstwerk mit einem unerwarteten kleinen Geschenk. Du wirst die Geschichte faszinierend finden, da bin ich mir sicher. Und sie gehört nur dir – exklusiv! Nun sag bloß nicht, dass dir das nicht verführerisch erscheint.«

»Etwas anderes wäre mir lieber, wirklich.«

Román richtete einen vielsagenden Blick auf sie.

»Auch das bin ich bereit, dir zu geben.«

Paola schwieg eine Weile. Román nutzte die Zeit, um die Mulde in der Melone mit der Schokocreme zu füllen und sich alles auf einmal in den Mund zu schieben.

»Und warum ich? Es gibt Hunderte gute Profis.«

»Weil du die beste Fälscherin bist, die ich kenne. Und weil du noch in meiner Schuld stehst. Ich weiß sehr gut, dass du alles für mich tun würdest, nur um ruhig schlafen zu können.«

Paola schüttelte erneut den Kopf.

»Ich habe diese Welt der Betrüger und kapriziösen Geldsäcke vor ewigen Zeiten verlassen.«

»Hier geht es um etwas anderes. Das hier ist für einen guten Zweck.«

»Für einen guten Zweck? Bist du zur Gegenseite übergelaufen?«

»Ich erzähle dir jetzt nichts mehr. Aber ich nehme an, du weißt, dass ich nie bei einem Geschäft mitmachen würde, von dem bloß kapriziöse Geldsäcke profitieren. In der Tat, wenn du das tätest, würde ich dir das ewig vorwerfen.«

Nun war Paola völlig verwirrt. Ein paar Mal setzte sie zu einem Satz an, schien dann aber ihre Meinung zu ändern, bevor der erste Ton aus ihrer Kehle kam. Schließlich schlug sie die Zeitung zu und fing an, beim Sprechen zu gestikulieren – wie immer, wenn sie nervös war. Keine ihrer Angewohnheiten hatte sich verändert, sie verhielt sich exakt so wie vor zehn Jahren. Román ging der merkwürdige Umstand durch den Kopf, dass nichts von dem, was einen Menschen charakterisiert, veraltete, außer dem Körper, der dem Vergehen der Zeit nicht trotzen kann. Paolas blühende Schönheit strafte allerdings diese Behauptung Lügen.

»Das ist alles Vergangenheit für mich, Román«, sagte die Frau. »Niemand kennt diesen Abschnitt meines Lebens. Und was mich angeht, ich habe damit absolut abgeschlossen.«

»Klar. Mir geht es doch genauso. Diese Fälschungen und ich haben etwas gemeinsam: Nun bereust du, was du einmal angerichtet hast. Aber wir verschwinden nur, wenn es dir gelingt, dein Gewissen zu beruhigen. Deshalb musst du diesen Auftrag jetzt annehmen.«

Und als angemessenen Schlusspunkt nach all den Enthüllungen stopfte sich Román angesichts der angewiderten Geste von Paola ein ganzes hartes Ei in den Mund, eine Angewohnheit, die sie, wie er nur zu gut wusste, schon vor zehn Jahren irritiert hatte.

Die Rückreise nach Rom verlief in jeder Hinsicht besser als die Anreise. Román schaffte es – wenn auch im letzten Moment – den Hochgeschwindigkeitszug zu erreichen, und verbrachte eineinhalb Stunden damit, in einem der leeren Erste-Klasse-Waggons zu dösen, mit Paolas Buch im Schoß.

Er hatte ein Zimmer im Genio reserviert, einem alten Hotel in der Nähe der Piazza Navona, eine seiner Lieblingsecken in der italienischen Hauptstadt. Er hatte es in der Absicht gewählt, allein in aller Ruhe durch das Viertel zu spazieren und den Palazzo Altemps zu besuchen, der sich gleich in der Nähe befand und die herrliche Sammlung Ludovisi beherbergte. Aus irgendeinem merkwürdigen Grund war Rom für ihn immer eine Stadt gewesen, die man am besten allein besichtigte. Allerdings überkam Román seit ein paar Jahren die Gewissheit, dass für ihn mittlerweile alle Städte dieser Welt diese Eigenschaft besaßen.

Als er die Hotelrechnung bezahlte, fragte er zum letzten Mal, ob jemand eine Nachricht für ihn hinterlassen habe. Nicht umsonst hatte er sich bemüht, Paola Guidobaldi wissen zu lassen, wo er in Rom zu logieren gedachte. Er rechnete zwar nicht mit Überraschungen, aber auf Paola verließ man sich besser nicht. Als der freundliche Portier ihm mitteilte, dass keine Nachricht für ihn hinterlegt sei, wusste Román, dass die ehemals wichtigste Frau in seinem Leben die Abmachung stillschweigend akzeptiert hatte: Sie würde ihn am Flughafen Fiumicino erwarten und bereitwillig in seine Geburtsstadt begleiten.

Nun musste er nur noch eine Formalität erledigen: Er rief Mónica an und bat sie in einem flehentlichen Tonfall, ihm den besonderen Gefallen zu erweisen, ihn am Flughafen abzuholen.

»Es ist sehr wichtig, dass du allein kommst«, betonte er. »Geht das?«

»Du machst mir langsam Angst, Román. Was bringst du denn aus Rom mit?«

»Irgendwann einmal werde ich es dir erklären«, antwortete er, »aber jetzt versprich mir bitte nur eines: Ganz egal, was ich sage, wenn wir uns am Flughafen sehen, zieh einfach mit und lächle.«

Paola reiste mit wenig Gepäck, wie dies nur Menschen schaffen, die weit herumkommen. Sie erwartete ihn am Gate. Um sich interessant zu machen, sagte sie ohne jede Begrüßung zu Román: »Ich habe bis zum letzten Moment mit dem Gedanken gespielt, zu Hause zu bleiben.«

»Und ich wusste genau, dass du dazu nicht in der Lage bist.

Du würdest dich dann nämlich um etwas bringen, das du seit langem haben willst.« Paola warf ihm einen bösen Blick zu, der Román zu der Bemerkung veranlasste: »Ich beziehe mich natürlich auf die Berühmtheit, die du dank der Information, die ich dir geben werde, erlangen wirst.«

Paola erwiderte darauf nur unwirsch: »Wir wissen beide, worauf du dich beziehst, und das ist eigentlich nicht lege artis.«

Román stimmte ihr zwar innerlich zu, aber inzwischen war ihm das alles egal. Nichts, was Paola sagen oder tun konnte, wäre ihm im Grunde noch wichtig gewesen – abgesehen von seinem Auftrag für sie.

Während des Flugs versuchte Paola, sobald sie die Provokation ihres Begleiters vergessen hatte, etwas Persönliches über ihn in Erfahrung zu bringen. Sie erkundigte sich nach dem Gesundheitszustand seiner Mutter, mit der sie sich stets gut verstanden hatte, und außerdem wagte sie nachzufragen, ob er zu heiraten gedenke. Auf die erste Frage antwortete Román, dass es seiner Mutter bestens gehe – tatsächlich war sie vor über acht Jahren verstorben. Auf die zweite Frage beschloss er, grober zu antworten – er war ihre Beharrlichkeit leid.

»Das habe ich dir doch schon in Neapel gesagt, Paola. In meinem Leben gibt es nichts, was für dich von Interesse sein könnte.«

Sie beschränkte sich darauf, ein »verstehe« zu murmeln, und machte dann den Mund während des gesamten Flugs nicht mehr auf. Sie konzentrierte sich auf ein Buch von Bianchi Bandinelli, das sie mitgenommen hatte. Und als sie diese Fachlektüre satt hatte, blätterte sie in der Zeitschrift der Fluggesellschaft herum.

Bei der Ankunft in Barcelona hielt Román eine Überraschung für sie bereit.

Obwohl Mónica versprochen hatte, die ganze Zeit freundlich zu lächeln, und obwohl sie sich, was Román anging, für geheilt hielt, verzog sie das Gesicht, als ihr Freund in Gesellschaft einer Frau aus dem Ankunftsbereich kam. Román hatte ihr nicht gesagt, dass er in Begleitung reisen würde, und sie befürchtete das Schlimmste. Diese Befürchtungen bestätigten sich, als er – kaum dass er sie gesehen hatte – auf sie zueilte, ihr einen flüchtigen – und feuchten – Kuss auf die Wange drückte und damit begann, die beiden Frauen miteinander bekannt zu machen.

»Mónica, das ist Paola Guidobaldi, die beste Archäologin Italiens und eine alte Freundin von mir.« Er schaute zu der extravaganten Frau, die ihn begleitete, und sagte dann: »Und das ist Mónica, meine Lebensgefährtin.«

Die zwei Frauen küssten sich klangvoll auf die Wangen. Mónica konnte feststellen, dass es ihrem Freund tatsächlich gelungen war, der Frau in seiner Begleitung einen moralischen Schlag zu verpassen – falls er das beabsichtigt hatte. Paolas Überraschung spiegelte sich in ihrem Gesichtsausdruck gleich zweimal: zuerst, als sie begriff, dass da eine andere Frau existierte, und dann, als sie Mónicas gewölbten Bauch sah. Es war nicht schwierig zu erraten, dass genau das Románs Absicht gewesen war.

Nach der gegenseitigen Vorstellung sagte Paola ein paar der üblichen Floskeln, die man eben äußert, wenn man mit einer Frau spricht, deren Schwangerschaft so weit fortgeschritten ist wie die von Mónica. Dann entschuldigte Paola sich, um zur Toilette zu gehen, was Mónica als zeitweilige Flucht vor der Realität interpretierte. Allerdings konnte Paola nun die Einzelteile dieses Rätsels in Ruhe zusammenzufügen. Solche Sachen lassen sich besser lösen, wenn man allein ist, selbst wenn es nur neunzig Sekunden auf dem Flughafen-WC sind.

Sobald Paola verschwunden war, wich Mónicas breites Lächeln, und sie schimpfte auf Román ein: »Ja, spinnst du denn total! Und was mache ich jetzt, wenn diese Frau da Javier kennt?«

»Kein Grund zur Sorge, sie wird niemanden kennenlernen wollen, der mit mir zu tun hat. Sie möchte eigentlich nur, dass man sie bis zum Ende ihrer Tage in Ruhe lässt.«

»Ach ja? Und warum? Hast du ihr was angetan?«

»Hm … Das ist schwer zu erklären. Sagen wir mal, dass ich der einzige Mensch auf Erden bin, der weiß, dass sie ein Miststück ist.«

10

Javiers Gerichtsverfahren verwandelte sich letztendlich in eine reine Formsache. In letzter Zeit war Eva immer kleinlauter geworden, und zwar nicht, weil es ihr an Motivation gemangelt hätte, sondern vielmehr an juristisch stichhaltigen Argumenten, mit denen sie gegen ihren Ex-Mann vorgehen konnte. Die Psychologin war eine Schlüsselfigur für den Ausgang der Sache gewesen – ganz wie ein alter Profi ließ sie sich eher von ihrem gesunden Menschenverstand leiten, als dass sie ausschließlich in Handbüchern verbreitete Theorien zur Anwendung brachte, was sonst so oft bei dieser Art Gutachten geschieht.

Bis Ende Januar würde sich die Situation wieder völlig normalisiert haben. Mehr oder weniger inoffiziell war dies aber eigentlich schon seit jenem Wochenende der Fall, an dem die Kinder wie durch Zauberkraft bei Matilde vor der Tür gestanden hatten. Javiers Anwalt zufolge war Eva sehr schlecht beraten gewesen. Vielleicht hatte ihre Anwältin ja diese ganzen Lügen geglaubt, die Eva ihr anfangs aufgetischt und auf denen sie ihre gesamte Argumentation aufgebaut hatte. Aber als sie dann nach und nach durch die einzigen Beteiligten, die keinerlei Interesse an irgendwelchen Lügengeschichten hatten, also durch Ismael und Ian, der Wahrheit auf die Spur kam, hatte sie einen langsameren Gang eingelegt. Oder die Anwältin hatte einfach klug gehandelt und ihre Strategie komplett ins Gegenteil verkehrt.

Wie Javiers Anwalt weiter spekulierte, war es am wahrscheinlichsten, dass eben diese Sachverständige ihrer Klientin zum Einlenken geraten hatte, um sich nicht noch mehr Probleme zu machen. Die Justiz – daran hatte sie Eva womöglich erinnern müssen – unterlag nicht der Willkür des infantilen Zorns von Einzelpersonen. Vielleicht hatte sie ihrer Klientin auch nur empfohlen, wenn sie Probleme damit hatte, dass der Ex-Mann mit einer anderen Frau ein Kind bekam, ihre Energien darauf zu verwenden, sich selbst einen neuen Freund zu suchen.

Die Befürchtungen von Evas Anwältin waren absolut begründet: Javier nutzte die Gelegenheit, da ja nun die Büchse der Pandora bereits geöffnet war, und legte Revision hinsichtlich der Unterhaltszahlungen ein, die er für Eva zu leisten hatte. Den Unterhalt seiner Kinder stellte er lieber nicht in Frage, aber er ließ sich durchaus über den Betrag aus, der ihm jeden Monat für den Unterhalt von jemandem abgezogen wurde, der in keiner Weise versorgt werden musste. Die Richterin entschied sich – allen Wetten zum Trotz – für Javiers Version und gestand ihm das Aussetzen der Unterhaltszahlung für seine Ex-Frau zu. Auf diese Weise ging Javier aus dem Verfahren nicht nur als moralischer Sieger hervor, sondern er hatte sogar noch einen finanziellen Vorteil davon.

Natürlich stellte sich noch die eine oder andere schwierigere Frage. Zum Beispiel wollte die Richterin wissen, aus welchem Grund er mit Mónica bei seiner Mutter wohnte und ob Javier es für günstig halte, sich mit seinen Kindern dort zu treffen, wenn er sie am Wochenende bei sich haben durfte, vor allem im Hinblick auf das neue Familienmitglied.

»Wir hatten ein paar Probleme mit der Feuchtigkeit im Haus«, erklärte Javier. »Es war wirklich eine lästige Sache. Mónicas Arzt hat uns dann geraten, während der Renovierungsarbeiten woanders zu wohnen. Sie wissen ja, diese alten Häuser sind sehr schön, verursachen aber manchmal Probleme …«

Die Richterin nickte so wissend, als wäre ihr dies aus eigener Erfahrung bekannt.

»Wie dem auch sei, in nur wenigen Tagen werden wir uns dort hoffentlich wieder häuslich einrichten können«, stellte Javier in Aussicht.

Nur drei Tage waren seit der Ankunft von Paola Guidobaldi vergangen, als Román Mónica erneut anrief. Er bat sie, ihn zu begleiten, wenn er die Archäologin zum Flughafen brachte.

»Schluss jetzt! Dein reizendes Weib will sich so kurz vor der Entbindung nicht eine Sekunde von dir trennen, oder was willst du mit dem ganzen Theater?«

»So in etwa. Ist das denn so schlimm, wenn ich meinen Spaß daran habe, sie das glauben zu machen?«

Mónica schaute auf die Uhr. Es war halb zwei. Javier würde wie jeden Donnerstagabend nicht vor Viertel nach acht heimkommen.

»Wann machst du Mittagspause?«, fragte sie ihn.

»In etwa zwanzig Minuten.«

»Prima. Ich erwarte dich im Sangiovese.«
»Super! Was gibt's zu feiern?«
»Es gibt zu feiern, dass ich dir noch immer keins auf dein Maul gehauen habe. Und dass du mir Erklärungen geben wirst, die mich auch überzeugen. Selbstverständlich lädst du ein.«
Das Sangiovese war eines der elegantesten Restaurants der Stadt. Das italienische Lokal hatte mit eitlen Hoffungen als kleine Kneipe in der Calle Santa María angefangen, aber seit seinem Umzug in die zentrale Calle de Sant Josep boten das Ambiente und die Speisekarte wirklich etwas Besonderes. Abgesehen davon hatte das Restaurant mit seinen einfallsreich interpretierten mediterranen Gerichten, die Mónica so liebte, die überaus passende Atmosphäre: ruhig, relativ intim, mit indirekter Beleuchtung und einem diskreten, aber effizienten Service.
Obwohl Román pünktlich kam, fand er Mónica bereits an einem Tisch für vier Personen vor, von dem zwei Gedecke entfernt worden waren. Ein emsiger Ober nahm ihm seinen Mantel ab und brachte ihm die Karte.
»Das ist nicht nötig«, sagte Román und wies mit erhobener Hand die Speisekarte zurück. »Ich nehme, was die Dame gewählt hat.«
Man kredenzte ihnen einen Wein, den ebenfalls Mónica ausgesucht hatte: einen 1994er Pesquera Janus, einen hervorragenden Ribera de Duero.
»Dieser Wein wird nur in Jahren guter Ernte gekeltert, er ist wirklich das Beste vom Besten«, erklärte Mónica Román, der zunehmend überrascht war.
Und Mónica brachte auch den Trinkspruch aus: »Auf Iulia Pomponia und auf das Ende von alldem.«
»Nun … von allem nicht«, sagte der Archäologe und starrte Mónica in die Augen.

»Übrigens, was ist eigentlich mit Laura passiert, deiner angeblichen Freundin?«

»Ach, Laura …« Román stieß einen melancholischen Seufzer aus. »Ich habe sie eine halbe Stunde nachdem ich sie gebeten hatte, mit mir zusammenzuleben, verlassen.« Er lachte gekünstelt. »Mir wurde klar, dass sie Zwanzigjährigen auf den Hintern schaut. Das war ein schrecklicher Schlag.«

Mónica war nicht bereit, ihren Freund Terrain gewinnen zu lassen. Sie ließ die Frage auf sich beruhen und startete einen weiteren Angriff.

»Ich will, dass du mir erklärst, wer zum Teufel Paola Guidobaldi ist. Abgesehen davon, dass sie eine renommierte Archäologin ist, die Bücher über römische Statuen schreibt.«

Román stöhnte entnervt.

»Um dir diese Frage so zu beantworten, wie du es verdienst, bräuchte ich noch ein paar Gläser Wein, wenn du nichts dagegen hast. Könnten wir zur nächsten Frage übergehen?«

»Gut.« Mónica schenkte Román nach, während sie weitersprach: »Meinetwegen. Ich will, dass du mir sagst, was sie mit dieser ganzen Geschichte zu tun hat. Ich finde, ich habe das Recht, das zu erfahren.«

»Selbstverständlich.« Román nahm einen kräftigen Schluck Wein. »Paola ist Kunstfälscherin. Nun, man sollte wohl eher sagen: Sie war es, denn sie hat sich seit einigen Jahren aus diesem schmutzigen Geschäft zurückgezogen, das ihr eine besondere Freude verschafft und das sie dorthin katapultiert hat, wo sie jetzt ist. Sie ist heute die überaus angesehene Direktorin des Archäologischen Nationalmuseums von Neapel. Und meines Wissens eine tüchtige Frau auf dem Posten.«

»Und du hast sie gebeten, den Kopf unserer Venus zu fälschen, klar.«

»Richtig. Sie wird das sehr gut machen, du wirst schon sehen. Ich habe ihr Fotos zur Verfügung gestellt, und sie hat die Tage hier damit zugebracht, das Original in Augenschein zu nehmen. Als anerkannte Spezialistin für römische Plastik hat ihr Interesse keinerlei Verdacht erregt. Sie ist die Beste für diesen Auftrag. Wenn du das Stück siehst, wirst du es nicht glauben. Sie hat mir heute gesagt, dass sie nur wenige Tage dafür brauchen wird. Das Wichtigste ist, dass sie einen Marmorblock beschaffen kann, der mit dem Original identisch ist, denn darauf achten die Fachleute als Erstes. Wir haben das Glück, dass die von den Römern genutzten Steinbrüche noch immer existieren, und für Paola bedeuten solche Angelegenheiten absolut keine Schwierigkeit. Sobald sie den geeigneten Marmor hat, geht es ganz schnell. Sie muss den Stein bearbeiten und den Kopf dann nur noch in Essig legen: Innerhalb von zwanzig Sekunden ist dann das Maß an Korrosion erreicht, das dem von zweitausend Jahren entspricht. Anschließend wird der Marmor noch mit einer Lasur behandelt, die ihm die gewisse antike Patina verleiht. Ich versichere dir, nicht einmal Spezialisten werden ihre Arbeit von einem echten Stück unterscheiden können.«
In dem Augenblick tauchte ein Ober mit den Vorspeisen auf: Tempura von Zucchiniblüten, gefüllt mit Mozzarella und Anchovis. Román schenkte sich Wein nach.
»Und ich nehme an, deine Idee ist, Iulias Körper mit dem Marmorkopf zu vervollständigen«, fuhr Mónica fort.
»Klar. Genau darum hat sie doch mehrmals gebeten, oder nicht? ›Vereint den Marmor mit den Knochen.‹«
Mónica verzog das Gesicht zu einer Grimasse, die von Zweifel zeugte.
»Du glaubst wirklich, dass das klappt?«
Diese Frage überraschte den Archäologen.

»Aber selbstverständlich. Genau das will sie doch. Sie bittet seit Jahrhunderten darum.«

Mónica schüttelte den Kopf, legte das Besteck auf den Tisch, stützte die Ellbogen neben dem Teller auf und beugte sich so weit vor, wie ihr dicker Bauch es zuließ.

»Aber ich glaube nicht, dass Iulia einverstanden sein wird, dass mit ihr diese Fälschung bestattet wird. Das bringt gar nichts – eher im Gegenteil. Oder glaubst du etwa, dass sie nicht bemerken wird, dass der Kopf von deiner Freundin Paola nicht der echte ist? Du siehst dich imstande, ein Gespenst zu täuschen?«

»Nein. Aber ich sehe mich imstande, die Lebenden zu täuschen. Der Kopf, den Paola uns schicken wird, ist nicht für Iulias Grab bestimmt, sondern für die Vitrine im Museum.« Román senkte die Stimme. »Ich habe alles vorbereitet. Ich werde den Austausch an einem Dienstagabend vornehmen, denn dann wird immer der Saal mit den römischen Skulpturen gereinigt. Der Kopf, den wir mit Iulia beerdigen werden, ist der echte. Der, den ihr Vater skulptiert hat. Alles, wie sie es sich wünscht.«

Nach dem zweiten Kaffee vermittelte die Tischdecke mit ihren Flecken das Bild eines unlängst aufgegebenen Schlachtfeldes, und vor ihnen standen zwei leere Flaschen Ribera de Duero. Da erst wagte es Román, Mónica von Paola zu erzählen, die wie ein Wirbelwind durch sein Leben gefegt war. Er begann mit ein paar Hinweisen, die sich schon fast wie Drohungen anhörten.

»Ich habe noch nie jemandem davon erzählt, und ich werde dies auch nie mehr tun. Ich möchte, dass du das weißt.«

Mónica nickte.

»Falls mir zu Ohren kommt, dass du Javier etwas davon gesagt hast, werde ich nicht ruhen, bis du ihn meinetwegen verlässt.«

»Einverstanden«, sagte sie diesmal unter Lachen; sie starb schier vor Neugier.

»Paola Guidobaldi ist meine Frau.«

Dieses direkte Eingeständnis erwischte Mónica so unverhofft, dass sie nur noch einen dämlichen Kommentar stammeln konnte.

»Du wolltest sagen: war.«

»Formal gesehen ist sie es noch. Wir haben die letzten Tage genutzt, um die Modalitäten für unsere Scheidung auszuhandeln. Bis jetzt hatte ich von dem Thema nichts hören wollen. Nur um sie zu ärgern, wie ich gestehen muss. Die Scheidung ist eine weitere Klausel unseres speziellen Arbeitsvertrags. Ich habe ihr versprochen, sie einzureichen, sobald wir die Kopie erhalten haben, und ihr nicht nur keine weiteren Probleme mehr zu bereiten, sondern mit ihr zusammenzuarbeiten.«

Allein diese Erklärung war für Mónica ausreichend, um zu ahnen, dass sie sich auf vermintes Terrain begaben. Das wollte sie allerdings lieber vermeiden, bevor es zu spät war.

»Du musst mir das nicht erzählen, wenn du nicht willst. Manchmal bin ich wirklich zu härtnäckig.«

Román ergriff eine Hand von ihr und meinte sarkastisch: »Ach was, du wünschst dir das doch. Außerdem habe ich jetzt damit angefangen und kann nun nicht mehr aufhören.« Die Wirkung des Weins ließ seine Augen flackern. Mónica hatte nur ein wenig an dem exquisiten Rotwein genippt, den Rest hatte Román getrunken, der obendrein kaum etwas vom Hauptgericht gegessen hatte – Seezunge mit Spargel. Der Alkohol löste ihm nun die Zunge und verlieh ihm – wie vielen Betrunkenen – etwas Tragisches.

»Wir haben uns während unserer Promotion kennengelernt, in Ampurias, während der Ausgrabungen dort. Es waren ein paar tolle Monate. Das Team war sagenhaft, die Professoren waren den Aufwand wert, und das Projekt war sehr interessant. Und als ob das alles noch nicht genug wäre, hatte ich einen Riesenerfolg: Ich angelte mir das schönste Mädchen der Gruppe. Alle verloren den Verstand wegen Paola, das kannst du mir glauben. Sie war sehr hübsch, eine richtige Schönheit, aber ich war ihr Lieblingsarchäologe, wie sie sagte. Ich glaube, dass sie mir nie sonderlich treu war, aber sie war immer mit mir zusammen. Dann bekamen wir in Stabia Arbeit, und wir gingen nach Neapel – die italienische Regierung hatte uns angeheuert. Wir haben spontan geheiratet, wie alles, was wir gemacht haben. In Capri, im April. Ich war achtundzwanzig, sie war fünfundzwanzig. Es waren stürmische Jahre: eine Mietwohnung in der Nähe der Bucht, jede Menge Arbeit, jede Nacht Sex und das turbulente Neapel als Kulisse … Damals erschien mir diese Stadt der fröhlichste Ort auf Erden. Zu der Zeit hatte ich noch nicht entdeckt, dass Neapel in Wirklichkeit viel eher das Bühnenbild für eine Tragödie abgibt.
Dann stellte sie mich plötzlich einem neuen Freund vor: Oggioni. Er war der Cousin einer Freundin, der Bruder eines Freundes, was weiß ich – damals haben wir jeden Tag neue Leute kennengelernt. Ein Typ aus Florenz, jünger als sie. Er sagte, er sei Architekt und arbeite bei den Ausgrabungen mit, aber er war es dann, der sie zur Fälscherin machte. Und nicht nur von Kunst. Nachdem sie ihn kennengelernt hatte, fälschte Paola auch ihr Leben. Alles, was sie danach anfasste, war eigentlich eine schlechte Kopie dessen, was vorher gewesen war. Es hat eine gute Weile gedauert, bis mir klarwurde, dass sie mich mit ihm betrog. Damals passierte, was in solchen

Fällen eben passiert: Sie hatte sich distanziert, sie hatte ihr Repertoire an Ausreden ausgebaut, weshalb sie nicht mit mir schlafen wollte, sie suchte nach tausend Ausflüchten, um überall allein hinzugehen …

Mitten in dieser ersten Krise geschah etwas Sagenhaftes: Sie wurde schwanger. Für mich war das anfangs die totale Überraschung, aber auch Anlass zu unerwarteter Freude. Naiv, wie ich war, dachte ich, dass dieses Kind helfen würde, alles wieder ins Lot zu bringen. Doch je weiter die Schwangerschaft voranschritt, desto widerspenstiger wurde Paola. Sie war schlecht gelaunt, brach wegen allem und jedem in Tränen aus, sie aß kaum etwas und schlief nicht mehr. Mag sein, dass du, scharfsinnig, wie du bist, und auch als Frau diese Symptome sofort erkennst. Mir gelang das nicht. Dabei hatte sie eigentlich ein gravierendes Problem, und es mangelte ihr an Mut, sie war einfach unfähig, eine schwierige Entscheidung zu treffen, die schwierigste ihres Lebens. Ich dachte, dass an allem die körperlichen und psychischen Veränderungen durch die Schwangerschaft schuld seien; und das Einzige, was mir einfiel, war in diesem Fall das Schlechteste: Ich ließ ihr Zeit.

Die Geburt des Kindes veränderte natürlich gar nichts. Eher im Gegenteil. Sie ging wieder zur Arbeit, noch bevor der Erziehungsurlaub zu Ende war. Dann fing sie an, tagelang von zu Hause wegzubleiben, häufig ohne triftigen Grund. Bis ich dann eines Tages erfuhr – ich erspare dir die jämmerlichen Einzelheiten –, dass sie mit Oggioni zusammen war. Anfangs verstand ich nicht, weshalb dieser Typ eine so gute Beziehung zu meinem Sohn hatte. Dann kapierte ich, dass ich überflüssig war. Das war nicht einfach.«

Mónica hielt den Atem an. Román machte erneut eine Pause. Er schaute vor sich, ob noch Wein da war, den er sich in die

Kehle kippen konnte, stellte aber fest, dass sein Glas und die Flaschen leer waren. Da griff er nach Mónicas Glas und trank es in einem Zug aus. Sie wollte ihn davon abhalten, doch zu spät: Ihre Hände vollführten dabei über der Tischdecke einen rasanten Flug – wie die Choreografie eines klassischen Balletts –, der mit einem unerwarteten Höhepunkt endete: Román ergriff eine ihrer Hände und legte sie sich an die Wange. Sein Gesicht glühte, während Mónicas Haut eiskalt war. Er stieß einen erleichterten Seufzer aus, als er den Hautkontakt spürte. Gleichsam instinktiv suchten seine Lippen ihre Finger, und er drückte auf jeden einzelnen einen heißen Kuss, wobei er die Augen schloss. Dann fuhr er mit seiner Geschichte fort, ohne ihre Hand freizugeben.

»Sie sagte, sie wolle mich nicht verletzen, sie habe die ganze Zeit versucht, eine Lösung zu finden, doch sie sehe sich zum Wohle des Kindes gezwungen, Entscheidungen zu treffen. Oggioni hatte beschlossen, bei Gericht die Vaterschaft für das Baby zu beanspruchen, und sie könne nichts anderes tun, als ihn darin zu unterstützen. Sie könne nicht den Einzigen hintergehen, den keinerlei Schuld träfe, sagte sie. Sie meinte damit den Jungen, klar. Meinen Sohn, der er nie war.«

»Heiliger Himmel!« Mónica stand auf, um sich neben ihren Freund zu setzen – sie wollte ihm irgendwie beistehen, mit einer zärtlichen, fast unbedarften Geste. »Da muss es dir ja total dreckig gegangen sein.«

Román ließ sich trösten, zufrieden und fügsam. Als er sich Mónica zuwandte, legte er ihr seine Hände auf die Knie. In dieser Haltung verharrte er einen Moment, bis er bemerkte, dass die Augen seiner Freundin mehr schimmerten als sonst. Seine Lebensgeschichte hatte Mónica angerührt wie nichts zuvor. Nun wollte er sie trösten, doch aus irgendeinem Grund, der wohl mit der Wirkung des Weins zu tun hatte, legte er seine Hände auf ihren Bauch; jedoch nicht so dämlich wie manche Leute, die aufgrund eines Aberglaubens den Bauch von Schwangeren berühren, sondern mit einer merkwürdigen Inbrunst.

Román ließ seine Hand über Mónicas gewölbten Bauch gleiten. Er fing oben mit leichtem Druck an und fuhr ganz langsam hinunter. Sie schloss die Augen. Sie stellte sich vor, wie in ihrem Inneren auch ihre Tochter diesen angenehmen und zugleich seltsamen Kontakt spürte. So verweilten sie einige Minuten lang. Románs Hände glitten hinauf und hinunter, im Schutz der Unsichtbarkeit, den ihnen diese Ecke des Restaurants und der noch nicht abgedeckte Tisch boten. Bis Mónica ein lustvolles Stöhnen ausstieß, das ihren Freund ins Hier und Jetzt zurückversetzte.

Román riss die Augen auf. Mónicas Lippen waren kaum drei Zentimeter von den seinen entfernt. Er schätzte die Möglichkeit ab, sich ihr noch mehr anzunähern. Zudem nahm er sich sogar einige Sekunden Zeit, um die Szene wie von außen zu betrachten, als würde er selbst nicht dazugehören. Er spürte, dass er in diesem Augenblick am liebsten diese drei Zentimeter zurückgelegt und Mónicas Lippen gekostet hätte. Aber wenn er mit der Zeit eines gelernt hatte, dann, dass es Gelegenheiten gibt, bei denen drei Zentimeter die unüberwindliche Distanz sind, die das eigene Leben von dem eines anderen trennt. Und somit konnten drei Zentimeter den einzigen Unterschied zwischen dem Überleben oder dem Sturz in den Abgrund ausmachen. Endlich rückte Román ein wenig beiseite und suchte nach dem Schluss seiner Geschichte, bevor Mónica noch die Augenlider anhob und ihn fragend ansah.

»Kurz und gut. Den Rest kannst du dir denken. Wenn keine Möglichkeit besteht, angemessen zu kämpfen, dann ist es am besten, den Rückzug anzutreten.«

11

Ein paar Tage nachdem Román Fernández sich im Terminal A des Flughafens El Prat von Paola verabschiedet hatte, bekam er eine seltsame Nachricht an seine private E-Mail-Adresse.

Sehr geehrter Señor Fernández,
wir freuen uns, Ihnen mitteilen zu können, dass der uns übertragene Auftrag zur Versendung nach Barcelona bereit ist. Am Ende dieses Schreibens finden Sie die Auftragsnummer (von unserem Lager ausgestellt), die Empfangsnummer, mit der Sie die Sendung abholen können, sowie den Namen eines Beamten unseres absoluten Vertrauens im Hafen von Barcelona, dem die Abwicklung derart heikler Materialien bestens bekannt ist. Sie müssen sich an ihn wenden, um die Lieferung in Empfang zu nehmen. Wir hoffen, Ihren Auftrag zu Ihrer Zufriedenheit ausgeführt zu haben.
Wir informieren Sie hiermit auch, dass Sie in den nächsten Tagen per Einschreiben den Auslieferungsschein erhalten werden, mit dem Sie beim Zoll vorstellig werden können, um die Sendung in Empfang zu nehmen. Wir bitten, sich an denselben Beamten zu wenden, der vor Aushändigung der Ware die angemessene Überprüfung vornehmen wird. Erst nach diesen Formalitäten und der Bezahlung, wie sie vor Beginn der Dienstleistung vereinbart wurde, kann die Warenausgabe erfolgen.
Schließlich erlauben wir uns noch, Sie an die E-Mail-Adresse zu erinnern, an die Sie am kommenden Montag

vor neun Uhr die versprochene Information senden können, und zwar nach Möglichkeit als verschlüsseltes Dokument.
In Erwartung Ihrer Nachricht verbleiben wir mit freundlichen Grüßen

Am Ende der Schreibens standen die E-Mail-Adresse sowie der Name des Beamten, der so beunruhigend war wie alles andere auch: Leo Grima.
Obwohl Román die Professionalität wie auch die Methoden der Kunstfälscher kannte und auch wusste, wie versiert Paola war – sie legte bei diesen Deals immer die ihr eigene Geschäftstüchtigkeit an den Tag –, konnte ihn der gute Verlauf der Ereignisse doch nur angenehm überraschen. Wie bei allem, das stets nach dem gleichen Schema abläuft, bekam er pünktlich nach drei Tagen per Eilzustellung den angekündigten Auslieferungsschein. »Ich möchte wetten, dass weder auf dem Stück Papier noch auf dem Umschlag ein einziger Fingerabdruck ist«, murmelte Román vor sich hin, der in den Jahren des Zusammenlebens mit Paola einiges gelernt hatte. Wie es schien, hatte die Archäologin sich sogar Mühe gegeben, die besten Termine zu errechnen, denn Román hatte die Sendung am Montag in Händen, also einen Tag vor den Reinigungs- und Inventurarbeiten, die er selbst beaufsichtigen sollte. Es war nicht das erste Mal, dass er diese kuratorische Aufgabe in dem Saal leitete, denn in allen Museen werden die Bestände regelmäßig einer Prüfung unterzogen. Aus diesem Grund wusste Román genau, dass er nur über rund zwanzig Minuten für den Austausch der Köpfe verfügte, nämlich während das Spezialpersonal wie üblich gegen halb elf Uhr seine Frühstückspause in der Kneipe gegenüber verbrachte. Alles war bestens geplant.

Im Hafen gab es keine Überraschungen – bis auf die Feststellung vielleicht, dass Leo Grima ein über zwei Meter großer Mulatte war, dessen Arme bis zu den Fingerknöcheln tätowiert waren. Der Typ war fast schon militärisch gekleidet und warf ihm einen herausfordernden Blick zu, während er ein Telefonat führte. Das waren also die Formalitäten, die Paola in ihrer E-Mail gemeint hatte, dachte Román, solange dieser mürrische Popeye telefonierte. Während er sich noch fragte, zu welchem Zeitpunkt von Paolas Biografie mit allen ihren Höhen und Tiefen dieser Leo Grima wohl zu einer Person ihres absoluten Vertrauens geworden war, reichte ihm der Mann das Telefon.

»Da will jemand mit Ihnen reden«, sagte er.

»Hallo«, grüßte Román verunsichert. Er rechnete damit, am anderen Ende der Leitung eine unbekannte Stimme zu hören, die überprüfen wollte, dass tatsächlich er es war und kein Polizist, der sich eingefunden hatte, um dem Zollbeamten den Auslieferungsschein zu geben.

Zu seiner Überraschung hörte er am anderen Ende die Stimme von Paola. Dies bestätigte ihm, dass sich die Sache für sie gelohnt hatte.

»Was du mir da geschickt hast, ist eine absolute Sensation«, erklärte ihm seine künftige Ex-Frau. »Ich habe schon angeordnet, die Danaide aus dem Saal zu entfernen. Sie wird bereits restauriert. Ich werde mich selbst darum kümmern.«

Sie wirkte enthusiastisch und zufrieden. Im Grunde konnte er sich nur freuen. Und nicht wegen Paola, genau genommen.

»Ich wusste doch, dass dir das gefallen würde«, antwortete Román. »Mach dir diese privilegierte Information zunutze. Ich weiß, dass du sie in Gold verwandeln wirst. Auch darin bist du die Beste.«

»Auch dir viel Glück – bei allem, was du so ausheckst.«

Román gab dem Popeye das Telefon zurück, der ein paar einsilbige Worte mit Paola wechselte, die diese Operation offensichtlich autorisiert hatte. Denn das Riesenmannsbild verschwand plötzlich hinter dem Tresen, um sich in dem Labyrinth aus Gängen zu verlieren, wo die Waren aufbewahrt werden, die bereits die Klippen des Zolls umschifft hatten.

»Marmorverkleidung zur industriellen Nutzung«, las der Mulatte, bevor er eine rund vierzig Zentimeter hohe Kiste auf den Tresen wuchtete, die so viel wie ein Toter zu wiegen schien.

»Unterschreiben Sie hier«, befahl er und deutete mit seinem langen schwarzen Fingernagel auf ein Kästchen auf dem Auslieferungsschein.

Román unterzeichnete, wobei er feststellte, dass das Telefonat auf den Blick dieses tätowierten Quasimilitärs keinerlei positive Auswirkung gehabt hatte: Der Mulatte bedachte ihn weiterhin mit dem Blick eines Boxers, der seinen schlimmsten Rivalen betrachtet, bevor er ihn zermalmt. Und das tat er auch noch, als Román die Fracht auf einen der Gepäckwagen lud. Als Román die internationale Zone des Hafens verließ, täuschte er eine Gelassenheit vor, die keineswegs mit seinem Gemütszustand übereinstimmte.

12

Am nächsten Tag stand Román in der Früh um fünf auf und verkleidete sich mit den Sportsachen, die er noch vor dem Zubettgehen bereitgelegt hatte. Er hatte auch im Voraus die Reifen seines Fahrrads aufgepumpt, das er seit über fünf Jahren nicht mehr benutzt hatte, und auf dem Ge-

päckträger lag das Präsent fest verankert, das Paola ihm aus Neapel geschickt hatte.
Zuvor hatte er den Kopf aus dem voluminösen Karton genommen, um ihn für seine letzte Reise vorzubereiten. Als er ihn in den Händen hielt, konnte er nicht umhin, die feine Arbeit der Fälscherin zu bewundern. Die Venus entsprach exakt dem Original. Sie wirkte wie der Zwilling des Kopfes, der in Mónicas Garten aufgetaucht war, und Román glaubte sogar eine abgebröckelte Stelle zu erkennen – wie die, die der Gärtner Marsilio damals durch die kräftige Dusche mit dem Gartenschlauch verursacht hatte. Er sah die Venus lange an, wobei er nicht aufhören konnte, über die perfekte Skulptur zu staunen. Schließlich wickelte er den Kopf in ein paar Lappen und Handtücher. So geschützt befestigte er ihn ganz vorsichtig mit Elastikgurten auf dem Gepäckträger seines Fahrrads. Diese Vorgehensweise war nicht sonderlich ausgeklügelt, das musste er zugeben, aber sicherlich effizient, denn sie war absolut unauffällig.
Von ihm zu Hause bis zum Museum waren es nicht einmal fünf Minuten. Er musste einen kleinen Umweg über die Calle d'en Moles machen, denn er wollte vermeiden, am Rathaus vorbeizukommen, das Tag und Nacht bewacht wurde. Die leichte Steigung der schmalen Querstraße gestaltete sich schwierig, obwohl sie erst neulich gepflastert worden war. Sie erinnerte ihn daran, wie schlecht seine Kondition war, und veranlasste ihn zu guten Vorsätzen. Sobald er in der Calle de la Riera war, ließ er sich träge den Abhang hinunterrollen, wobei er aufpasste, dass das Gewicht seiner marmornen Begleiterin das Rad nicht überbeanspruchte und sie beide auf dem Boden landeten. Wie er angenommen hatte, traf er auf dem ganzen Weg keine Menschenseele: Die Straßen waren zu dieser Stunde so verlassen, dass sie wie die verschiedenen Stationen einer Geisterstadt wirkten.

Der schwierigste Teil des Unternehmens begann mit der Ankunft am Museum. Zuerst einmal galt es, die Tür zu öffnen, ohne Lärm zu verursachen. Dazu musste er die Alarmanlage in den dreißig Sekunden abschalten, die ihm dafür zur Verfügung standen. Wenn ihm dies nicht gelang, dann wäre die Polizei in nicht einmal zehn Minuten vor Ort, und er würde unmöglich erklären können, weshalb einer der Kuratoren des Museums um fünf Uhr in der Früh das unwiderstehliche Bedürfnis verspürt, seinen Arbeitsplatz aufzusuchen – und das nach einer gemütlichen Runde mit dem Fahrrad, das er für diese Gelegenheit eben erst hergerichtet hatte, obwohl er sich eigentlich schon über fünf Jahre von allem fernhielt, was nach körperlicher Ertüchtigung roch. Wobei er natürlich davon ausging, dass die Polizei noch dazu logischerweise den Venuskopf in seinem Besitz für das Original hielt und nicht für eine Kopie.
Román versuchte, sich zu beruhigen: Er hatte die Alarmanlage schon öfters, wenn er für die Öffnung und Schließung des Museums zuständig war, an- und abgestellt. Es gab keinen Grund, dass ihm jetzt etwas misslingen sollte, das bei vielen anderen Gelegenheiten bestens geklappt hatte. Wie er es sich vorgestellt hatte, ging die Tür sanft auf und verriet ihn nicht einmal durch ein unangemessenes Quietschen oder Knarren. Die Dunkelheit des Eingangs zu dem öffentlichen Gebäude hüllte sie beide ein, ihn und sein Fahrrad, wobei sich Román zuvor mit einem verstohlenen Blick vergewissert hatte, dass ihn niemand gesehen hatte. Und wirklich, der Platz vor dem Museum war genauso menschenleer wie vor einer Minute. Er lehnte das Fahrrad an die Theke der Information auf der rechten Seite und suchte nach der Vorrichtung, mit der man die Alarmanlage ausschaltete. Dazu ließ er sich vom Licht seines Handy-Displays leiten, das ihm als Taschenlampe

diente. Das Unterfangen war innerhalb von dreizehn Sekunden erledigt – er hatte im Geiste mitgezählt, während sich sein Herzschlag um das Vierfache erhöhte.
Nachdem das Wichtigste erledigt war, sperrte er als Vorsichtsmaßnahme die Tür ab. Er zog es vor, lieber kein Licht einzuschalten, um nur ja keine Aufmerksamkeit zu erregen. Erneut bediente er sich seines Handys und ging die Treppe zum ersten Stock hinauf. Dort befanden sich neben dem großen Saal die Toiletten. Ohne eine Sekunde zu zögern, betrat er die Damentoilette. Er schaute sich kurz um, und einen Augenblick befürchtete er, dass das Gesuchte nicht an seinem Platz sei. Sein Herz machte einen Satz. Dann bemerkte er, dass jemand den Gegenstand nur umgestellt hatte. Da war er: der große Mülleimer aus rostfreiem Stahl samt Deckel, versehen mit einem großen schwarzen Plastikbeutel, der halb voll war.
Vorsichtig, um nur ja keinen Lärm zu machen, hob Román den oberen Teil des Eimers an. Der Kippdeckel und die Halterung für den großen Plastikbeutel lösten sich mühelos. Er legte sie einen Moment beiseite. Vor seinen Augen öffnete sich nun der leere Hohlraum, in den der Beutel perfekt passte. Das war das Versteck, das er für die Kopie des Venuskopfes auserkoren hatte, dort sollte sie die letzten Stunden ihrer Anonymität verbringen. Er legte den in Lappen und Handtücher gewickelten Kopf auf den Boden des Stahlbehälters und brachte den Aufsatz wieder an. Solange niemand den Müll wegbrachte, würde kein Verdacht aufkommen. Und eigentlich sollte das niemand versuchen, zumindest nicht in den nächsten vierundzwanzig Stunden, denn die für die Toiletten zuständige Putzkolonne käme erst wieder, wenn die Reinigung und Inventur der Exponate erledigt waren – also über achtundvierzig Stunden später.

Den nächsten, ganz simplen Schritt würde er dann am Vormittag tun. Er würde einfach die Frühstückspause des Museumspersonals nutzen und dann den falschen Kopf aus dem Eimer in der Damentoilette holen, ihn auswickeln und an der Stelle plazieren, die jetzt das Original in der mit Sicherheit geöffneten Vitrine einnahm. Sobald er die echte Skulptur hatte, würde er sie in die gleichen Lappen wickeln und in die Kiste legen, die er vor zwölf Uhr mittags noch zur Kulturstiftung bringen musste. Darauf würde er die Akten und die Mappen packen, auf die seine Vorgesetzten warteten, und dann würde er damit aus dem Museum gehen, das Dienstag, wenn die Inventur anstand, keine Besucher hatte. Nur: An jenem Tag würde er kurz bei sich zu Hause vorbeischauen, bevor er die Dokumente zur Kulturstiftung brachte, um sich von diesem außergewöhnlichen Gewicht in der Kiste zu befreien, von dem bloß er wusste. Das alles war so simpel, dass gar nichts schiefgehen konnte. Welcher einfallsreiche Geschichtenerfinder käme schon auf die Idee, dass jemand ein Ausstellungsstück aus einem bescheidenen Provinzmuseum rauben könnte?

Román drehte sich um – er wollte sich überzeugen, dass auch alles in Ordnung war – und kam zufrieden zu dem Schluss, dass er einen hervorragenden Kunsträuber abgegeben hätte. Nicht wegen des Stils, den er an den Tag gelegt hatte, als er die Replik in dem Mülleimer versteckt hatte, auch nicht wegen seiner etwas verdrehten Taktik, morgens in aller Frühe das Haus zu verlassen, um mit dem Fahrrad eine Runde zu drehen: Allein der Gedanke, das Originalwerk ein paar Stunden in seinem Besitz zu haben, ohne dass jemand den geringsten Verdacht hegte, löste bei ihm ein unglaublich starkes und schon fast perverses Gefühl aus.

13

Javier ließ sich durch nichts überreden, an den Beerdigungsfeierlichkeiten für Iulia Pomponia teilzunehmen. Er hatte schon viel getan, indem er einige der seltsamen Vorkommnisse, die in seinem Haus in den letzten Monaten passiert waren, anerkannt hatte. Nun, da sich alles zu lösen schien, wünschte er sich nur noch eines: nie mehr darüber nachdenken zu müssen, ob Gespenster existierten oder nicht.

Für manche Menschen – und so auch für ihn – ist das Vergessen ein Abwehrmechanismus. Er schien nicht einmal sonderlich an einem Zeitungsausschnitt aus *El País* interessiert, den Mónica ihm zeigte. Es ging darin um einen außergewöhnlichen Fund, den die Direktorin des Archäologischen Nationalmuseums von Neapel bei ihren jüngsten Arbeiten gemacht hatte. Anscheinend war im Inneren von einer der Bronzeskulpturen in dem Museum eine sehr gut erhaltene Mumie aufgetaucht, die aus der Zeit stammen könnte, als die Statue gegossen wurde. Der Artikel führte einige kuriose Einzelheiten auf:

> Man nimmt an, dass es sich bei der Mumie um einen Mann von etwa fünfzig Jahren handelt, einen Weißen von circa eins siebzig, der vermutlich Kämpfer oder Soldat war. Diese letzte Angabe lässt sich aus bestimmten körperlichen Merkmalen folgern wie den grausamen Verletzungen, die der Körper aufweist: Kastration mit Muskelriss (möglicherweise verursacht durch eine Verletzung mit einer Stoßwaffe) sowie Bruch von Oberschenkel und Schienbein, die von allein verheilt sind. Diese Verletzungen müssen zu seinen Lebzeiten ein starkes

Hinken bewirkt haben. Hinsichtlich der Todesursache ist es laut Aussagen der Experten schwieriger, eine Theorie aufzustellen, wobei in Erwägung gezogen wird, dass der Mann bei lebendigem Leibe in die Statue eingeschlossen und dort seinem Schicksal überlassen worden sein könnte; somit wäre er dann an Durst oder Auszehrung gestorben. Diese Theorie stützt sich zum Teil auf die Tatsache, dass seine Fingernägel beschädigt und gebrochen waren, als hätte der Unglückliche erfolglos versucht, sich aus seiner grausamen Gefangenschaft zu befreien.

Man glaubt, dass die Mumie der Danaide, wie sie in Fachkreisen mittlerweile genannt wird, im römischen Ort Herculaneum Ende des ersten Jahrhunderts vor Christus aufgestellt worden sein könnte. Die Skulptur mit dem darin verborgenen Körper ist eine der fünf Bronzedanaiden, die im Archäologischen Nationalmuseum von Neapel präsentiert werden. Sie gehörte zu einer Skulpturengruppe, die fünf der Töchter von König Danaos darstellt. Sie befand sich am Rand eines monumentalen Wasserbeckens und war eine Allegorie auf den Mythos der mörderischen Schwestern und ihre ewige Strafe, Krüge mit Wasser in ein durchlöchertes Fass gießen zu müssen.

Man glaubt in der Tat, dass die Danaide, die der Wissenschaft nun diese Überraschung beschert hat, mit einem Krug aus einem Halbedelstein vollendet wurde, aller Wahrscheinlichkeit nach Onyx.

Das Schicksal der Mumie – aus welchem Grund auch immer sie in diese Statue kam – ist ebenso unheilvoll wie aufwühlend: Nachdem sie etwa siebzig Jahre in ihrem Geheimversteck verbracht hatte, ereilte sie das gleiche Schicksal wie die übrige Stadt Herculaneum: Sie wurde nach dem Ausbruch des Vesuv im Jahr 79, durch den im Übrigen auch das benachbarte Pompeji zerstört wurde, unter einer zwanzig Meter dicken Schicht vulkanischen Materials begraben. Unter Tonnen von Tuffstein vor den Augen aller verborgen, blieb sie dort siebzehn Jahrhunderte lang, bis im achtzehnten Jahrhundert bei Bohrungen auf der Suche nach einem Brunnen die ersten Reste dieser monumentalen archäologischen Stätte entdeckt wurden. Doch erst weit in den Anfängen des zwanzigsten Jahrhunderts kamen die Danaiden wieder ins Leben zurück. Sie wurden von den Archäologen gerettet und dem Nationalmuseum in Neapel übergeben, wo sie nun in den Sälen, die der Villa dei Papyri von Herculaneum gewidmet sind, zusammen mit den restlichen Skulpturen, die in diesem sagenhaften Wohnhaus am Stadtrand gefunden wurden, ausgestellt sind.

Die Gründe, weshalb die Mumie bislang noch nicht entdeckt wurde, sind vielfältig: Einerseits ließ ihr geringes Gewicht von kaum drei Kilo nicht die Annahme zu, dass im Hohlraum der Statue etwas versteckt sein könnte. Außerdem ist es unmöglich, Bronzestatuen mit Hilfe von Röntgenstrahlen zu analysieren.

Und schließlich sei noch erwähnt, dass die besagte Danaide mit der Mumie die gleichen Merkmale aufweist wie ihre vier Schwestern, von denen sie sich allerdings unterscheidet: durch die völlige Versiegelung – nicht einmal der Mund ist wie bei den anderen vier offen, und auch die Augen scheinen mit einem Spezialmaterial abgedichtet, das bei dieser Gelegenheit benutzt wurde, vermutlich eine Art Harz. Wichtig ist aber vor allem die Tatsache, dass die Basis ebenfalls verschlossen war, so dass ihr Inhalt nicht zu sehen war, wenn man die Statue von ihrem Sockel hob. Diese Details lassen die Fachleute ein mögliches Verbrechen in Betracht ziehen, das vor über zweitausend Jahren begangen wurde. Träfe dies zu, so sähen wir uns dem historischen Beweis für einen schrecklichen Todeskampf gegenüber, der noch nie zuvor in einem Museum dieser Art zu sehen war.

Mónica las die Information mit Entzücken, denn sie begriff, dass der Fund der Mumie eine weitere Rache von Iulia Pomponia bewies. Die definitive Rache.
»Lies mal, was hier geschrieben steht«, sagte sie zu Javier und deutete auf die letzte Spalte der Nachricht. Javier gehorchte ohne große Begeisterung. Mónicas Finger zeigte auf den Untertitel in halbfetter Schrift, wo zu lesen stand: »Zur Diskussion«. Dort hieß es weiter:

Die Museumsverwaltung hat beschlossen, eine eigene Vitrine bereitzustellen, um den Besuchern diesen kuriosen und weltweit einzigartigen Fund zu zeigen. Nach Aussagen der Direktorin Paola Guidobaldi »ist dies der erste Fall einer Mumie aus der Römerzeit, die unter den uns bekannten Bedingungen erhalten ist. Wir können nicht zulassen, dass ein Fund von solch archäologischer Bedeutung den Augen der interessierten Öffentlichkeit verborgen bleibt.«
Gegen diese Entscheidung der Museumsleitung wenden sich diverse Organisationen, die sich für die Menschenrechte einsetzen. Für sie ist die Zurschaustellung von Leichen in Museen, ungeachtet ihres Alters oder ihres Zustands, ein klarer Verstoß gegen die Grundrechte.
»Es spielt keine Rolle, ob die jeweilige Person bereits vor über zweitausend Jahren verstorben ist«, erklärte Marinella Tomasino, Präsidentin der Vereinigung Dignità per Tutti, dieser Zeitung.
Trotz allem ist die Entscheidung bereits gefallen. Die Museumsleitung ließ verlauten, dass der Saal im ersten Stock,

in dem sich die fünf Danaidenskulpturen aus der Villa dei Papyri in Herculaneum befinden, derzeit umgestaltet und in etwa zwei Monaten um dieses Exponat bereichert der Öffentlichkeit wieder zugänglich sein wird.

14

Punkt vier Uhr nachmittags kam Román zu der ehemaligen Reinigung in der Calle Miquel Biada. Mónica wartete bereits an der Tür, in ihren Mantel gehüllt und vor Kälte bibbernd. In der Straße wehte ein eiskalter, scheußlicher Wind, der jeden aufforderte, sich möglichst schnell in Sicherheit zu bringen, selbst wenn es ein so desolater Ort war wie dieser Laden, den der Archäologe in eine Ausgrabungsstätte verwandelt hatte.

Sobald sie hineingegangen waren, betrachtete Mónica den heruntergekommenen Zustand, in dem sich dieses Geschäft befand, während Román die Rollläden wieder herunterließ und absperrte: überall Berge von Sand, mehrere Gräben von jeweils drei Metern Tiefe, Marmorfragmente, die an den Wänden lehnten, kistenweise Reste des alten Fußbodenbelags der Reinigung, sogar einige Plastikkanister mit Dieselöl; offensichtlich hatten die ehemaligen Besitzer es für die Heizung benutzt, die inzwischen kaputt war.

Trotz allem waren die Fortschritte der jüngsten Arbeiten im Untergrund deutlich sichtbar. Das Grab von Iulia Pomponia war jetzt mit einem weißen Leintuch bedeckt. Mónica bemerkte die an die Wand gelehnten Marmorfragmente, die nun zu rechteckigen Platten rekonstruiert waren. Außerdem erkannte sie das Stück vom Grabstein neben der Kiste, in der Román die einzelnen Grabbeigaben aufbewahrte, die er wieder an Ort und Stelle zu legen gedachte.

»Hast du mitgebracht, worum ich dich gebeten hatte?«, fragte ihr Freund und zog sich den Mantel aus.

Mónica zeigte auf die Tasche in ihrer Hand und hielt sich mit einer angeekelten Geste die Nase zu. Der Gestank schien im ersten Moment ausgeprägter zu sein, aber mit der Zeit ließ es sich dann wieder besser atmen – vermutlich eine Frage der Gewöhnung, die beim Menschen für fast jeden Umstand gilt.

»Fangen wir an?«

Mónica seufzte. Sie war sich bewusst, dass ihr Vorhaben sehr wichtig war, und sie wusste auch, dass es auf dieser Welt nur drei Menschen gab, die davon überzeugt waren: sie selbst, Román und Iulia Pomponia, deren Geist sie für immer befreien wollten, indem sie ihr die Beerdigung zuteil werden ließen, die sie seit zwanzig Jahrhunderten forderte.

Román sprang mit einem Satz in den Graben hinunter und zog das Laken weg. Hier lagen die perfekt ausgerichteten Knochen und bildeten das Trugbild von einem menschlichen Körper nach, und jetzt ruhten sie zudem auf etwas, das Ähnlichkeit mit einer Strohmatte hatte.

Mónica nahm mehrere Kerzen aus ihrer Tasche.

»Machst du es?«, fragte der Archäologe und reichte ihr ein Feuerzeug.

Sie akzeptierte diese Aufgabe mit einem respektvollen Schweigen. Tatsächlich war sie so beeindruckt von dem, was da gleich passieren würde, und der Anblick von Iulias Skelett berührte sie so sehr, dass sie einen Kloß im Hals hatte, der sie kein Wort hervorbringen ließ. Mit Románs Hilfe stieg sie etwas schwerfällig ins Grab hinunter und setzte sich auf einen

Vorsprung in dem unebenen Gelände, um die Kerzen zu entzünden. Es waren fast zwei Dutzend.
Unterdessen hatte Román die Grabbeigaben geholt. Mit höchster Vorsicht ging er neben den morschen Knochen auf die Knie. Dann nahm er ein Stück nach dem anderen aus der Kiste und legte es an die ihm zukommende Stelle. Den Kupferreif – er war so angelaufen und fragil, dass er zwischen seinen Fingern fast hätte zerfallen können – platzierte er auf dem Ansatz von Elle und Speiche, dort, wo einmal das zerbrechliche Handgelenk von Iulia Pomponia gewesen war. Die Reste der Halskette legte er auf eine Stelle oberhalb des Brustbeins, auf Höhe der oberen Wirbelsäule. Neben die Fußknochen legte er die Scherben der Teller, die im Grab gefunden worden waren und die sich nicht hatten zusammensetzen lassen, sowie das blaue Glasstück. Die Elfenbeinpuppe kam in die Nähe der Finger – wo sie lag, als Román sie gefunden hatte. Und schließlich zog er mit der Geschicklichkeit eines Taschenspielers das letzte Stück aus der Kiste: die mit einem Delphin verzierte Öllampe. Ihre Rekonstruktion war ihm so perfekt gelungen, dass sie – ohne diese dunkle Linie von oben nach unten – als neu durchgegangen wäre.
»Das ist jetzt alles«, sagte Román.
Er stand auf, um das ganze Ensemble zu betrachten. Mónica zündete in aller Ruhe die Kerzen rund um das Grab an.
»Jetzt fehlt nur noch das Wichtigste«, sagte Román, wobei er die Kiste zur Hand nahm, in der er den Kopf transportiert hatte.
Mónica entzündete nun die letzte Kerze und hielt inne, um mit Bewunderung zuzusehen, mit welcher Liebe ihr Freund das antike Stück auspackte. Er tat so, als würden die Lappen ein verletzliches, ein lebendiges Wesen enthalten. Sobald er

den Kopf aus der Verpackung befreit hatte, betrachtete er erneut die vollendete Skulptur und hob sie ein wenig hoch, damit Mónica sie sehen konnte.

»Hier endet dein langer Weg, Iulia Pomponia.« Mónica konnte nicht umhin zu flüstern, wobei sie die Augen des Marmorkopfes ansah, als würde sie eine Antwort erwarten.

Román legte ihn nun an die entsprechende Stelle: ein Stückchen oberhalb vom dritten Wirbel.

»Rück ihn etwas näher heran«, schlug Mónica vor. »Denk dran, was sie zu uns gesagt hat: ›Vereint den Marmor mit den Knochen.‹ Der Marmor muss den Wirbel berühren.«

Román gehorchte, und während des Bruchteils einer Sekunde schien es ihm, als würde der Marmorkopf Wärme abgeben. Es war eine kurzzeitige Empfindung – zu flüchtig, um ihr Bedeutung beizumessen.

Ein paar Minuten lang waren beide in die Betrachtung der Rekonstruktion versunken. Nun war also vollbracht, was Iulia Pomponia zweitausend Jahre lang gefordert hatte: Ihre verfärbten Knochen lagen nun endlich neben dem inzwischen erodierten Kopf, den ihr Vater skulptiert hatte. Es bestand ein seltsamer Kontrast, aber dennoch bildete alles eine Einheit.

Den letzten Schritt vollzog Román unter Mónicas aufmerksamem Blick: Er bedeckte die Überreste des Mädchens wieder mit dem weißen Leintuch; er tat dies mit einer Vorsicht, als wäre ihr Körper noch warm. Dann brachte er die Marmorplatten an – eine nach der anderen –, so dass auf dem Boden ein Grabmal entstand, eine Art Giebeldach, wie seinerzeit das ursprüngliche Grab gewesen war. Davor legte er das Fragment des Grabsteins. Dann hielt er inne, um alles zu betrachten. Seine Gefühlswallung ließ ihn nach Mónicas Hand greifen. In dem Moment bemerkte er, dass seiner Freundin eine Träne über die Wange lief.

»Wie lange meinst du, dass wir bleiben müssen?«, fragte sie.
»Sobald die Kerzen heruntergebrannt sind, bedecke ich den Boden wieder mit Erde«, antwortete er und deutete auf die Erdhaufen rund um die Gräben. »Ich will alles so lassen, wie es war.«
»Und dann?«
Es entstand eine Pause, in der beide sich plötzlich des Lärms bewusst wurden, der von der Straße hereindrang: ein Pfiff, die Stimmen von Kindern, die aus der Schule kamen, ein dröhnendes Auto, eine entfernte Sirene – als wäre all das vorher noch nicht da gewesen.
»Also«, fügte Román hinzu, »dann wollen wir mal die Daumen halten, dass man sie in Frieden lässt. Möge es noch lange dauern, bis hier wieder gegraben wird.«

15

Kurz darauf zogen Javier und Mónica wieder in ihr Haus ein. Noch reservierter als sonst hatte Javier mit ungläubigem Interesse die Erklärungen angehört, die ihm seine Lebensgefährtin hinsichtlich der zweiten Beerdigung von Iulia Pomponia gegeben hatte. Irgendwie weigerte er sich weiterhin anzuerkennen, dass zwischen dieser Zeremonie, die der ach so selbstlose Román und Mónica vollzogen hatten, und den Belästigungen, die sie gezwungen hatten, ihr Heim zu verlassen, ein Zusammenhang bestand. Als sie jedoch vierundzwanzig Stunden darin verbracht hatten, musste er sich den Beweisen beugen: Im Haus herrschte absolute Stille. Die Schrift an den Wänden war verschwunden, es stank nicht mehr, die Türen öffneten und schlossen sich nicht mehr von allein, und die Temperatur war in allen Zimmern behaglich und gleichmäßig warm. Man könnte sogar sagen, dass die Farben des Mosaiks im Wohnzimmer stärker leuchteten und dass die Vögel im Garten fröhlicher sangen, als wären auch sie froh, von diesem jahrtausendelangen Fluch befreit zu sein.

Die nächsten Tage nach ihrer Rückkehr verbrachten sie damit, das Zimmer für die kleine Julia herzurichten, die bereits zum ersten Mal ihre Ankunft auf dieser Welt mit leichten, regelmäßigen Wehen angekündigt hatte. Mónica und Javier eilten ins Krankenhaus, doch es war ein falscher Alarm. Mit einem herablassenden Lächeln wurden die beiden wieder nach Hause geschickt – wie es Hebammen nur Leuten zukommen lassen, die zum ersten Mal Eltern werden. Aber sie erhielten den Rat, sehr aufmerksam auf neuerliche Anzeichen zu achten.

Somit ließe sich sagen, dass die Rückkehr zur Normalität des Paares, das plötzlich von all seinen Sorgen befreit war, allumfassend war. Doch es gab zwei kleine Ausnahmen: Zunächst war da ein seltsamer Lärm von der Straße, den sie eines Nachts hörten, als sie bereits zu Bett gegangen waren. Es war, als würde jemand mit einem Metallgegenstand an die vergitterte Glastür klopfen. Jemand, der sehr in Bedrängnis sein musste, der Hartnäckigkeit nach zu urteilen jedenfalls.

Am Anfang schenkte Javier dem Geräusch keine Beachtung. Er dachte, dass es sich um irgendeinen Witzbold handelte, der die Nacht durchmachte und der irgendwann schon genug haben würde, sie zu stören. Doch später, als er dieses beharrliche Klopfen satthatte, ging er nach unten, um nachzusehen. Auf dem Weg zum Eingang griff er sich sein Telefon, für den Fall, dass er die Polizei rufen musste. So ausgerüstet kam er zur Haustür, wo er dank der Straßenbeleuchtung die Silhouette eines Tieres ausmachen konnte: Ein recht großer Hund winselte und schlug mit einer Vorderpfote gegen die Türscheibe.

Javier zögerte einen Augenblick, beschloss dann aber, die Tür zu öffnen. Schließlich machte dieses Tier einen zahmen Eindruck. Doch erst als er es im Licht der Straßenlaternen sah, erkannte er es plötzlich: Es war Hunter, der Hund von Leónidas Xart, der auf und davon gelaufen war, als Gefahr in Verzug war. Er war die beste Bestätigung dafür, dass der ganze Spuk wirklich vorbei war.

Kaum dass er ihn sah, stürzte Hunter sich auch schon auf ihn und begann ihm das Gesicht zu lecken. Javier hatte mit so viel Herzlichkeit nicht gerechnet – und auch nicht mit dem Zustand, in dem der Hund sich befand. Das war nicht mehr der vor Gesundheit strotzende, robuste Hund, der damals davongelaufen war. Er war sehr dünn geworden. Entweder hatte man ihn nicht gut behandelt, oder er war ewig weit gelaufen, bis er wieder bei ihnen vor der Tür stand. Jedenfalls freute sich Javier, ihn zu sehen.

»Komm mit in die Küche«, sagte er zu ihm, »ich gebe dir Wasser und was zu fressen.«

Hunter spitzte die Ohren und wedelte kräftig mit dem Schwanz, als würde er ganz genau verstehen, was Javier gerade zu ihm gesagt hatte.

Javier betrachtete erneut die Hundemarke. Auf der einen Seite stand nach wie vor der Name: »Hunter«. Bevor er sie umdrehte, fiel ihm plötzlich die Bedeutung der Gravur auf der Rückseite der Marke ein – Es gibt nur einen richtigen Weg –, die ihm seine Augen auch sogleich bestätigten:

UNA EST APTA VIA

Er wiederholte den Satz leise mehrere Male, wobei er sich am Wohlklang dieser Sprache ergötzte, die ihm ebenso vertraut wie fremd war. Nie zuvor war er mit einem Hund so sehr einer Meinung gewesen.

Der zweite außergewöhnliche Vorfall ereignete sich in der ehemaligen Reinigung – einige Tage nach der Bestattung von Iulia Pomponia. Javier und Mónica erfuhren erst etwas später davon, denn als dies passierte, waren sie völlig mit einer anderen Aufgabe beschäftigt: ihre Erstgeborene zur Welt zu bringen.

Julia Fanconi Salvà wurde am Mittwoch, dem 31. Januar, um 23.04 Uhr im Krankenhaus von Mataró geboren. Sie wog vier Kilo und zwanzig Gramm. Als Román Fernández am nächsten Tag mit einem Strauß gelber Rosen und überraschenden Neuigkeiten ins Krankenzimmer kam, traf er Mutter und Tochter bei bester Gesundheit an. Mónica strahlte nur so, wie dies bei Wöchnerinnen eben so ist, wenn sie glücklich sind.

Román legte die Rosen auf einen Tisch und näherte sich der kleinen Julia, um sie eine Weile schweigend zu betrachten. Dann hob er den Kopf, lächelte verschmitzt und fragte: »Wo ist Javier? Hat er beschlossen, mir jetzt endlich freie Bahn zu lassen?«

»Er ist losgezogen, um den Versicherungskram zu regeln. Er kommt am Nachmittag wieder«, sagte Mónica und lächelte ebenfalls.

»Umso besser, dann kann ich dir ja unter vier Augen etwas erzählen, das du nicht glauben wirst. Erinnerst du dich an die Kanister, die du an dem Tag, an dem wir den Kopf bestattet haben, gesehen hast?«

Mónica nickte. Sie erinnerte sich ganz genau.

»Aus irgendeinem seltsamen Grund ist wohl einer davon umgekippt – oder auch alle. Ich hatte gedacht, dass sie gut verschlossen seien, aber das war wohl ein Irrtum, denn der Brennstoff lief aus und hat, wie es scheint, den ganzen Boden durchweicht. Dann muss eine Flamme entstanden sein, durch einen Kurzschluss, was weiß ich … Irgendetwas ist jedenfalls passiert. Die Reinigung ist abgebrannt. Totalschaden. Nicht einmal die Fundamente sind mehr erhalten.«

Mónica runzelte die Stirn.

»Aber das Beste von allem weißt du noch gar nicht«, fuhr Román fort. »Nach Aussagen der Nachbarn und der Feuerwehr, die mit den Löscharbeiten beschäftigt war, ereignete sich der Brand nachts um elf. Zu der Uhrzeit also, als deine Tochter geboren wurde, falls ich nicht falsch informiert bin. Was hältst du davon?«

Mónica lächelte. Sie schien zufrieden.

»Ich glaube, Iulia hat dafür gesorgt, dass niemand sie je wieder stört.«

EPILOG

16 Jahre später

»Ich bin um elf Uhr nachts auf die Welt gekommen, stimmt das, Mama?«, fragt Julia, bevor sie sich an den Tisch setzt.

»Ja, genau um vier Minuten nach elf«, antwortet Mónica.

Das Abendessen ist fast fertig. Javier muss jeden Moment nach Hause kommen. Román, der im Lauf der Jahre und aufgrund der vielen gemeinsamen Erlebnisse zu einer Art Familienmitglied geworden ist, wartet im Wohnzimmer und vertreibt sich die Zeit, indem er sich die Zusammenfassung der Fußballspiele des Tages ansieht.

Mutter und Tochter haben das Abendessen miteinander zubereitet. Julia ist in der Küche eine hervorragende Hilfe und wird bald eine einfallsreiche, anspruchsvolle Köchin sein. Einen der Gänge heute hat sie selbst zubereitet: diese tollen gefüllten Tomaten, die einfach sagenhaft duften.

Mónica sieht ihre Tochter, die bereits größer ist als sie, mit diesem etwas albernen Stolz an, mit dem Mütter die offensichtlichsten Entwicklungen ihrer Sprösslinge zu betrachten pflegen. Wobei ihr etwas sagt, dass dieser Stolz nicht unbegründet ist. Julia hat jede Menge Talente, die bei vielen Bewunderung wecken, nicht nur bei ihrer Mutter.

Als schließlich auch das Brot auf dem Tisch steht, sind die Vorbereitungen für das Abendessen abgeschlossen, und es gilt nun nur noch auf die vier fehlenden Tischgäste zu warten: Javier, Ismael, Ian und eine dünne Rothaarige, die Ismael als seine »Freundin« bezeichnet und die heute zum ersten

Mal an einer Familienfeier teilnehmen wird. Sein Vater betrachtet das Mädchen allerdings mit Argwohn.
»Geh mir bloß nicht auf den Geist, indem du mir andauernd ein anderes Mädel vorstellst«, hat er vor ein paar Tagen zu Ismael gesagt. »Wenn du eine mit nach Hause bringst, dann bitte die definitiv Richtige.«
Mónica schilt ihn aus: Die »definitiv Richtigen« trügen schließlich kein Schild auf der Stirn, man müsse sie nach und nach kennenlernen, wie das bei wichtigeren Menschen im Leben eben so ist.
Ismael ist fünfundzwanzig und somit alt genug, um Mädchen mit nach Hause zu bringen oder sie sonst wohin mitzunehmen – insofern sie damit einverstanden sind, natürlich.
Um die Wartezeit zu überbrücken, schlägt Mónica vor, bereits am Tisch Platz zu nehmen und schon einmal mit dem Aperitif zu beginnen.
»Und wann sind die Geschenke dran? Gibt es eine Torte mit Kerzen?«, fragt Julia, wobei sie gleich zweimal von ihrem Stuhl aufspringt.
»Immer mit der Ruhe«, sagt ihre Mutter zu ihr, »und verdirb die Überraschung nicht. Hab noch ein bisschen Geduld.«
Julia setzt sich wieder und schiebt sich zwei Oliven in den Mund. Sie kaut mit Genuss und nimmt sich dann noch einmal zwei.
»Langsam, langsam, meine Kleine«, mahnt Mónica.
Román hat schweigend am Tisch Platz genommen, während Mónica ihm einen Martini bringt. Sie muss ihn nicht fragen, was er gern trinken möchte: Die Flasche mit dem weißen Martini ist nur im Haus, weil dies sein Lieblingsgetränk ist. Ein Vorteil, wenn man mit zur Familie gehört.
Plötzlich bemerken die beiden, während das Eis in Románs Glas klirrt und auch Mónica Platz nimmt, ein seltsames Zit-

tern an Julias Händen. Anscheinend hat sie sich auf einen unbestimmten Punkt auf der Tischdecke konzentriert. Da schließt Julia plötzlich die Augen und neigt den Kopf nach hinten. Sie seufzt. Nein, das ist kein Seufzen – das ist eher ein beständiges und kräftiges Keuchen. Sie scheint zu schlafen, doch die beiden Erwachsenen wissen sofort, dass dies nicht stimmt. Als das Mädchen erneut den Kopf aufrichtet, hat sie die Augen halb geschlossen, ihre Pupillen sind leicht nach oben verdreht, so dass ein Großteil des weißen Augapfels zu sehen ist.

»Julia, mein Schatz, was ist los?«, fragt Mónica beunruhigt.

Das Mädchen antwortet nicht. Ihre Atmung wird immer lebhafter. Sie öffnet den Mund, als wolle sie etwas sagen, tut das aber nicht. Es ist, als würde sie die Worte abwägen, als könne sie sich nicht entscheiden. Schließlich gelingt es ihrer Kehle, Töne hervorzubringen. Sie hat die Augen geöffnet, schaut jedoch verwundert drein, wobei sie die Stirn runzelt, als hätte sie ihr Zuhause noch nie gesehen oder als würde es sie Mühe kosten, es wiederzuerkennen. Die Stimme, mit der sie spricht, ist seltsam, unbekannt. Und das gilt auch für die Worte, die sie plötzlich äußert.

»Iam sedecim annos exspecto«, murmelt Julia mit rauher Stimme, die nicht die ihre ist.

Román, der sich bis zu diesem Augenblick wie ein bloßer Zuschauer verhalten hat, übersetzt die lateinischen Worte, die er soeben gehört hat: »Ich warte schon sechzehn Jahre lang.«

Die tiefe Stimme von Julia klingt jetzt wie ein Flüstern, wie eine gedämpfte Litanei, die nicht zum Stillstand kommt.

»Quos dulcis tui nata annos hodie agit: quot egomet ipsa annos equidem nunquam egi.«

Román dechiffriert auch diese Botschaft.

»Den Geburtstag, den deine süße Tochter heute feiert – diesen Geburtstag habe ich nie erlebt.«
Mónica zweifelt, wagt es dann aber doch, dieser seltsamen Stimme, die da durch ihre geliebte Julia spricht, eine Frage zu stellen: »Warum hast du so lange gewartet?«
»Ad iter capidiendum ex quo non reditura.«
»Um einen Weg einzuschlagen, von dem ich nicht zurückkehren kann«, übersetzt Román, der aufmerksam dem Gemurmel lauscht, das dem Mädchen über die Lippen kommt.
Es entsteht eine Pause, in der beide glauben, dass Julia nun zum Ende gekommen ist, doch sogleich erkennen sie ihren Irrtum.
»Quia mihi talia fecistis gratias vobis agere velim, nemo ante adventum vestri sic mihi fecerat«, spricht die rauhe Stimme des Mädchens immer leiser, bis die letzten Silben nur noch ein Säuseln sind.
Román übersetzt weiter: »Weil ihr dies für mich getan habt, möchte ich euch danken; bevor ihr gekommen seid, hat das niemand für mich getan.«
Weder Mónica noch Román wissen, wie sie auf dieses überraschende Bekenntnis reagieren sollen. Sie fragen sich, was dies zu bedeuten hat, und kommen zu dem Schluss, dass es sich um einen endgültigen Abschied zu handeln scheint, den sie nie werden vergessen können. Nun öffnet Julia ihre Augen, bemerkt die ernsten Gesichter der Erwachsenen und ruft munter: »Also, was ist denn das jetzt? Eine Beerdigung? Wie schön, jetzt sind sie da!«
In dem Moment verkündet das Klappern des Schlüssels in der Tür die Ankunft der vier Nachzügler.
»Wie spät es schon ist«, flüstert Mónica, wobei sie einen Blick auf die Uhr an der Wand wirft.
Es ist vier Minuten nach elf.

Über dem Zifferblatt der Uhr zeichnen sich nach und nach einige Buchstaben ab, als hätte sie jemand auf das Glas gehaucht. Bevor sie aufsteht, um die Neuankömmlinge mit einer Symphonie aus Küssen zu begrüßen, geht Mónica näher heran, um einen Blick auf die Botschaft zu werfen, die bereits wieder mit einer solchen Geschwindigkeit vor ihren Augen verschwindet, dass sie sie eine Sekunde später schon nicht mehr hätte lesen können:

A MORTE INCIPITUR

Und wieder übersetzt Román: »Der Tod ist nur der Anfang.«

NACHBEMERKUNG UND DANKSAGUNG DER AUTORIN

Auch wenn *Der Tod der Venus* ganz offensichtlich ein Roman ist, der von der ersten bis zur letzten Zeile erfunden ist, möchte ich doch auf einige Anleihen aus der wirklichen Welt hinweisen, die sich auf seinen Seiten finden.

Sowohl Allan Kardec (Pseudonym von Hippolyte León Denizard Rivail) als auch Harry Price sind reale Persönlichkeiten. Kardec, über den sich Informationen zuhauf finden, war zahlreichen Gesellschaften in Spanien, die sich im neunzehnten Jahrhundert mit dem Spiritismus beschäftigten, eine Inspiration, darunter auch der Sociedad Espírita del Vallés (gegründet 1882), nach der von Cádiz (der ersten, 1855), Madrid (1861) und denen in vielen anderen Städten, die sich ab 1870 gründeten, wie in Sevilla, Lérida, Barcelona, Córdoba, Almería, Soria, Huesca, Granada, Valencia, Murcia, Málaga, Santander, León, Logroño, Ciudad Real, Santa Cruz (Teneriffa) oder Castellón. Eine Spiritistische Gesellschaft der Maresme, der eine meiner Figuren angehört, hat es hingegen nie gegeben. Manuel Sanz Benito, 1860 in Madrid geboren, war ein bemerkenswerter Mann: Der Professor an den Fakultäten für Philosophie und Geisteswissenschaften der Universitäten in Barcelona, Madrid und Valladolid ist einer der ersten Anhänger des Spiritismus in Spanien; er war Präsident der Sociedad Espírita Española und leitete die Zeitschrift *El Criterio Espiritista*, und zwar stets im Kielwasser der Doktrin Kardec'.

Harry Price, 1881 in London geboren, wo er 1948 auch verstarb, gilt als einer der bedeutendsten Forscher aller Zeiten auf dem Gebiet der paranormalen Phänomene. Als Spezialist für das Erforschen von Geistererscheinungen und als Geisterjäger erlangte er durch seine – mehr als zehn Jahre dauernden – Untersuchungen der seltsamen Phänomene in der Borley Rectory Berühmtheit, einem Pfarrhaus, das als das schlimmste Spukhaus von ganz Großbritannien berüchtigt war. Er veröffentlichte einen bekannten Essay mit dem Titel *The Most Haunted House in England*, außerdem zahlreiche Werke über das erwähnte Pfarrhaus. Soweit ich in Erfahrung bringen konnte, war er jedoch nie in Spanien. Dieses Detail entspringt der dichterischen Freiheit.

Um das Leben in der Stadt des neunzehnten Jahrhunderts und vor allem zur Römerzeit erstehen zu lassen, habe ich zahlreiche Bücher gelesen und Interviews durchgeführt. Für die erstgenannte Epoche haben mich Titel von Francesc Costa und Joaquim Llovet geleitet. Die Atmosphäre im Haus und Iulias Geistererscheinungen haben viel den Geschichten von P. D. James und Sheridan Le Fanu zu verdanken, ebenso der Monografie von Francesco Dimitri über Spukhäuser; die Darstellungen der Antike sowie des römischen Reiches der Cäsaren sind von Pascal Quignard und von Juan Eslava Galán inspiriert. Unter den lateinischen Autoren sind für diesen Roman Petron, Sueton, Plautus, Vergil, Plinius der Jüngere, Plinius der Ältere, Apicius und Cicero von Relevanz, unter den Wissenschaftlern vor allem Pierre Grimal, Bianchi Bandinelli, Jean Pierre Adam, John Boardman und Paul Zanker.

In Zusammenhang mit der Römerzeit habe ich mir die Freiheit genommen, bestimmte historische Lücken fiktiv zu füllen. Dies ist beispielsweise der Fall bei dem Reiseziel Iluro – dem heutigen Mataró – von Pomponia Caecilia Attica, der

Tochter von Atticus, der wiederum der beste Freund Ciceros war; von ihr ist nach ihrer Scheidung vom Feldherrn Agrippa, die irgendwann vor 28 vor Christus stattfand, nichts bekannt. Die Gründung Barcelonas mag so geschehen sein, wie es im fünften Kapitel des dritten Teils beschrieben ist, nämlich zwischen den Jahren 15 und 10 vor Christus; es gibt jedoch keine Hinweise aus der Archäologie, die dies so belegen würden. Ebenso wenig gibt es konkrete Hinweise über die Arbeitsweise in den Werkstätten der römischen Bildhauer. Die Reise von Augustus nach Tarraco – dem heutigen Tarragona – ist in den Jahren, in denen die Handlung spielt, gut dokumentiert, ebenso wie die diversen Stadtgründungen, die zu dieser Zeit stattfanden. Nicht bekannt ist allerdings, ob Augustus je Iluro besucht hat – unmöglich ist dies sicher nicht. Die fünf Danaiden aus der Villa dei Papyri in Herculaneum befinden sich, wie beschrieben, im Archäologischen Nationalmuseum von Neapel; ihr Urheber ist unbekannt. Die besondere Gestaltung der fünften Danaide ist hingegen ein reines Produkt meiner Fantasie. Die Überreste der Villa dei Papyri befinden sich in der heutigen Stadt Herculaneo in der Nähe von Neapel; allerdings wurde nur ein Teil ausgegraben, zu dem das Wasserbecken, neben dem die fünf Töchter des Danaos standen, nicht gehört.

Was die Topographie von Iluro angeht, so habe ich nichts erfunden. In der archäologischen Stätte im Untergrund von Mataró existiert in der Calle de la Paz – dem heutigen Carrer de na Pau – ein Areal mit Werkstätten von Handwerkskünstlern sowie unter der Plaça Gran ein Domus der Delphine – wie das Stadthaus von Gnaeus Pomponius. Unter der heutigen Basilika Santa María wurden Reste des Augustustempels gefunden sowie Zeugnisse vom Kult der Seviri Augustales.

Im Museum von Mataró wird ein Fragment vom Medusenmausoleum gezeigt. Hier ist auch die Inschrift ausgestellt, die des ersten Ädils gedenkt, der eine Volkszählung in Iluro vornehmen ließ: Lucius Marcius; auch er erscheint in diesen Seiten. Die Villa von Pomponia Caecilia entspricht dem, was seit Jahrzehnten in der archäologischen Ausgrabungsstätte Torre Llauder zu besichtigen ist.
Mein Roman enthält eine explizite Würdigung des Begründers der Archäologie in Iluro, Marià Ribas i Bertran (1902–1996), dessen diverse Publikationen mir überaus hilfreich waren. Dies gilt auch für die Werke über Iluro beziehungsweise das Mausoleum der Medusa von Joan Francesc Clariana Roig und Marc Bosch de Doria. Sehr nützlich war mir zudem die virtuelle Rekonstruktion der Villa von Torre Llauder – im Roman das Anwesen der Pomponia –, die von der Grup d'Història del Casal auf ihrer Website vorgenommen wurde. Die Zerstörung der Mauer auf dem Grundstück, das dann später von einem Gebäude der Sparkasse eingenommen wurde, geschah wie beschrieben. Zur gleichen Zeit begannen auch die Ausgrabungen der Thermen von Iluro.
Bei den letzten Ausgrabungen im Jahr 2002 wurde dann gefunden, was heute als das bedeutendste Exponat des Museums von Mataró gilt und für mich die wichtigste Inspiration zu diesem Roman war: die sogenannte Venus von Iluro, das heißt diverse Fragmente einer wertvollen Venusskulptur aus der Aphrodisischen Schule – nämlich der Kopf, eine Hüfte und Relikte von einem Delphin. In meinem Roman habe ich allerdings die Datierung des Stücks erheblich verändert, das tatsächlich eineinhalb Jahrhunderte später gefertigt wurde, als ich dies in meinem Buch ausführe.
Und schließlich möchte ich nicht versäumen, folgenden Personen für ihre Hilfe zu danken:

María del Mar Sánchez, die in Mérida durch ihre Leidenschaft, Bildung und Sympathie mein Interesse an allem weckte, was mit der Römerzeit zu tun hat.
Antonio Bernalte, der Iulias Gespenst die authentische Sprache verlieh.
Milagros Guardia, die mir half, die Arbeit des Bildhauers Gnaeus Pomponius literarisch darzustellen, und die mich auf die Spur der römischen Kopisten brachte und auch auf die unerlässlichen Texte aus der Epoche dieses »politischen Tiers« Caesar Augustus.
Óscar Esquivias, der mich in Rom und in den letzten Tagen eines winterlichen Frühlings bis zur Ara Pacis führte.
Ángeles Escudero, die mich begleitete – selbst in einem überfluteten Pompeji.
Sandra Bruna, die nicht lockerließ.
Montse Margalef und Isabel Tudurí von der Bibliothek Pompeu Fabra in Mataró sowie Goretti Coronas, die auf Bücher Jagd machen.
Joaquim García und Francesc Costa, die diese Seiten bereicherten, noch bevor sie an ihnen teilhatten, indem sie mir ihre großzügige Hilfe zuteil werden ließen.
Giovanni Cefali, der es mir gestattete, in den Vatikanischen Museen eine Weile mit dem Augustus von Prima Porta allein zu sein.
Miguel Ángel Matellanes, der für mich in einer Bar in Madrid zu frühester Morgenstunde auf Lateinisch Verse aus der *Aeneis* rezitierte.
Claudi Santos, der auftragsgemäß für die fürchterlichsten Qualen und überraschenderweise für lebenswichtige Linderungen sorgt.
Esteve Martínez, der mit seinen Anmerkungen Teile der Romanhandlung verbessert hat.

Javier und Mónica, den beiden realen Personen, weil sie mir ihre Namen geliehen haben.

Und schließlich kann ich Deni Olmedo nur noch einmal sagen: »In omne aevum te amabo.«

Dieser Roman wurde im Jahr 2006
in Iluro, Rom, Neapel und Gades geschrieben.

Inhalt